"E 세상에서 제일 좋은 공부 친구"
국어 종합 비타민 E

중학생 여러분, 국어 공부가 어렵고 따분하다구요? 오호, 여러분은 아직 국어 종합 비타민을 복용해보지 않으셨군요! 중학생이라면 꼭 한번 읽어 보아야 할 해외 대표 단편소설이 수록되어 있는 「국어 종합 비타민 E」는 여러분에게 국어가, 그리고 공부가 얼마나 재밌고 신나는 일인지를 맛있게 가르쳐줄 거예요. 몸에 좋은 약은 쓰다고 하지만 비타민은 상큼하고 달콤하잖아요. 자, 그럼 이제 감동과 지혜가 담긴 문학의 세계로 E 세상에서 제일 든든하고 친절한 공부 친구, 「국어 종합 비타민 E」와 함께 떠나 볼까요!

중학생을 위한 국어 종합 비타민 E

중학생을 위한 **국어종합 비타민** Ⓔ

펴낸날 | 2005년 2월 5일 초판 1쇄

엮은이 | 서종택
펴낸이 | 이태권
펴낸곳 | 소담출판사
　　　　서울시 성북구 성북동 178-2 (우)136-020
　　　　전화 | 745-8566　팩스 | 747-3238
　　　　E-mail | sodam@dreamsodam.co.kr
　　　　등록번호 | 제2-42호(1979년 11월 14일)
기획 · 편집 | 이장선 가정실 구경진 마현숙 김세희
미　술 | 이성희 김지혜
본부장 | 홍순형
영　업 | 박종천 장순찬 이도림
관　리 | 이영욱 안찬숙 장명자

북디자인 | 박준철

중학생을 위한 **국어 종합 비타민** E

서종택 엮음 및 해설

소담출판사

책을 펴내며

　『중학생을 위한 국어 종합 비타민』(해외 대표 단편소설선)은 오늘을 살아가는 우리들에게 삶의 지혜와 용기를 주는 것들로 묶은 외국문학의 주옥편이라 할 수 있습니다. 여기에 실린 작품들은 다양한 형식과 내용을 갖추고 있으며, 시대적 의미나 문학적 가치까지 고루 갖춘 것들입니다. 특히 2003년『중학생을 위한 국어 종합 비타민』이 한국문학의 주옥편들로 묶여졌다면 이 책은 그 후속 작업으로 독서의 범위를 외국문학까지 넓혔다는 데 의의를 둘 수 있겠습니다.

　우리가 문학작품을 읽는 즐거움이란 우선 읽는 재미와 생각할 수 있는 시간을 한꺼번에 맛볼 수 있다는 점에 있습니다. 소설은 이야기로 꾸며져 있고, 그 이야기는 작가의 뛰어난 상상력을 밑받침으로 하고 있다는 점에서 논설문이나 설명문의 글과는 다르다 할 수 있을 것입니다. 그럴 듯한 이야기, 있음직한 이야기, 꾸며낸 이야기를 읽을 때 우리가 느끼는 재미와 감동은 과연 어디에서 오는 것일까요? 소설은 꾸며낸 이야기지만 거기에는 우리가 수긍할 수밖에 없는 세상의 아름다움과 삶의 진실이 담겨 있습니다. 있었던 사실을 기록한 역사보다 없었던 이야기를 꾸며낸 소설이 더 보편적인 삶의 모습을 담고 있는 이유가 여기에 있는 것입니다.

　우리가 소설을 읽는 것은 이러한 삶의 지혜와 용기를 얻을 뿐만 아니라 주인공들이 살았던 시대의 사회 모습이나 풍속도 공부할 수 있기 때문입니다. 또한 그 주인공들의 행위를 통해 자신이 살아가야 할 세상을 그려보고 마음속으로 준비할 수도 있습니다. 이것이 독서의 진정한 효험이겠지요. 그리고 작가들의 뛰어난 표현이나 문장을 감상하고 익히는 것 또한 문학작품을 읽는 학생들이 놓쳐서는 안 될 소중한 가치입니다.

　따라서 이번에 펴낸『중학생을 위한 국어 종합 비타민』(해외 대표 단편소설선)은 세계의 사회, 역사, 문화에 대한 이해를 넓히고 논리적 사고력과 표현력을 기르는 데 도움을 줄 것으로 기대합니다. 특히 책의 내용 중 'Open Book Test' 부분은 기존의 책들에서 나타나는 문제점들, 예를 들면 문제와 해답을 동시에 보여줌으로 해서 사고의 길라잡이를 한정시킨 점이나 단답식 위주의 해설을 지양하고, 다양한 방향의 사고적 접근을 가능하게 했다는 점에서 주목할 만하다고 할 수 있겠습니다. 이상의 방법들을 통해 진정한 문학의 가치가 어디에 있는가를 깨닫게 되는, 이른바 다목적적이고 종합 비타민 같은 정신의 영양소 역할을 이 책이 하게 될 것이라 믿습니다.

2005년, 엮은이

사람 몸에 비타민이 하나라도 부족하면 몸에 이상이 생기듯, 중학생들이 공부하는 국어에도 비타민이 필요합니다. 중학생들의 국어 공부에 꼭 필요한 『중학생을 위한 국어 종합 비타민』은 중학생들에게 부족한 국어 비타민을 채워줍니다.

『중학생을 위한 국어 종합 비타민』은 이렇게 다릅니다.

하나, 국어가 재미있어집니다. 선생님과 함께 대화를 나누는 것 같은 친절한 설명은 공부를 하고 싶은 기분이 저절로 들게 합니다.

둘, 억지로 머리에 지식을 주입시키려 하지 않습니다. 술술 읽다 보면 어느새 지식이 꽉 차 있음을 깨닫게 됩니다.

셋, 스스로 생각의 힘을 키울 수 있도록 도와줍니다. 정확한 답을 알려주지 않고, 여러 가지 경우의 수를 제시함으로써 사고력을 키울 수 있도록 하였습니다.

넷, 내신성적과 글쓰기 능력을 향상시켜 줍니다. 문학성이 뛰어난 글을 반복해서 읽고 이해하다 보면 글을 볼 줄 아는 능력이 길러집니다.

다섯, 수준 높은 중학생이 되기 위한 지식과 세상을 넓게 볼 수 있는 지혜가 담겨 있습니다.

| 읽기 전에 생각하기 | 잠깐! 작품을 읽기 전에 어떤 점에 주의하면서 읽어야 하는지, 어느 부분을 깊이 생각하고 이해해야 하는지 친절하게 설명되어 있습니다. 그럼 이제부터 작품을 감상해 볼까요?

| 작가 소개 | 단순한 작가 생애 나열이 아닙니다. 한 나라의 역사를 파악하듯 작가의 생애를 자세하게 서술하였습니다. 작가의 인생관이나 세계관을 알고 나면 작품을 이해하기가 훨씬 쉬워집니다. 그리고 작가와 작품이 갖는 문학사적 위치와 의미를 함께 알 수 있답니다.

| 작품 해설 | 작품을 잘 읽어 보았나요? 그럼 이제부터 작품의 줄거리는 물론 작품을 읽다가 이해가 안 되는 부분에 대해 선생님께서 친절하게 설명해주신 해설을 읽어봅시다. 하지만 선생님의 글만 읽고 그냥 지나치지 말고 여러분 스스로도 줄거리와 해설을 직접 써보세요. 글쓰기 능력과 이해력이 점점 좋아지는 걸 느낄 수 있을 거예요. 어때요, 국어 공부 어렵지 않죠? 조금만 노력하고 실천하세요.

| 더 알아 두기 | 본문의 내용과 연관되거나 작품을 이해하는 데 꼭 필요한 단어나 문장을 설명해 줍니다. 어휘력을 기르는 데도 도움이 되겠죠?

| Open Book Test | 서두르지 말고 자유롭게 자신의 생각을 말해 봅시다. 내용이 생각나지 않는다고요? 그럼 찬찬히 작품을 다시 읽어 보세요.

| 작품의 마지막 점검 | 이제 작품을 완전히 이해했나요? 스스로가 불충분하다고 생각된다면 마지막으로 점검해 볼 필요가 있겠죠? 글을 쓴 작가가 아닌 이상 작품을 완벽하게 이해할 수는 없지만 작품을 알고 작가를 이해하기 위한 마지막 관문입니다.

CONTENTS

중학생을 위한 국어 종합 비타민 E

큰바위 얼굴

✷ 읽기 전에 생각하기

나사니엘 호손은 전통적인 청교도 집안에서 태어나고 교육받았습니다. 그렇다면 호손에게

직·간접적으로 영향을 끼친 청교도에 대해 먼저 알아 볼까요? 청교도란 16～17세기 영국

및 미국 뉴잉글랜드에서 칼뱅주의의 흐름을 이어받은 프로테스탄트 개혁파를 일컬으며, '퓨리턴'이라고

도 합니다. 1559년 엘리자베스 1세가 내린 통일령에 순종하지 않고 국교회 내에 존재하고 있는 로마 가

톨릭적인 제도·의식儀式의 일체를 배척하며, 칼뱅주의에 투철한 개혁을 주장하였습니다. 또한 엄격한 도

덕, 주일土日의 신성화 엄수, 향락의 제한을 주창하였습니다. 제임스 1세, 찰스 1세 때에 비국교도로서 심

한 박해를 받고 네덜란드와 기타 지역으로 피해 가기도 했습니다. 그 중에서도 신대륙의 플리머스에 식민

지를 개척한 메이플라워 호號의 '필그림 파더스'가 유명합니다. 청교도는 점차로 절대왕정에 대한 정치적

요구와 결부하여 의회에서 유력해지고, 1642년에 일어난 청교도혁명의 주체가 되었습니다. 이 과정에서

청교도 내부에서도 크게 장로파長老派와 독립파獨立派로 분열하였습니다.

Hawthorne, Nathaniel

● 나사니엘 호손

미국의 소설가. 작품 『주홍글씨』로 크게 성공한 그는 청교도적인 전통에서 죄악면을 집요하게 추구한 작품 스타일로 미국 문단의 개척자로 알려져 있다. (1804~1864)

나사니엘 호손은 1804년 매사추세츠 주 세일럼에서 태어났습니다. 선장이었던 그의 아버지는 항해 도중에 불의의 사고로 죽게 되었는데, 젊은 부인에게는 두 딸과 당시 네 살이었던 어린 호손만을 남겨 놓았을 뿐 재산은 하나도 남기지 않았다고 합니다. 그 후 호손의 어머니는 아이들을 데리고 유복한 가문인 자신의 친정집 매닝 가에 들어가 살았습니다. 이러한 이유로 호손은 10대 시절의 대부분을 세바고 호숫가에 있는 메인 주 레이먼드에서 보냈습니다. 그는 메인 주의 보든대학에서 4년을 공부한 뒤 1825년에 세일럼으로 돌아왔습니다.

대학 시절 작문에 뛰어났던 호손은 작가가 되기로 결심합니다. 그리고 졸업을 하면서 1828년에 「팬쇼 Fanshawe」라는 제목의 소설을 출판합니다. 하지만 작품에 만족을 느끼지 못한 호손은 스스로 작품을 회수해 버립니다. 그 후 끊임없는 노력으로 자신만의 독특한 문체를 찾아낸 그는 졸업한 지 5년이 채 지나지 않아 「세 언덕의 골짜기 The Hollow of the Three Hills」, 「여인의 이야기 An Old Woman's Tale」 같은 인상적이고 뛰어난 단편소설을 발표하지요. 그리고 1835년에는 마법사에 관한 최고의 이야기로 손꼽히는 「영 굿맨 브라운 Young Goodman Brown」을 발표하면서 조금씩 명성도 얻기 시작합니다.

1837년에는 처음으로 정식적인 계약을 맺고 단편집 『두번 들려 준 이야기 Twice-Told Tales』를 발표해 좋은 평가를 받지만 수입은 그다지 많지 않았습니다. 글을 써서 얻는 수입이 어느 정도 충분해지자 그는 1842년 소피아 피바디와 결혼해 행복한 생활을 하지요.

계속해서 소설 작업에 열중한 호손은 1846년에는 새로운 단편소설집 『낡은 저택의 이끼 Mosses from an Old Manse』를 출판합니다. 하지만 작품의 성공과는 별개로 돈은 많이 벌지 못했습니다. 가족이 늘어나고 빚도 쌓여 가자 호손의 가족은 다시 세일럼으로 돌아가지 않을 수 없었습니다. 세일럼에서 포크 정부의 세관 검사관으로 임명된 호손은, 그러나 3년 뒤에 재커리 테일러가 이끄는 휘그당이 정권을 잡자 다시 일자리를 잃게 됩니다. 그 후 몇 개월 동안의 피나는 노력 끝에, 1850년 그는 마침내 자신의 대표작이 된 『주홍 글씨』를 발표하는데요, 이 작품은 보스턴에서 일어난 간통사건에 관련된 사람들을 그린 것으로 청교도의 엄격함에 대한 교묘한 묘사, 죄인의 심리 추구, 긴밀한 세부 구성, 정교한 상징주의 등의 특징으로 19세기의 대표적 미국소설이 되었습니다.

이후 세일럼을 영원히 떠나기로 결심한 호손은 매사추세츠 주 서부 버크셔 산맥의 산악지역에 있는 레녹스로 이사합니다. 이사 후 1851년에는 『일곱 박공의 집 The House of the seven Gables』을 발표하고, 이듬해에는 자신이 참가했던 실험적 공동농장을 무대로 한 『블라이스데일 로맨스』를 출판하여 지상낙원에 모인 사람들의 심리적 갈등을 그렸지만 평가도 좋지 않았고 기대했던 수입도 얻지 못했습니다.

호손은 오래된 친구인 프랭클린 피어스의 선거운동용 전기를 쓰면서 돈벌이가 될 유력한 관직에 임명되기를 기다립니다. 그러던 차에 프랭클린 피어스가 대통령에 당선이 됩니다. 1853년 호손은 영국의 리버풀 영사領事로 부임하여 바라던 대로 재정적으로 안정적인 생활을 시작합니다. 1857년에 영사직을 그만둘 때까지 그는 충실하고 효과적으로 직무를 수행했습니다.

죽기 전 마지막 11년 동안 쓴 호손의 작품은 창작의 관점에서 볼 때 퇴조적이었습니다. 호손은 1860년 웨이사이드로 돌아간 후 글쓰기에 전념했지만,

새로운 소설에 대한 계획을 진척시킬 수 없었습니다. 죽기 2년 전부터는 급속히 노쇠해져 정신적인 퇴행현상도 보인 그는 자주 코피를 흘리고 필적도 변했으며 강박감에 사로잡혀 종이 조각에 '64'라는 숫자를 쓰곤 했다고 합니다. 그는 결국 1864년 건강을 회복하기 위해 친구와 여행을 하던 도중 잠든 상태에서 생을 마감합니다.

해가 뉘엿뉘엿 지는 어느
날 늦은 오후, 어머니와
어린 아들이 오두막집 문 앞에 앉아 큰 바위 얼굴에 대해 이야기를 나누고 있
었다. 큰 바위 얼굴은 꽤 멀리 떨어져 있었지만, 햇빛을 받아 그 모양이 뚜렷
하게 보였다.

저토록 큰 바위가 어떻게 저런 근사한 얼굴 모양으로 만들어졌는지, 참으
로 신비한 일이었다.

높은 산들이 주위를 에워싸고 있는 평화로운 분지 마을, 골짜기 사이가 넓
은 이 곳에는 예부터 많은 사람들이 모여 살고 있었다.

수풀이 빽빽하게 둘러싸인 가파른 산허리에 통나무집을 짓고 사는 사람들
도 있었고, 골짜기로 내리뻗은 비탈이나 평탄한 땅에서 기름진 흙에 농사를

지으며 안락하게 살아가는 사람들도 있었다. 또, 어떤 곳에는 옹기종기 모여 작은 촌락을 이루어 살아가는 사람들도 있었다. 그리고 산 아래쪽에 사는 사람들은 높은 산 위에서 떨어지는 급류를 이용하여 방직 공장의 기계를 돌리기도 했다.

어쨌든 이 골짜기에는 많은 사람들이 살고 있었고, 그들의 사는 모습 역시 다양했다. 그런데 그들에게는 한 가지 공통점이 있었다. 큰 바위 얼굴에 대해 모든 사람들이 친밀감을 느낀다는 것이었다. 어떤 사람들은 이 위대한 자연 현상을 보며 유난스레 감격하기도 했다.

이렇게 모든 마을 사람들이 우러러보는 큰 바위 얼굴은 어쩌면 자연이 벌인 유희의 산물이라고도 할 수 있는 하나의 장엄한 작품이었다. 깎아지른 듯한 절벽 위에 바위 몇 개가 모여 있는 것에 불과했지만, 그 바위들은 서로 절묘하게 조화를 이루어 적당한 거리에서 바라보면 확실히 사람 얼굴의 형상을 하고 있었다. 그것은 마치 엄청나게 큰 거인이 절벽 위에 자신의 얼굴을 조각해 놓은 것처럼 보였다.

아치형의 넓은 이마는 높이가 30여 미터나 되었고, 콧날은 오똑했으며, 넓은 입술은 굳게 다물어져 있었다. 만약 웅장하고 위엄에 찬 그 입술에서 말이 나온다면 마치 천둥소리처럼 울려 퍼져 골짜기의 이 끝에서 저 끝까지 들리고도 남을 것 같았다.

큰 바위 얼굴은 사실 가까이 다가가서 보면 거대한 얼굴의 윤곽은 사라지고 육중한 바위들이 폐허처럼 무질서하게 포개어진 것으로 보일 뿐이다. 하지만 어느 정도 떨어진 곳에서 뒤로 물러서면서 보면 신기하게도 얼굴의 형태가 조금씩 드러나고, 멀어질수록 사람의 얼굴과 점점 더 같아져서 마침내

거룩한 그 모습을 나타내게 된다. 그리고 희미해질 만큼 먼 곳에서 바라보면, 구름과 안개에 싸인 큰 바위 얼굴은 정말 살아 있는 사람처럼 느껴졌다.

이 곳 아이들이 큰 바위 얼굴을 보면서 자란다는 것은 정말 커다란 행운이었다. 왜냐하면 큰 바위 얼굴은 그 생김새가 숭고하고 웅장하면서도 또한 표정이 다정스러워서 마치 그 얼굴에서 느껴지는 사랑이 온 인류를 감싸고도 남을 것 같았기 때문이다. 그저 큰 바위 얼굴을 바라보는 것만으로도 아이들에게 그것은 훌륭한 교육이 되었다.

이 곳 사람들은 골짜기의 토지가 기름진 것도 큰 바위 얼굴 덕분이라고 생각했다. 형형색색의 구름이 아름답게 펼쳐지고 따사로운 햇빛이 정답게 어우러지는 큰 바위 얼굴, 언제나 이 골짜기를 다정하게 내려다보는 그 자비로운 얼굴을 바라보며 사람들은 그런 믿음을 갖게 되었던 것이다.

처음 이야기했듯이, 어머니와 어린 아들이 오두막집 문 앞에 앉아서 큰 바위 얼굴을 쳐다보며 이야기를 나누고 있었다. 아이의 이름은 어니스트였다.

"어머니!"

하고 아이가 입을 열었다. 그 순간 거대한 큰 바위 얼굴은 아이에게 미소를 보내는 것 같았다.

"저 큰 바위 얼굴이 말을 할 수 있다면 얼마나 좋을까요? 저렇게 친절해 보이니까 목소리도 아주 듣기 좋을 텐데……. 만약에 저런 얼굴을 가진 사람을 만나게 된다면 저는 정말 그 사람을 존경할 것 같아요."

"만일 옛날 사람들의 예언이 실현된다면……, 언젠가 큰 바위 얼굴과 똑같은 얼굴을 가진 사람을 만나 볼 수 있을 거란다."

| 나사니엘 호손 | Hawthorne, Nathaniel |

"어떤 예언 말씀인가요, 어머니? 어서 이야기해 주세요."

어니스트가 눈동자를 빛내며 물었다. 그러자 어머니는 어니스트보다 더 어렸을 때 자신의 어머니에게서 들은 이야기를 아들에게 풀어 놓기 시작했다.

어머니가 들려 주는 이야기는 과거에 관한 것뿐만 아니라 앞으로 일어날 수도 있는 미래에 대한 이야기였다. 그것은 아주 오래 전부터 전해 내려오는 이야기로, 옛날 옛적 이 골짜기에 살았던 아메리칸 인디언 역시 그들의 조상으로부터 들어 온 이야기였다. 산골짜기 사이로 흘러내리는 시냇물의 소곤거림처럼, 나무 끝을 스치는 바람의 속삭임처럼 그렇게 이 이야기는 시작되었고 조상들은 그것을 후손에게 들려 주었다.

그 이야기는 앞으로 이 지역에서 태어나게 될 한 아이에 대한 것이었다. 그 아이는 고상하고 우아한 인물이 될 운명을 가지고 태어날 것이며, 자라면서 점점 큰 바위 얼굴을 닮아 갈 것이라고 했다.

지금껏 많은 노인과 어린이들이 간절한 희망과 변하지 않는 신념으로 이 오래 된 예언을 믿어 왔다. 그러나 이 예언을 허황된 이야기에 불과하다고 단정 짓는 사람들도 많았다. 예언이 말하는 위대한 인물이 아직까지 나타나지 않았기 때문이었다.

"어머니! 어머니!"

어니스트는 손뼉을 치며 외쳤다.

"어서 빨리 자라서 나중에 내가 그런 사람을 만나 볼 수 있다면……."

어니스트의 어머니는 애정이 많고 사려가 깊은 사람이었다. 아들의 간절한 희망을 깨뜨리지 않는 것이 현명한 일이라고 생각한 그녀는 아들에게 이렇게 말해 주었다.

"어니스트, 아마 너는 그런 사람을 꼭 만날 수 있을 거야."

그 후 어니스트는 어머니께서 들려 주신 이야기를 늘 기억하며 살았다. 큰 바위 얼굴을 볼 때마다 그는 어머니께 들은 이야기를 마음 속으로 떠올리곤 했다.

자신이 태어난 오두막집에서 어린 시절을 보내는 동안, 어니스트는 항상 어머니 말씀에 순종했다. 그리고 조그만 그의 손으로 어머니께서 하시는 일 들을 열심히 도와 드렸다. 그는 비록 어렸지만 그의 모든 행동에는 사랑이 가 득 담겨 있었고, 이러한 생활에 스스로 큰 행복을 느꼈다.

가끔씩 홀로 명상에 빠지곤 했던 이 어린아이는 점점 온순하고 겸손한 소 년으로 자라났다. 늘 밭에서 일을 해야 했던 탓에 소년의 얼굴은 언제나 햇볕 에 검게 그을려 있었지만 그 얼굴에서는 유명한 학교에서 교육을 받은 그 어 떤 소년들보다 더욱 총명한 빛이 배어 나왔다.

어니스트에게는 공부를 가르쳐 주는 선생님이 계시지 않았다. 다만 유일한 선생님이 있다면 그것은 바로 저 큰 바위 얼굴뿐이었다. 어니스트는 하루의 일과를 마치면 몇 시간이고 그 바위를 조용히 바라보았다. 그러면 큰 바위 얼 굴이 마치 자기를 알아보며 친절한 격려의 미소를 보내 주고 있는 것 같은 느 낌을 받곤 했다. 물론 큰 바위 얼굴이 어니스트에게만 더욱 친절한 미소를 보 내 주었을 리는 없겠지만, 어린 어니스트의 이런 생각을 무조건 틀렸다고 단 정할 수는 없었다. 깊은 믿음과 순수하고 밝은 마음을 지닌 이 소년에게는 다 른 사람이 보지 못하는 것이 정말로 보였을 수도 있기 때문이다.

모든 사람이 누릴 수 있는 사랑이었지만 소년은 그것을 더욱 특별하게 만 들었다. 소년의 간절한 마음은 큰 바위 얼굴을 각별한 대상으로 만들었고, 그의 마음 속에 점점 더 크게 자리 잡아 갔다.

바로 이 무렵, 예부터 전해 내려오던 예언대로 이 분지 일대에 마침내 큰 바위 얼굴처럼 생긴 위인이 나타났다는 소문이 돌았다.

여러 해 전에 이 골짜기를 떠났던 한 젊은이가 있었다. 그는 먼 항구로 가서 장사를 했고 곧 큰돈을 벌었다. 그는 개더 골드 Gather Gold '황금을 긁어모으는 사람'을 뜻함.라고 불렸는데, 그 이름이 본명인지 아니면 살아가면서 얻은 또 다른 이름인지 혹은 큰 성공을 이루면서 붙여진 별명인지는 알 수 없었다. 어쨌든 그는 매사에 빈틈이 없고 활동적인 데다가 세상 사람들이 '행운'이라고 부르는, 하늘이 주신 비상한 재능을 타고난 사람이었다. 그리고 결국 엄청난 거상이 되어 고향으로 돌아왔던 것이다.

개더 골드에게는 이미 산더미같이 많은 재산이 있었지만 그의 재산은 점점 더 늘어만 갔다. 세상의 모든 나라가 마치 이 한 사람에게 더 많은 부를 채워 주기 위해 존재하는 것 같았다. 침울하고 어두운 북극권의 추운 지방에서는 그에게 모피를 보냈고, 뜨거운 아프리카 지방에서는 사금과 거대한 코끼리의 상아를 수집해 그에게 보냈다. 그리고 동방의 나라에서는 아름다운 천과 향료, 그리고 차, 다이아몬드, 빛나는 하얀 진주를 가져왔다. 또한, 바다에서 고래를 잡아 온 사람들이 그에게 큰 이익을 안겨 주기도 했다. 무엇이든지 잡기만 하면 황금으로 변하게 하는 미다스 왕처럼 개더 골드가 손대는 것은 모두 황금으로 변했고, 그가 좋아하는 돈이 되었다.

자신의 재산을 계산하는 데에만도 오랜 시일이 걸릴 만큼 큰 부자가 된 개더 골드는 이제 자기가 태어난 고향에서 남은 삶을 마치겠다고 결심했다. 그래서 그는 자신과 같은 백만장자가 살기에 알맞은 대궐 같은 집을 짓기 위해, 능숙한 목수를 고향으로 보냈다.

벌써부터 골짜기에는 개더 골드야말로 지금까지 오랫동안 기다려 오던 예언의 주인공이며, 그의 얼굴은 큰 바위 얼굴과 그대로 닮았다는 소문이 자자하게 퍼져 나갔다.

개더 골드의 아버지가 살았던 초라한 농가 집터 위에 마치 마술을 부려 만든 듯 거대하게 세워진 건물을 보자 사람들은 그 소문이 틀림없는 사실일 거라고 더더욱 확실히 믿게 되었다.

그 건물의 바깥쪽 벽은 눈이 부실 만큼 하얀 대리석으로 지었는데, 어찌나 새하얀지 마치 어린아이들이 장난삼아 만들던 흰 눈집처럼 햇빛을 받으면 그대로 녹아 버릴 것만 같았다. 또한 그 건물에는 높은 기둥이 받쳐져 있는 화려한 현관과 은으로 만든 문고리, 외국에서 가져온 화려한 색상의 나무 문이 있었다. 방에 있는 창문들도 바닥부터 시작해 천장에 닿을 정도로 큰 유리가 끼워져 있었는데, 어찌나 투명한지 깨끗한 공기를 통해 보는 것보다 더 잘 비춰 보일 정도였다. 집 안을 자세히 본 사람은 아무도 없었지만, 집의 내부는 더할 나위 없이 화려하고 특히 개더 골드의 침실은 너무나 번쩍여서 보통 사람은 눈을 뜨고 바라볼 수조차 없을 지경이라고 소문이 났다.

드디어 저택이 완성되고 으리으리한 가구들이 들어오기 시작했다. 그리고 개더 골드보다 먼저 앞서 한 무리의 백인과 흑인 하인들이 도착했다. 그 유명한 개더 골드는 해질 무렵이 되어야 도착할 예정이었다.

어니스트는 예언의 주인공이 드디어 그가 태어난 고향에 나타났다는 생각에 마음이 몹시 설레었다. 어린 그의 마음은 엄청난 재산을 가진 개더 골드가 곧 자선의 천사가 되어 큰 바위 얼굴의 미소와 같이 너그럽고 자비롭게 사람들의 생활을 돌봐 줄 것이라고 굳게 믿었다.

그는 언제나 그랬듯이 큰 바위 얼굴이 자기에게 답례를 하며 친절한 얼굴로 지켜봐 줄 것이라고 상상하면서 바위를 쳐다보고 있었다.

그 때였다. 구불구불한 길을 따라서 빠르게 달려오는 마차 바퀴 소리가 들려 왔다.

"야! 드디어 오신다."

"위대한 개더 골드 씨가 오셨다!"

개더 골드가 도착하는 광경을 보기 위해 모여 있던 사람들이 여기저기에서 큰 소리로 외쳤다.

마침내 말 네 마리가 끄는 마차가 길모퉁이를 돌아 속력을 내며 달려왔고, 잠시 후 마차 안에서 자그마한 노인이 창 밖으로 얼굴을 살짝 내미는 모습이 보였다. 그의 피부는 마치 자신의 '미다스의 손'으로 빚어 만든 것처럼 누런 빛을 띠고 있었다. 이마는 좁았고, 작고 매서운 눈가에는 잔주름이 수없이 많이 잡혀 있었으며, 얇은 입술은 꼭 다물고 있어서 더욱 얇게 보였다.

"큰 바위 얼굴과 똑같다!"

사람들이 소리를 질렀다.

"옛날 사람의 예언이 정말 맞았어. 마침내 위인이 우리에게 오신 거야!"

누군가 이렇게 말하자 어니스트는 어리둥절하지 않을 수 없었다. 사람들이 개더 골드의 얼굴을 보고 어떻게 예언 속의 얼굴과 똑같다고 믿는지 정말 알 수 없었던 것이다.

그 때 마침 오랫동안 집 없이 떠돌아다닌 듯한 늙은 거지와 어린 거지들이 개더 골드가 지나가는 길가에 모여 있었다. 마차가 지나가자 그들은 손을 내밀며 슬픈 목소리로 애걸을 했다.

그러자 개더 골드의 누런 손, 엄청난 재산을 긁어모으던 바로 그 손이 마차 밖으로 삐죽 하고 나오더니 동전 몇 닢을 '휙' 하고 땅 위에다 떨어뜨렸다.

이 광경을 지켜본 어니스트는 이 위인을 개더 골드라고 부르는 것도 그럴 듯해 보이지만, 그보다는 스캐터 카퍼 Scatter Copper '동전을 뿌리는 사람'을 뜻함. 라고 부르는 게 더 어울리겠다는 생각을 했다. 그럼에도 사람들은 개더 골드와 큰 바위 얼굴이 똑같다고 열렬히 외치면서 그 사실을 굳게 믿고 있었다.

낙심한 어니스트는 영악하고 탐욕에 가득 찬 개더 골드의 주름진 얼굴에서 고개를 돌렸다. 그리고 먼 산허리를 쳐다보았다. 거기에는 자욱한 안개에 싸인 큰 바위 얼굴이 일몰하려는 햇빛의 마지막 끝자락을 받으며 맑게 빛나고 있었다. 그 모습을 보자 어니스트의 마음은 한없이 즐거웠다. 큰 바위 얼굴의 후덕한 입술은 금방이라도 그에게 이렇게 말을 건넬 것만 같았다.

'걱정하지 말아라, 소년아! 그 사람은 온다. 그 사람은 반드시 꼭 온다!'

세월이 흘러 어니스트는 이제 더 이상 소년이 아니었다. 그는 어엿한 젊은이가 되었다. 그렇지만 그는 골짜기에 사는 사람들의 관심을 끄는 일이 별로 없었다. 그도 그럴 것이, 그는 일상 생활에서 특별히 남의 눈에 띨 만한 행동을 하지 않았다.

그가 남과 다른 점이 있다면 그것은 하루의 일과를 마친 후 혼자 조용히 큰 바위 얼굴을 바라보며 명상에 잠긴다는 것이었다. 오래 전부터 변함이 없는 그의 한결같은 행동은 다른 사람들이 보기에는 참으로 바보 같은 짓이었다. 그러나 어니스트는 부지런하고 친절하며 사람 됨됨이가 나무랄 데 없는 데다가 자기가 할 일은 어김없이 하였으므로 그를 비난하는 사람은 아무도 없었다.

사람들은 큰 바위 얼굴이 어니스트의 선생님이라는 것을 알지 못했다. 큰 바위 얼굴에 나타난 숭고한 기운이 이 젊은이의 가슴을 다른 사람의 그것보다 더 넓고, 더 깊고, 인정미가 가득하게 만들고 있다는 것을 그 누구도 알지 못했던 것이다. 큰 바위 얼굴이 책에서 배우는 것보다 더 많은 지혜를 가르쳐 준다는 것을 아는 사람은 아무도 없었으며, 큰 바위 얼굴을 보면서 다른 사람의 추악한 행동을 경계하고, 현재의 삶보다 더 나은 삶을 위해 부단히 노력하는 가운데 그의 내면이 점차 성숙해 간다는 것을 아는 사람 역시 아무도 없었다.

자연 속에서나 난로 가에서, 또는 그 곳이 어디든지 장소와 상관없이 혼자서 깊은 명상을 거듭하는 가운데 자연스럽게 떠오르는 사상과 감정이 사람들과 접촉하면서 생겨나는 것보다 더 높은 품격을 지니게 된다는 것을 어니스트 자신 역시 몰랐다.

어머니께서 오래 된 예언을 처음으로 일러 주시던 때와 마찬가지로 여전히 순박한 영혼을 지닌 어니스트는, 골짜기를 내려다보고 있는 큰 바위 얼굴을 바라보며 그와 생김새가 똑같은 인물이 좀처럼 나타나지 않는 것을 이상하게 생각할 뿐이었다.

그렇게 세월은 흘러갔고, 그 동안 개더 골드는 죽어 땅 속에 묻혔다. 기이한 일은 그의 육체요 영혼이었던 재산은 생전에 모두 사라져 버리고, 그에게 남은 것은 오직 쭈글쭈글 주름진 누런 피부가 덮여 있는 해골뿐이었다는 사실이다.

재물을 전부 탕진한 개더 골드의 말년을 보면서 그 후 모두가 인정한 사실은, 재산을 잃은 상인의 천한 생김새와 산 위에 있는 장엄한 얼굴 사이에는 닮은 점이라고는 아무것도 없다는 것이었다.

사람들은 개더 골드가 살아 있을 때에도 이미 그를 존경하는 마음이 서서히 줄어들기 시작했고, 그가 죽은 뒤에는 아예 그 존재를 까맣게 잊어버리고 말았다. 개더 골드가 지은 웅장한 저택을 보면서 가끔씩 그를 떠올리기도 했지만, 저택 역시 이미 오래 전에 호텔로 바뀌어 신비로운 자연의 모습으로 유명해진 큰 바위 얼굴을 보기 위해 온 여행객들이 하룻밤 머무르는 장소가 되었을 뿐이었다.

시간이 흘러 개더 골드의 평판이 더욱 나빠지고, 그의 존재가 대중의 그림자 속으로 던져졌을 때에도 예언의 주인공은 여전히 나타나지 않았다.

한편, 이 골짜기 태생으로 여러 해 전에 군대에 들어가 수없이 많은 격전을 치르고 난 끝에 유명한 장군이 된 사람이 있었다. 본명은 알려지지 않아 무엇인지 알 수 없었지만, 병영이나 전쟁터에서는 올드 블러드 앤드 선더 Old Blood And Thunder '피와 천둥의 늙은 용사'를 뜻함. 라는 별명으로 널리 알려져 있었다. 이 백전의 용사도 이제는 노령에 접어들자 젊은 날의 상처로 인해 몸이 허약해졌고, 소란한 군대 생활과 오랫동안 귓속을 맴돌던 북 소리며 나팔 소리에 그만 싫증이 나게 되었다. 이윽고 그는 이제 그만 고향으로 돌아가 심신을 편안히 쉬고 싶다는 뜻을 밝혔다.

그의 옛 이웃들과 그 자손들은 이 유명한 군인을 환영하기 위해 축하 잔치를 벌이기로 했다. 그리고 이제 드디어 큰 바위 얼굴과 똑같이 생긴 사람이

나타난 것이라며 떠들어 댔다. 올드 블러드 앤드 선더 장군의 한 부하 장교가
여행길에 우연히 골짜기 근처 계곡을 지나가다가 바위의 모습과 장군의 모습
이 너무나 똑같아 감탄했다는 이야기가 전해지기도 했다. 장군의 어린 시절
친구들 역시 그가 어렸을 때부터 이미 큰 바위 얼굴과 닮아 있었으며 단지 당
시에는 그런 말을 하지 않았던 것뿐이라고 앞다투어 말했다.

이러한 소식을 전해 들은 분지 사람들은 다시금 홍분에 휩싸였다. 그리고
많은 사람들이 올드 블러드 앤드 선더 장군이 과연 어떻게 생겼을까 궁금해
하며 몇 해 동안 거들떠보지 않던 큰 바위 얼굴을 새삼스레 유심히 바라보며
시간을 보내곤 했다.

마을 잔치가 크게 열리던 날, 어니스트는 골짜기 사람들과 함께 일터를 떠
나 향연이 마련되어 있는 숲 속을 향해 갔다. 잔치가 벌어지는 곳으로 다가가
자 배틀블라스트 목사의 목소리가 들려 왔다. 그는 한껏 들뜬 목소리로 저 유
명한 평화의 사도에게 축복의 말씀을 쏟아 내고 있었다.

식탁은 숲 속의 평지에 마련되어 주변이 나무로 빽빽이 둘러싸여 있었지만
동쪽 하늘만은 맑게 뚫려 있어서 큰 바위 얼굴의 모습이 멀리서도 보였다.

어니스트는 이 저명하고 위대한 손님을 먼발치에서나마 한 번이라도 보기
위해 발돋움을 하며 애를 썼다. 그러나 장군이 답사를 할 차례가 되자, 그의
입에서 흘러나올 말을 한 마디라도 놓치지 않고 들으려는 듯이 사람들이 식
탁 주위로 몰려들기 시작했다.

그 때였다. 장군을 따라온 군인들이 호위병의 임무를 수행하면서 사람들이
다가서지 못하도록 총검으로 사정없이 떼밀었다.

성품이 유순한 어니스트는 그만 뒤로 밀려나 버려 도저히 장군의 얼굴을

볼 수 없었다. 그는 하는 수 없이 스스로를 위로하려고 큰 바위 얼굴이 있는 쪽을 바라보았다. 큰 바위 얼굴은 전과 다름없이 성실해 보였고, 오랫동안 마음에 품고 있던 친구를 대하듯이 다정하게 그를 마주 보고 미소 짓는 듯했다.

이 때, 이 영웅의 생김새를 큰 바위 얼굴과 비교해 보는 사람들의 말소리가 여기저기에서 들려 왔다.

"판에 박은 것처럼 똑같은 얼굴이야!"

한 사람이 기뻐 날뛰면서 외쳤다.

"영락없이 같아! 바로 그 얼굴이라고!"

또 다른 사람이 맞장구를 쳤다.

"닮다마다! 마치 올드 블러드 앤드 선더 장군이 커다란 거울에 자기 얼굴을 비추고 있는 것과 같네그려."

세 번째 사람이 외쳤다.

"아무렴, 그렇고말고! 장군이야말로 동서고금을 통해 가장 위대한 인물임에 틀림없네."

그러고 나서 세 사람은 장군이 바로 큰 바위 얼굴의 주인공이라며 목청껏 외치기 시작했다. 그 소리가 사람들 사이에 퍼져 나가면서 곧이어 수많은 군중이 큰 고함을 일으켰고, 그 고함 소리는 다시 산으로 울려 퍼졌다. 군중의 함성은 마치 큰 바위 얼굴이 천둥 같은 목소리로 고함을 지른 것이 아닌가 하고 의심이 들 정도로 크게 멀리 퍼져 나갔다.

이런 열광은 어니스트의 마음까지 흥분하게 만들었다. 어니스트는 드디어 큰 바위 얼굴과 같은 사람을 발견했구나 싶어 몹시 기뻤다. 사실 그 동안 어니스트는 지혜를 가르치고 선한 일을 행하여 사람들을 행복하게 해 줄 위인은 용사 같은 사람보다는 평화로운 얼굴의 주인공이 아닐까 생각했었다. 그러나 하느님께서는 이런 단순한 생각을 넘어서서 인류를 축복하는 당신만의 방법으로 무사나 피 묻은 칼에 의해서도 위대한 목적이 성취될 수 있다고 생각하셨던 게 아닌가 하고 어니스트는 생각했다.

"장군이다! 장군이다!"

그 때 누군가 외치는 소리가 다시 들려 왔다.

"쉿, 조용히 해! 장군이 이제 연설을 하실 모양이야."

그의 말대로 장군은 군중에게 감사의 뜻을 표현하기 위해 자리에서 일어서고 있었다. 식사를 모두 마치고 박수 갈채와 함께 그의 건강을 기원하는 축배가 이어진 다음이었다.

바로 그 순간, 장군의 얼굴이 어니스트의 눈에 들어왔다. 장군의 머리 위에는 아름다운 아치형의 푸른 월계관이 씌워져 있었고, 화려한 깃발이 그의 이마에 그늘을 드리우듯 늘어져 있었다. 그와 동시에 숲이 트인 곳으로 큰 바위 얼굴이 바라다보였다.

과연 이 두 얼굴 사이에 사람들이 말하는 것과 같은 유사한 점이 정말로 있었을까? 아쉽게도 어니스트는 그런 점을 전혀 찾아 낼 수가 없었다.

어니스트는 수많은 격전과 갖은 풍상에 찌든 장군의 얼굴을 유심히 바라보았다. 그의 얼굴에서는 힘이 넘쳐 흐르고 강한 의지가 배어 나왔다. 그러나 신중한 지혜와 깊고 넓은 자비심, 정감 어린 온화함은 도무지 찾아볼 수가 없었다. 큰 바위 얼굴은 준엄한 표정을 짓고 있긴 하지만, 한편으로는 온화한 빛을 품고 있어서 그 표정은 언제 보아도 부드러웠는데 말이다.

"예언의 인물이 아니야……."

어니스트는 군중 사이를 빠져 나가면서 홀로 한숨을 내쉬었다.

"아직도 더 기다려야 한단 말인가……?"

잠시 후 산등성이에 안개가 짙게 깔리기 시작했다. 그리고 웅장하면서도 위엄이 넘치는 큰 바위 얼굴이 그 안개 사이로 살며시 모습을 드러냈다. 그것은 마치 거대한 천사가 산 속에 앉아 황금빛과 자줏빛 구름 옷을 입고 있는 것 같은 형상이었다.

그 광경을 쳐다보던 어니스트는 큰 바위 얼굴이 입술은 움직이지 않았지만 광채 속에서 분명 자신을 향해 미소를 지었다고 믿었다. 그것은 아마도 어니스트와 큰 바위 얼굴 사이를 맴도는 안개가 서쪽으로 지던 햇빛과 어우러지면서 만들어 낸 미묘한 변화였을 테지만, 어니스트는 그 미소를 확신했다. 그리고 언제나 그랬듯이 큰 바위의 얼굴은 어니스트의 마음에 새로운 희망을 불어넣어 주었다.

'걱정 말아라, 어니스트.'

큰 바위 얼굴이 그에게 속삭이는 듯했다.

'걱정하지 말아라, 어니스트. 그는 꼭 올 것이다.'

그 후로 여러 해가 평온하게 흘러갔다. 어니스트는 아직도 그가 태어난 골짜기에 살고 있었고, 이제는 어엿한 중년 남자가 되었다. 그리고 비록 미미하긴 했지만 사람들 사이에 차차 그의 존재가 알려지고 있었다.

어니스트는 예전과 다름없이 여전히 생계를 위해 열심히 일을 하는 순박한 시골 사람이었다. 그러나 생애의 많은 부분을 인류의 삶과 행복, 그리고 희망에 대해 생각하며 사색하는 데에 바쳤던 그는 마치 천사들과 대화를 나누고,

천사들의 지혜를 전달 받은 사람 같았다. 그의 다정한 마음씨는 길가에 푸른 초원을 만들어 놓은 조용한 시냇물의 흐름과 같았다. 이 겸손한 사람이 존재함으로 인해 세상은 더욱더 좋아졌다. 그는 자신에게 주어진 길을 한 번도 벗어난 적이 없으며 항상 이웃을 축복해 주었다.

어니스트는 자기도 모르는 사이에 어느덧 전도사가 되었다. 그의 맑고 높은 순수한 사상은 소리 없는 덕행으로 나타났고, 그의 설교에서는 그러한 영혼의 울림이 깊게 배어 나왔다. 그는 언제나 진리를 말했으며, 그의 이야기를 듣는 사람은 깊은 감명을 받아 삶을 새롭게 가꾸어 나갈 힘을 얻게 되었다.

청중은 그들의 이웃이며 친근한 벗인 어니스트가 평범한 사람이 아니라고는 생각조차 해 본 적이 없었다. 어니스트 자신 역시 꿈에도 그런 생각을 해 보지 못했다. 그러나 어니스트는 시냇물의 속삭임과도 같은 한결같은 믿음으로 충만해 있었고, 그의 입에서는 아직까지 그 어느 누구도 말한 적이 없는 심오한 생각들이 술술 흘러 나왔다.

어느 정도 시일이 흐르자 사람들의 마음은 냉정하게 가라앉았다. 그들은 올드 블러드 앤드 선더 장군의 험상궂은 인상과 산 위에 있는 자비로운 얼굴과는 비슷한 점이 없다는 것을 깨닫게 되었다.

그러나 얼마 후 또다시 큰 바위 얼굴과 똑같이 생긴 저명한 정치가가 나타났다는 소식이 들려 오기 시작했다. 신문에서는 그것을 확인하려는 기사가 여기저기에 실렸다.

그 정치가는 개더 골드 씨나 올드 블러드 앤드 선더 장군과 마찬가지로 이 골짜기에서 태어난 사람이었다. 그 역시 일찍이 이 고장을 떠났고, 법률과 정치 분야에 발을 내디뎌 오늘과 같은 저명한 인사가 되었다. 부자의 재산과 무사의 칼 대신 그는 오직 한 개의 혀를 가졌을 뿐이었지만, 그것은 그 두 가지를 합친 것보다 더 강력한 힘을 갖고 있었다.

그의 언변은 놀랄 만큼 뛰어나 청중은 그가 무엇을 말하든 그의 말이라면 믿지 않을 수 없게 되었다. 그의 말 한 마디에 청중은 때로는 그른 것도 옳게 보고, 때로는 정당한 것도 그르다고 여겼다. 만일 그가 마음만 먹는다면 그의 숨결만으로 휘황찬란한 안개를 일으켜 대자연의 햇빛조차 무색하게 할 수도 있을 것만 같았다.

그의 웅변은 때로는 천둥과 같이 무섭게 쩌렁쩌렁 울리기도 했고, 때로는 부드러운 음악 소리와 같이 한없이 은은하게 속삭이기도 했다. 그것은 전쟁터의 질풍인 동시에 평화의 노래였다. 실제로 그럴 리는 없겠지만, 이 정치가는 마치 입 속에 심장을 지니고 있는 듯했다.

그는 참으로 놀라운 사람이었다. 그의 혀가 만들어 내는 말들은 방방곡곡으로 전해졌고, 그의 주장은 온 세계에 알려졌다. 그리하여 그가 머릿속에 그리던 모든 성공을 거머쥐었을 때, 그의 혀는 마침내 그를 대통령으로 선출하도록 국민들을 설득하기에 이르렀다.

그의 이름이 처음 세상에 알려지기 시작했을 때 이미 그의 숭배자들은 그와 큰 바위 얼굴을 비교하면서 서로 비슷한 모습을 찾아 내고 있었다. 그들은 두 얼굴이 너무나 많이 닮아 있는 것에 놀랐고, 마침내 이 신사는 올드 스토니 피즈 Old Stony Phiz '큰 바위 얼굴의 노인' 을 뜻함.라는 이름으로 불려져 전국에 알려지게 되었다. 이 이름은 그의 정치적 전망에 상당히 유리한 작용을 했다. 교황을 비롯해 높은 위치에 있는 사람들 대부분은 이렇게 좋은 이미지의 또 다른 이름들을 갖고 있었고, 그 역시 대통령이 되는 데에는 이러한 별명이 좋은 영향을 미칠 게 분명했다.

　친구들이 그를 대통령으로 추대하려고 전력을 다하고 있을 때, 올드 스토니 피즈는 그의 고향인 이 골짜기를 방문하기 위해 길을 떠났다. 그런데 그에게는 주민들과 만나 악수하는 것 이외에 다른 목적이 없었으며, 그는 자신이 이 지방을 지나가는 것이 선거에 어떤 영향을 미칠 것인지 깊게 생각하거나 신경을 쓰지도 않았다.

　어쨌든, 사람들은 이 유명한 정치가를 맞이하기 위해서 성대한 행사를 준비했다. 그를 맞이하기 위한 기마 행렬이 주 경계선까지 보내졌고, 사람들은 일을 멈춘 채 길가에 모여 그가 지나가는 것을 보기 위해 기다렸다. 그들 가운데에는 어니스트도 함께 있었다.

　이미 몇 번이나 실망했건만, 그래도 어떤 상황에서든 희망과 믿음을 잃지 않는 성격의 어니스트는 아름답고 선한 것이라면 무엇이나 믿으려 했다. 그의 마음은 늘 열려 있었고, 하늘에서 내리는 축복이 현실로 다가온다면 그것을 놓치지 않겠다는 마음의 준비를 하고 있었다. 그래서 또다시 전처럼 들뜬 마음으로 큰 바위 얼굴을 닮은 주인공을 보러 나갔던 것이다.

　기마 행렬은 요란한 말굽 소리를 내며 달려왔다. 먼지가 어찌나 뽀얗게 일어났던지 어니스트는 산 위의 큰 바위 얼굴을 제대로 볼 수가 없었다.

　이웃의 유지들은 모두 말을 타고 있었다. 제복을 입은 민병대 장교, 의회 의원, 지방 판사, 신문 편집인, 그리고 수많은 농부들이 좋은 옷을 입고 말 위에 앉아 조용히 주인공을 기다리고 있었다. 그 모습은 정말 장관이었다. 특히 기마대 위로 여러 가지 깃발이 날리고 있었는데, 깃발 위에는 그 유명한 정치가와 큰 바위 얼굴이 형제처럼 나란히 웃고 있는 큰 그림이 그려져 있었다. 그

그림이 믿을 만한 것인지는 알 수 없으나, 어쨌든 그림만으로 본다면 그 둘의 얼굴은 놀랄 만큼 서로 닮아 있었다.

악대가 연주하는 우렁찬 음악이 수많은 군중에게 감격의 파장을 안겨 주며 퍼져 나가자, 저명한 손님을 환영하는 술렁거림이 골짜기 구석구석까지 가득 채워지는 듯했다. 그러나 가장 장대한 광경은 멀리 솟은 절벽이 그 음악을 되울려 보내는 것이었다. 큰 바위 얼굴 자신도 마침내 예언 속의 주인공이 온 것을 인정하듯이, 승리에 찬 합창을 더욱 큰 소리로 되울려 주는 것 같았다.

사람들은 모자를 벗어 위로 던지며 큰 소리로 만세를 외쳤다. 그 열기는 마음에서 마음으로 전해졌고, 어니스트의 가슴도 이내 달아올랐다. 어니스트 역시 모자를 위로 던지며 큰 소리로 따라 외쳤다.

"위인 만세! 올드 스토니 피즈 만세!"

그러나 그 때까지도 어니스트는 그 사람을 보지 못했다.

"저기 왔다!"

어니스트 곁에 서 있던 사람들이 외쳤다.

"저기 저기, 올드 스토니 피즈를 보시오! 그리고 저 산 위의 얼굴을 보시오! 정말 쌍둥이 같지 않소?"

드디어 화려한 행렬 한가운데로 흰 말 네 마리가 이끄는 뚜껑 없는 사륜 마차가 도착했다. 그 수레 안에는 모자를 벗어 든 유명한 정치가 올드 스토니 피즈가 앉아 있었다.

"어때요? 희한하지 않소?"

어니스트의 옆에 서 있던 사람이 그에게 말을 건넸다.

큰 바위 얼굴은 이제야 제 짝을 만난 듯했다. 솔직히 말하자면, 마차에서 고

개를 끄덕거리며 미소를 띠고 있는 얼굴을 처음으로 보았을 때, 어니스트 역시 산 위에 있는 얼굴과 흡사하다는 생각이 들었다.

움푹 파인 눈과 훤하게 벗어진 넓은 이마, 그 밖에 얼굴 모습이 참으로 대담하고 힘 있게 보였다. 그의 생김새는 마치 큰 바위 얼굴과 닮기 위해 만들어진 얼굴인 것처럼 보일 정도였다. 그러나 그 정치가의 얼굴에서는 육중한 화강석 물체를 정신적으로 승화시키는 산 중턱 바위 얼굴의 빛나는 장엄함이나 위풍, 신의 사랑을 담은 듯한 숭고한 표정은 찾아볼 길이 없었다. 무엇인지 알 수는 없으나 처음부터 뭔가가 결핍되었거나 그렇지 않으면 있던 것이 없어져 버린 것만 같은 얼굴이었다. 놀랄 만한 재능을 지닌 이 정치가의 눈가에는 지치고 우울한 빛이 깃들어 있었다.

어찌 보면 그는 싫증난 장난감을 손에 쥐고 있는 어린아이와 같은 느낌을 주었다. 높은 업적을 세웠음에도 인생의 중요하고도 가치 있는 목적이 없는 까닭에 놀라운 능력을 가진 것과는 달리 모호하고 공허한 인생을 사는 사람과 같은 인상을 주었던 것이다.

그 때, 어니스트의 옆 사람이 팔꿈치로 그를 쿡쿡 찌르면서 다시 한 번 대답을 재촉했다.

"어떻소? 어떤가 말이오! 이 사람이야말로 산 위의 얼굴과 똑같지 않소?"

"아니오!"

어니스트는 무뚝뚝하게 대답했다.

"아니, 전혀 닮지 않았소!"

"그래요? 그렇다면 저 큰 바위 얼굴에게 조금 미안한데……."

옆 사람은 이렇게 대답하고는 올드 스토니 피즈를 위해 또다시 환호성을 질렸다.

　크게 낙심한 어니스트는 우울한 표정을 지으며 그 곳을 떠났다. 예언을 실현시킬 수 있을 것 같은 사람을 만났으나 정작 그는 스스로 그렇게 할 의사가 없어 보였다는 것이 어니스트를 슬프게 했다.

　기마대, 깃발, 음악대, 사륜 마차 등이 소란스러운 군중을 남겨 두고 어니스트의 옆을 스쳐 지나갔다. 그리고 차츰 먼지까지도 희미하게 사라져 버렸다.

　어니스트는 수세기 동안 골짜기를 지켜 온 장엄한 큰 바위 얼굴을 다시금 처다보았다.

　'보아라, 어니스트. 나는 여기 있다.'

　큰 바위 얼굴의 인자한 입술이 그에게 이렇게 말하는 듯했다.

　'나는 너보다 오래 기다렸다. 그러나 아직도 지치지 않았다. 걱정 말아라, 어니스트. 그 사람은 꼭 올 것이다.'

　세월은 또다시 한참을 덧없이 흘러갔다. 이제는 어니스트의 머리에도 하얗게 서리가 내렸다. 이마에는 점잖은 주름살이 잡혔고, 양쪽 뺨에는 고랑이 생겼다.

　어니스트는 어느새 노인이 되었다. 그러나 그는 결코 나이를 헛되이 먹지 않았다. 머리 위의 백발보다 더 많은 현명한 생각이 머릿속에 꽉 차 있었고, 이마와 뺨의 주름살에는 인생의 여정에서 시련을 통해 얻은 지혜가 간직되어 있었다.

　어니스트는 이제 더 이상 이름 없는 존재가 아니었다. 명예를 좇지도 원하지도 않았던 그였지만 수많은 사람이 그를 따랐고, 그의 이름은 그가 살고 있는 산골을 넘어 바깥 세상에까지 알려지게 되었다. 고결한 사상을 지닌 이 순박한 인물에 대한 소문은 해외에까지 널리 퍼져 대학 교수는 물론 활기 찬 생활에 젖은 대도시 사람들조차 어니스트와 이야기를 나누려고 먼 길을 마다하지 않고 달려왔다.

그에게는 천사와 이야기를 나누는 듯한 조용하고 친숙한 위엄이 깃들어 있었다. 정치가든, 박애주의자든 어니스트는 진심을 다해 그들을 맞이했고, 그들과 마음 속에 간직한 이야기들을 자유롭게 주고받았다. 사람들과 이야기를 나누고 있노라면 어니스트는 자신도 모르게 얼굴에서 환하게 빛이 나, 부드러운 노을빛처럼 그 앞에 모인 이들을 비춰 주었다.

수많은 사람들이 그와 나눈 아름다운 이야기를 가슴에 담고 작별을 고했다. 그들은 그 후 큰 바위 얼굴을 쳐다볼 때마다 그와 비슷한 얼굴을 틀림없이 어디에선가 보았다는 생각이 들었지만 어디에서 보았는지는 기억해 내지 못했다.

어니스트가 이렇게 노년의 생활을 보내고 있을 무렵, 인자하신 하느님의 섭리로 새로운 시인 한 사람이 세상에 나타났다. 그 역시 이 골짜기에서 태어난 사람이었다. 그렇지만 시인은 꿈 같은 이 고장을 멀리 떠나 일생의 대부분을 도시의 소음 속에 묻혀 살았다. 그러나 그 가운데에도 그는 아름다운 음률을 계속 쏟아 내었다.

그는 어린 시절에 보고 자랐던 친숙한 산들의 눈 덮인 봉우리를 맑고 깨끗한 그의 시 속에 드러내기도 했고, 큰 바위 얼굴의 웅대한 입으로 읊어도 부끄럽지 않을 만큼 장엄한 노래로 바위를 찬양하기도 했다. 이 시인은 하늘로부터 세상으로 보내진 비범한 재능을 지닌 천재였다.

그가 산을 읊으면, 산허리나 산꼭대기에 장엄함이 한층 더 깃드는 것처럼 느껴졌다. 그가 아름다운 호수를 노래하면, 하늘은 미소를 던져 그 호수 위를 영원히 비추는 듯했다. 그리고 그가 망망한 바다를 읊으면, 그 깊고 넓은 세찬 기운이 사람들의 마음을 감격시켜 생기 있게 만드는 것 같았다.

이 시인이 행복한 눈으로 세상을 축복하면, 온 세상이 과거와는 다른 훌륭한 모습으로 변화될 것만 같았다. 조물주는 손수 창조한 그의 세계에, 최고의 솜씨를 발휘해 마음을 기울여 만든 이 시인을 마지막으로 내려 보냈던 것이다. 이 시인이 조물주의 창조물을 해석하고 완성시킬 때까지는 천지 창조는 완성된 것이 아닌 듯했다.

그의 시는 마침내 어니스트의 손에까지 들어가게 되었다. 어니스트는 일이 끝나면 늘 자기 집 문 앞에 놓인 긴 의자에 앉아서 그 시들을 읽었다. 그 자리는 오랜 세월 동안 그가 큰 바위 얼굴을 바라보며 사색에 잠기던 곳이었다.

어느 날, 시를 읽고 난 어니스트는 눈을 들어 인자하게 자신을 바라보고 있는 큰 바위 얼굴을 올려다보았다.

"오, 장엄한 벗이여!"

그는 큰 바위 얼굴을 보며 나지막이 중얼거렸다.

"이 사람이야말로 그대를 닮을 자격이 있지 않습니까?"

큰 바위 얼굴은 미소 짓는 것 같았지만 역시 아무 대답이 없었다.

한편, 이 시인은 멀리 떨어져 있었지만 어니스트의 소문을 들었을 뿐 아니라, 그의 인격을 사모할 정도에 이르렀다. 시인은 누군가에게 배운 것이 아닌 스스로 터득한 지혜와 항상 고상하고 우아한 순수성이 일치된 삶을 살고 있는 어니스트를 몹시 만나고 싶어했다.

그러던 어느 여름날 아침, 기차를 타고 떠난 시인은 어니스트의 집에서 그리 멀지 않은 역에서 내렸다. 전에 개더 골드의 저택이었던 호텔이 바로 근처에 있었지만 그는 손가방을 든 채 어니스트의 집을 찾아가 그 곳에서 하룻밤을 청해 보기로 마음먹었다.

어니스트의 집 문 앞에 다다른 시인은 점잖게 보이는 한 노인을 보게 되었다. 한 손에 책을 들고 있던 그 노인은 문득 책갈피에 손가락을 끼운 채 큰 바위 얼굴을 쳐다보고는, 또다시 고개를 숙여 책을 들여다보고 있었다.

"안녕하십니까? 지나가는 나그네인데, 하룻밤만 머물렀다 갈 수 있겠습니까?"

시인이 말을 건넸다.

"예, 그렇게 하십시오. 저 큰 바위 얼굴이 저렇게 다정한 얼굴로 손님을 맞이하는 것을 본 일이 없구려."

어니스트는 웃는 얼굴로 대답했다.

시인은 어니스트 옆에 앉았고, 그 둘은 서로 이야기를 주고받기 시작했다. 시인은 전에도 최고로 재치 있고, 최고로 지혜로운 사람들과 이야기해 본 일이 있었다. 하지만 어니스트처럼 사상과 감정이 자연스럽게 우러나오는 소박한 말솜씨로 위대한 진리를 알기 쉽게 말하는 사람을 만나 본 적이 없었다.

어니스트가 들판에서 일을 할 때면 천사들도 그와 함께 일하는 것 같았고, 그가 난로 곁에 있으면 천사들 역시 함께 앉아 있는 듯했다. 시인이 생각하기에, 어니스트는 천사와 함께 친구처럼 지내다 보니 천사의 숭고한 이상을 전달받게 되었고, 그는 그것을 부드럽고, 순박하고, 매력적이지만 지극히 일상적인 말로 풀어서 가르치는 듯했다.

한편 어니스트는 오두막집 주위를 쾌활하고 사색적이며, 아름다운 분위기로 이끄는 시인의 생동감 넘치는 모습에 깊은 감명을 받았다. 두 사람의 마음은 혼자서는 얻지 못할 심오한 느낌으로 가득 찼다.

어느 틈엔가 그들의 마음은 하나의 가락으로 화합하여 하나의 음악이 되었다. 그 누구도 자기의 것이라 말할 수 없고, 자기의 것을 구분할 수 없는 음악이 되었던 것이다. 말하자면 그들은 지금까지 가 보지 못한 멀고 막연한 사색의 전당으로 서로를 이끌어 갔는데, 그 곳은 언제나 머물고 싶을 만큼 너무나 아름다운 곳이었다.

시인의 이야기에 귀를 기울이는 어니스트의 모습은 마치 큰 바위 얼굴이 몸을 앞으로 내밀어 귀를 기울이고 있는 것만 같았다.

어니스트는 시인의 빛나는 눈을 주의 깊게 들여다보며 물었다.

"손님께서는 비범한 능력을 가진 듯한데 대체 뉘십니까?"

그러자 시인은 어니스트가 읽고 있던 책을 가리키며 말했다.

"당신께서는 이 책을 읽으셨지요? 그러면 이미 저를 아실 겁니다. 제가 바로 이 책을 쓴 사람이거든요."

어니스트는 다시 한 번 유심히 시인의 모습을 살펴보았다. 그러고는 큰 바위 얼굴을 잠시 쳐다본 뒤에 이상하다는 표정으로 또 한 번 시인의 얼굴을 바라보았다. 그리고 곧이어 어니스트의 얼굴에는 실망의 빛이 떠올랐다. 그는 머리를 저으며 한숨을 내쉬었다.

"왜 슬퍼하십니까?"

시인이 물어 보았다.

"저는 일생 동안 예언이 실현되는 날을 기다려 왔습니다. 그리고 이 책을 읽으면서 저는 이 시를 쓴 분이야말로 예언을 실현시켜 줄 분이 아닐까 하고 생각했답니다."

어니스트는 나지막이 말했다.

시인은 얼굴에 살며시 미소를 띠면서 입을 열었다.

"주인께서는 저에게서 저 큰 바위 얼굴과 닮은 점을 찾기를 원하셨던 것이지요? 그런데 지금 보니 개더 골드나 올드 블러드 앤드 선더나 올드 스토니 피즈와 마찬가지로 저에 대해서도 역시 실망하셨겠군요. 그렇습니다. 저는 그 정도밖에 안 됩니다. 저 역시 앞서 나타난 세 사람들과 같이 당신에게 또 한 번의 실망을 안겨 드릴 뿐이지요. 정말로 부끄럽고 안타까운 이야기입니다만, 저는 인자하고 장엄하게 생긴 저 큰 바위 얼굴에 비할 가치가 없는 사람입니다."

"왜요? 여기에 담긴 당신의 영혼이 신성하지 않단 말씀입니까?"

어니스트는 시집을 가리키며 말했다.

"그 시들에는 신의 뜻이 담겨 있습니다. 아마도 하늘나라에서 울려 퍼지는 노래가 있다면 그 울림쯤은 들릴 것입니다. 친애하는 어니스트 씨! 그러나 저의 생활은 제 사상과 하나가 되지 못했습니다. 저 역시 한때는 숭고한 꿈을 가졌습니다. 그러나 그것들은 다만 꿈으로 그치고 말았지요. 저는 보잘것 없고 속된 현실 속에서 살아가는 것을 택했고, 그렇게 살아왔습니다. 솔직히 말씀드리면, 사람들은 제 작품을 보고 자연이나 인생 속에 깃든 장엄함이라든지 선이라는 존재를 확실하게 표현했다고 말하곤 하지만 정작 나 자신은 굳은 신념을 갖지 못한 적이 많았습니다. 그런데 어찌 순수한 선과 진리를 찾으려는 당신의 눈이 나에게서 저 큰 바위 얼굴과 닮은 점을 찾을 수 있겠습니까?"

시인은 슬픈 목소리로 대답했다.

어느 새 그의 두 눈에는 눈물이 어려 있었고, 어니스트의 눈에도 눈물이 괴었다.

서서히 저녁 해가 질 무렵, 어니스트는 시인과 함께 다정히 이야기를 주고받으며 서로 팔을 끼고 야외 연단으로 향했다. 어니스트는 그 곳에서 동네 사람들에게 이야기를 들려 주기로 약속되어 있었다. 어니스트의 연설은 이미 아주 오래 전부터 해 오던 것으로 이제는 이 동네의 관례가 된 일이었다.

그 곳은 나지막한 산에 둘러싸인 구석진 곳이었다. 뒤에는 회색 절벽이 솟아 있고, 앞으로는 무성한 담쟁이덩굴이 깎아지른 듯한 날카로운 벼랑으로부터 줄기줄기 덩굴을 뻗어 험상궂은 바위를 마치 비단 휘장처럼 덮고 있었다.

평지보다 약간 높은 그 곳에 푸른 나뭇잎으로 둘러싸인 아늑한 곳이 있었다. 한 사람이 들어가 자신의 진심에서 우러나오는 몸짓을 하며 이야기를 할 수 있을 정도의 작은 공간이었다.

자연이 만들어 준 이 연단에 올라간 어니스트는 따뜻하고 다정한 웃음을 띠며 청중들을 둘러보았다. 설 사람은 서고, 앉을 사람은 앉고, 기댈 사람은 기대고……. 그들은 모두 저마다 편한 자세로 모여서 이야기를 듣기 위해 귀를 기울이고 있었다.

서산에 기울어져 가는 해가 청중을 비추었다. 그 빛은 햇빛이 잘 통하지 않는 울창한 숲 속에 명랑한 빛을 던져 주었다. 햇빛은 자신이 흩뿌려지는 즐거움을 느끼면서 나뭇가지의 위아래로 황금빛 햇살을 머무르게 했다. 다른 한 쪽으로는 저 멀리 큰 바위 얼굴이 바라다보였는데 예나 지금이나 변함없이 유쾌하고 장엄하면서도 인자한 모습을 그대로 드러내고 있었다.

어니스트는 마음 속에 담겨 있는 자신의 이야기를 청중에게 풀어 놓기 시작했다. 그의 말은 그의 사상과 일치했기에 힘이 있었고, 그의 사상은 그의 일상 생활과 조화를 이루었기에 현실적인 깊이가 있었다.

이 설교자가 하는 말은 단순한 목소리가 아닌 생명의 부르짖음이었다. 그 속에는 선한 행위와 신성한 사랑으로 이루어진 그의 일생이 담겨 있었기 때문이었다. 마치 맑게 빛나는 순결한 진주가 그의 귀중한 생명수 속에 녹아 들어간 것 같았다.

어니스트의 이야기에 귀를 기울이고 있던 시인은 그의 사람됨과 품격이 지금껏 자기가 쓴 그 어떤 시보다 고상하고 아름답다고 느꼈다.

시인은 눈물이 그렁거리는 눈으로 존엄한 설교자를 우러러보았다. 그리고 온화하며 다정하고 사려 깊은 얼굴에, 백발을 흩날리며 설교하는 그의 모습을 보면서 이것이야말로 예언자이자 성자다운 모습이라고 생각했다.

그 때 문득 저쪽 멀리에서, 석양의 황금빛 속에 높이 솟아 오른 큰 바위 얼굴이 시인의 눈에 또렷하게 들어왔다. 바위를 둘러싼 흰 구름은 마치 어니스트의 이마를 덮고 있는 백발과도 같았다. 그 광대하고 자비로운 모습은 온 세상을 끌어안는 듯했다.

"보시오! 보시오! 어니스트 씨야말로 큰 바위 얼굴과 똑같습니다."

그 순간 사람들은 모두 어니스트를 쳐다보았다. 그리고는 이 안목 있는 시인의 말이 사실인 것을 깨달았다. 마침내 예언이 실현된 것이다.

그러나 할 말을 다 마친 어니스트는 시인의 팔을 잡고 그대로 천천히 집으로 돌아갈 뿐이었다. 아직도 그는 큰 바위 얼굴과 생김새가 똑같은 사람, 자신보다 더 현명하고 더 선한 사람이 있을 것이라고 믿었고, 그 사람이 어서 빨리 나타나기를 마음 속으로 간절히 바랄 뿐이었다.

| 나사니엘 호손 | Hawthorne, Nathaniel |

작품 해설 ●──

남북전쟁 직후, 어니스트란 이름의 소년은 어머니로부터 바위 언덕에 새겨진 큰 바위 얼굴을 닮은 아이가 태어나 훌륭한 인물이 될 것이라는 전설을 듣게 됩니다. 어니스트는 그런 사람을 만나 보았으면 하는 기대를 가슴에 품은 채, 어떻게 살아야 자신도 큰 바위 얼굴처럼 될까 생각하면서 진실하고 겸손하게 살아갑니다.

이 소설은 어린이가 노인이 될 때까지의 시간을 다루고 있으며, 우리에게 '참다운 삶이란 무엇인가'를 생각하게 하죠. 우리가 흔히 알고 있는 위인들은 국가와 민족을 위해 몸을 바쳐 일한 사람이지만, 작가는 그것만이 전부가 아님을 말하고 있습니다. '비록 소박하고 평범한 사람일지라도 착한 행위와 신성한 사랑을 행하고, 끊임없는 자기 탐구를 행하며 마침내는 말과 사상과 생활이 일치되는 것'이 위대한 인물의 보다 진실된 조건임을 작가는 밝히고 있습니다.

위대한 인간의 가치가 돈이나 명예나 권력 등의 세속적인 것에 있는 게 아니라는 걸 일깨워 주기 위해 소설은 몇몇의 인물을 상징적으로 보여 줍니다.

 더 알아두기

토마스 하디의 작품 소재인 큰 바위 얼굴은 미국 사우스다코타 주 러시모어 산 중턱에 실제로 존재하는 조각입니다. 미국 국민들로부터 위대한 대통령으로 추앙받는 워싱턴, 링컨, 제퍼슨, 루즈벨트의 거대한 얼굴이 새겨져 있지요. 이것은 한 부자가 1927년부터 1941년까지 2대에 걸쳐 완성한 것이라고 합니다. 4명의 대통령상은 얼굴 길이가 18m나 되어서 수십 km 떨어진 곳에서도 보일 정도로 크기 때문에 큰 바위 얼굴로 불린답니다.

어니스트가 만나는 인물들을 차례로 살펴보도록 하죠. 먼저 개더 골드는 '약삭빠르고 활동적인 데다' 운수까지 좋아 대단한 거상이 된 엄청난 재산가입니다. 사람들은 그가 부자라는 이유로 동경하며 큰 바위 얼굴을 닮았다고 생각합니다. 하지만 재산이 많다고 해서 진실로 위대한 사람이 될 수는 없습니다. 개더 골드의 그 많던 재산이 사라지자 사람들은 자연스럽게 그를 잊어버립니다. 그는 재산가였을 뿐 진정 위대한 인물은 아니었던 것입니다.

다음에는 올드 블러드 앤드 선더라는 별명을 가진 장군이 찾아옵니다. 그는 목숨을 건 힘겨운 전투를 여러 차례 치른 끝에 유명한 장군이 된 인물입니다. 그러나 전쟁터에서 칼에 피를 묻히며 살아 온 그는 '야만적인 얼굴'을 가진 역전의 노병이었을 뿐 '신중한 지혜, 깊고 넓은 자비심, 정감 어린 온화함'을 가진 큰 바위 얼굴과는 거리가 먼 사람이었죠. 어니스트는 이와 같은 사실을 확인하고 다시 한 번 실망합니다.

세 번째 예언의 인물로 나타난 사람은 올드 스토니 피즈입니다. 그는 '마법의 도구'와도 같은 혓바닥을 가진 굉장한 웅변가로 성공한 이후 대통령이 되기 위해 정치가로 나선 인물이었습니다. 그를 처음 보았을 때 어니스트는 순간적으로 그의 얼굴이 큰 바위 얼굴을 닮았다고 생각하지만 '장엄함이나 위풍, 신의 사랑을 담은 듯한 숭고한 표정'이 빠져 있다는 것을 발견합니다. 그리고는 그가 예언을 실현시킬 수 있는 인물이면서도 그런 의지를 갖지 않았다는 것을 슬퍼합니다.

큰 바위 얼굴을 닮은 훌륭한 사람이 나타나길 기다리던 어니스트는 어른이 되었고, 이제는 현명한 생각이 깃들고 지혜가 깊어진 노인이 되었습니다. 그는 순박한 농부이지만 책에서도 얻지 못하는 '고요하고 친숙한 위엄을 갖춘 사상'을 가지고 있었습니다. 따라서 어니스트를 찾아오는 사람들이 늘어났고, 그들에 의해 그의 이름이 세상에 알려지게 되었지요. 그 무렵 세상에는 한 시인이 이름을 떨치고 있었는데, 어니스트는 시인의 시를 읽으며 그 시인이야말로 큰 바위 얼굴을 닮을 가치가 있는 사람이라고 생각합니다.

한편 그 유명한 시인 역시 어니스트에 대한 소문을 듣고, 어니스트에 대해 궁금해하며 그를 찾아옵니다. 어니스트는 기대했던 그 시인의 얼굴이 큰 바위 얼굴을 닮지 않은 것을 보고 또 실망을 합니다. 시인은 어니스트와 대화하면서 자신이 쓴 시는 어떤 사상과는 일치할지 모르지만 자신의 실제 생활과는 일치하지 않는다는 이야기를 합니다. 그리고 난 후 시인은 이웃 주민들에게 강연하는 어니스트의 얼굴에서 '자애에 가득 찬 장엄한 표정'을 봅니다. 그리고는 말과 사상이 일치하는 어니스트야말로 큰 바위 얼굴을 닮은 사람이라는 것을 발견하지요. 소설에서 시인은 이 사실을 사람들에게 일깨워 주는 역할을 합니다.

호손의 소설이 높은 평가를 받은 이유는 첫째로 작품의 구성이 완벽하면서도 감각적이기 때문입니다. 「큰 바위 얼굴」은 한 인물의 삶 사이사이에 예언의 인물들이 첨가된 형식으로 되어 있습니다. 이는 한 인물을 완성하는 동시에 소설 자체도 완결되는 인상적인 구성입니다. 다음으로 호손의 도덕적 통찰력입니다. 그는 청교도의 전통을 이어받아 도덕적으로 진지했으며, 원죄와 죄의식의 개념, 법과 양심의 요구에 깊은 관심을 기울였죠. 때문에 그의 작품에는 참다운 삶에 대한 고민이 담겨 있고, 「큰 바위 얼굴」의 경우에는 호손의 이런 특징이 집약적으로 드러나 있답니다. 호손은 인생을 깊고 정직하게 들여다보았으며, 그 속에서 많은 고통과 갈등, 결함을 메워 주는 사랑의 힘을 발견했습니다. 어니스트가 여러 인물들에게 실망하면서도 끝까지 기대를 버리지 않고 큰 바위 얼굴을 닮은 인물이 나타나기를 기다리는 모습, 시인에 의해 그가 예언의 인물이라는 사실이 밝혀지지만 자신의 뜻을 굽히지 않고 초지일관하는 인물의 모습을 통해 엄격한 도덕적 관념을 드러내고 있는 것이죠.

마지막으로 호손은 비유와 상징에 정통했습니다. 그는 소설에 등장하는 인물들의 행동과 딜레마를 일반화된 개념들로 분명하게 나타내고 있습니다. 그러나 호손은 이것에 해설적인 표현을 덧붙여 설득력도 알맹이도 없는 인물들을 만들어 낸 것이 아니라 등장인물들을 압축된 분위기에서 다룸으로써 힘과 무게를 가진 필연성을 만들어 내고 있습니다. 이런 이유로 「큰 바위 얼굴」에 등장하는 재산가, 군인, 정치가, 시인 역시 특정한 개인이 아니라 그에 해당하는 전형적인 인물로 보아야 하는 것이지요.

- 큰 바위 얼굴의 전설은 무엇인가요?
- 큰 바위 얼굴을 닮았다고 등장하는 인물인 개더 골드, 올드 블러드 앤드 선더, 올드 스토니 피즈라는 인물들이 의미하는 바를 이야기해 보세요.
- 어니스트가 큰 바위 얼굴을 닮게 된 것은 그의 어떤 면 때문인지 설명해 보세요.
- 큰 바위 얼굴과 닮은 여러 사람들에 비해 시인의 다른 점은 무엇인가요?

| 나사니엘 호손 | Hawthorne, Nathaniel |

구성	발단	어니스트가 어머니에게 큰 바위 얼굴의 전설에 대해 듣게 됨.
	전개	어니스트가 큰 바위 얼굴을 닮은 훌륭한 인물이 나타나기를 기다림.
	위기	큰 바위 얼굴을 닮았다는 몇 사람이 나타나지만 그들의 얼굴이 닮지 않아 실망함.
	절정	시인이 나타나 어니스트를 주목함.
	결말	시인이 마을 사람들에게 어니스트야말로 큰 바위 얼굴을 닮은 인물이라고 소개함.
핵심정리	갈래	단편소설
	배경	19세기 남북전쟁 직후 미국의 어느 작은 마을.
	주제	여러 가지 인간상을 보여 주면서 이상적인 인간상을 추구.
	시점	전지적 작가 시점
	문체	건조체
작중 인물의 성격	어니스트	자신의 일에 충실하며 이상적인 인간형을 동경하여 그와 닮은 사람을 기다림.
	개더 골드	장사로 많은 돈을 모았으나 인색하고 탐욕스러움.
	올드 블러드 앤드 선더	정력과 의지는 있지만 온화함이 부족함.
	올드 스토니 피즈	뛰어난 말재주를 가졌으나 정신적인 위대함과 따뜻한 사랑은 부족함.
	시인	모든 것을 아름답고 신성하게 노래하는 재능은 있으나 생활과 사상이 일치하지 않음.

공부는 쉬엄쉬엄 상식은 쏙쏙

국어 공부를 위한 일곱빛깔 무지개

국어는 다른 과목과 달리 우리가 일평생을 해야 하는 공부입니다. 왜냐구요? 바로 우리의 문학과 문화, 역사 등을 배우는 공부이기 때문이죠. 그리고 무엇보다도 우리의 실생활을 이루어 나가도록 도와주는 우리의 말과 글을 배우는 공부이기 때문이죠. 자 그렇다면 평생을 해야 하는 국어 공부. 왕도는 없더라도 쉽고 재미있게 할 수 있는 일곱 가지 방법을 항상 기억하면서 차근차근 풀어 나가자구요.

1. 어떤 글을 읽든지 머리뿐만 아니라 가슴으로 깊이 느끼려는 노력을 한다.
2. 평소에 다양한 종류의 책을 읽는 습관을 가진다.
3. 수업시간에 충실하되, 특히 국어 문법이나 문학을 배우는 시간에는 더욱 집중을 해서 수업에 임한다.
4. 자기 생각을 글로 표현하는 연습을 충분히 해본다.
5. 기본서를 풀어 보면서 국어를 공부할 수 있는 기초를 잡는다.
6. 글을 정독하는 훈련과 문제 푸는 연습을 병행한다.
7. 국어 시험을 볼 때는 확실한 증거를 잡은 뒤 답을 쓰는 태도를 가진다.

검은 고양이

✻ 읽기 전에 생각하기

이 소설은 괴기, 공포소설로 분류되는데요, 흔히 이런 소설은 싸구려 대중소설로 일컬어지기도 하지만, 모든 괴기소설, 공포소설이 그런 것은 아닙니다. 예를 들자면 3대 낭만파 시인 중 하나인 셸리의 아내 메리 셸리의 소설 「프랑켄슈타인」은 사람도 창조해 낼 수 있다는 당시 과학 맹신의 시대에 경종을 울리고 인간성 본연의 순수함을 강조한 뛰어난 작품입니다. 또한 카프카의 「변신」은 어느 날 아침 벌레로 변신한 사내의 모습을 보여줌으로써 산업화시대의 컨베이어 벨트 속에 매몰된 인간의 존엄성과 가치를 고발한 대표적인 작품이죠. 이렇듯 괴기소설, 공포소설 중에는 세계 걸작 소설들이 많이 있습니다. 그뿐만 아니라 에드거 앨런 포우가 새로운 장을 연 추리소설, 아이작 아시모프나 필립 K·딕, 커트 보네거트의 SF소설도 역시 마찬가지입니다. 이런 종류의 소설을 읽을 때 그 장르를 편협하게 인식하는 것은 오히려 소설을 이해하는 데 도움이 되지 않는 답니다.

Poe, Edgar Allan

● **에드거 앨런 포우**

미국의 시인이자 소설가, 비평가. 포우는 천애 고아의 처지가 되어 술과 아편에 빠져 방랑생활을 보내기도 했지만 사람들은 모두 그를 단편소설의 모범을 이룩한 천재 작가로 기억한다. (1809~1849)

에드거 앨런 포우는 1809년 1월 19일 미국 매사추세츠 주 보스턴에서 태어났습니다. 아버지와 어머니 모두 순회극단의 배우였기에 그는 어린시절부터 부모와 같이 무대 생활을 하며 자랐습니다. 그러나 포우가 태어난 지 얼마되지 않아 아버지는 집을 나가 행방을 알 수 없게 되었고, 어머니는 포우가 세 살 되던 해에 갑자기 죽었습니다.

고아가 된 포우는 리치먼드에 살고 있던 존 앨런 부부에게 맡겨져 1815년 그들과 함께 영국으로 건너가 그곳에서 교육을 받았습니다. 그러나 양부와의 관계가 늘 좋지 않아 버지니아 대학의 입학 허가를 받고서도 최소한의 물질적 도움만을 받고 지냈습니다. 계속 되는 궁핍하고 힘든 생활은 그를 도박과 술에 빠지게 만들었고 결국 1827년 양부의 노여움을 사 대학을 중퇴 당하게 됩니다. 다시 리치먼드로 돌아온 포우는 약혼녀 앨미라가 다른 남자와 약혼했다는 사실을 알게 되었고, 그의 절망과 상심은 약 40페이지에 달하는 처녀시집 『태머레인 외사 Tamerlane, and Other Poems』를 출판하는 계기가 되었습니다. 양부와 갈등이 심해져 집을 나온 포우는 보스턴에서 직업을 구하러 다니며 독립하고자 노력했지만 실패했고, 결국 나이와 이름을 속이고 군대에 들어갔습니다. 1829년 제대한 포우는 볼티모어의 고모 집에 있었는데, 여기서 사촌동생이자 후일 아내가 될 버지니아를 처음 만나게 됩니다. 양부의 재정적 지원이 모두 끊어진 상황에서 정신적·육체적으로 비참한 삶을 영위하던 그는 1833년 10월, 「병 속에 담긴 편지 MS. Found in a Bottle」가 《The Baltimore Saturday Visitor》지의 콘테스트에서 최우수상을 수상하자 글쓰기에 자신감을 갖게 됩니다. 이후 포우는 본격적으로 글을 써서 돈을 벌게 되는데 「베레니스 Berenice」, 「그림자 Shadow」 등 여러 단편소설을 발표하기에 이르렀습니다.

그 이듬해인 1836년 5월, 26세의 나이로 당시 아직 14세에 불과한 사촌동생 버지니아와 결혼했지만 여러 가지 스캔들과 소문들로 1837년 잡지사를 그만두고 뉴욕으로 이사합니다. 여전히 궁핍한 생활 가운데에서도 장편 『아서 고든 핌의 이야기』와 『폰융』등을 발표하고 출판하였습니다. 수개월 동안 정규 고용직을 얻으려고 노력한 포우는 닥치는 대로 글을 쓰기 시작했습니다. 1839년부터 약 1년간 《Gentleman's Magazine》의 편집자로 일했고, 단편 「윌리엄 윌슨 William Wilson」, 「어셔 가의 몰락 The Fall of the House of Usher」을 발표하였으며, 1841년 4월에는 《Graham's Lady's and Gentleman's Magazine》의 편집장이 되었습니다. 이때 그 잡지에 세계 최초의 탐정소설인 「모르그 가의 살인 사건 The Murder in the Rue Morgue」을 발표했습니다. 그러나 아내 버지니아가 돌연 병상에 눕게 되자 포우는 1년 만에 잡지사를 그만두었고, 이 해에 단편 「적사병의 가면 The Masque of the Red Death」, 실제 사건에 토대를 둔 「마리 로제의 수수께끼 The Mystery of Mary Roget」 등을 발표하였습니다.

1843년 필라델피아의 한 신문에 단편 「황금벌레 The Gold-Bug」가 당선되어 의욕을 되찾은 포우는 연이어 「검은 고양이 The Black Cat」, 「말하는 심장 The Tell-Tale Heart」, 「함정과 시계추 The Pit and the Pendulum」를 발표하였습니다. 1845년 1월 편집자로서 일하고 있던 《The New York Mirror》 신문에 「갈가마귀 The Raven」를 발표하여 전국적인 명성을 얻게 되지만, 1847년 1월 아내 버지니아가 25세의 젊은 나이로 세상을 떠나는 슬픔을 맞습니다. 이때 그는 당대 명사들에 대한 짧은 글을 써 이들에게 명예훼손 혐의로 고소되어 있던 상태였지요.

1848년 7세 연상의 미망인이자 시인인 사라 헬렌 휘트먼에게 구혼하고 그해 12월에는 결혼 단계까지 이르렀지만, 그의 음주벽과 휘트먼 부인 가족의 반대로 인하여 느닷없이 혼담이 깨어졌습니다. 1849년에는 「애니를 위하여 For Annie」와 유명한 「애너벨 리 Annabel Lee」를 발표하였습니다. 숙원이던 자신의 새로운 잡지 《The Stylus》를 만들 계획을 품고 뛰어다니던 참에 10월 3일 볼티모어에서 인사불성이 돼 있는 것이 발견되어 워싱턴 병원으로 옮겨졌지만 같은 달 7일 일요일 아침 5시에 숨을 거두고 맙니다. 그가 마지막으로 남긴 말은 "신이시여, 내 불쌍한 영혼을 거두어 주소서 Lord help my poor soul" 였다고 합니다.

포우는 일생 동안 여성을 그리워했고 사랑했습니다. 이는 아마도 그가 일찍 어머니를 잃었기 때문일 테죠. 그의 작품을 통틀어 놓고 본다면, 한 개 이상의 잣대가 필요함을 알 수 있는데요, 그에게는 「애너벨 리」와 같은 서정적이고 다정한 면이 있는가 하면 동시에 사악한 것에 대한 낭만적인 관심과 공포가 있습니다. 그의 작품 속에는 기이한 공포와 인간적인 슬픔이 병존합니다. 뛰어난 운율감각과 함축적인 문체로 시를 쓰는가 하면 동시에 건조하고 딱딱한 문체로 으스스한 심리를 다루기도 합니다. 단편작가 포우의 불합리와 합리의 양면성은 시에서도 찾아볼 수 있지요. 그의 시는 소설에서와 같이 우수를 내포한 로맨틱한 것이지만, 그것을 다룬 방법은 수학자와 같은 냉정함입니다. 그 전형은 1845년에 발표한 「갈가마귀」입니다. 이 시는 죽은 연인에 대한 끝없는 연민의 정이 가득한, 매우 낭만적인 시로 평가받는데요, 그러나 이듬해 발표한 「창작의 철리 哲理 The Philosophy of Composition」에서 포우는 이 작품을 스스로 분석하여 어구 하나하나가 모두 주도면밀한 계산하에서 구사한 것이라고 설명하고 있습니다.

단편소설의 모범을 이룩한 천재 작가, 죽음조차 낭만의 눈으로 본 정열의 시인, 최초의 탐정 뒤팡의 창조자, 추리소설의 시조, 괴기 공포소설의 대가, 이것이 불행한 삶을 살았던 에드거 앨런 포우에게 바쳐진 헌사들입니다.

지금부터 시작하려는 아주 흉악하지만 꾸밈없는 이야기에 대하여, 다른 사람들이 믿어주기를 바라지도 않으며 또 믿어달라고 하고 싶지도 않다. 실제로 그런 사건이 있었다는 사실에 내 자신의 전신全身이 역겨워질 정도인데, 그런 기대를 한다는 것은 미친 짓거리와 다름이 없을 것이다. 그러나 나는 미치지 않았다. 그리고 꿈을 꾸고 있는 것은 더더욱 아니다. 하지만 내일이라도 나는 죽을지 모른다. 그래서 마음의 짐을 모두 풀어 놓고 싶은 것이다. 나는 무엇보다도 보통의 가정에서 일어난 일련의 사건들을 솔직히, 그리고 군소리 없이 간결하게 세상 사람들 앞에 풀어 놓고 싶을 뿐이다.

이 사건의 결과는 나에게 공포와 괴로움을 주었고, 마침내는 나를 파멸시켜 버렸다. 하지만 그 이유를 구태여 밝히고 싶지는 않다. 나에게는 그 사건이 공포감을 주었을 뿐이지만, 다른 사람들에게는 공포감이 아니라 기이한 느낌을 줄지도 모르겠다. 이후로 어떤 지성知性이 나타나 나의 이 환상적 경험이 지극히 평범한 사건에 지나지 않는다는 것을 밝힐지도 모르겠다. 나보다 더 신중하고 논리적이며 냉철한 지성을 지닌 사람이, 나는 두려움에 떨면서 묘사하고 있는 이 사건의 전말을 자연의 인과법칙에 따른 아주 평범한 일련의 과정이었던 것으로 해석해낼 수도 있다는 뜻이다.

나는 어렸을 때부터 무척 온순하고 정이 많은 아이였다. 마음이 너무 여린 나머지 동무들이 이를 두고 놀려대곤 하였다. 나는 유난히 동물을 좋아했고, 부모님들은 이런 나에게 아주 다양한 애완용 동물을 사주셨기 때문에 동물들에 파묻혀 지내다시피 했으며 그들에게 먹이를 주며 어루만지는 시간만큼 행복한 것은 없었다. 이런 특이한 성격은 자라면서도 변함이 없었고, 장년이 되어서도 나의 주요한 즐거움 중의 하나였다.

충실하고 영리한 개에게 애정을 느껴 본 사람들에게는 그 즐거움이 어떤 것인지 또 얼마나 가슴 깊게 와 닿는지를 내가 수고스럽게 구구절절 설명할 필요가 없을 것이다. 그저 그런 인간의 하찮은 우정이나 얄팍한 신의에 자주 휘둘려 본 사람들의 마음을 콕콕 찌르는 그 무엇이, 동물의 헌신적이고 희생적인 사랑 속에는 있는 것이다.

나는 일찍 결혼하였는데, 아내도 다행히 그런 나와 성격이 비슷했다. 내가 동물을 무척 좋아하는 것을 알고 아내는 기회가 될 때마다 정말 마음에 쏙 드는 동물들을 사들였다. 결국은 새들과 금붕어, 개, 토끼, 조그마한 원숭이, 그리고 고양이까지 집안을 가득 채웠다.

그 중 고양이는 굉장히 덩치가 크고 아름답게 생긴 녀석으로 온몸이 새까

많고 놀랄 정도로 영리했다. 속으로 적잖이 미신을 믿는 아내는, 고양이 녀석이 영리하다는 말을 할 때면 검은 고양이는 모두 마녀가 변장한 것이라는 옛날부터 내려오는 전설을 번번이 들먹이곤 했다. 하지만 아내가 이 말을 진지하게 한 것은 아니었고, 나도 방금 기억이 나서 그냥 한번 말해 보는 것일 뿐 별다른 이유가 있는 것은 아니다.

플루토(염라대왕)—이것이 그 고양이 녀석의 이름이었다—는 내 마음에 쏙 들었고 나는 녀석과 함께 장난을 치곤 했다. 녀석은 내가 주는 먹이만 받아먹었고, 집 안 어디든지 내 뒤를 졸졸 따라다녔다. 그래서 볼일을 보러 외출할 때면 녀석을 떼어놓느라 무진 애를 먹어야 했다.

고양이 녀석과 나는 몇 년을 이렇게 친하게 지냈는데, 그런 동안에 내 성격은 무절제한 폭음으로 인해—말하고 나니 얼굴이 확 달아오르지만—극도로 과격해져 버렸다. 날이 갈수록 점점 더 침울해지고, 아무것도 아닌 일에 화를 스스로 돋우며, 다른 사람의 감정 따위는 안중에도 없었다. 나는 아내에게 폭언을 서슴지 않았으며 마침내는 폭력까지 휘두르는 지경에 이르렀다. 나의 이런 성격 변화에 동물들까지도 시달릴 수밖에 없었다. 하지만, 플루토에게만큼은 애정이 남아 있었다. 토끼와 원숭이, 심지어 개들까지 조금만 발에 걸려도 녀석들이 애교를 부리든 말든 가차없이 걷어차 버렸지만, 그 녀석만은 학대하지 않으려고 끝까지 조심했었다. 하지만 나의 병적인 성정性情은 점점 더 악화되었고—알코올 중독과 같은 병이 어디 있겠는가!—마침내는 플루토—이 녀석도 제법 나이가 들어서 그런지 앙탈을 부리기도 했지만—녀석에게까지 손을 대게 되었다.

어느 날 밤, 마을의 단골 술집에서 곤드레만드레가 되어 집으로 돌아오니 플루토가 나를 슬금슬금 피하는 것 같았다. 심지어는 내가 녀석을 꽉 붙잡자, 나의 갑작스런 거친 행동에 놀랐는지 이빨로 손등에다 상처를 내어버렸다. 순간 지독한 분노가 들끓어 오르면서 나는 정신이 약간 나가버렸다. 내 본래의 성정마저 몸에서 쭉 빠져버리는 듯한 느낌이 들면서, 악마를 무색케 하는 진gin 술의 일종.에 찌들은 저주가 온몸 구석구석에 짜르르 퍼지기 시작했다. 나는 조끼 주머니에서 조그만 칼을 꺼내 애처로운 고양이 녀석의 목을 틀어쥔 채 한쪽 눈알을 태연하게 도려내 버렸다. 이 잔인무도한 짓거리를 고백하고 있으려니 얼굴이 화끈거리고 온몸이 달아오르면서 소름이 끼친다.

다음 날 아침 제 정신이 돌아왔을 때—지난밤의 폭음으로 인한 주독은 말끔히 사라졌다—나는 내가 저지른 악독한 짓거리에 대한 공포감과 참회하는 마음이 뒤섞인 감정을 주체할 수 없었다. 그러나 그 감정도 내 본성을 바꾸기에는 아주 미약하고 애매했다. 나는 다시 폭음으로 나날을 지새웠고, 내가 저지른 짓에 대한 모든 기억도 들이붓는 술과 함께 이내 잊혀졌다.

이러는 동안에 고양이는 그럭저럭 회복되어 갔다. 눈알을 도려낸 눈구멍은 보기에도 섬뜩할 정도였지만, 더 이상 고통을 느끼는 것 같지 않았다. 녀석은 예전처럼 집안을 이리저리 돌아다니긴 했지만 내가 가까이 가기만 하면—예상하기는 했지만—극도로 겁에 질린 모습으로 달아나 버렸다. 한때 그렇게도 나를 따르던 녀석이 분명한 혐오감을 내보이는 모습에 처음에는 비애감이 느껴졌던 것을 보면, 녀석에 대한 옛날 감정이 어느 정도는 남아 있었던 것 같다. 그러나 이런 감정도 곧 분노로 변해 갔고, 마침내는 나를 돌이킬 수 없는 파멸의 구렁텅이로 몰아가는 듯한 주체할 수 없는 사악한 기운이 마음 한 구석에서 꿈틀댔다.

이러한 심리 상태에 대해서는 아직 어떤 철학적 설명도 없다. 하지만 나는 내 영혼이 살아 숨쉬고 있다는 분명한 사실만큼이나, 이런 사악성邪惡性은 우리 인간의 마음속에 자리잡고 있는 아주 원시적인 충동 가운데 하나로, 인간을 이끄는 기본적인 힘 또는 성정이 서로 불가분적으로 융화되어 있는 것이라고 믿고 있다. 우리가 나쁜 짓이나 어리석은 행동을 수차 반복해서 저지르는 것은, 다른 이유보다도 단지 그것을 해서는 안 된다는 것을 알고 있기 때문은 아닐까? 우리가 아주 현명한 판단력을 가지고 있음에도 불구하고 자꾸만 법을 어기고 싶은 충동이 이는 까닭도 법이란 어겨서는 안 되는 것이란 생각을 가지고 있기 때문은 아닐까?

거듭 말하지만, 이와 같은 사악한 기운이 결국은 나를 파멸로 몰아가고야 말았던 것이다. 아무런 죄도 없는 고양이 녀석에게 계속해서 위해危害를 가하고 결국에는 녀석을 죽이도록 나를 몰고 간 것은, 스스로를 분노로 몰아가고 자신의 본성을 파괴하며, 오직 악 그 자체를 위해 악을 행하는 영혼의 알 수 없는 욕망이었다.

어느 날 아침, 나는 아주 냉혹하게 고양이 녀석의 목에 올가미를 걸어 나뭇가지에 매달아 버렸다. 두 눈에는 눈물을 줄줄 흘리면서, 가슴이 찢어질 듯한 비통한 마음으로 녀석의 목을 매달았던 것이다. 고양이 녀석이 나를 좋아했었기 때문에, 또 녀석이 나의 분노를 살 만한 아무런 이유가 없다는 것을 잘 알고 있었기 때문에 더욱 비통한 마음이었다. 녀석을 이렇게 죽이는 것은 죄악이라는 것을, 전지전능한 신의 무한한 자비로도 영원히 나의 영혼을 용서할 수 없을 정도로 극악무도한 죄악이라는 것을 알고 있었기 때문에 더더욱 그런 마음으로 녀석을 매달았던 것이다.

이 잔인하고 끔찍한 참살행위가 있었던 그날 밤, "불이야!" 하는 고함 소리에 나는 벌떡 잠에서 깼다. 방안의 커튼이 불타오르고 있었고, 집 전체가 불길에 휩싸여 있었다. 아내와 하녀와 나는 가까스로 이 화마火魔로부터 빠져 나왔다. 집은 완전히 잿더미가 되어 버렸다. 내 전재산을 이 놈의 화마가 꿀꺽 삼켜 버렸고, 그 후로 나는 절망적인 삶을 살아가지 않으면 안 될 신세가 되어 버렸다.

나는 이 재난과 내가 저질렀던 광포한 행위 사이에 어떤 인과 관계가 있을 거란 생각에 그것을 밝히려 안절부절못할 만큼 그렇게 마음 약한 위인은 아니다. 다만 일련의 사실들의 연관 관계를 자세히 살펴보고자 하는 것이다. 즉 조금이라도 불완전한 연관 관계가 있다면 그 관계를 보다 정확하게 밝혀 보고 싶다는 것이다.

화재가 있었던 다음날, 나는 불타 없어진 집터에 가 보았다. 모든 벽이 불에 타 없어졌는데 유독 벽 한쪽이 그대로 있었다. 그것은 집 한가운데 있는 그리 두껍지 않은 칸막이 벽으로, 내 침대 머리 쪽에 있던 벽이었다. 회灰를 바른 탓에 불길을 상당히 잘 견뎌낸 모양인데, 나는 특히 최근에 새로 발랐기 때문에 그런 것이라 추측했다. 이 벽 주위에는 많은 사람들이 모여 있었고, 그들은 어느 한 부분을 자세하게 살펴보고 있는 것 같았다. "아주 이상해!", "묘한데!" 하는 감탄사들이 호기심에 가득 찬 흥분된 목소리로 터져 나오고 있었다. 벽 쪽으로 다가가 보니 마치 흰 벽에 조각을 해 놓은 것처럼 커다란 고양이의 형상이 드러나 있었다. 그 인각印刻은 정말 놀랄 만큼 정확하고 세밀했으며, 고양이의 목에는 밧줄이 드러나 있었다.

처음 이 유령—나는 유령이라고밖에 생각할 수 없었다—이 눈에 들어왔을 때, 극도의 놀라움과 공포가 나를 엄습했다. 그러나 찬찬히 생각해 보니 마음이 조금 안정되었다.

내 생각으로는 집에서 조금 떨어진 정원에 고양이를 걸어놓았었는데, "불이야!" 라고 외치는 소리에 주위 사람들이 몰려들었고 그 중의 누군가가 고양이를 나무에서 떼어내 열린 창문을 통해 내 침실 안으로 던진 것이 분명하며, 아마도 잠자던 나를 깨우기 위해서 그렇게 한 것 같았다. 다른 벽들이 무너지면서 내가 그토록 잔인하게 죽인 고양이 녀석은 다시 한 번 새로 바른 회벽에 짓눌렸으며, 벽에 바른 석회 성분과 화염의 뜨거운 열기, 그리고 고양이 시체에서 나온 암모니아 성분이 어울리면서 이런 모습의 인각을 만들어 놓았을 것이라는 생각이 들었다.

이 놀라운 사실을 양심의 가책은 추호도 느끼지 않은 채 이성적인 분석으로 자세하게 설명하기는 했지만, 그렇다고 해서 내가 정신적으로 충격을 받지 않았다는 것은 결코 아니다. 그 후 여러 달 동안 나는 고양이의 환영에 시달려야 했으며, 이러는 동안 실제로는 참회의 감정은 조금도 없으면서도 마치 참회하는 척하는 미묘한 감정이 마음 한 구석에 자리잡고 있었다. 결국 고양이가 없어진 것이 못내 애석했던 나는 자주 드나들던 그 지긋지긋한 술집에서조차 주위를 둘러보며 녀석과 똑같이 생기거나 조금이라도 비슷한 외모를 가진 고양이가 보이면 녀석 대신 위안을 삼는 정도에까지 이르렀다.

어느 날 밤, 한 싸구려 술집에서 아무 생각 없이 멍청하게 앉아 있으려니까, 진 gin 술의 일종. 인지 럼 rum 술의 일종. 인지 모르겠지만 실내 가장자리를 가득 채우고 있는 큰 술통 위에 검은 물체 하나가 웅크리고 앉아 있는 것이 얼핏 눈에 들어왔다. 몇 분 전부터 그 술통 위를 줄곧 바라보고 있었는데, 그때서야 그 물체가 눈에 띈 것이 무척 이상하다는 느낌이 들었다. 나는 다가가서 확인해 보았다. 그것은 검은 고양이로 플루토 만큼이나 아주 덩치가 컸으며 한 군데만 빼고는 구석구석 플루토와 꼭 닮은 녀석이었다. 플루토는 몸 어디에도 흰 털이라고는 없이 전신이 검은색이었지만, 이 녀석은 비록 희미하기는 했지만 거의 가슴 전체에 흰 털이 얼룩덜룩 나 있었다.

내가 쓰다듬자 녀석은 곧바로 일어나 큰 소리로 가르랑대면서 손에다가 얼굴을 비벼댔는데, 내가 아는 체하는 것이 무척 반가웠던 모양이다. 녀석이야말로 내가 찾던 바로 그 고양이었다. 즉시 술집 주인에게 녀석을 사겠노라고 했더니, 그는 자기 고양이도 아니고 어디서 왔는지도 모르며 이전에도 본 적 없다고 했다.

녀석을 쓰다듬으며 시간을 보내다 집으로 돌아갈 채비를 하자, 고양이 녀석이 따라올 기세를 보이기에 그렇게 하도록 내버려 두었다. 집으로 오는 도중에 몇 번 허리를 굽혀 녀석을 쓰다듬어 주었다. 집에 들어서자마자 녀석은 얌전한 모습으로 적응하는 것 같았고, 아내도 녀석을 몹시 귀여워했다.

그런데 나는 어느 순간부터 녀석이 슬금슬금 싫어지기 시작했다. 이건 정말 뜻밖의 일이었다. 도대체 알 수 없는 일이었지만, 고양이 녀석이 나를 좋아하고 따르는 것이 오히려 역겨워지면서 성가시다는 생각이 들었다. 이런 불쾌감과 염증厭症은 서서히 지독한 증오심으로 변해갔다. 나는 녀석을 피했다. 잔혹하게 죽인 고양이에 대한 기억과 수치심 때문에 녀석을 물리적으로 학대할 수도 없으니 차라리 피해 버린 것이었다. 그 후 몇 주일 동안은 녀석을 때리지도 않고 학대하지도 않았다. 하지만 아주 서서히 녀석에게 이루 말할 수 없는 증오심을 느끼게 되었고, 녀석의 밉살스러운 모습이 보이기만 하면 마치 전염병 환자의 숨결을 피하듯이 녀석을 슬금슬금 피하게 되었다.

고양이 녀석에 대한 나의 증오를 더더욱 부채질한 것은, 녀석을 데리고 온 다음날 아침에 보니까 녀석도 플루토와 마찬가지로 한쪽 눈알이 없다는 사실이었다.

하지만 인정 많은 아내는 이러한 처지의 녀석을 더 측은해 하며 아꼈다. 나도 옛날에는 유별나게 정도 많았고 또 그것을 베풀며 즐거워하고 기뻐했던 적이 있었는데…….

내가 고양이 녀석을 미워하고 피하는데도 불구하고, 녀석은 점점 더 나를 좋아하는 것 같았다. 거짓말이라고 할 정도로 끈덕지게 내 발걸음을 쫓아다녔다. 내가 앉아 있을 때에도 어디든 쫓아와 내 의자 아래에 웅크리고 있거나 무릎 위로 뛰어올라와 지긋지긋하게 핥거나 비벼댔다. 내가 일어나서 걸으려면 어느새 내 다리 사이에 기어 들어와 자칫 넘어질 뻔하기도 했고, 날카롭고 긴 발톱으로 옷자락을 꽉 부여잡은 채 가슴까지 기어오르기도 했다. 그럴 때마다 녀석을 한주먹에 때려눕혀 버리고 싶은 심정이었지만 그렇게 할 수는 없었는데, 옛날에 저지른 짓거리가 생각났기 때문이기도 하지만, 사실 솔직히 말하면 녀석이 너무나도 두려웠기 때문이다.

이 두려움은 꼭 육체적인 위해危害에 대한 두려움만은 아니었다. 하지만 달리 적절한 설명을 하기도 무척이나 어려운 것이다. 말하기 부끄럽지만—지금 이 중죄인 감방에 앉아서도 말하기 부끄럽지만—그 고양이 녀석에게서 느낀 공포와 전율은 누구나 쉽게 가질 수 있는 아주 하찮은 망상으로 말미암아 생겨난 것이었다. 아내는 앞에도 말했듯이 내가 죽인 플루토와 이 기분 나쁜 고양이 사이에 유일하게 다른 점인 흰 털에 대해서 여러 차례 나의 주의를 환기

시켰었다.

이 희고 검은 반점斑點은 크기는 했지만 처음에는 아주 희미하다고 했던 것을 독자들은 기억하고 있을 것이다. 그런데—내가 이런 현상을 하찮은 공상에 지나지 않는 것이라고 오랫동안 애써 외면하려고 한 면도 있기는 하지만—이 반점은 거의 눈에 띄지 않을 정도로 아주 서서히 윤곽을 나타내더니 마침내는 뚜렷하게 모습을 드러냈다. 그것을 입에 담으려니 온몸에 소름이 쫙 끼치는데, 드러난 윤곽의 형상이 그 무엇보다도 증오스러웠고 두려웠으며 그래서 이 괴물 같은 녀석을 더더욱 죽여버리고 싶은 충동이 일었다.

그것은 바로 끔찍하고도 무시무시한 교수대의 형상이었다! 공포와 죄악, 그리고 고뇌와 죽음을 만들어 내는 슬프고도 무서운 형구形具, 올가미의 형상이었단 말이다!

나는 이제 인간으로서는 도저히 상상할 수도 없고 감당할 수도 없는 처참한 나락으로 떨어져 버렸다. 내가 아주 무자비하게 살육해 버렸던 녀석과 하등 다를 바 없는 괴물 같은 짐승 하나가 나에게, 신의 형상을 본떠 만들어진 만물의 영장인 나에게, 어찌 이처럼 견딜 수 없는 고통과 비감을 안겨 줄 수 있단 말인가! 아, 이럴 수가 있단 말인가! 낮이든 밤이든 한시도 나에게는 마음 편할 날이 없었다. 낮이면 고양이 녀석은 한시도 내 곁을 떠나지 않았고, 밤에는 매 시간마다 꿈속에서 말로 표현할 수 없는 공포에 시달리다가 눈을 떠 보면 녀석이 천근 같은 무게로 내 위에 올라탄 채 얼굴을 빤히 내려다보며 더운 숨을 내뱉고 있었다. 이것은 도저히 어찌할 수 없는 악몽 그 자체였고, 녀석은 영원히 나의 심장을 짓누르고 있는 악마의 화신이었다.

그나마 내 마음속에 희미하게 남아 있던 선한 마음마저 이와 같은 고통에 짓눌리다 보니 흔적도 없이 사라져 버리고 사악한 생각만, 세상에서 가장 무섭고 악독한 생각만 머리를 맴돌 뿐이었다. 어둡고 음침한 나의 성정은 세상의 모든 동물과 모든 인간들을 증오하기에 이르렀다. 시도 때도 없이 불쑥불쑥 터져 나오는 감당할 수 없는 나의 울화는 이제는 나 스스로도 포기해버린 어쩔 수 없는 지경에까지 이르렀는데, 그럴 때마다 불평 한마디 없이 그 고통을 꾹 참고 견뎌 내는 아내가 못내 안돼 보이기도 했다.

우리는 화재 이후 가난해져서 낡은 집으로 이사해 살게 되었다. 어느 날 지하실을 정리하려고 내려가는데 아내가 따라 내려왔다. 고양이 녀석도 가파른 계단을 따라 쫓아왔는데, 나는 하마터면 녀석으로 인해 거꾸로 처박힐 뻔했기 때문에 화가 머리 꼭대기까지 치밀어 올라 있었다. 너무나 화가 치민 나머지 지금까지 나를 망설이게 했던 그 유치한 두려움은 잊어버린 채 도끼를 번쩍 들어 녀석을 향해 냅다 휘둘렀다. 내 생각대로 제대로 맞았다면 녀석은 그 자리에서 즉사했을 테지만 아내가 내 팔을 잡는 바람에 뜻대로 되지 않았다. 나는 아내의 제지에 악마보다도 더한 분노에 휩싸여, 아내의 팔을 뿌리치며 그 도끼로 아내의 머리를 내리찍어 버리고 말았다. 아내는 비명조차 질러보지 못하고 그 자리에 바로 고꾸라졌다.

이 끔찍한 살인을 저지르고 난 뒤 나는 시체를 감출 방법을 궁리하기 시작했다. 낮이든 밤이든간에 아내의 시체를 집 밖으로 옮기다가는 반드시 이웃의 눈에 띌 것이 불을 보듯 뻔했다. 많은 방법들이 머리를 스치고 지나갔다. 어떤 때는 시체를 잘게 토막내 불에 태워 버릴까 하는 생각도 하고, 또 어떤 때는 지하실에 구멍을 파서 그곳에 묻어 버릴까 하는 생각도 해 보았다. 또 마당에 있는 우물에다 던져 버릴까, 아니면 물건인 양 상자에 넣어 포장해서는 인부를 시켜 집 밖으로 내어가게 해 볼까도 생각해 보았다.

이런저런 궁리 끝에 결국 무엇보다도 근사한 방책이 머리에 떠올랐다. 중세의 승려들이 살해한 시체를 벽에다 집어넣고 발라 버렸다는 기록이 전해지는 것처럼, 나도 지하실 벽 속에다 시체를 틀어넣고 벽을 발라 버리기로 마음먹은 것이다.

이런 목적을 위해서라면 이 지하실이야말로 더할 나위 없이 안성맞춤이었다. 벽은 허름하게 쌓아져 있었으며, 최근에 벽 전체에 회칠을 하기는 했지만 아무렇게나 대충 바른데다 지하실의 습기로 인해 아직 제대로 굳어 있지도 않았다. 더욱이 한쪽 벽면은 지하실의 다른 부분과 같아 보이게 하려고 벽난로와 연통 모양으로 꾸며 놓았는데, 그 안은 벽돌로 채워진 채 밖으로 툭 튀어나와 있었다. 그 벽면의 벽돌들을 꺼낸 뒤 그 안에 시체를 넣어 다시 전과 같은 모습으로 감쪽같이 발라 버린다면, 누구도 그 안에 시체가 있으리라는 생각은 하지 못할 것 같았다.

나는 계획을 빈틈없이 실행에 옮기기 시작했다. 쇠막대를 이용하여 쉽게 벽돌을 꺼낸 다음, 시체를 조심스레 벽 안쪽에다 기대어 세워 놓고, 벽돌을 다시 원래의 모습대로 차곡차곡 쌓아 놓는 것은 그다지 힘이 드는 일도 아니었다. 그런 후에 회반죽, 모래, 털 등을 조심조심 배합해 이미 발라 놓은 것과 똑같은 회를 만들어 벽에 발랐다. 일을 끝낸 후 이 정도면 감쪽같다 하고 안도했다. 벽을 다시 손질한 흔적은 어디에도 없어 보였다. 바닥에 널브러져 있는 부스러기까지 세심하게 주워담았다. 나는 득의에 찬 모습으로 주위를 한번 둘러보며 혼자 중얼거렸다.

"그래, 이렇게 해 놓고 보니깐, 수고한 보람은 있구먼."

내가 다음에 해야 할 일은 일을 파탄 지경으로 만든 그 고양이 녀석을 찾아
내는 것이었다. 결국은 그 녀석까지도 죽여 버리기로 독하게 마음먹은 까닭
이었다. 녀석과 바로 그때 마주쳤다면 두말 할 것도 없이 그 자리에서 죽였을
테지만, 녀석은 영악하게도 홧김에 저지른 나의 살인행위에 목숨이 위태롭다
는 느낌을 받았는지 내가 지금과 같은 기분으로 있는 동안은 내 앞에 나타나
지 않을 것 같았다.

지긋지긋한 고양이 녀석이 없다는 생각에 내 가슴은 후련했으며, 그 통쾌
하면서도 더 없이 즐거운 기분은 말로 이루 다 표현할 수 없을 정도였다. 그
날 밤 내내 녀석의 모습은 보이지 않았다. 살인을 했다는 의식이 내 영혼을
무겁게 누르고 있기는 했지만 녀석을 집으로 데려온 이후 처음으로 나는 아
주 평온하게 단잠을 잤다.

이틀이 지나고 사흘이 지나도 고양이 녀석은 여전히 나타나지 않았으므로,
나는 다시 한번 자유로운 몸이 되었다는 안도감을 느꼈다. 그 괴물 같은 녀석
도 공포에 질려 이 집에서 영원히 달아나 버린 것이었다! 이젠 녀석을 더 이상
보지 않아도 되었다! 더`이상 행복할 수가 없었다! 내가 저지른 무서운 살인행
위에 대해 나는 거의 양심의 가책을 느끼지 않았다. 몇 번의 취조를 받았지만
미리 준비한 대로 대답을 했으며, 한 차례의 가택 수색까지 있었지만 당연히
아무것도 나오지 않았다. 나는 앞으로 모든 것이 잘 될 수밖에 없을 것이라는
확신이 들었다.

아내를 살해한 후 나흘째 되던 날, 한 무리의 경찰관이 불시에 집으로 들이
닥쳐 집안을 다시 한번 엄중하게 조사하기 시작했다. 하지만 시체를 감춰 놓
은 곳은 아무리 조사를 해 보아도 드러나지 않을 것이라 확신했기 때문에 나

는 조금도 당황하지 않았다. 경찰관들은 그들의 수색에 동행해 줄 것을 요구했고, 집안 구석구석을 샅샅이 살펴보았다.

이윽고 그들이 지하실을 서너 차례인가 내려갔지만, 내 마음은 조금도 동요되지 않았다. 내 심장은 마치 세상 모르고 잠들어 있는 사람의 심장처럼 평온하게 뛰고 있었다. 나는 팔짱을 낀 채 지하실 이편 저편을 유유히 왔다갔다 했다. 경찰관들은 찾을 만큼 다 찾아보았다는 표정으로 지하실에서 나갈 채비를 하고 있었다.

나는 가슴속에서 울렁이는 희열을 도저히 참을 수가 없었다. 결국은 내가 승리했다는 것을 은근히 과시하고 싶은 마음에, 그리고 경찰관들에게 나의 무죄를 한층 더 확실히 인식시키고 싶은 마음에, 딱 한마디만 해야겠다는 생각이 불끈 일었다.

"여러분!"

경찰관들이 조사를 끝내고 계단을 오르고 있을 때, 나는 마침내 참지 못하고 입을 놀리고 말았다.

"여러분들의 의심이 풀리게 되어 기쁩니다. 여러분께 감사를 드리며, 모두들 건강하시기 바랍니다. 그런데 말이죠, 이 집, 이 집은 말입니다, 집 구조가 아주 훌륭합니다."

나는 아무 말이나 그냥 내뱉고 싶어서 미칠 듯한 기분으로 내 자신이 지금 무슨 말을 지껄이고 있는지도 몰랐다.

"아주 잘 지어진 집이라고 할 수 있죠. 이 벽들은 말이죠, 아니 여러분, 그냥 가시려고요? 이 벽들은 정말 견고하게 쌓여져 있지요."

여기까지 말하고는, 미친 녀석이 괜한 허장성세 虛張聲勢 실속없이 허세만 떠벌림.를 부리는 듯한 모습으로, 손에 들고 있던 막대기로 아내의 시체를 세워 놓은 벽부분을 세차게 후려갈겼다.

안 돼! 신이시여, 마왕의 독 이빨로부터 나를 구해주소서! 지하실을 울리는 충격의 소리가 잦아드는 순간, 벽 속에서 이상한 소리가 들려 올 줄이야! 처음에는 어린 아기의 울음 소리 같은 것이 이어졌다 끊어졌다 하면서 들리더니, 갑자기 소리가 커지면서 잔인하고 저주가 가득한 비명 소리로 변해 울부짖는 듯이 길게 이어져 나왔다. 지옥에 떨어져 고통받고 있는 자들의 울부짖는 소리와 그들에게 형벌을 가하고 기뻐 날뛰는 지옥 형리刑吏들의 고함 소리가 함께 터져 나오는 듯한 공포와 승리의 희열이 뒤섞인 비명이었다.

내 기분 따위를 이야기하는 것은 어리석은 짓일 것이다. 나는 정신이 혼미해져 비틀대다가 반대편 벽에 겨우 기대섰다. 계단을 올라가던 경찰관들도 극도의 공포와 두려움을 느꼈는지, 그 자리에 잠시 꼼짝도 않고 서 있었다. 그리고는 곧바로 열두 개의 건장한 손들이 달려들어 벽을 파내기 시작했다. 벽돌은 한꺼번에 모두 떨어져 나갔다. 이미 심하게 부패되고 머리에는 핏덩이가 말라붙은 시체가 바로 눈앞에 똑바로 서 있었다. 시체의 머리 위에는 나를 살인으로 몰아 넣고, 그것도 모자라 소리를 질러 교수대로 끌고 온 그 녀석이, 그 끔찍한 고양이 녀석이 시뻘건 입을 크게 벌린 채 이글이글 타오르는 듯한 한쪽 눈을 크게 뜨고 앉아 있었다.

나는 이 괴물 같은 녀석도 아내의 시체와 함께 벽 속에 집어넣고 발라 버렸던 것이다.

작품 해설 ──▶ 「검은 고양이」는 공포소설의 대명사로 손꼽힙니다. 그만큼 소설 곳곳에 기이하고 충격적인 장면이 깔려 있지요. 지옥에서 속삭이는 듯한 사형수의 자괴감에 가득 찬 목소리도 소설 전체의 음산한 분위기와 맞물려 한층 독자의 공포심을 자극합니다.

이 소설은 사형수가 자신에게 일어난 기괴한 사건을 이야기하는 방식으로 구성되어 있습니다. 사형수는 어릴 적부터 온순하고 인정 많은, 그리고 무엇보다 동물을 사랑하는 아이였습니다. 동물들의 '헌신적이고 희생적인 사랑'이 그저 그런 인간들이 보여 주는 '하찮은 우정이나 얄팍한 신의' 보다 훨씬 좋았기 때문입니다. 그는 또한 일찍 결혼했는데, 아내도 동물을 좋아해서 각종 애완동물을 함께 기르게 되었습니다. 그 중에는 온몸이 검고 눈에 띄게 몸집이 큰 플루토라는 고양이가 있었습니다. 주인공과 플루토와의 애정은 각별하여, 집 근처 어느 곳이든 함께 다니곤 했습니다.

그러나 이런 우정은 주인공의 표현에 의하면 '폭음의 악령', 즉 알코올 중

 더 알아두기

에드거 앨런 포우의 작품 중에 「말하는 심장」이라는 소설이 있습니다. 주인공이 한 노인을 죽이는데, 그 이유는 독수리를 닮은 노인의 눈이 견딜 수 없을 정도로 싫었기 때문입니다. 주인공은 노인의 사체를 바닥의 널빤지 아래에 쑤셔 넣고는 주위를 말끔하게 정돈합니다. 그리고 그 깨끗한 뒤처리에 흡족해합니다. 그러나 방바닥에서 들려 오는 노인의 커다란 심장박동 소리에, 주인공은 더 이상 견디지 못하고 경찰들 앞에서 범죄를 고백해 버리고 맙니다. 이 소설은 여러 점에서 「검은 고양이」와 비슷한 구조, 내용을 가지고 있으니, 함께 읽어 보는 것도 좋겠죠.

독에서 기인한 성격의 변화로 인하여 끝이 나게 됩니다. 그는 술을 마시면 아내는 물론이고 힘없는 동물들도 학대하기 시작한 것입니다. 처음에는 플루토에게만큼은 못되게 굴지 않았습니다. 그러나 어느 날 술에 취해 집에 돌아왔을 때, 주인공은 자신을 피해 도망치는 고양이를 잡다가 손에 가벼운 상처를 입습니다. 그 순간 정신을 차릴 수 없을 만큼의 분노 속에서, 그 검은 고양이의 한쪽 눈을 작은 칼로 도려내죠.

아침이 되어 후회했지만 검은 고양이 플루토는 이미 주인공에게 가까이 오지 않게 되었습니다. 주인공은 며칠 후, 고양이의 목에 밧줄을 두르고 나뭇가지에 매달아 버립니다. 바로 그 날 밤 주인공의 집에는 불이 나는데, 그 불에 무너지지 않은 단 한쪽의 벽에는 목 주위에 밧줄이 매어져 있는 거대한 고양이의 형상이 새겨져 있었지요.

이처럼 일을 저지르고, 후회하고, 다시 일을 저지르는 알코올 중독자의 일반적인 습관을 주인공은 그대로 따라갑니다. 어느 날 주인공은 술집에서 플

 더 알아두기

고양이는 고대 이집트에서 상서로운 동물로 여겨졌으나, 유럽에서는 불길한 짐승으로 여겨 온갖 미신을 덧칠했습니다. 개와는 달리 사람을 잘 따르지 않고 독립적인 생활을 즐기는 고양이의 특성 때문이기도 하나, 더 큰 이유는 고유한 문화의 차이 때문이죠. 예를 들어 한국에서는 까치가 길조이고 까마귀가 흉조이나, 미국에서는 그 반대이지요. 유럽이나 미국 영화에서 검은 고양이가 등장인물의 앞을 가로질러 가는 장면은, 그 등장인물이 곧 죽는다는 것을 암시할 때가 많습니다. 이처럼 중세 이후 유럽에서는 검은 고양이를 악마의 사신으로 여기며 두려워했습니다.

루토와 닮은 검은 고양이 한 마리를 보게 됩니다. 마침 주인도 없고 해서 그 고양이를 집에 데려 왔는데, 아침에 보니 플루토처럼 한쪽 눈이 없는 고양이 였습니다. 처음에는 플루토를 닮았다는 것이 측은하고 반가웠지만, 시간이 지날수록 바로 그 이유에 의해 고양이를 증오하고, 피하게 됩니다.

어느 날, 지하실에 내려가다 검은 고양이로 인해 넘어질 뻔한 주인공은 불 같이 화를 내며 도끼로 고양이를 죽이려 합니다. 아내가 말리자 더욱 흥분한 주인공은 도끼로 아내의 머리를 내려칩니다. 살인이 끝난 후, 주인공은 시체 감추는 일을 궁리하는데, 신중히 생각한 끝에 지하실 벽 속에 넣고 벽돌을 쌓 기로 작정합니다. 시체를 감추는 일이 끝나자 주인공은 그것이 완전범죄처럼 여겨져 흡족해합니다. 고양이는 어디론가 사라져 버렸고, 아내의 시체는 신 중히 치워졌기 때문이죠.

그러다 나흘째 되는 날 경찰이 마지막 수색을 옵니다. 이 수색에서도 결국 경찰들은 아무것도 찾아 내지 못합니다. 그대로 돌아가려는 찰나, 주인공은 완전범죄에 대한 기쁨, 자신의 범죄를 떠벌리고 싶은 욕망 그리고 알 수 없는 기이한 힘에 의해 경찰들을 붙잡고는 자기 집 지하실 벽의 견고함에 대해 자

 더 알아두기

에드거 앨런 포우가 죽기 직전에 마신 술은 당시 모 정당의 당수가 뇌물로 사준 것입니다. 그 술을 마신 포우는 잔뜩 취한 상태에서 당원들이 이끄는 대로 볼티모어의 기표소 여기저 기를 돌아다니면서 투표인 명부에 남아 있는 사망한 사람들을 대신해 투표를 했다고 합니 다. 이를테면 부정선거에 이용당한 셈인데, 죽은 이들을 대신해 투표했다는 것은 어쩐지 일 평생 죽음에 매달렸던 에드거 앨런 포우의 작품 세계와 잘 맞아떨어지는 일처럼 보입니다.

랑하기 시작합니다. 그러다 무모하게도 아내가 묻혀 있는 벽을 막대기로 치게 됩니다. 물론 그 벽의 견고함에 자신이 있었기 때문입니다. 그러나 그 순간 벽에서 이상한 비명소리가 들리고, 경찰들은 서둘러 벽을 뜯어내기 시작합니다. 곧 경찰들은 완전히 부패된 아내의 시체와 그 위에 앉아 있는 검은 고양이, 시뻘건 입을 크게 벌리고 불 같은 외눈을 치켜 뜬 고양이를 발견하게 됩니다. 이상한 비명소리는 바로 그 검은 고양이가 낸 것이었죠.

여기서 주인공의 범죄행각이 들통 나는 것은 전적으로 기이한 어떤 힘에 의해서라기보다는, 자신의 완전범죄를 남에게 떠벌리고 싶어하는 범인의 욕망 때문이라고 보는 것이 좋을 것입니다. 아내를 묻는 와중에 고양이가 함께 묻혀지는 것은 있을 수 있는 일이고, 고양이가 벽 뒤에 묻혀 나흘 동안 살아 있다는 것도, 그러다 막대기로 벽을 치는 소리를 듣는 순간 울음소리를 내는 것도 충분히 있을 수 있는 일입니다. 그러나 이처럼 충분히 있을 수 있는 일들이 연속되면서, 주인공의 범죄행각은 극적으로 드러나게 되고 그는 자기 인생의 종말, 즉 사형을 언도받게 되는 것입니다.

 더 알아두기

「악의 꽃」으로 유명한 프랑스의 시인 보들레르는 포우의 단편을 읽고 놀라 "여기에는 내가 쓰고 싶었던 작품의 모든 것이 있다"고 말하고 평생을 포우의 작품 번역에 바쳤다고 합니다.

● 동물을 좋아하던 여린 마음의 주인공이 아내를 죽이고 시체를 유기할 정도로 타락해 가는 과정을 설명해 보세요.

● 주인공은 자신의 살인행각을 숨기기 위해 어떤 일을 하나요?

● 주인공의 범죄가 드러나게 된 근본적인 원인은 어디에 있는지 생각해 봅시다.

구성	**발단**	사형수인 '나'의 독백.
	전개	알코올 중독으로 인해 폭력적으로 변해가는 나, 그리고 검은 고양이 플루토의 살해. 화재로 집을 날린 후 어느 술집에서 플루토와 닮은 검은 고양이를 데리고 옴.
	절정	폭력성이 재발해 고양이를 죽이려다 아내를 죽이게 됨. 아내를 지하실에 묻음.
	결말	고양이의 울음소리로 인해 경찰에게 아내의 시신을 발각 당함.
핵심정리	**주제**	악인의 파멸.
	소재	고양이의 복수.
	갈래	공포소설
	시점	1인칭 주인공 시점
	배경	독백의 장소-감옥 내 중죄수 감방 사건의 장소-주인공의 집과 지하실
작중 인물의 성격	**나**	평소 온화하고 동물을 좋아하는 사람이었으나, 알코올 중독으로 즉흥적이고 폭력적인 사람으로 변해감. 결국 그는 아내를 죽인 후 이를 반성하지 않고 시신을 지하실 벽에 숨기는데, 일 처리를 말끔하게 했다며 자신의 행동을 자랑스러워할 정도로 비열한 사람이 되었음.
	아내	동물을 좋아하는 남편을 위해 고양이를 사 오는 아내로 남편이 폭력적으로 변해감에도 불구하고 여전히 헌신적인 인물로 보임.
	검은 고양이	플루토라는 이름을 가지고 있으며 남편의 손에 죽었으나 결국 그의 범죄를 밝혀냄으로써 복수함.

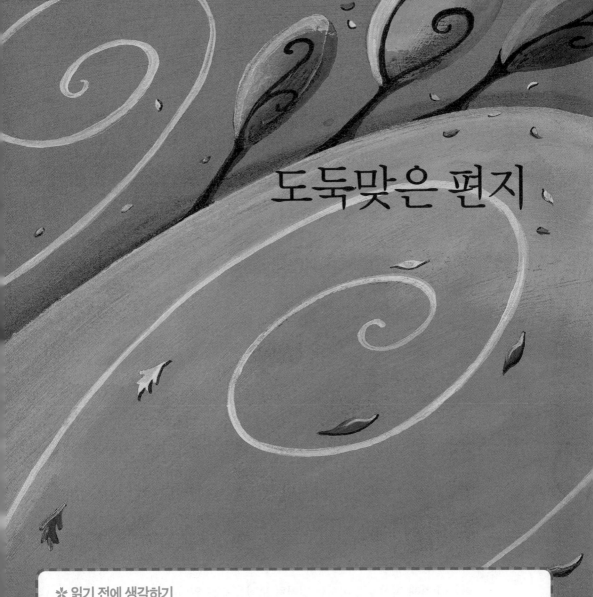

도둑맞은 편지

❋ 읽기 전에 생각하기

이 소설의 작가 에드거 앨런 포우는 추리소설의 아버지로 일컬어집니다. 또 소설사상 최초의 탐정인 뒤팽을 창조해 낸 것으로도 유명합니다. 이 뒤팽이라는 캐릭터는 훗날 코난 도일, 아가사 크리스티 같은 후배 작가들에 의해 셜록 홈즈, 에르퀼 포아로, 미스 마플과 같은 대중적으로 인기 높은 명탐정으로 이어졌죠. 오늘날 유명한 탐정들의 대선배격인 뒤팽이 문제를 풀어 나가는 방식, 이제는 고전이 되다시피 한 그의 논리적인 추리의 고리를 따라가는 것이 이 소설을 재미있게 읽는 방법입니다.

세찬 폭풍이 막 휘몰아치
고 간 어둑어둑한 18××
년 어느 가을 저녁의 프랑스 파리. 친구인 C. 오거스트 뒤팡과 함께 상제르망
교외의 뒤노 거리 33번지에 자리잡은 그의 집 3층 조그마한 서재에서 나는
해포석 海泡石 치밀한 흙 또는 점토 모양의 회백색 광물.으로 만든 파이프를 입에 물고 그윽
한 생각에 잠기는 이중의 사치를 누리고 있었다. 우리는 적어도 한 시간 이상
을 이렇게 아무 말 없이 그대로 있었다. 누가 보았더라면, 우리 두 사람은 방
안을 자욱이 덮은 채 연신 둥근 나선을 그리며 피어오르는 짙은 파이프 담배
연기에 취해 정신을 잃어버린 것처럼 보였을 수도 있다.

그러나 나는 이른 저녁 시간에 우리가 화제로 삼았던 사건들을 곱씹어 보
고 있었다. 그 사건들이란 모르그 가 살인사건과, 마리 로제 살인사건에 얽힌
미스터리였다. 그 두 사건을 함께 떠올리고 있는 바로 그때 거실 문이 활짝

열리면서 우리가 오랫동안 알고 지내던 파리 경찰국장 G씨가 들어선 것은 묘한 우연의 일치라는 생각이 들었다.

우리는 그를 아주 반갑게 맞이했다. 사실 그와 마주치게 되면 야비하다는 느낌이 먼저 들기는 했지만 그래도 재미있는 점도 어느 정도는 있었고, 또 몇 해 동안 얼굴을 보지 못했기 때문에 반가운 것도 사실이었다. 우리는 그때까지도 불을 켜지 않고 앉아 있었으므로 뒤팽은 등잔에 불을 붙이려고 일어섰다. 그러나 G씨가 아주 곤란한 지경에 빠져 버린 자신의 공무公務에 대해 우리의 의견을 듣고 싶다고, 아니 정확히 말하면 뒤팽의 의견을 구하고 싶다고 말하자 뒤팽은 등잔 심지에다 불을 붙이려다 말고 다시 자리에 앉으며 말했다.

"깊이 생각해 볼 문제가 있다면 그냥 어둠속에서 하는 게 더 나을 것 같군요."

"당신의 그 기이한 취향이 또 나오는군요."

경찰국장은 이해가 안 되는 것들은 무조건 '기이하다'라고 하는 습관이 있었다. 그래서 그의 주위는 항상 '온갖 기이한 것들'로 넘쳐날 수밖에 없는 위인이었다.

"그렇다고 해야겠죠."

뒤팽은 국장에게 파이프를 권하면서 안락의자를 그에게 끌어다 주었다.

"그런데 그 어려움이라는 게 뭡니까? 이번에는 살인사건에 관한 이야기는 아니겠지요."

내가 이렇게 물었다.

"물론, 전혀 아닙니다. 사실 이 문제는 아주 단순해서 우리 스스로도 충분히 다룰 수 있다고 생각을 합니다만, 문득 이에 대한 상세한 내용을 뒤팽 씨가 알면 좋아할 것 같다는 생각이 들어서 말입니다. 여기에는 꽤 '기이한' 면이 있기 때문이죠."

"단순하면서도 기이하다!"

뒤팡은 국장의 말에 이렇게 말했다.

"아, 예. 꼭 그렇다는 것은 아니지만, 사실 그 사건이 너무 단순하기 때문에 우리 모두가 어리둥절하면서도 전혀 실마리를 잡지 못하고 있는 중이라오."

"아마도 너무 단순하게 보이는 바로 그 점 때문에 당신들이 오히려 실마리를 찾지 못하고 있는 것 같군요."

뒤팡이 말했다.

"무슨 말도 안 되는 말씀을!"

국장이 이렇게 대꾸하며 어이없다는 웃음을 터뜨렸다.

"아마도 사건의 비밀은 너무나 단순하게 보이는 바로 그 점에 있을 겁니다."

"점입가경 漸入佳境 이야기가 점점 재미있는 경지로 나아감을 의미. 이라더니! 도대체 그런 생각이 어디 있단 말이오?"

"분명히 그럴 겁니다."

"하하하! 하하하!"

국장은 그런 뒤팡이 너무나 재미있다는 듯 마구 웃어댔다.

"당신 날 웃겨 죽일 작정이군요!"

"그건 그렇고 도대체 어떤 일입니까?"

내가 물었다.

"물론 말해드려야지요."

국장은 의자에 푹 기댄 채 담배 연기를 길게 내뿜으면서 허공을 물끄러미 바라보다가 말을 이었다.

"간단하게 말해 드리리다. 하지만 먼저 이 사건은 극도의 비밀을 요한다는 것과, 만약 내가 발설했다는 사실이 알려지는 날에는 나는 옷을 벗어야 한다는 것을 유념해 주기 바라오."

"계속하시죠."

내가 말했다.

"그만두셔도 상관없습니다."

뒤팽이 말했다.

"자, 그러면 말하리다. 아주 고위층으로부터 극히 중요한 문서가 왕실의 저택 안에서 도난 당했다는 이야기를 직접 들었습니다. 그런데 그 문서를 훔쳐 간 자가 누구인지는 분명하다는 겁니다. 의심의 여지가 조금도 없다고 하는데, 그가 가져간 것이 목격되었다고 하더군요. 그리고 그 문서는 아직도 그 자의 수중에 있다고 합니다."

"어떤 근거로 그렇게 생각하는 겁니까?"

뒤팽이 물었다.

"그건 그 문서의 성격상, 그리고 즉시 다른 누군가에게 넘겨지지 않고 훔친 자가 그대로 보관하고 있다는 점에서 충분히 그렇게 추리가 되는 거죠. 다시 말하면 그 자신이 직접 최종적으로 문서를 이용하려는 의도가 있는 것이 틀림없기 때문에 아직도 가지고 있다는 것이죠."

"좀 더 자세히 말씀해 주시죠."

내가 말했다.

"그럽시다. 이런 것까지 말씀드려도 될지 모르겠습니다만, 그 문서를 수중에 넣는 자는 정부의 모처에서 상당한 권력을 행사할 수 있죠. 그것도 아주 대단한 힘을 말입니다."

국장은 외교적인 어투를 상당히 즐기는 것 같았다.

"아직은 무슨 뜻인지 감이 잡히지 않습니다만."

뒤팡이 말했다.

"아니, 아직도? 좋습니다. 만약 이 문서가 이름을 밝힐 수 없는 제삼자에게 넘어간다면, 한 최고위급 인사의 명예에 중대한 문제가 발생할 수도 있다는 겁니다. 그렇기 때문에 이 문서를 손에 넣은 자는 방금 말한 그 인사의 명예와 지위를 위협하면서 그에게 상당한 압력을 행사할 수 있다는 것이죠."

"하지만 이 압력이라는 것이 말입니다."

내가 그의 말에 끼어 들었다.

"그 문서를 잃어버린 사람이 누가 훔쳐 간 것인지 알고 있어야 하고, 또 훔쳐간 사람도 잃어버린 사람이 자신의 소행이라는 것을 알고 있다는 것을 알아야 행사를 하든가 말든가 하는 거 아니겠습니까? 누가 감히 그렇게 자신을 노출시키려 하겠습니까?"

"그것을 훔친 사람은 말이죠……."

국장이 말했다.

"D장관입니다. 그는 매사가 무모할 정도로 대담합니다. 어떤 때는 사람같이 보이지 않을 정도죠. 문서를 훔친 방법도 대담하면서도 간특합니다. 문제의 그 문서는 솔직히 말하자면 한 통의 편지인데, 왕궁 내실에서 그 인사가 은밀히 받았던 것이랍니다. 그녀가 그 편지를 읽고 있는 도중에 다른 고위층 인사 하나가 불쑥 들어섰는데, 특히 그에게만은 이 편지 내용을 보여서는 안 되는 사람이었죠. 그녀는 편지를 서랍 속에 숨기려 했지만 너무나 다급한 나머지 읽던 그대로 탁자 위에다 내려놓을 수밖에 없었던 거죠. 하지만 겉의 주소만 위로 드러났을 뿐 편지 내용은 노출되지 않았다고 하더군요. 그래서 그 인사도 편지 내용을 보지는 못했다는 겁니다.

그런데 바로 이때 그 D장관이 들어선 겁니다. 그의 살쾡이 같은 눈은 즉시 그 편지로 향했고 그 위에 쓰여진 주소를 머릿속에 넣은 동시에 그녀가 당황해하는 모습에서 무언가 비밀이 있다는 것을 간파한 거죠. 그는 의례 그렇듯이 업무를 대충 서둘러 처리한 뒤, 그 문제의 편지와 비슷한 모양새의 편지 하나를 만들어서는 그것을 펼쳐 읽는 척하다가 문제의 편지 옆에 나란히 내려놓고, 한 15분 간을 공무에 관한 이야기를 나눈 겁니다. 이윽고 자리를 떠나면서 탁자 위에 있던 그 문제의 편지를 슬쩍 집어들어 바꿔치기한 거죠. 당연히 편지 주인이 그것을 보았습니다만, 그녀 바로 곁에 다른 누군가가 있었기 때문에 그의 그런 행동을 보고도 뭐라고 할 수가 없었던 겁니다. 그 장관은 아무짝에도 쓸모 없는 제 편지만 탁자 위에 남겨두고 유유히 사라져 버린 것이죠."

"그렇다면 말일세,"

뒤팽이 나에게 말했다.

"자네가 조금 전에 말했던 훔친 자와 잃어버린 자가 서로를 알고 있어야 압력의 행사가 가능한 것 아닌가 하는 문제는 답이 나온 것 같네."

"맞습니다."

국장이 맞장구를 쳤다.

"몇 달 전에 말이죠, 그 편지와 관련해서 정치적인 압력이 아주 위험한 선까지 의도적으로 가해진 적이 있었습니다. 그 편지를 잃어버린 인사는 그 편지를 반드시 되찾아야만 한다는 사실을 매일매일 통감하고 있습니다. 하지만 물론 이 일은 드러내 놓고 처리할 수도 없는 문제죠. 그러다 보니 결국은 나에게 이 문제를 맡기게 되었던 것입니다."

"그야 당연하겠죠."

뒤팽이 둥글게 피어오르는 짙은 담배 연기 속에서 말했다.

"우리 국장님같이 명석한 경찰관이 이 세상 또 어디에 있겠습니까?"

"이런, 추켜세우시기는. 하기야 옛날이라면 또 모르겠지만."

국장이 응답을 했다.

"국장님 말씀대로 편지가 아직 그 장관의 수중에 있는 것이 분명하군요."

내가 말했다.

"그런 힘은 편지를 가지고 있을 때 생기는 것이지 그것을 사용할 때 생기는 것은 아니기 때문이죠. 즉 편지 내용을 공개해 버리는 순간 그 힘도 날아가 버리기 때문이죠."

"지당한 말씀."

국장이 내 말을 받았다.

"그래서 장관의 수중에 있다는 확신을 가지고 일을 시작했던 것입니다. 가장 먼저 장관의 숙소를 샅샅이 뒤져 볼 생각이었습니다. 그런데 그의 눈에 띄지 않게 감쪽같이 해치워야 하는데, 그게 머리가 아프더군요. 무엇보다도 우리가 수사하고 있다는 사실을 그가 눈치챈다면 위험한 일이 벌어질 수 있다는 주의도 받았습니다."

"하지만 그런 조사야 우리 국장님에게는 손바닥 보듯 훤한 것 아닙니까? 파리 경찰이야 이런 일쯤은 밥먹듯 할 터인데."

"하기야 그렇다 할 수 있죠. 그래서 이 사건의 해결을 크게 우려한 것은 아닙니다. 게다가 D장관의 생활 습성도 수사에 큰 도움이 되었죠. 그는 자주 밤새도록 집을 비우는데, 집에 일 보는 사람들이 많은 것도 아니고 그들이 잠자는 곳도 장관의 숙소와는 상당히 멀리 떨어져 있으며, 대부분 나폴리 사람들이라 걸핏하면 술에 취해 있으니까 말이죠. 알다시피 내가 가지고 있는 열쇠로 열리지 않는 파리 시내의 방과 금고는 없습니다. 나는 삼 개월 동안 거의 대부분의 밤 시간을 직접 D장관의 숙소를 샅샅이 뒤지며 보냈었지요. 경찰관으로서의 명예가 걸려 있는 문제고, 또 사실 이건 비밀이지만 보상도 아주 두둑하기도 하고요. 그래서 포기하지 않고 끝까지 방을 뒤져 보았지만, 결국은 D장관의 치밀함이 나보다는 한 수 높다는 것을 알고 그만 단념하게 되었던 것이죠. 나로서는 그 방에서 편지를 숨길 수 있을 만한 곳은 구석구석 다 찾아보았다고 생각하지만 말입니다."

"그러나 그 편지가 틀림없이 그 장관의 수중에 있다고 한다면 자기 방 아니고는 다른 곳에 숨겨 둘 리는 없을 것 같은데."

내가 이렇게 말하자, 뒤팡이 말했다.

"그럴 가능성은 거의 없다고 봐야지. 지금 궁중에서 벌어지고 있는 사태가 아주 묘하게 돌아가고 있는 것과, 특히 그 음모사건들에 D장관이 개입이 된 것으로 알려져 있기 때문에 이 편지를 곧장 이용하려고 하지 않을까 싶은데. 그리고 한눈에 그처럼 손쉽게 그것과 비슷한 편지가 만들어졌다는 사실, 이 점이 누가 그 편지를 가지고 있는가 하는 것 못지 않게 중요한 것 같은데."

"한눈에 손쉽게 만들어졌다?"

내가 의아해하는데, 뒤팡은 또 이렇게 말했다.

"무슨 말인가 하면, 그처럼 쉽게 변조할 수도 있다는 의미지."

"그렇군."

내가 말했다.

"그 편지는 분명히 그 방 어딘가에 있는 거야. 장관이라는 작자가 그 편지를 몸에 지니고 있을 가능성은 전혀 없을 테니까."

"그건 틀림없습니다."

국장이 내 말을 거들었다.

"우리는 강도로 위장한 채 그를 두 번이나 불러 세워 내가 보는 앞에서 그의 몸을 샅샅이 뒤져 보았지만 편지는 나오지 않았습니다."

"국장님이 괜한 헛수고를 하신 것 같습니다."

뒤팡이 말했다.

"D장관 그 사람, 그렇게 어리석은 사람이 아니라고 봅니다. 그런 식의 몸수색도 당연히 예상하고 있었을지도 모릅니다."

"그 양반이 아주 멍청하다고 할 수는 없겠지요."

국장이 말했다.

"그렇지만 그는 시인이지 않습니까. 내 생각에는 시인이나 멍청이나 종이한 장 차이인 것 같습니다만."

"지당한 말씀!"

뒤팡이 무슨 생각을 하는 듯 파이프 담배 연기를 길게 내뿜으면서 말했다.

"하기야 나도 운韻도 안 맞는 것을 시詩랍시고 꽤나 끌쩍대긴 합니다만 말입니다."

"수색했던 상황을 상세하게 이야기해 주시겠죠?"

내가 물었다.

"물론이죠. 사실 우리는 시간을 충분히 갖고 샅샅이 살펴보았습니다. 그리고 난 이런 일에 경험이 많은 편이지요. 방 하나하나에 일주일 밤을 꼬박 들여서 구석구석 수색해 보았습니다. 먼저 실내의 가구들을 살펴보았습니다. 서랍이란 서랍은 모두 열어 보았고요. 그리고 알다시피, 제아무리 비밀스럽게 위장된 서랍이라 하더라도 숙련된 경찰관의 눈을 속이는 건 불가능합니다. 이런 수색에서 서랍을 놓치는 자는 정말 바보라고 할 수밖에 없겠지요. 그만큼 쉬운 일이죠. 각 장롱에는 반드시 그 크기와 용적 등이 기제되어 있고, 우리는 아주 정확한 자를 가지고 있죠. 아주 조그만 눈금의 차이조차도 놓치지 않죠. 장롱 위는 의자를 놓고 다 살펴보죠. 베개와 방석 등은 여러분도 전에 보았던 가늘고 긴 바늘로 일일이 다 쑤셔봅니다. 탁자는 위의 나무판을 다 뜯어내 살펴보고 말입니다."

"아니 왜 그런 일까지?"

"가끔 탁자 같은 가구들은 그 위의 판을 들어내고, 탁자 다리의 가운데를 파내어 그 속에 물건을 숨기고 다시 판을 붙여 두는 경우가 있죠. 침대기둥의 위아래 부분도 같은 목적으로 이용되곤 합니다."

"하지만 두드려서 그 소리를 들어보면 속이 비어 있다는 쉽게 것을 알 수 있지 않습니까?"

내가 물었다.

"천만의 말씀. 그렇게 한다고 해도 물건을 숨기고 그 안을 솜 같은 것으로 꽉꽉 채워두면 알 수 없는 일이죠. 더군다나 우리가 하는 일은 소리를 내어서는 안 되지 않습니까."

"하지만 국장님이 생각하는 것과 같은 방법으로 물건이 숨겨져 있을 것으로 예상되는 모든 가구들을 일일이 다 분해해 볼 수는 없었을 것 아닙니까. 편지야 아주 가늘고 뾰족하게 말아버리면 좀 굵은 뜨개바늘 정도밖에 되지 않을 것이고, 또 이런 형태로 예를 들어 탁자 밑을 받치는 가로대 속에 숨길 수도 있는 것 아닙니까. 모든 가구를 완전히 다 분해했던 것은 아니지 않습니까?"

"물론 그렇게 한 것은 아니죠. 그러나 우리는 그 이상으로 조사했습니다. 숙소에 있는 모든 의자의 가로대와, 모든 가구의 이음새까지도 성능 좋은 확대경을 사용해서 샅샅이 살펴보았습니다. 조금이라도 최근에 손을 댄 흔적이 있었다면 우리는 즉시 찾아 냈을 것입니다. 예를 들자면, 아주 조그만 먼지 알갱이 하나도 사과만큼 크고 분명하게 보이니까요. 아교 칠을 해 놓은 게 조금이라도 어긋나 있었다든지, 이음새에 조그만 틈이라도 있었다면 틀림없이 곧바로 드러났을 것입니다."

"제 생각으로는 거울의 앞면과 뒤에 대어 놓은 나무판 사이도 살펴보았을 것이고, 침대와 침대보, 커튼과 카펫도 일일이 점검했을 것 같습니다만."

"당연하죠. 그리고 이렇게 철저한 방식으로 실내의 가구들을 다 조사한 뒤에는 숙소 자체를 살펴보았습니다. 우리는 방 전체를 아주 작은 면적으로 나누어서 각각 번호를 붙였죠. 하나도 빠뜨리지 않기 위해서 말입니다. 그리고는 나눈 각 면적을 평방 인치 단위로 살펴보면서 방 전체를 이 잡듯이 샅샅이 뒤졌습니다. 바로 옆에 붙어 있는 두 개의 방까지 포함해서 말입니다. 그리고 물론 확대경도 사용했죠."

"옆에 붙은 두 개의 방까지 말입니까!"

내가 큰 소리로 말했다.

"정말 고생이 이만저만 아니었겠습니다."

"예 그랬죠. 하지만 그에 대한 보수는 엄청나니까요."

"그 숙소 주위의 모든 뜰도 물론 함께 조사를 했겠죠?"

"뜰은 모두 벽돌로 포장되어 있었습니다. 비교적 쉽게 조사가 끝나더군요. 벽돌 사이의 이끼를 살펴보았는데, 손을 댄 흔적은 보이지 않더군요."

"물론 D장관의 서류와 그의 책과 서재도 살펴보았겠지요?"

"물론이죠. 우리는 묶어 놓은 서류에서부터 서류철까지 모두 뒤져 보았습니다. 그리고 책도 여느 경찰관들처럼 그냥 뒤져 보거나 흔들어 보거나 하는 것으로 그친 것이 아니라 한 장 한 장 다 넘겨 보았습니다. 아주 정교한 자를 가지고 모든 책의 두께를 다 재 보았고, 확대경을 가지고 그 표지를 아주 꼼꼼히 살펴보았습니다. 조금이라도 제본에 손을 댄 흔적이 있었더라면 그것을 못보고 놓친다는 것은 도저히 있을 수 없는 일이었죠. 최근에 발매된 대여섯 권의 책은 바늘로 제본의 겉면을 아주 꼼꼼하게 찔러 보기까지 했습니다."

"카펫 아래의 바닥도 역시 살펴보았겠죠?"

"너무나 당연한 이야기 아닙니까. 카펫을 모두 들치고 바닥을 확대경으로 다 살펴보았죠."

"그러면 벽지 사이도 역시 살펴보았겠네요?"

"예, 물론입니다."

"지하실도 역시?"

"당연하죠."

"그렇다면, 지금까지의 계산이 틀리지 않습니까? 국장님 생각과는 달리 편지가 그의 숙소에는 없다는 얘기가 되잖습니까."

내가 이렇게 말하자 그의 얼굴이 어두워졌다.

"그럴지도 모르죠. 하지만 뒤팡 씨, 어떻게 해야 할지 나에게 도움될 만한 이야기가 없을까요?"

"그의 숙소를 이 잡듯이 샅샅이 뒤지는 수밖에 없겠지요."

"제가 보기에는 전혀 부질없는 짓 같습니다. 지금까지 수색해 본 결과 그의 숙소에 편지가 없다는 사실은 해가 동쪽에서 뜨는 것만큼이나 분명한 사실이니까요."

"뭐라고 해 드릴 말씀이 없군요."

뒤팡이 다시 말했다.

"아, 물론 국장님은 그 편지가 어떻게 생겼는지 정확히 알고 계시겠죠?"

"아 예, 물론이죠!"

이렇게 말하면서 국장은 메모용 수첩을 꺼내들고는 잃어버린 그 편지의 속 내용과 그리고 특히 겉모양을 큰 소리로 아주 자세하게 설명했다. 그렇게 설명을 끝내자 곧바로 그는 자리를 떠나버렸는데, 그 사람 좋아 뵈는 양반이 그토록 풀이 죽은 모습은 처음이었다.

그로부터 약 한 달쯤 뒤에 국장은 다시 한 번 우리를 찾아왔다. 우리는 전과 같이 파이프 담배를 즐기며 사색에 잠겨 있었다. 그는 파이프를 받아 들고 의자에 몸을 맞긴 채 이런저런 일상적인 이야기를 늘어놓았다. 이윽고 내가 먼저 말을 꺼냈다.

"그런데 국장님, 전에 도난 당했던 편지의 일은 어떻게 되었습니까? 제 느

낌으로는 더 이상 그 장관의 혐의를 입증할 만한 것은 찾지 못하고 그냥 끝내
버린 것 같습니다만."

"망할 자식 같으니! 이런, 욕이 다 나오는군요. 맞습니다! 그렇지만 뒤팡 씨
께서 말씀하신 대로 다시 한 번 조사를 했었습니다만, 역시 예상했던 것과 같
이 아무런 성과도 없었습니다."

"그때 편지를 찾아 주면 보상금이 얼마라 하셨죠?"

뒤팡이 불쑥 물었다.

"왜 그러시죠? 아주 큰 금액입니다. 엄청나게 많은 보수입니다만, 정확한
액수를 말씀드리기는 좀 곤란합니다. 그러나 한마디만 하자면, 나에게 그 편
지를 입수해 주는 사람에게는 5만 프랑을 기꺼이 제 개인 수표로 끊어드리지
요. 사실 그 편지는 매일매일 그 값어치가 올라가고 있습니다. 최근에 다시
보상금을 두 배로 올렸답니다. 그러나 보상금이 세 배가 된다 한들, 지금의 제
사정으로는 전과 다른 별 뾰족한 방법은 전혀 없는데도 말입니다."

"그렇겠죠."

뒤팡은 담배 연기를 내뿜는 사이에 느릿느릿하게 한마디씩 하곤 했다.

"제 생각은…… 국장님께서…… 이 문제에 대해…… 최선을 다했다고……
하기에는 그렇군요. 좀 더 노력해 봐야…… 되는 거 아니겠습니까?"

"어떻게? 방법이라도?"

"국장님은…… 왜…… 이 문제에 대해…… 다른 사람들의 조언을 받아들이
지 않죠?"

뒤팡은 연신 담배연기를 뻐끔뻐끔 뿜어댔다.

"국장님은 '애버니시영국의 저명한 외과 의사.' 이야기를 아십니까?"

"아뇨, 갑자기 '애버니시' 이야기라니!"

"그래요. 하지만 한번 들어 보시죠. 옛날에 돈은 많지만 굉장히 구두쇠인 어느 양반이 의사인 이 애버니시에게 자기 병에 대한 의학적인 의견을 공짜로 슬쩍 들어 보려는 궁리를 해냈죠. 그리하여 아주 사적인 자리에서 그와 일상적인 대화를 나누는 도중에, 다른 사람이 그런 증세가 있는 것처럼 꾸며 은근슬쩍 이 의사에게 물어보았죠. '우리가 보기에는 그 사람이 그렇고 그런 상황인 것 같은데, 의사님께서는 그 사람에게 가장 먼저 어떤 요법의 처방을 내리겠습니까?' 그러자 애버니시가 이렇게 말했습니다. '당연히 의사의 조언부터 먼저 받아야 하겠죠' 라고 말입니다."

"하지만, 나는 언제든 누구한테서나 조언을 받아들일 준비가 되어 있고, 또 그 보상까지 하겠다는 것 아닙니까. 이 편지 문제에 대해 결정적인 조언이나 도움을 주는 사람에게는 내가 5만 프랑을 내놓겠다고 하지 않습니까."

국장은 곤혹스런 표정으로 항변하다시피 했다.

"정말 그렇게 생각하신다면."

뒤팡은 천천히 책상 서랍을 열어 그 안에서 수표책을 꺼내며 말했다.

"이 수표에 아까 말씀하신 금액을 적어서 저에게 주시죠. 그렇게 하신다면 제가 그 편지를 국장님께 드리지요."

나는 깜짝 놀랐다. 국장은 망치로 뒤통수를 얻어맞은 듯한 표정이었다. 그는 한동안 꼼짝 않고 입을 딱 벌린 채 뒤팡의 얼굴을 도저히 믿어지지 않는다는 표정으로 바라보았는데, 마치 눈알이 밖으로 튀어나올 것만 같았다. 그리고는 어느 정도 정신을 차렸는지 펜을 꺼내들고 멍한 눈으로 몇 번 심호흡을 한 뒤 마침내 수표에 5만 프랑의 금액을 기재하고 서명한 뒤 탁자 위로 뒤팡에게 건네주었다. 뒤팡은 수표를 요모조모 살펴보더니 자신의 지갑 속에 잘 간직했다.

그런 후 그는 자신의 서랍을 열쇠로 열어 한 통의 편지를 꺼내 그것을 국장에게 건네주었다. 그 편지를 덥석 받아 든 우리의 경찰 국장은 미칠 듯이 기뻐하는 모습이었다. 벌벌 떨리는 손으로 그 편지를 열어 그 안의 내용을 빠르게 훑어보고는 문 쪽으로 거의 기다시피 하면서 걸어갔는데, 문에 이르자 갑자기 밖으로 뛰쳐나가더니 간다는 소리 한마디 없이 집 밖으로 순식간에 사라져 버렸다. 사실 뒤팡이 수표 이야기를 꺼내었을 때부터 그는 아예 말문이 닫혀 있기는 했었다.

국장의 모습이 완전히 사라지고 나자 뒤팡이 의아해 하는 나에게 설명하기 시작했다.

"파리 경찰들이 아주 유능하다는 것은 사실이네. 끈기도 있고 머리도 잘 돌아가고 순발력도 있으면서, 자신들의 임무에 꼭 필요한 지식에도 아주 정통한 편이라고 할 수 있네. 그래서 G국장이 D장관의 숙소를 샅샅이 다 뒤졌던 그 방법을 자세히 설명할 때, 그가 최선을 다해서 충분히 조사를 했다는 것은 인정하지 않을 수 없었네. 물론 그 최선이라는 것이 그가 할 수 있는 범위 내에서이기는 하지만 말일세."

"그가 할 수 있는 범위라니?"

내가 물었다.

"그렇지. 국장의 수색 방법이 최선의 수색 방법은 아니었다는 뜻이지. 하지만 그러면서도 그 나름대로 할 만큼은 다 했다고 봐야지. 만약 그 편지가 그들이 수색하는 그 장소에 있었다면 그들은 틀림없이 그 편지를 찾아 냈을 것이네."

나는 그저 웃음이 나왔다. 하지만 뒤팽은 매우 진지한 태도로 이야기하고 있었다. 그는 계속해서 말을 이어나갔다.

"그들이 사용한 방법은 그 자체로는 아주 훌륭한 방법이었고, 아주 철저하게 살펴본 것 또한 사실이네. 하지만 그들이 실패한 것은 그 방법이 편지 사건과 그 범인에게는 적당하지 않은 방법이라는 것을 몰랐던 것이지. 우리 국장님에게는 그 뛰어난 방법들이라는 게 모두 일종의 '프로크러스티안 침대

Procrustean bed 그리스 신화에서 메가라와 아테네의 노상에서 살던 강도 프로크러스테스가 길 가던 사람들을 잡아 눕혀 놓고 침대보다 키가 크면 다리를 자르고, 작으면 다리를 잡아 늘렸다는 데서 나온 말로, 무조건 자신의 기준을 최고로 여기는 것을 경계하는 말.' 와 같은 것으로, 무조건 자신의 기준에 맞춰 생각한다는 말이네. 그가 다루는 그 문제를 너무 지나치게 깊게 생각을 하던지, 아니면 너무 단순하게 생각을 하기 때문에 그는 끊임없이 실패하는 것이지. 어린 학생들도 그보다는 나을 것 같다는 생각이 들 지경이라네.

내가 아는 여덟 살 정도 되는 아이가 하나 있는데, '홀짝 알아 맞추기'에서는 정말로 기가 찰 정도로 잘 맞추는 아이일세. 이것은 아주 간단한 게임이면서 주로 구슬 같은 걸로 하지. 한쪽이 한 손에 구슬을 가득 쥐고 상대편에게 홀수인지 짝수인지를 맞추라고 하지. 그래서 맞추면 이기고 맞추지 못하면 지게 되는 게임이지. 내가 말하는 이 아이는 '홀짝 맞추기'로 학교의 구슬을 몽땅 쓸어 버렸다고 하네. 물론 그 아이에게는 나름대로 알아 맞추는 원칙이 있네. 그런데 이 비결이라는 게 다른 게 아니라 상대편이 얼마나 똑똑한 아이인가를 정확하게 관찰해서 알아내는 데 있더군.

예를 들어 상대편이 아주 멍청한 아이인 경우를 보면, 처음에 구슬을 쥐고

홀짝을 물어 우리의 이 아이가 '홀'이라고 했는데 틀려서 구슬을 잃게 되었을 경우, 다음 번에는 반드시 이겨서 구슬을 딴단 말이네. 그것은 이 아이가 이렇게 생각을 하기 때문이라네.

'이 멍청한 녀석이 처음에는 짝을 쥐어 이겼으니, 이 녀석의 생각 수준으로 다음에는 반드시 홀을 쥐게 되어 있어. 그러니 홀이라고 해야지.' 그래서 홀이라고 하면 이긴다는 거지.

그렇지만 이 아이보다 조금 생각이 나은 상대일 경우에는 이렇게 생각을 하는 거야.

'이 녀석은 내가 처음에 홀이라고 했으니까, 처음에는 앞서의 아이처럼 순서대로 짝에서 홀로 바꾸려고 하다가, 제 딴에 다시 생각을 해보면 스스로도 너무 뻔하다는 생각이 들 거란 말이야. 그래서 다시 앞에 생각대로 짝을 쥐려고 마음을 먹게 되겠지. 그럼 나는 짝을 선택하는 거야.'

그렇게 짝을 선택해서 다시 이기는 거라네. 자 여기까지 정리를 해보면, 상대편 아이들이야 '운이 좋은 거지 뭐!'라고 하겠지만, 이 어린 학생의 추론 방식에는 무엇인가 있는 것 같지 않은가?"

"그건 상대방의 지적 수준을 간파하고, 그 입장이 되어 생각한다는 것이겠지."

내가 답했다.

"바로 그것이라네."

뒤팽이 말했다.

"그리고, 어떻게 해서 그렇게 매번 이길 수 있도록 상대방 아이의 수준을 간파할 수 있느냐고 물으니까, 다음과 같은 대답을 하더군.

'저는 상대편 아이가 얼마나 똑똑한지 아니면 멍청한지, 그리고 또 얼마나 착한 아이인지 혹은 얼마나 나쁜 아이인지를 알아봐야겠다고 생각하면, 그 아이의 표정과 똑같은 표정을 스스로 지어 보려고 하거든요. 그리고 난 다음 그 표정에 따라 내 머리나 가슴속에서 어떤 생각과 감정이 일어나는지를 가만히 느껴보는 거에요.'

로시푸코, 라 브뤼르, 마키아벨리, 캄파넬라 등에 이르기까지 이들이 모두 깊은 생각을 가졌다고 평가받는 그 이면에는 바로 이 아이의 이러한 사고법을 이들이 잘 터득하고 적용했다는 사실이 숨어 있는 것이라네."

"자네의 말에 의하면, 정확하게 상대방과 같은 수준에서 상대를 이해하기 위한 관건은 결국 상대방의 수준을 얼마만큼 정확하게 파악하느냐에 달려 있는 것이겠구먼."

내가 다시 부언을 했다.

"그렇지! 그래야 실질적으로 효과가 있을 것 아니겠나."

뒤팡이 말했다.

"그리고 국장과 그 부하들이 그렇게 자주 실패할 수밖에 없었던 이유는 첫째, 자신들이 상대하고 있는 D장관과 이런 식으로 수준을 똑같이 맞춰놓고 생각해 보려는 시도가 아예 없었던 데서 비롯되었고, 다음으로는 그 수준을 잘못 파악했던가 아니면 아예 파악조차 하지 않으려고 했던 데 있는 거라네. 그들은 자신들만 영리하다고 착각하고 만약 그들 자신이 그 편지를 훔쳤더라면 숨겼을 법한 그 방법만을 염두에 두고 있을 뿐이었던 거지.

그들이 이렇게밖에 하지 못한 것이 어쩌면 당연할지도 모르지. 대다수의 많은 사람들이 생각하고 있는 수준이란 잘해야 그 정도니까 말일세. 그렇지만 범죄를 저지른 어떤 악당이 그들의 생각에서 조금만 벗어나 버린다면, 그들은 속수무책이 되어 버리는 것이지. 이런 경우는 상대가 그들보다 뛰어난 경우에 늘 발생하는 법이지. 아주 드물게 그 반대의 경우도 있기는 하지만 말일세.

그들은 자신들의 수사 원칙에 너무나 고지식하게 매달렸던 거라네. 아주 긴급한 비상사태이거나 보상이 엄청나다거나 하는 경우에도, 고작 하는 것이 그동안 해 오던 케케묵은 방법 그대로 수사 규모만 늘린다거나 하면서 호들갑을 떠는 정도일 뿐이고, 결코 그들의 수사 원칙의 변화에 대해서는 조금도 고려하지 않는 것이지. 가령, 이번의 D장관의 편지 도난 사건에서도 수사 방식에 대해서 조금의 변화라도 있던가? 고작 한 것이라곤 구멍을 내고, 바늘로 쑤시고, 흔들거나 두드려서 소리를 들어 보고, 확대경으로 구석구석 들여다 보고, 실내의 표면을 평방 인치 단위로 나누어서 살펴보고 했는데, 이런 것들이란 곧 국장이 오랫동안 경찰업무를 해 오면서 익숙해져 있는 범죄에 대한 인간의 지능적인 생각에 관한 일련의 개념들을 기초로 만들어 놓은 어떤 수사의 원칙 내지는 방침을 보다 철저하게 적용시킨 것에 지나지 않는단 말일세.

자네, 국장 그 양반 하는 모양새를 보지 않았는가. 모든 사람들이 예외 없이 편지를 숨길 때는 의자 다리에 구멍을 내어 그 속에 숨기는 것이 아니라 그런 곳과는 뭔가 조금 다른 구멍이나 틈 사이에다 숨기는 것이라고 아예 단정을 지어 버리는 그 태도말일세. 그렇지만 그런 곳에 숨기려는 생각이나 그냥 책상 다리 구멍에 숨기려는 생각이나 다를 것이 뭐 있는가 말일세. 그리고 그런 식으로 공들여 만들어 놓은 곳에 숨기는 경우는 뭐 그다지 중요하지 않은 것들을 숨길 때나 해당되는 것이고, 또 별 생각 없는 사람들이나 그렇게 숨기는 것이지. 왜냐하면 무언가를 숨겼다고 할 때는 그런 곳에 숨길 거라는 것은 아예 처음부터 생각할 수 있고 또 실제로 그렇게 하는 것이거든. 그러면 그렇게 숨긴 것을 찾아 내는 데는 날카로운 통찰력 같은 것은 필요가 없지. 그냥 끈질기게 확인해 가면서 나올 때까지 찾으면 되는 거니까 말일세. 그리고 그 사건이 무척 중요한 의미를 가지고 있다면, 즉 정치적인 관점에서 상당한 파괴력을 가지고 있고 또 해결에 대한 보상이 엄청난 경우에 지금까지 그런 사건 해결 방식이 기대를 저버린 적은 없었다고 생각한다는 거지.

자네, 이제는 내 말의 의미를 이해할 수 있겠지. 즉 만약에 도난 당한 그 편지가 국장의 조사 범위 내에 숨겨져 있었다면, 다시 말해서 그 편지를 숨겨 놓은 방식이 국장의 원칙 안에서 이해될 수 있는 거였다면 그것을 찾아 내는 것쯤은 문제가 아니라는 거지. 그러나 우리 국장께서는 완전히 엉뚱한 곳에다가 정신을 팔고 있었던 거라네.

그리고 그가 편지를 찾아 낼 수 없었던 근본 이유는 애초에 그 장관을 멍청이 취급해 버렸다는 것이네. 왜냐하면 그 장관이 시인이라고 알려져 있었기 때문인데, 모든 시인은 다 멍청하다고 국장은 항상 생각하고 있으니까 말일세. 그는 그렇게 모든 시인은 멍청이라고 단순하게 생각해 버리는 우를 범했다는 것이지.”

“하지만 그 장관은 정말로 시인이 맞는가?”

내가 물었다.

“형제가 둘 있다고 들었는데, 두 사람 모두 문학적 명성이 있나 보던데. 장관 자신은 미분학에 관한 책을 저술했다고 알고 있네. 그는 수학자이지 시인은 아닌 것 같은데.”

"자네가 조금 잘못 알고 있는 거라네. 나와 그는 잘 아는 사이야. 그는 수학자이면서 시인이기도 하지. 그의 사고력은 아주 뛰어나다네. 하지만 단순히 수학자로서 사고했을 리는 없겠지. 만약 그랬더라면 그는 꼼짝없이 국장의 먹이감이 되어 버렸을 테니까 말일세."

"이런 놀랄 일이 있나!"

내가 뒤팡의 말을 맞받았다.

"자네의 이런 이야기는 세간의 평가와는 완전히 다르잖아! 오랜 세월 동안 대다수의 사람들이 믿고 있는 관념을 설마 뒤집으려고 하는 것은 아니겠지? 분석적 사고력에 있어서는 수학자들이 최고라고 오랫동안 다들 알고 있지 않은가."

" '단언할 수 있는 것은' ……."

뒤팡은 샹포르의 말을 인용했다.

" '모든 세속적인 관념과 관습은 대중들로부터 나오는 것이기에 어리석은 것이네' 자네 말이 맞네. 하지만 수학자들은 자네가 언급한 바와 같이 잘못된 관념을 널리 전파하는 데 무척 애를 써왔네. 사람들은 그 관념을 사실로 생각하고 있지만 사실은 그게 착각이란 말일세. 예를 들면, 수학자들은 분석analysis 이란 용어를 대수학algebra적 용어인 양 은근슬쩍 사용하고 있는데, 거기에는 다른 의도가 있는 거라네. 이런 말도 안 되는 주장을 가장 먼저 내놓은 자들이 바로 프랑스 수학자들이지.

하지만 만약에 어떤 용어가 중요한 의미를 가지고 있어서 많은 다른 뜻의 어휘로 활용이 된다면, 그때야 라틴어의 'ambitus 이리저리 돌아다닌다는 뜻' 가 'ambition 야망' 으로, 'religio 예의나 형식을 철저히 지킨다는 뜻' 가 'religion 종교' 으로,

'homines honesti 저명한 인사라는 뜻.' 가 'honorable men 훌륭한 인물.' 등의 의미로 파생되어 온 것과 같이, 'analysis' 도 'algebra' 의 의미를 가지는 것이야 당연하겠지만 말일세."

"자네가 최근에 파리의 수학자들과 논쟁을 벌이는 중이란 건 알고 있네만, 하여튼 계속해 보게나."

"나는 전혀 추상적 인식논리가 아닌 사고에 의해 추론되는 논리의 유용성과 그 가치에 대해서는 부정적인 입장이라 이 말이네. 특히 수학적 사고에서 나오는 논리에 대해서는 더더욱 그렇다는 말일세. 수학이란 도형圖形과 수數를 다루는 학문 아닌가. 수학적 사고란 단지 이런 형태와 수에 대한 관찰을 위한 논리일 뿐이라는 것이지. 그들의 결정적인 오해는 소위 순수대수학이라는 것의 명제들이 추상적이며 일반적 진리를 담고 있는 보편명제들이라고 생각한다는 것이지. 그런데 이런 주장이 당연한 것인 양 널리 세상에 받아들여지고 있는 이 터무니없는 현실을 보면 나는 머리가 아프다네. 수학의 공리公理는 보편적 진리를 담고 있는 것이 아닌데도 말일세.

도형과 수에 적용되는 연산법칙은 정신적 영역에 있어서는 완전히 다른 결과가 나오는 경우가 허다하지 않은가 말일세. 정신적 영역에서의 계산은 각 부분을 합한 값이 수학적으로 계산한 그 전체의 값과 일치하지 않는 경우가 너무도 많지 않은가. 화학에서도 역시 같은 현상을 볼 수 있는 것이고. 수학은 정신적인 동기를 전혀 고려하지 않고 있다. 정신적인 동기는 합한다고 해도 반드시 그 각각을 합친 것과 같은 크기가 되는 것은 아니지 않은가. 이외에도 단지 수학적 연산에만 적용이 되고 그 범위를 벗어나면 진리로서의 가치를 잃어버리는 수학적 공리는 무수히 많이 있지. 그러나 수학자들이란 제

한적으로만 적용될 수 있는 명제를 마치 절대적으로 완벽한 진리인 양 주장해대는데, 세상 사람들도 그 말을 곧이곧대로 믿는단 말일세.

브라이언트도 그의 연구서인 《신화론神話論》에서 이와 유사한 오류의 예를 들고 있는데, '사람들은 이교도들의 이야기를 꾸며낸 것이라 하면서 믿지 않으면서도, 그런 생각을 깜빡 잊어버리고는 그 이야기가 현실적인 진리를 담고 있다고 생각한다' 라고 기술하고 있는 부분이 그렇다네. 하지만 수학자들이야 자신들이 곧 그 이교도들이니 그들 스스로 만든 이야기를 믿는 것은 너무나 당연한 것이고, 그런 믿음은 단순한 착오의 문제라기보다는 끊임없는 세뇌작용의 결과라고 해야겠지.

간단히 말하자면, 지금껏 나는 수학자들의 그와 같은 공통된 근본 인식에서 자유로운 수학자를 한번도 만나보지 못했다는 이야기지. 즉 어느 수학자이든 간에 모두 $x^2 + px$는 절대적으로 그리고 무조건적으로 q가 된다는 신앙과도 같은 믿음을 가지고 있다는 말일세. 자네가 시험 삼아 한번 확인해 보고 싶다면, 점잖은 수학자 하나를 아무나 붙잡고 $x^2 + px$가 반드시 q가 되는 것은 아니라고 생각한다고 그에게 말해 보게나. 그리고 자네의 말을 그 수학자가 알아들었다 싶은 순간에는 곧바로 그에게서 좀 떨어져야 할걸세. 틀림없이 그는 자네에게 주먹질을 하려고 할 테니까 말일세."

"내 말은 말일세,"

그의 말에 나는 그냥 웃고만 있었고, 뒤팡은 계속해서 말을 이어나갔다.

"만약에 장관 그 양반이 단순히 수학자적 인식만으로 생각하고 대처했었다면, 국장이 이 수표를 나에게 건네는 이런 상황까지는 오지 않았을 걸세. 하지만 나는 그가 수학자이면서도 시인이라는 것을 알고 있었지. 그리고 그의 이런 자질과 더불어 그의 주변 환경에 대해서도 고려를 했던 거지. 그는 또한 궁정대신이고 그리고 아주 과감한 책략가策略家이기도 하지. 이런 양반이 경찰들의 그 진부한 수사방식을 모를 리가 있겠는가 말일세. 그는 이런저런 예측을 모두 하고 있었던 것이고, 실제로 노상강도를 위장하여 그의 몸을 수색한 그 사건에서 보는 바와 같이 그가 그런 예측을 하고 있었다는 것이 그대로 증명되지 않는가 말일세.

돌이켜 생각해 보면, 그는 자신의 숙소가 은밀하게 수색 당할 것을 예견하고 있었던 것이네. 밤에 그가 숙소를 자주 비운 것도, 국장이야 그것이 집을 몰래 수색하는 데 큰 도움이 되었다고 좋아했지만 사실은 그의 계략이었다고 생각되네. 즉 경찰에게 자신의 숙소를 샅샅이 뒤질 수 있는 기회를 줌으로써 그 편지가 그곳에는 없다는 확신을 보다 빨리 가지게 하기 위한 책략이었다는 것이지. 그리고 그의 예상대로 국장은 그렇게 결론을 내리지 않았는가.

자네에게 자세하게 설명하기가 좀 난감하지만, 도난 당한 물건을 찾아 내는 경찰의 일정한 수색 방식에 대해 장관 양반은 처음부터 끝까지 체계적이고 치밀하게 생각해 보았던 것 같네. 그런 생각을 했기 때문에 그런 일반적인 방법으로 편지를 숨긴다는 것은 아예 고려조차 할 수 없었던 것이었겠지. 숙소의 가장 은밀하고 깊숙한 곳조차도 활짝 열려 있는 그의 서재와 다를 바 없이 국장 무리들의 눈과 손 그리고 송곳과 확대경을 피할 수 없다는 것을 모를 정도로 호락호락한 위인은 아니라고 생각하고 있었네. 그래서 그가 이것저것 신중하게 고민해 가면서 선택했다기보다는 그냥 어떤 단순한 방법으로 처리해야겠다는 생각이 들었을 것이라는 결론을 내리게 되었던 것이라네.

처음 국장과 만났을 때 내가 그에게 이 사건은 너무도 단순 명료하게 보이는데 오히려 그것 때문에 국장이 어려운 곤경에 처할 수도 있을 것이라고 했을 때 그가 미친 듯이 웃어대던 것은 자네도 아마 기억이 날걸세."

"그랬었지."

내가 답했다.

"그가 아주 재미있어 하던 모습이 눈에 선하네. 나는 그가 그러다가 뒤로 나자빠지는 건 아닌가 하고 걱정까지 되더구먼."

"물질세계와 정신세계 사이에는 아주 유사한 면들이 많이 있지."

뒤팽이 계속해서 말했다.

"그래서 그것들을 교묘한 말솜씨로 갖다 붙이면 마치 정말로 같은 것이라는 생각이 들기도 하거든. 게다가 은유적 표현에다가 가끔 미소를 슬쩍 끼워 넣거나 하면서 미사여구美辭麗句를 동원하면 더더욱 그 주장이 그럴듯하게 보이는 거라네.

예를 들면, '관성의 법칙'은 물리적인 차원에서나 정신적인 차원에서나 동일하게 적용되는 것처럼 보인다네. 물리적인 차원의 경우, 어떤 물체가 정지된 상태에서 처음으로 움직일 때 큰 물체가 작은 물체보다 더 많은 힘이 필요하고 또 이후의 물체의 운동력은 처음에 가해진 힘의 크기에 비례한다는 것이 사실이지만, 정신적인 차원에서도 풍부한 지적 역량을 갖춘 자들의 생각이 보다 강력하고 지속적인 효과를 내면서 그 파장도 크지만 처음에는 이런저런 많은 생각을 거치면서 보다 신중하면서도 느리게 움직인다는 것도 분명한 사실이기 때문이지. 또 다른 예를 들어 보세. 자네는 길거리의 가게 간판들 중에서 어떤 간판이 가장 쉽게 눈에 들어오는가?"

"그런 건 한번도 깊게 생각해 본 적이 없는데."

"여기 지도를 가지고 하는 퍼즐 게임이 있어. 한쪽편이 제시하는 지도상의 단어를 상대편이 찾아 내는 건데, 도시, 강, 주(州), 빌딩 이름 등등 얼룩덜룩하고 복잡한 지도상의 아무 이름이나 묻고 찾고 하는 거지. 이런 게임을 처음 하는 사람은 대게 지도상에 가장 작게 깨알같이 인쇄된 이름을 골라 찾으라고 하면서 상대방을 골탕 먹이려고 하지. 하지만 이런 게임을 많이 해본 사람은 지도 한쪽 끝에서 끝까지 크고 길게 쭉 쓰여진 이름을 고른다네. 이런 것들이, 길거리에 지나치게 큰 글자로 쓰여진 간판이나 플래카드가 너무나 크고 분명하기 때문에 오히려 눈에 잘 들어오지 않듯이, 눈에 띄지 않는 법이거든.

너무나 크기 때문에 오히려 눈에 잘 들어오지 않는 이러한 물리적인 현상은, 역시 너무나 뚜렷하고 분명하기 때문에 오히려 그것을 인식하지 못하고 간과해 버리는 정신적인 측면에서의 인식의 허점과 아주 유사하지 않는가 말일세.

국장은 어쨌거나 이 점을 이해하지 못한 것 같네. 장관 양반이 그 편지를 누구나 다 볼 수 있는 곳에 내던져 놓음으로써 오히려 그 누구도 그것의 존재에 대해 인식한다거나 관심을 가지지 못하도록 할 것이라는 생각을 국장은 전혀 못했던 것이지.

호기 있으면서도 용감하고 탁월한 지적 능력을 갖추고 있는 D장관에 대해서, 그리고 그 편지를 그가 특정한 목적에 이용하려는 의도라면 반드시 그의 수중에 두고 있을 것이라는 생각을 하면 할수록, 게다가 국장으로부터의 설명 등을 종합한 결과 경찰의 일반적인 수색 범위 내에는 그 편지가 절대로 숨겨져 있지 않다는 확신이 들었네. 그리고 나니 장관 양반은 전혀 그 편지를 숨겨 놓을 의도가 아니라는 듯이 누구나 볼 수 있는 곳에 드러내 놓는 교묘한 방법을 택했을 것이라는 심증이 더더욱 굳어지더구먼.

이렇게 생각을 굳히고는, 나는 검은 색안경을 마련해서는 어느 화창한 날 아침에 우연히 들러보게 된 것처럼 하면서 장관의 숙소를 찾아갔었네. 장관 양반은 숙소에서 하품을 해대며 왔다갔다하고 있었는데 너무 지루해서 죽겠다는 듯한 표정을 짐짓 지어 보이더구먼. 아마도 그보다 더 활력 있고 분주한 사람은 없을 텐데 말일세. 하지만 그는 사람들이 보는 앞에서는 절대로 그런 활기찬 모습을 내보이지는 않는다네.

그렇게 자신을 숨기는 그에게 나도 눈이 햇빛에 무척 약해서 할 수 없이 색안경을 쓰지 않으면 안 된다고 한숨까지 쉬어가며 투덜거리고는, 색안경을 쓴 채 실내 전체의 구석구석을 아주 꼼꼼히 살펴보았네. 겉으로는 장관 양반과의 대화에 열중하고 있는 척하면서 말이네.

나는 특히 그의 바로 옆에 있는 널찍한 책상을 유심히 보았는데, 그 위에는 편지 몇 통과 서류들이 어지럽게 널브러져 있었고 악보와 책들도 몇 권 있었네. 하지만 아주 오래도록 자세히 살펴보았는데도 특별히 의심이 갈 만한 것은 눈에 띄지 않았네.

방안을 샅샅이 훑어 가던 내 눈이 마침내 두꺼운 종이로 만든 볼품없는 싸구려 공예품 상자에서 딱 멈춰지더군. 벽난로 바깥장식의 한가운데에 동(銅)으로 만든 둥글고 굵은 못을 박아 너덜너덜한 파란색 리본으로 아무렇게나 매달아 놓았더구먼. 꽂는 칸이 서너 개인가 있었는데 대여섯 통의 명함과 편지 한 통이 딸랑 꽂혀 있더군. 이 편지는 상당히 때가 묻어 있고 구겨져 있었네. 그리고 한가운데에서 거의 두 조각으로 찢겨져 있었는데, 처음에는 아무 소용이 없는 것이라서 찢어 버리려고 했다가 다시 마음이 바뀌었는지 그냥 내

버려 둔 듯한 모양을 하고 있었네. 크고 검은 봉인封印이 찍혀 있었고, D장관의 이름이 아주 선명하게 적혀 있었으며, 수신 주소는 섬세하고 여성스런 필치로 장관의 숙소가 적혀 있었네. 그 편지는 마치 귀찮은 우편물인 것처럼 보이도록 상자의 맨 위칸에 아무렇게나 쑤셔져 있더군.

이 편지에 눈길이 가는 순간, 나는 이것이 바로 내가 찾던 그 편지라고 주저 없이 단정을 지었네. 사실, 국장이 우리에게 그렇게 자세하게 해 준 설명과 그 편지의 겉모양을 하나하나 비교해 보면 완전히 다른 모양이었네. 이 편지의 봉인은 크고 검은색이면서 장관의 이름이 적혀 있는 반면, 국장의 설명은 작고 붉은색의 봉인에 S공작 가문의 문장이 찍혀져 있다고 했거든. 그리고 수신인이 장관 그 양반으로 되어 있는 글씨의 필체도 섬세하고 여성적인 반면, 국장의 설명에 따르면 그 편지의 수신인은 모 왕실의 인사이며 그 글씨도 대담한 달필이라고 했었네. 다만 편지의 크기에 대해서는 국장의 설명과 꼭 같았을 뿐이지만 말일세.

하지만 바로 이 점이, 즉 국장의 설명과는 너무나 다른 그 편지의 구겨지고 때가 묻고 찢어버리려고 했던 자국이 그대로 남아 있는 그 겉모양이, 본래는 아주 단정하고 깔끔한 성격인 장관 양반의 숨은 모습과는 너무도 어울리지 않기도 했고, 또 그 편지를 보는 사람으로 하여금 정말 쓸모 없는 것처럼 생각되도록 현혹하기 위한 것이라는 느낌과 함께, 너무도 과감하게 방문객 모두의 눈에 띄는 곳에 놓아 둔 점이 내가 앞서 내린 결론과 정확하게 맞아떨어지더군. 즉 이런 모습들에서 그 편지가 문제의 도난 편지라는 강한 확신을 가지게 되었던 것이라네.

나는 가능한 오래 머물기 위해 장관의 성격상 반드시 관심을 갖고 흥분하지 않을 수 없는 그런 화제로 아주 열띤 토론을 이끌어 가면서, 한편으로는 그 편지에서 눈을 떼지 않고 하나하나 세밀하게 살펴보았네. 이렇게 하면서 그 편지의 겉모양과 상자에 꽂혀 있는 모습까지 죄다 기억을 해 두었네.

그런 도중에 그것이 문제의 편지라는 사실이 틀림없음을 확신시켜준 특징을 하나 발견했네. 눈여겨보니까 그 편지의 테두리가 필요 이상으로 구겨져 있었네. 테두리는 마치 딱딱한 종이를 한 번 접어 꾹 누른 다음 펴서 그 접은 선을 따라 그대로 다시 반대 방향으로 접었을 때 나타나는 쭈글쭈글한 선들이 있었는데, 이 정도로도 그 이유를 충분히 알 수가 있었네. 그 편지는 분명히 장갑을 뒤집듯이 안을 밖으로 뒤집어서는 다시 그 위에 주소를 쓰고 봉인을 새로 했던 것이었네. 나는 장관 양반에게 작별인사를 하고 곧바로 그의 숙소를 나왔네. 금으로 만든 담뱃갑을 슬쩍 떨어뜨려 놓고 말일세.

다음날 아침, 나는 두고 온 그 담뱃갑을 찾는다는 빌미로 그를 다시 찾아갔네. 그리고는 전날 벌였던 그 화제로 다시 열띤 토론을 시작했네. 그렇게 한참 토론의 열기가 무르익어 가는 도중이었는데, 갑자기 그의 숙소 창문 바로 아래에서 무슨 총 소리 같은 커다란 소리가 들려 오면서 공포에 찬 비명 소리와 겁에 질린 사람들이 다급하게 외쳐대는 소리가 이어서 계속 들려 왔네. 장관은 급히 창가로 가서 창문을 활짝 열어젖히고는 아래로 내려다보았는데, 그때를 이용해 나는 그 상자로 가서 재빨리 그 편지를 호주머니에 집어넣고, 그것 대신 내 방에서 미리 세심하게 만들어 둔 겉모양이 똑같은 모조 편지를 꽂아 두었지. 겉에는 D장관의 이름이 새겨져 있고 봉인은 빵을 이용해서 똑같이 만들어 찍어 두었던 거지.

그 소동은 한 남자가 길거리에서 구식 소총을 들고 미친 듯이 난리를 피우는 바람에 벌어진 것이었는데, 여자들과 아이들 사이를 돌아다니며 마구 총질을 해대었지. 하지만 알고 보니 실탄이 아닌 공포탄이었고, 미치광이가 아니면 술 취한 자일 거라고 그냥 내버려두었네. 그러다가 그도 어디론가 사라져버렸지. 그러자 장관도 창가에서 다시 자리로 돌아왔는데, 나도 편지를 잽싸게 챙긴 후 즉시 그의 뒤를 따라 창가에 가 있었지. 잠시 후 나는 작별인사를 하고 그의 숙소를 나왔네. 그 미치광이 역할을 했던 남자는 내가 돈으로 매수해 놓았던 사람이었네."

"하지만 모조 편지까지 만들어서 바꿔치기를 해야 할 어떤 다른 이유라도 있었는가?"

내가 물었다.

"처음 찾아갔을 때, 그냥 들고 나와 버리는 게 더 낫지 않았는가?"

"D장관 그 양반……."

뒤팡이 말했다.

"막무가내인 듯 하면서도 무척 세심한 면이 있다네. 그의 숙소에는 그에게 충성하는 부하들이 대기하고 있다고 보아야 할 걸세. 만약 자네 말대로 그렇게 편지를 가지고 나왔더라면 아마 나는 장관의 숙소를 살아서 빠져 나올 수는 없었을 걸세. 파리의 친구들은 더 이상 내 멋진 목소리를 못 들었을 거라 이 말일세.

그러나 이런 생각 말고도 다른 목적이 또 하나 있기는 있었네. 자네는 내 정치적 성향을 알고 있지 않은가. 나는 이번 사건에 있어서는 편지를 잃어버린 그 부인 편에 선 거라네. 장관은 일년 반 동안 그 부인을 손아귀에 쥐고 있지 않았는가. 그런데 이제는 그 반대가 되어 버렸지. 왜냐하면 그 편지가 실제로는 그의 수중에 없다는 사실을 모르고 있기 때문에 장관은 마치 편지를 쥐고 있는 양 앞으로도 계속해서 그런 압력을 행사하려고 할 테고, 그렇게 되면 그의 정치 생명은 필연적으로 끝나버릴 테니까 말일세. 그의 그런 몰락은 마치 절벽을 굴러 내려가는 듯한 꼬락서니일 걸세. '지옥으로 떨어지기는 쉽다'라는 구절이 절로 떠오르는 장면이겠지. 하지만 카탈라니는 성악聲樂에서 고음보다는 저음이 어렵다는 이야기를 한 바가 있지. 무릇 무엇이든 간에 올라가는 것보다는 내려오는 것이 훨씬 더 어렵다는 것인데.

지금으로서는 그의 정치적인 추락에 대해 어떠한 동정심도, 즉 조금의 유감 같은 것은 전혀 없다네. 그는 무자비한 괴물이며 머리만 영리한 파렴치한이니까 말일세. 하지만 솔직히 말하자면, 국장이 '고위층 인사'라고 언급한 그 부인이 내가 그의 상자에다 남긴 모조 편지를 공개하라고 되받아치고 나왔을 때, 장관 양반이 과연 어떠한 생각과 논리로 대처를 할 것인가 하는 점이 너무나 궁금해지기는 한다네."

"그럼? 자네는 그 편지에 특별한 내용이라도 적어 두었단 말인가?"

"당연하지. 편지 안을 그대로 비워 두는 것은 뭔가 마음에 들지 않더군. 그래서 몇 자 적어 두었는데 아마도 장관은 그 내용을 보면 몹시 모욕감을 느끼게 될 걸세. 일전에 비엔나에서 그가 나를 한 번 골탕먹인 적이 있는데, 나는 아주 점잖게 그에게 그 빚을 갚아드리겠다고 한 적이 있었네. 그래서 그를 이처럼 골탕먹인 사람의 정체가 누구인지 무척 궁금해 할 것이 뻔하기 때문에 그에게 조금의 실마리라도 남기지 않으려니 유감스러웠네. 그는 나의 필체를 잘 알고 있기도 하니까, 다음과 같이 하얀 편지지 한가운데에 적어 두었지.

"이런 비통한 계획은 아트레에게는 어울리지 않지만 티에스트에게는 제격이리라."

이 구절은 크레비용프랑스 시인.의 작품인《아트레아트레는 자신의 아내를 유혹한 티에스트를 화해를 핑계로 술자리에 초청해 놓고 티에스트의 두 아들을 죽여 그 인육을 먹게 한 뒤 이 사실을 털어놓는 것으로 복수를 했다는 그리스의 전설을 극화한 작품.》에 나오는 것일세.

작품 해설

소설의 서두에서 화자는 친구인 뒤팡과 함께 모르그 가의 사건과 마리 로제 살인 사건에 관해 이야기합니다. 이 두 사건은 역시 에드거 앨런 포우의 단편 추리소설인 「모르그 가의 살인 사건」과 「마리 로제 미스터리」에 등장합니다. 간략하게 줄거리를 보자면, 세계 최초의 탐정소설로 일컬어지는 「모르그 가의 살인 사건」은 화자인 '나'와 명석한 두뇌를 가진 오거스트 뒤팡과의 만남으로 시작되어, 한 밀실 살인사건을 해결하는 이야기입니다. 그리고 「마리 로제 미스터리」는 한 아가씨의 죽음을 둘러싼 다양한 신문기사를 통해 그 사건의 본질에 접근하는 이야기입니다. 이 두 작품은 「도둑맞은 편지」와 더불어 추리소설의 시대를 연 대표작으로 꼽히기도 하죠.

간단하지만 도저히 풀 수 없는 문제─이것이 탐정 뒤팡에게 주어진 과제입니다. 화자인 '나'와 뒤팡 앞에 나타난 파리의 경찰국장 G는 '단순해서 오히려 당황스러운' 사건 하나를 의뢰합니다. 'D장관에게 도둑맞은 귀부인의 편지를 찾아 줄 것.'

범인도 드러났는데 그에게 편지를 달라고 요구할 수 없는 것은, 그 편지에

 더 알아두기

'숨기기와 찾기' 모티프는 에드거 앨런 포우의 작품에 무척이나 자주 등장합니다. 「말하는 심장」과 「검은 고양이」 등의 소설에서는 시체를 완벽하게 숨긴 살인자가 등장합니다. 이렇듯 '숨기기와 찾기' 게임을 통해 독자에게 두뇌싸움을 걸어오는 소설방식은 에드거 앨런 포우의 장기라고도 할 수 있죠.

적힌 미묘한 내용 때문입니다. 소설 속에서는 자세히 설명되지 않지만, 정황상 왕족인 귀부인에게 전달된 연서戀書로 추측됩니다. 이런 경우 그 사건이 법정까지 가게 되면 아무 상관 없는 사람들도 알게 되고, 그래서 결국 도둑보다 도둑맞은 사람의 명예가 더 손상되기 마련이지요. 이러한 이유 때문에 귀부인은 엄청난 보수를 약속하며 경찰국장 G에게 그 편지를 되찾아올 것을 은밀히 부탁합니다. 경찰국장 G와 그의 노련한 부하들은 D장관이 출타한 틈을 타, 그의 집에 몰래 들어가 꼼꼼하게 수색합니다. 비밀 서랍, 비밀 장롱, 의자의 틈새와 가구의 이음 부분, 모든 곳을 샅샅이 뒤졌습니다. 거울, 침구, 벽돌, 양탄자 밑바닥, 지하실, 책, 서류더미, 집 주위의 벽돌까지 모두 조사해 보았습니다. 그러나 아무리 샅샅이 찾아보아도 편지는 나타나지 않죠.

뒤팡의 견해에 의하면, 그 이유는 간단합니다. 경찰국장 G보다 D장관의 두뇌가 더 좋기 때문입니다. 즉 경찰국장 G가 찾아 낼 수 있을 만한 곳은 D장관이 이미 파악하고 있으며, 그러한 곳에는 숨겨 놓지 않았던 것이지요. 그래서 경찰국장 G가 엄청난 고생을 했음에도 결국 편지를 찾지 못했던 것이구요.

 더 알아두기

에드거 앨런 포우의 작품은 독자에게 흥미롭게 읽히기도 하지만, 소설을 창작하는 작가들에게도 좋은 교범이 되고 있습니다. 특히 그는 단편소설에 대해 나름대로 다섯 가지의 규칙을 세웠는데요 그 다섯 가지의 규칙을 살펴보자면 우선 짧아야 하고, 한 가지의 독특한 효과를 노려야 하고, 압축되어야 하고, 실제로 일어난 일처럼 보여야 하며, 결말이 인상적이어야 한다는 것입니다.

그리고 한 달 후, 경찰국장 G는 다시 '나'와 뒤팡을 찾아옵니다. 뒤팡은 편지를 찾아 준다면 얼마의 보수를 줄 수 있는지 다짜고짜 묻습니다. 그리고 그 참에 아예 수표에 서명까지 하라고 합니다. 경찰국장 G가 서명하자, 놀랍게도 뒤팡은 바로 편지를 꺼내어 그에게 건네줍니다. 그리고 화자인 '나'에게, 그 편지를 찾게 된 사연을 설명해 줍니다. 사연은 아주 간단합니다. 바로 철저히 감시당하는 D장관의 입장에서, 가장 교묘하게 숨길 수 있는 곳이 어디인지 추측해 내는 것입니다. 그렇게 추측해 낸 결과, 그 편지는 사람들이 애써 찾지 않을 곳, 즉 일반 편지함에 들어 있을 거라고 생각합니다. 경찰들의 허를 찌른 셈이지요.

Open Book Test

- D장관은 왜 왕실 귀부인의 편지를 가로챘을까요?
- D장관이 편지를 훔친 것이 명백함에도 불구하고, 경찰이 D장관의 집을 공개적으로 수색하지 못한 이유를 설명해 보세요.
- 뒤팡의 이야기에 등장하는, 짝홀수 게임을 잘하는 아이가 자주 이기는 원칙이란 무엇일까요?
- 이 작품에서 D장관이 편지를 숨긴 위치는 너무 평범한 곳이라, 오히려 경찰들의 허를 찌릅니다. 이와 같은 상황을 빗댄 우리나라 속담은 무엇일까요?
- 편지를 훔친 D장관이 그 편지를 사용하지 않고 단지 보관만 했던 이유에 대해 생각해 봅시다.

구성	발단	뒤팡과 '나'에게 찾아온 파리 경찰국장 G.
	전개	G에게 사건의 정황을 듣고, 해결을 의뢰받음.
	절정	다시 찾아온 G에게 먼저 보수를 달라고 함. 수표를 건네 받고는 편지를 G에게 줌.
	결말	사건의 성격과 그 해결을 뒤팡이 친구인 '나'에게 설명함.
핵심정리	주제	교활함을 뛰어넘는 지혜로움.
	소재	도둑맞은 편지와 그 편지를 찾아 내는 지혜.
	갈래	추리소설
	시점	1인칭 주인공 관찰자 시점
	배경	1800년대 중반의 파리.
작중 인물의 성격	뒤팡	주인공인 화자의 친구로 뛰어난 두뇌를 자랑하는 명탐정. 도둑맞은 편지를 찾아 달라는 파리 경찰국장의 부탁을 받고는, D장관의 허를 찌르는 방식으로 사건을 해결함.
	G	프랑스 파리의 경찰국장. 간단하지만 해결하기 어려운 사건을 맡고는 힘들어함. 성실하나 그다지 영리하지는 않은 인물.
	D장관	왕실의 편지를 훔쳐 간 장본인. 무척 영리하여 자신이 훔친 편지를 사람들이 전혀 예상하지 못한 장소에 숨겨 놓지만 결국 뒤팡에게 그 사실을 간파당하고, 편지를 빼앗김.

백야

✳ 읽기 전에 생각하기

도스토예프스키는 사실주의의 대가로 불립니다. 사실주의란 객관적 사물을 있는 그대로 정

확하게 재현하려는 태도를 말하며 추상예술 · 고전주의 · 낭만주의에 대립하는 개념입니다.

사실주의는 특히 19세기 후반에 활발하였고 과학존중사상과 실증주의는 그들의 지도이념이었습니다.

문학에서는 소설, 특히 사회를 잘 관찰하고 쓴 사실파 소설이 발달했는데요, 발자크, 스탕달, 플로베르

등이 대표적인 작가입니다. 시민사회가 일찍 발달한 영국에서는 사실주의 문학의 발달도 빨라 18세기부

터 이런 유형의 작품이 많이 나왔으며, C.디킨스와 G.엘리엇에 의해 계승되었습니다. 또 러시아 근대문

학에도 사실주의가 크게 영향을 주었는데, 고골리, 톨스토이, 도스토예프스키에까지 영향이 미쳤고,

특이한 러시아적 사실주의를 탄생시켰습니다.

Dostoevski,
Fyodor Mikhailovich

● **도스토예프스키**
러시아의 대문호. 처녀작 『가난한 사람들』로 일약 사회의 인정을 받은 그는, 작품 속에 주로 인간애와 신神에의 반항 및 파멸을 그려냈는데 그의 심각한 심리 해부와 병적 심리의 서술은 비길 만한 작품이 없을 정도이다. (1821~1881)

　도스토예프스키는 1821년 11월 11일 러시아의 모스크바에서 빈민구제병원 의사의 둘째 아들로 태어났습니다. 그는 어려서부터 문학을 좋아했는데 특히 W.스콧의 환상적이며 낭만적인 전기와 역사소설에 흥미를 느꼈습니다. 16세 때 상뜨 뻬쩨르부르그 공병사관학교에 입학했고 졸업한 다음에는 공병국에 근무했으나, 싫증을 느껴 1년 남짓 있다가 퇴직했는데, 때마침 번역 출간된 발자크의 『외제니 그랑데』가 호평을 받은 데 힘을 얻어, 직업작가가 되기로 결심했습니다.

　그의 처녀작 『가난한 사람들』은 도시의 뒷골목에 사는 소외된 사람들의 사회적 비극과 그들의 심리적 갈등을 그려 낸 중편소설입니다. 사실주의적 휴머니즘을 기치로 하였던 이 작품이 당시 비평계의 거물인 V.G.벨린스키에게 인정되어, 24세의 무명작가였던 도스토예프스키는 일약 '새로운 고골리'라는 문명을 떨치게 됩니다. 도스토예프스키는 계속해서 『분신分身』과 『주부』 등의 작품을 발표하는데, 이 무렵부터 공상적 사회주의 사상에 관심을 나타내기 시작했죠. 그리고 「백야」, 「네트치카 네즈바노바」 등의 가작을 씀으로써, 인간의 정열의 여러 모습을 탐구하는 한편 F.M.C.푸리에의 공상적 사회주의를 신봉하는 M.V.페트라셰프스키의 서클에 가입합니다. 이 시기의 혁명가들과의 교류는 그의 생애와 창작활동에 큰 영향력을 미치게 됩니다.

　1849년 봄에 도스토예프스키는 페트라셰프스키 사건에 연좌되어 다른 서클 회원과 함께 체포되어 사형선고를 받게 되는데요, 다행히도 총살 직전에 황제의 특사로 형 집행이 중단되고 강제 노동형으로 감형되어 시베리아로 유형을 가게 됩니다. 그는 시베리아의 옴스크 감옥에서 4년 동안 생활하면서 가족에게 편지·쓰는 것조차 금지당한 채 혹독하고 비참한 수용소 생활을 견

더 냅니다. 이 시기를 계기로 그는 공상적 혁명가에서 슬라브적인 신비주의자, 인종사상忍從思想의 제창자로 변모하게 되죠.

출옥 후 5년 동안 시베리아 전선에서 사병으로 근무했으며 36세에 M.이사에바와 결혼합니다. 그리고 10년 만에 귀환을 허락받아, 1859년에 수도 뻬쩨르부르그로 돌아옵니다. 귀환 후에는 농노해방을 눈앞에 두고 고조된 사회적 분위기 속에서 형인 미하일과 함께 잡지《시대》를 창간하고 시사문제에 대해 집필하였습니다. 한편 시베리아 옥중생활의 체험을 바탕으로 하여 독특하고 참신한 장편『죽음의 집의 기록』과『학대받은 사람들』을 발표함으로써 문단으로의 복귀도 확고히 하죠.

그 다음의 수년 간은 도스토예프스키에게 중대한 사건이 겹친 시기였습니다. 1862년에는 생애 처음으로 서유럽을 여행했고 스슬로바와 연애를 했으며 1864년에는 그의 아내와 형의 죽음을 경험합니다. 이러한 사건은 그의 문학상의 전기가 되어 후기의 대작들을 낳게 하는 계기가 되기도 하죠.『지하생활자의 수기』는 이 시기에 씌어졌습니다. 1864년에는《에포하》라는 이름의 잡지를 발행했는데 그 잡지가 완전히 실패하면서, 그는 거액의 빚을 짊어지게 됐고 생활은 더욱 악화되었습니다. 이후 1867년에 속기사 안나 스니트키나와 재혼한 뒤에는 빚쟁이의 추궁을 피해 4년이나 해외에서 생활해야만 했는데, 이 궁핍한 생활 속에서도 그는『죄와 벌』,『백치』,『악령惡靈』그리고 중편『영원한 남편』등의 명작을 발표했습니다. 외유에서 돌아와 비교적 안정된 생활을 하게 된 그는 말년 10년 동안에는 장편『미성년』과『카라마조프가의 형제들』을 발표했습니다.

『죄와 벌』로 시작되는 그의 후기 대작의 특징은 사회적 · 사상적 · 정치적

문제를 예민하게 반영하면서 인간존재의 근본문제를 제기하였다는 점입니다. 특히 주목받는 점은 각 작품에서 다룬 소재가 다르면서도 총체적으로는 굳게 연결되어 있다는 점이죠. 『죄와 벌』의 양극적인 인물상인 소냐와 스비드리가일로프는 각기 『백치』의 미슈킨 공작과 『악령』의 스타브로긴으로 계승되며, 나아가 『카라마조프가의 형제들』에서의 조시마 장로와 이반의 대결로 발전합니다. 이와 같이 도스토예프스키 소설의 인물들은 현실을 살면서 필연적으로 짊어져야 하는 '긍정과 부정'이라는 상극을 일관되게 체현하고 있습니다. 도스토예프스키는 모순적인 인물을 통해 가장 현실적인 인간의 모습을 역설했던 것입니다. 그리고 이러한 특징이야말로 도스토예프스키의 천재성을 입증하는 부분이라고 할 수 있죠.

감상적 소설
어느 몽상가의 회상 중에서

정녕 그는 단 한 순간이라도
네 가슴에 가까이 있으려 태어났던 것인가……!

이반 뚜르게네프(1818~1883)의 시 '꽃' 에서 따온 구절로 약간 변형시켰음.

| 첫 번째 밤

 참으로 아름다운 밤이었

다. 친애하는 독자 여러분, 그것은 실로 젊었을 때만 가능한 그런 밤이었다.

수많은 별들이 아로새겨진 밝은 밤하늘을 바라보면 어떻게 이렇게 아름다운

하늘 아래 온갖 성마른 사람들과 변덕스러운 사람들이 살 수 있는지 자신에

게 묻지 않을 수 없었다. 독자 여러분, 이 또한 지극히 젊은이다운 질문이지만

신께서 여러분들의 영혼에 이러한 의문을 좀 더 자주 환기시켜 주시길! 변덕

스러운 사람들과 여러 부류의 성마른 사람들에 대한 이야기라면 나는 오늘

● 일러두기_ 본 단편의 러시아어의 로마자 표기와 우리말 표기는 〈소담출판사〉에서 정한 표기안을 따
르되, 원음에 충실하였음을 밝혀 둡니다.

온종일 내가 보여 준 훌륭한 품행에 대해 상기하지 않을 수 없다. 이른 아침부터 어떤 기이한 울적함이 나를 괴롭히기 시작했다. 갑자기 모든 사람들이 외로운 나를 버리고 멀어져가고 있는 것 같았다. 대체 모든 사람이란 누구를 가리키는 것이냐고 누구에게나 물을 권리가 있다. 나는 벌써 8년 동안이나 뻬쩨르부르그에 살고 있지만 거의 한 사람과도 제대로 사귀지 못했기 때문이다. 하지만 내가 왜 사람들을 사귀어야한단 말인가? 그렇지 않아도 나는 뻬쩨르부르그에 사는 모든 사람들을 알고 있다. 뻬쩨르부르그에 사는 모든 사람들이 갑자기 다챠_{교외에 위치한 여름 별장}로 떠났을 때 왠지 모든 사람들이 나를 떠나고 있다는 느낌이 들었던 것도 그 때문이었다. 혼자 남겨진 것이 무서워 꼬박 사흘 동안 깊은 우수에 잠겨 내게 무슨 일이 일어나고 있는 건지 분명히 이해하지 못한 채 시내를 이리저리 돌아다녔다. 네프스끼 대로에 가 보아도, 공원에 가 보아도, 강변을 거닐어 보아도, 일 년 내내 일정한 시간에 일정한 장소에서 마주치곤 했던 사람들이 한 사람도 보이지 않았다. 물론 그들은 나를 모르지만 나는 그들을 알고 있다. 나는 그들의 얼굴 생김새를 거의 다 연구해 버렸기 때문에 그들이 기분이 좋으면 나도 기분이 좋았고, 그들의 표정이 우울하면 나도 어느덧 우울해지고 만다. 나는 폰딴까_{상뜨 뻬쩨르부르그의 중심부를 흐르는 운하}에서 매일 일정한 시간에 만나는 한 노인과는 거의 친구가 될 정도였다. 노인의 표정은 근엄하고 생각이 많아 보였는데 그는 계속 무언가 중얼거리면서 오른손에는 금빛 손잡이가 달린 길고 마디가 많은 단장을 쥐고 왼손을 휘저으며 걸었다. 그도 내 존재를 눈치챘고 내게 관심을 가지고 있었다. 만약 내가 정해진 시간에 폰딴까의 정해진 장소에 나타나지 않는다면 그는 우울해져 버릴 것이 틀림없었다. 그래서 우리는 때때로, 특히 우리 두 사람 모두 기분이 좋을 때, 서로 인사를 나눌 뻔한 적이 있다. 최근에 꼬박 이틀이나 서로 보지 못하다가 사흘만에 마주쳤을 때 우리는 하마터면 모자를 벗어 인사를 나눌 뻔했으나 다행히도 때맞춰 그것을 깨닫고 슬그머니 손을 내리곤 서로를 지나쳐 버렸다. 건물도 역시 내게는 낯설지 않다. 길을 걷고 있으면 집 하나하나가 내 앞으로 달려와선 모든 창문으로 나를 보며 "안녕하세요? 기분은 어떠세요? 저도 덕택에 건강해요. 5월에 한 층을 더 올린다는군요."라든지 "건강하신가요? 내일은 수리를 한데요." 또는 "하마터면 나는 몽땅 타버릴 뻔했어요. 얼마나 놀랐는지." 하고 말하는 것 같다. 그 건물들 중에는 내 마음에 드는 것도 있고, 친한 친구도 있다. 그 중의 하나는 이번 여름에 건축가의 치료를 받기로 되어 있다. 엉뚱하게 잘못 치료하지 않도록 나는 매일 일부러 가서 지켜 볼 작정이다. 하느님 그 집을 지켜주소서……! 나는 밝은 장밋빛으로 칠해진 아름다운 작은 집에서 일어난 사건을 결코 잊을 수 없다. 그 집은 너무도 사랑스럽고 작은 석조 집이었는데 자기 이웃들은 거만하게 바라보면서 나를 바라볼 땐 언제나 상냥한 태도를 보였기 때문에 그 집을 지날 때면 내 마음은 언제나 기쁨에 설레곤했다. 그런데 갑자기 지난 주에 그 집을 지나다가 그 친구 쪽을 바라보니 "나를 노란색으로 칠하고 있어요!"라고 불평하며 외치는 소리가 들려 왔다. 악당들! 야만인! 이 사람들은 기둥도, 서까래도 상관하지 않는 것이다. 내 친구는 마치 카나리아처럼 노랗게 칠해져 버렸다. 이 사건 때문에 나는 울화통을 터뜨릴 뻔했다. 나는 지금까지도 중국색¹⁾으

1912년 이전의 청나라 국기가 노란 바탕에 용이 그려진 것이었으므로 중국색은 노란색을 의미하는 것임.

로 칠해져 불구가 되어 버린 불쌍한 내 친구를 볼 용기가 나지 않는다.

자, 독자 여러분, 내가 어떤 방법으로 뻬쩨르부르그의 온 시가를 그토록 잘

알고 있는지 이제는 이해했을 것이다.

　앞에서도 말했듯이 나는 불안의 원인을 알아차리기 전까지 꼬박 사흘 동안을 안절부절 어쩔 바를 몰랐다. 밖에 나가도 왠지 기분이 언짢고 '저 사람도 없고, 이 사람도 없군. 도대체 어디로 간 거야!' 집에서도 마음을 잡지 못하고 있었다. 불편한 마음으로 이틀 밤을 지새웠다. '이 방안에 부족한 게 뭐가 있을까? 나는 왜 이 방에 있으면 이토록 불편한 거지?' 나는 그렇게 의혹을 품은 채 그을린 녹색의 벽이며, 하녀 마뜨료나의 덕택으로 거미줄이 무성한 천장을 둘러보고, 모든 가구들을 몇 번씩이나 다시 훑어보고선 불행의 원인은 여기에 있지나 않을까 하고 생각하면서 의자까지 일일이 살펴보았다. 왜냐하면 만약 의자 하나라도 어제와 같은 위치에 놓여 있지 않으면, 나는 마음이 불안해지기 때문이다. 그리고 창문도 살펴보았지만, 아무런 소용이 없었다. 마음은 조금도 편해지지 않았다. 나는 마뜨료나를 불러다가 거미줄과 그녀의 불결함에 대해서 아버지 같은 잔소리를 해 줄 생각까지 했던 것이다. 그러나 그녀는 알 수 없다는 듯이 내 얼굴을 쳐다보더니 아무런 대답도 하지 않고 나가 버렸다. 거미줄은 지금도 여전히 그 자리에 걸려 있다. 그리고 겨우 오늘 아침에서야 무엇이 문제인지 알게 되었다. 사람들이 나를 두고 별장으로 튀었기 때문이 아닌가! 부디 진부한 표현을 용서해 주기 바란다. 지금으로선 고상한 문체를 사용할 여유가 없다. 뻬쩨르부르그에 사는 모든 사람이 이미 다챠로 떠나 버렸던지, 아니면 떠나고 있기 때문이다. 위풍당당한 훌륭한 신사들은 마차를 빌려선 내 눈 앞에서 바로 한 집안의 존경스런 가장이 되어 버렸다. 그들은 일상적인 관청 일에서 벗어나 가정의 안식처로, 다챠로 짐을 싸 가지고 출발하고 있다. 이제 모든 행인들은 매우 특별한 표정을 지으며 만나는 사람마다 "여러분, 우리가 이곳에 있는 것은 잠깐이고, 이제 두 시간 지나면 다챠로 떠난답니다."라고 말하려는 듯했다. 백설탕처럼 하얗고 갸름한 손가락으로 먼저 똑똑 두드리면 창문이 활짝 열리고, 예쁜 소녀가 얼굴을 내밀어 화분에 심은 꽃을 팔고 있는 장사꾼을 부를 때 나는 즉시 이런 생각이 떠올랐다. '이런 꽃을 사들이는 것은 답답한 도시의 아파트에서 봄과 꽃을 즐기려는 것이 아니라, 곧 온가족이 다챠로 떠날 때 꽃도 함께 가지고 가기 위해서일 것이다.' 그뿐 아니라 나는 이미 어떤 새로운 색다른 발견에서 성공을 거두었기 때문에 누가 어떤 다챠에서 살고 있는지 실수 없이 한눈에 알 수 있었다. 까멘니 섬이나 아프쩨까르스끼 섬, 혹은 뻬쩨르고프스까야 거리에 살고 있는 사람들은 우아한 몸가짐과 세련된 여름 의상 그리고 시내로 올 때 이용하는 멋진 마차로 구별되었다. 빠르골로프나 그 근처에 살고 있는 사람들은 사려가 깊고 당당한 태도로 첫눈에 사람을 사로잡는다. 끄레스또프스끼 섬을 방문하는 사람은 침착한 명랑함으로 사람들의 주의를 끈다. 나는 짐마차 옆에서 고삐를 쥐고 느릿느릿 가는 긴 행렬의 마부들과 마주칠 때가 있었는데 마차엔 온갖 가구며, 탁자, 의자, 터키식과 터키식이 아닌 소파, 그 밖의 여러 가지 살림도구가 산처럼 쌓여 있고 짐의 맨 위엔 주인나리의 재산을 소중히 지키는 삐쩍 마른 하인이 앉아 있었다. 그리고 가재도구를 잔뜩 실은 작은 배가 네바 강이나 폰딴까를 따라 쵸르나야 강이나 섬들에까지 미끄러지듯 지나가는 것을 바라보곤 하는데 그럴 때면 짐마차며 작은 배가 내 눈앞에서 열 배로, 백 배로 마구 늘어나는 것이다. 갑자기 모든 것이 벌떡 일어나 떠나 버리는 것처럼, 모든 것이 다챠로 이사가고 있는 것처럼 느껴졌다. 온 뻬쩨르부르그 시가 황폐해질 위험에 처해 있는 것처럼 느껴지자 나는 마침내 부끄럽고 화가 나고 슬펐다. 내게는 갈 만한 별장도 없었고, 또 가야 할 이유도 없었다. 나는 모든 짐마차와 함께, 그리고 마차를 세낸 존경받을 만한 풍채를 지닌 모든 신사 양반들과 함께 떠나고 싶은 심정이었다. 그러나 한 사람도, 어느 한 사람도 나를 초대하는 사람이 없었다. 마치 나를 잊어버린 것처럼, 그들에게 있어 나는 이방인에 불과한 것처럼 느껴졌던 것이다.

나는 오랫동안 이리저리 돌아다녔다. 그리고 언제나처럼 내가 어디에 있는지 완전히 잊어버렸으나, 문득 정신을 차려보니 다른 도시로 드나드는 짐과 행인을 통제하는 교차지점에 와 있었다. 그 순간 기분이 좋아져서 나는 차단기를 뛰어넘어 파종된 밭과 초목 사이를 걷기 시작했다. 나는 전혀 피곤하지 않았다. 오히려 어떤 무거운 짐이 마음속에서 쑥 빠져 나가는 것 같은 느낌이었다. 마차를 타고 지나가는 모든 사람들은 상냥하게 나를 바라보았는데 거의 머리 숙여 인사할 정도였다. 모든 사람들이 왠지 매우 기쁜 듯이 보였고, 모두 하나같이 시가를 피우고 있었다. 나 역시 전에 한 번도 느껴보지 못했던 기쁨을 느꼈다. 마치 이탈리아에 온 것 같은 느낌이었다. 도시의 벽에 둘러싸여 질식할 것만 같았던 반 병자나 다름없는 나에게 자연은 엄청난 감동을 주었던 것이다.

우리 뻬쩨르부르그의 자연에는 설명할 수 없는 감동이 주는 어떤 것이 담겨 있다. 봄이 찾아오면 하늘에서 내려 주신 그 모든 힘을 발휘하고, 새싹이 돋아나고, 화려하게 알록달록 몸을 치장한다. 이러한 자연은 내게 병약하고 야윈 처녀를 생각나게 한다. 당신이 때로는 가엾은 눈으로, 때로는 동정어린 애정을 품고, 또 때로는 그녀의 존재를 전혀 깨닫지 못하다가 갑자기 한순간 설명할 수 없는 미녀가 되는 그런 처녀 말이다. 그러면 당신은 너무나 놀라

넋을 잃고, 자기도 모르게 이런 질문을 던진다. 저토록 깊고 슬픈 눈을 저 같은 불꽃으로 빛나게 하는 힘은 무엇일까? 저 창백하고 야윈 뺨에 핏기를 돌게 한 것은 무엇일까? 저 부드러운 표정에 열정을 채워주는 것은 무엇일까? 어떤 흥분이 저리도 가슴을 부풀게 하는 것일까? 가엾은 처녀의 얼굴에 갑작스런 힘과 생명과 아름다움을 불어넣고, 환한 미소와 불꽃같은 웃음으로 생기를 불어넣은 것은 과연 무엇일까? 당신은 주위를 둘러보고 누군가를 찾고, 깨닫게 된다……. 그러나 순간은 지나가 버린다. 어쩌면 다음 날에도 당신은 예전과 똑같은 슬프고 산만한 눈길과 여전히 변함없는 창백한 얼굴, 그리고 움직임에 나타나는 온순함과 소심함, 뿐만 아니라 회한과 순간적인 열정에 대한 생기를 잃은 비애와 노여움의 흔적마저 보게 될 것이다. 당신은 당신 앞에서 거짓되고 무의미하게 광채를 발하던 순간적인 아름다움이 되돌릴 수 없이 빨리 시들어 버린 것에 대해 한탄할 것이며, 아름다움을 사랑할 시간조차 없었다는 것에 대해 안타깝게 여길 것이다.

그래도 나의 밤은 낮보다 훌륭했다. 그것은 이러한 이유에서이다. 내가 시내로 돌아왔을 땐 늦은 시간이었고 집에 거의 다다랐을 땐 이미 시계는 10시를 알리는 종을 치고 있었다. 나는 운하를 따라 난 길을 걷고 있었다. 그 시각에 지나가다 만나는 사람은 아무도 없었다. 사실 나는 시내에서 꽤 떨어진 변두리에 살고 있다. 나는 걸으면서 노래를 흥얼거렸다. 친한 친구도 없고 아는 사람도 없고, 기쁨을 함께 할 사람도 없는 행복한 인간이면 누구나 그러듯이 나도 기분이 좋으면 혼자서 작은 목소리로 흥얼거렸다. 그런데 갑자기 전혀 예상치 못한 사건이 내게 일어난 것이다.

조금 떨어진 곳 운하의 난간에 한 여자가 몸을 기대고 서 있었다. 난간 격자에 팔을 괴고 혼탁한 운하의 물을 열심히 바라보고 있는 것이 틀림없었다. 그녀는 매우 깜찍한 노란 모자에 화려한 검은 망토를 걸치고 있었다. 나는 '저 처녀는 틀림없이 갈색머리일 거야.'라고 생각했다. 그녀는 내가 두근거리는 가슴을 안고 숨을 죽이며 그 옆을 지나쳤을 때에도 내 발자국 소리가 들리지 않는 듯 미동도 하지 않았다. 나는 '이상한 일이야! 뭔가 깊은 생각에 빠져 있는 모양이군.'이라고 생각했다. 그런데 갑자기 나는 장승처럼 그 자리에 멈춰서고 말았다. 억눌린 흐느낌이 내 귀에 들려 왔던 것이다. 그렇다! 그것은 결코 내가 잘못 들은 것이 아니었다. 처녀는 울고 있었다. 그리고 잠시 뒤에 흐느껴 우는 소리가 계속 이어졌다. 하느님 맙소사! 가슴이 죄어오는 것 같았다. 나는 여성에 대해 두려움이 많은 편이지만 이런 상황에서야…… 나는 되돌아서서 그녀의 곁으로 다가갔다. 그리고 만약 이러한 호칭이 러시아의 상류사회를 묘사한 소설 속에 이미 수천 번 쓰여졌었다는 사실을 알지 못했다면 나는 틀림없이 "아가씨!" 하고 불렀을 것이다. 단지 그 한 가지 이유 때문에 내가 머뭇거리며 적당한 말을 찾고 있는 동안 그녀는 정신을 차리고 주변을 둘러본 후 갑자기 무엇이 생각났다는 듯이 고개를 숙이고 내 옆을 미끄러지듯 빠져 나가선 운하를 따라 난 길을 걷기 시작했다. 나는 바로 그녀의 뒤를 쫓았다. 그녀는 그것을 알아차리곤 운하를 따라 걷기를 그만두고 길을 건너 반대편 인도를 걸었다. 나는 길을 건널 용기가 나지 않았다. 내 가슴은 붙잡힌 새처럼 떨고 있었다. 그때 뜻밖에도 한 사건이 나를 도와주었다.

그 미지의 여성에게서 그다지 멀지 않은 반대쪽 인도에 난데없이 예복을 차려 입은 한 신사가 나타난 것이다. 나이가 지긋한 남자였지만 걸음걸이가 의젓하다고 말할 수는 없다. 그는 비틀거리면서 조심스럽게 벽에 의지하여 걷고 있었다. 그녀는 한밤중에 집까지 바래다주겠다는 남자의 제의를 원치 않을 때 모든 처녀들이 걷는 것처럼 겁먹은 듯 서둘러 마치 화살처럼 빨리 걷고 있었다. 만약 내 편에 선 고마운 운명이 그 남자에게 부자연스런 방법을 찾도록 알려주지 않았더라면 당연히 이 비틀거리는 신사는 그녀를 따라 잡으려고 하지 않았을 것이다. 갑자기 신사는 아무 말도 없이 자리를 차고 뛰기 시작하더니 나의 미지의 여성의 뒤를 전속력으로 쫓는 것이었다. 처녀는 바람처럼 달렸으나 비틀거리는 신사는 점점 거리를 좁혀 드디어 그녀에게 따라 붙었다. 처녀는 비명을 질렀다. 그 순간 나는 마디가 많은 멋진 지팡이를 오른손에 움켜쥐고 있는 내 운명에 감사했다. 잠시 뒤 나는 이미 반대쪽 인도에 서 있었다. 불청객은 순간 어쩔 수 없는 상황에 처했다는 것을 파악하곤 아무 말 없이 물러섰다. 그리고 우리로부터 멀리 떨어지고 나서야 상당히 과격한 표현을 쓰며 나에게 항의했다. 그러나 그 말도 우리가 있는 곳에선 겨우 들릴 정도였다.

"자아, 손을 내미세요." 나는 미지의 여성에게 말했다. "이제는 더 이상 귀찮게 따라 붙지 못할 겁니다."

그녀는 아무런 말 없이 흥분과 공포로 여전히 떨리고 있는 손을 나에게 내밀었다. 오, 불청객이여! 이 순간 나는 얼마나 당신에게 감사했던가! 나는 슬쩍 그녀의 얼굴을 보았다. 내 추측이 맞았다. 참으로 귀엽게 생긴 갈색머리 여성이었다. 그 검은 속눈썹에는 조금 전의 놀라움 때문인지, 아니면 그 이전의 슬픔의 눈물 때문인지 알 수는 없지만 아직도 눈물방울이 반짝거리고 있었다. 그러나 그녀의 입술엔 이미 미소가 떠올랐다. 그녀도 나에게 살며시 눈길을 보내곤 얼굴을 붉히며 고개를 숙였다.

"그것 보세요. 왜 당신은 아까 나를 쫓아 버렸어요? 내가 있었으면 아무 일도 일어나지 않았을 텐데요……."

"하지만 전 당신이 누군지 몰랐는 걸요. 전 당신도 역시……."

"그럼 지금은 나를 아신다는 건가요?"

"조금은요. 예를 들면, 어째서 당신은 떨고 계시나요?"

"아, 당신은 한눈에 알아차리셨군요!" 나는 나의 숙녀가 영리한 여자라는 사실에 기뻐하며 대답했다. 영리함은 아름다움에 절대 방해되지 않는다. "맞아요, 당신은 단번에 상대를 알아보셨어요. 확실히 나는 여성과 함께 있을 때 매우 소심합니다. 부정할 수 없는 사실입니다. 바로 조금 전 그 사나이가 당신을 놀라게 했을 때 당신이 느꼈던 흥분 이상으로 나는 지금 흥분하고 있으니까요. 나는 두렵습니다. 마치 꿈속에 있는 것 같아요. 아니, 나는 꿈에서조차도 어떤 여자와 이야기를 나눌 수 있을 것이라고 생각한 적이 없습니다."

"어떻게요! 정말요?"

"사실입니다. 만약 내 손이 떨리고 있다면, 그것은 당신 손처럼 예쁘고 작은 손을 한 번도 잡아 본 적이 없기 때문일 겁니다. 나는 여자와 인연이 없어요. 다시 말하면, 나는 여자와 친하게 지내 본 적이 없습니다. 어쨌든 나는 혼자이고…… 나는 여자와 어떻게 이야기하는지도 몰라요. 지금도 당신에게 쓸데없는 말을 하지 않았는지 모르겠습니다. 제발 솔직히 말씀해 주십시오. 미리 말씀드리지만 저는 화를 잘 내는 사람이 아닙니다."

"아니에요, 괜찮아요. 오히려 그 반대인 걸요. 그렇지만 솔직히 말하라고 하신다면, 여자는 그런 소심한 사람을 좋아한다고 말씀드리고 싶군요. 좀 더 알고 싶으시다면 저도 역시 그런 분이 좋아요. 그러니까 집에 도착할 때까지 당신을 쫓아 보내지는 않을 거예요."

"그러시다면," 나는 너무 기뻐서 숨을 헐떡이며 말하기 시작했다. "나는 이제 수줍어하지 않아도 되겠군요. 나의 모든 방법도 끝난 셈이네요."

"방법이라구요? 어떤 방법이죠? 무엇을 위한 방법 말이죠? 그건 좋지 않아요."

"미안합니다. 안 그럴게요. 어쩌다 튀어나왔어요. 그렇지만 어떻게 이런 순간에 희망을 갖지 말라 하실 수 있으세요……."

"마음에 들고 싶으신 건가요?"

"그래요. 제발 부탁입니다. 내가 어떤 사람인지 판단해 보세요. 나는 이미 스물여섯 살이나 되었는데도 아무도 만난 적이 없습니다. 그러니 도대체 어떻게 능숙하게 막힘없이 말을 잘 할 수 있겠어요? 모든 것을 있는 그대로 숨김없이 털어 놓는 편이 당신에게 이로울 겁니다. 나는 마음에서 요구하는 것을 아무런 말 없이 잠자코 있지는 못합니다. 그런 것은 아무래도 좋아요. 믿으실지 모르지만, 한 번도, 단 한 번도 어떤 여성과 교제해 본 적이 없습니다. 단지 매일 언젠가는 결국 누군가를 만나게 될 것이라고 꿈을 꾸었을 따름이죠. 아아, 당신이 만약 그런 식으로 내가 몇 번이나 사랑에 빠지곤 했는지 아신다면……!"

"어떻게 그럴 수 있어요. 대체 누구를 사랑하신 거죠?"

"대상이 있었던 건 아니고, 꿈에 나타나는 이상적인 여성에게입니다. 나는 상상속에서 무수한 소설을 만들어 냅니다. 아아, 당신은 나를 알지 못합니다. 사실 나도 두세 명의 여자를 만난 적은 있습니다. 어떤 여성이냐구요? 모두들 대단한 아줌마들이어서…… 아니 그보다 좀 더 우스운 이야기를 해보겠습니다. 실은 나도 거리에서 어느 귀족 아가씨에게든, 물론 그녀가 혼자 있을 때, 말을 걸어 볼까하고 생각한 적이 몇 번 있습니다. 물론 말을 거는 것은 수줍은 듯 정중하고 정열적으로 시작하는 겁니다. 그리고 쫓아 버리지 못하도록 나는 혼자서 죽어가고 있고, 어떤 여성이라도 사귀고 싶지만 그럴 방법이 없다고 말하는 겁니다. 그리고 나 같은 불행한 남자의 부끄러운 애원을 물리치지 않는 것도 여성의 의무라고 상대를 설득하는 거지요. 결국 내가 요구하는 것은 두 마디라도 좋으니 동정심을 갖고 친근한 말을 해줄 것과 첫 마디에 쫓아 버리지 말 것, 그리고 내 말을 믿고, 내가 하는 말을 끝까지 들어 주는 겁니다. 만약 웃고 싶으면 웃는 거겠죠. 그렇지만 내게 희망을 갖게 해 주고, 두 번 다시 만나지 않는다 하더라도 두 마디만 걸어달라는 것뿐입니다. 아니, 웃고 계시는군요! 하기야 그 때문에 이런 이야기를 하고 있지만…….”

“제발 화내지 마세요. 제가 웃은 것은 당신이 스스로를 괴롭히고 있기 때문이에요. 만약에 당신이 실제로 그렇게 해보셨다면, 비록 그것이 거리 한복판에서 일어난 일이라 하더라도 성공하셨을는지도 모르겠어요. 단순할수록 좋은 거지요…… 마음씨가 고운 여자라면, 바보가 아니고, 그때 무슨 일로 화가 나 있지만 않다면, 당신이 그토록 애원하고 있는데 한 마디도 하지 않고 당신을 물리칠 생각은 하지 않을 거예요……. 그런데 내가 무슨 말을 하는 거죠! 내 입장에서 판단해 보자면 그렇다는 거죠. 물론 당신을 미쳤다고 생각할 거예요. 저는 세상 사람들이 어떻게 살아나가고 있는지 여러 가지로 잘 알고 있으니까요!”

“아아! 고맙습니다. 지금 당신이 나를 위해 어떤 일을 해 주셨는지 당신은 모르실 겁니다!” 나는 외쳤다.

"알았어요, 그만하세요! 하지만 한 가지만 여쭈어 보겠는데 말예요. 어떻게 당신은 제가 그런 여자인줄 아셨죠? 당신이 주의를 기울이고 우정을 맺을 만한 가치가 있다고 여긴…… 한 마디로 말하면, 말씀하신 것처럼 아줌마 타입의 여자가 아니라는 걸 말예요. 왜 당신은 내게로 다가올 생각을 하셨죠?"

"왜요? 왜라니요? 당신은 혼자였고, 그 신사는 너무 용기가 지나친데다가 한밤중이잖아요? 이건 일종의 여자에 대한 남자의 의무란 것을 당신도 인정하실 겁니다."

"아니, 그렇지 않아요. 그 이전에 당신은 이미 길 건너편에 서 계셨어요. 그리고 내게 다가오려고 하셨죠?"

"길 건너편에서요? 사실 나는 어떻게 대답해야 할지 모르겠습니다. 두렵군요……. 오늘은 매우 행복한 하루였습니다. 그래서 걸으면서 노래를 부르고 있었죠. 교외에 나갔었습니다. 내 삶에서 그렇게 행복한 기분은 처음이었습니다. 그런데 당신이…… 어쩌면 그렇게 보인 것뿐이었는지도 모르겠지만…… 만약 제가 언짢은 일을 상기시켜 드린다면 제발 용서하십시오. 당신이 울고 계시는 것처럼 느껴졌습니다. 나는…… 나는 가슴이 죄어오는 것 같아서 듣고 있을 수가 없었습니다. 오, 세상에! 내가 당신을 걱정해서는 안 되는 것이었을까요? 당신에게 친근한 동정을 느끼는 것이 과연 죄가 되는 것이었을까요? 동정이라는 단어를 써서 죄송합니다. 한마디로 말해서, 내가 무의식 중에 당신 곁으로 다가가려는 마음이 생긴 것이 당신을 화나게 할 만한 일이었을까요?"

"그만, 이젠 됐어요. 아무 말씀도 하지 마세요." 처녀는 고개를 숙이고, 내 손을 꼭 잡으며 말했다. "이런 말을 시작한 제 잘못이에요. 하지만 당신을 잘

못 본 게 아니라 기뻐요. 벌써 집에 다 왔네요. 전 이 골목으로 가야 해요. 겨우 두어 걸음밖에 되지 않아요. 안녕히 가세요. 고맙습니다."

"설마 이렇게 다시 못 만나는 것은 아니겠지요……? 설마 이것이 마지막은 아니겠지요?"

"그것 보세요!" 처녀는 웃으면서 말했다. "처음에 당신은 두 마디만 원한다고 하셨죠. 근데 이번엔…… 좋아요. 아무 말씀도 드리지 않겠어요…… 어쩌면 만나 뵙게 될 거예요……."

"저는 내일 이곳에 오겠습니다. 오, 용서하십시오. 나는 벌써 강요하고 있군요……." 나는 말했다.

"맞아요, 조급하시군요. 당신은 거의 강요하고 계시네요……."

"내 말 좀 들어 보십시오!" 나는 그녀의 말을 가로챘다. "다시 이런 말을 하게 돼서 죄송합니다. 하지만 나는 공상가이기 때문에 내일 밤 여기 다시 오지 않을 수가 없습니다. 현실 속에서의 생활이 너무도 적기 때문에 지금과 같은 순간은 내게는 드문 일이랍니다. 그러니 그것을 상상속에서 되풀이하지 않을 수가 없습니다. 나는 꼬박 하루 밤을, 아니 일주일 내내, 또는 일 년 내내 당신에 대해 꿈을 꿀 거예요. 나는 내일 틀림없이 바로 이 자리에 똑같은 시간에 올 겁니다. 그리고 어제의 일을 생각하면서 행복에 잠길 거예요. 이 자리도 제게는 이미 친근한 장소입니다. 나는 뻬쩨르부르그에 이미 두세 곳 이러한 장소를 알고 있습니다. 언젠가 한 번은 당신처럼…… 추억에 잠겨 눈물을 흘린 적도 있어요. 당신도 어쩌면 몇 십 분 전에 옛날 일을 회상하며 울고 계셨는지도 모르죠……. 용서하십시오. 또 쓸데없는 말을 했군요. 어쩌면 당신이 언젠가 이곳에서 특별한 행복감을 맛보셨는지도 모르겠군요……."

"좋아요." 그녀는 말했다. "내일 밤 열 시에 오는 것으로 하죠. 어쩐지 당신을 말릴 수 없을 것 같군요. 하지만 내가 여기에 오는 건 오지 않으면 안 될 이유가 있기 때문이에요. 그러니까 당신과 만날 약속을 정한 거라고 생각하지 마세요. 미리 말씀드리지만 저는 제 일이 있어서 여기에 와야 해요. 저……좀 더 분명히 말씀드리지만, 당신이 오시더라도 별다른 일은 없을 거예요. 그 첫 번째 이유는 어쩌면 오늘밤과 같은 불쾌한 일이 생길지도 모르죠. 이건 다른 말이구요. 한 마디로 말해서, 당신에게 두 마디를 해 주기 위해서 당신을 뵙고 싶어요. 제가 만날 약속을 너무 쉽게 정한다고 비난하시는 건 아니겠죠? 제가 직접 만날 약속을 정할 수도 있을 테지만 만약…… 하지만 이것은 저의 비밀로 해 두겠어요! 다만 미리 약속해 주시면……."

"약속이요! 말씀하세요, 말씀하십시오. 미리 모두 말씀해 주세요. 저는 아무래도 좋습니다. 뭐든지 다 할 준비가 되어 있습니다. 나는 자신에 대해서 책임을 질 겁니다……. 당신이 말씀하시는 대로 하고, 예의를 지키겠습니다……. 당신은 날 아시잖습니까?" 나는 너무 기뻐서 외쳤다.

"바로 당신이 어떤 사람인지 알기 때문에 내일 오시라고 하는 거예요." 처녀는 웃으며 말했다. "저는 당신이라는 분을 잘 알아요. 하지만 오시는 데에는 한 가지 조건이 있어요. 첫째, 제발 제가 부탁드리는 것을 반드시 실행해 주세요. 보세요, 전 모든 것을 솔직히 말씀드리고 있어요. 저를 사랑해선 안 돼요. 분명히 말씀드리지만 사랑은 절대 안 돼요. 친구는 언제든지 좋아요. 자, 악수해요. 다만 사랑은 절대 안 돼요. 제발 부탁이에요!"

"맹세하죠." 그녀의 작은 손을 꼭 잡고 나는 큰 소리로 외쳤다.

"맹세는 하지 마세요. 저는 이미 당신이 화약처럼 폭발하기 쉬운 분이라는 걸 잘 알고 있는 걸요. 이런 말을 한다고 절 나무라진 마세요. 사실 저 역시 이 야기를 하거나 의논할 사람이 한 사람도 없어요. 물론 의논 상대를 길에서 찾는 건 아니죠. 당신은 예외예요. 마치 20년 지기 친구처럼 나는 당신을 잘 알아요. 설마 배신 같은 것은 하지 않으시겠죠……."

"알게 되실 거예요. 다만 하루를 어떻게 견딜 수 있을지 모르겠습니다."

"편안히 푹 주무세요. 제가 당신을 믿고 있다는 걸 잊지 마세요. 조금 전 당신의 외침은 정말 좋았어요. 친근한 동정의 표현일지라도 어떻게 감정 하나하나를 분석할 수 있을까요! 아세요? 참으로 좋은 말이었기 때문에 이분이라면 믿을 수 있겠다는 생각이 순간 머리를 스쳤어요……."

"제발, 무슨 말씀이세요? 그게 뭔데요?"

"내일 뵙겠습니다. 아직 비밀로 해 두죠. 그게 당신에게도 좋을 거예요. 옆에서 보면 소설 같겠죠. 어쩌면 내일 당신에게 이야기할지도 모르겠어요. 어쩌면 아닐지도 모르죠. 아무튼 앞으로 당신과 좀 더 많은 이야기를 나누겠어요. 서로에 관해서 좀 더 잘 알 수 있도록 말이에요."

"오, 나는 내일 당장 나에 대해서 모두 당신에게 말할 겁니다! 그런데 이게 무슨 일이죠? 내게 기적이 일어나고 있어요. 하느님 맙소사! 지금 난 어디에 있는 거죠? 말씀해 주세요. 당신은 다른 여자가 그런 것처럼 처음부터 나를 물리치지도, 화를 내지도 않은 것이 불만스러운 건 아니겠지요? 당신은 2분 만에 나를 영원히 행복한 사람으로 만들었습니다. 그래요, 행복한 사람 말이에요! 어쩌면 당신은 나를 내 자신과 화해시키고, 내 안에 있는 의문을 풀어주셨는지도 모릅니다. 혹은 그러한 순간이 내게 찾아오고 있는지도 모르겠어요. 아무튼 내일 모든 것을 말씀드릴 거예요. 그러면 모든 것을 알게 되실 테죠. 모든 것을 말입니다……."

"좋아요, 그렇게 하겠어요. 당신이 먼저 시작하는 것으로 하죠."

"그렇게 합시다."

"안녕히 가세요!"

"안녕히 가세요!"

이렇게 우리는 헤어졌다. 나는 밤새도록 거리를 돌아다녔다. 집으로 돌아
갈 마음이 생기지 않았다. 나는 너무도 행복했다. 내일까지 무사히 ……!

두 번째 밤

"그것 보세요. 견뎌내셨잖아요!" 그녀는 웃으며 내 손을 잡고 말했다.

"나는 이미 두 시간이나 여기에 있었어요. 온종일 내가 어떻게 지냈는지 당
신은 모르실 거예요!"

"알아요, 알고 말고요. 그럼 본론으로 들어가서, 제가 여기에 왜 왔는지 아
시겠어요? 어제처럼 쓸데없는 말을 하기 위해서가 아니에요. 그런데 말이에
요. 이제부터는 좀 더 현명하게 행동해야겠어요. 나는 어제 이 일에 대해서
오랫동안 생각해 보았어요."

"어떤 면에서 말입니까? 어떤 면에서 더 현명해져야 한다는 겁니까? 저는
준비되어 있습니다. 하지만 제가 살면서 지금처럼 현명하게 처신한 것도 처
음일 겁니다."

"정말이세요? 그럼 부탁이에요. 첫 번째는 제 손을 그렇게 잡지 말아 주세

요. 그리고 두 번째는 오늘 당신에 대해서 오랫동안 곰곰이 생각해 보았다는 걸 말씀드리고 싶군요."

"그래서, 어떤 결론에 도달하셨습니까?"

"어떤 결론이냐구요? 처음부터 다시 시작해야한다는 거예요. 왜냐하면 당신은 나로선 전혀 알지 못하는 사람이고, 또 어제 나는 마치 어린아이나 소녀처럼 행동했기 때문이에요. 물론 모든 잘못은 나의 착한 마음 때문이에요. 즉 자신을 비판하려고 하면, 결국 스스로 자신을 칭찬하는 것으로 항상 끝나더군요. 그래서 잘못을 바로잡기 위해 당신에 대한 가장 상세한 것까지 모두 알아내기로 결심했어요. 하지만 당신에 대해 특별히 물어 볼 사람이 없으니, 당신 자신이 그 모든 것을 자세히 말씀해 주셔야겠어요. 당신은 도대체 어떤 분이신가요? 자아, 빨리 시작하세요. 모든 것을 말씀해 주세요."

"내 이야기라구요!" 나는 깜짝 놀라서 외쳤다. "내 이야기라뇨! 나에 대해 입에 올릴 만한 이야기가 있다고 누가 말을 하던가요? 할 만한 이야기가 아무 것도 없는데 말입니다."

"과거 없이 어떻게 살아오셨다는 거예요?" 그녀는 웃으며 말을 가로막았다.

"전혀 그런 과거가 없습니다. 흔히 말하는 것처럼 난 독신으로 살았어요. 완전히 혼자서 말이에요. 외톨이로요. 외톨이라는 게 어떤 건지 아세요?"

"그래도 어떻게 혼자일 수 있어요? 그럼 여태까지 아무도 만난 일이 없으시다는 건가요?"

"아니, 그렇지는 않습니다. 만나기야 만나지요. 그래도 나는 혼자입니다."

"그럼 당신은 누구와도 대화를 나누지 않는다는 말이에요?"

"엄밀하게 말하면 그렇다고 할 수 있습니다."

"그럼 도대체 당신은 어떤 분이시죠? 제발 설명해 주세요! 잠깐만요. 알 것 같아요. 당신은 나처럼 분명히 할머니와 함께 살고 계세요. 우리 할머니는 장님이신데 평생 나를 밖에 못 나가게 하셔서 나는 말하는 것을 거의 잊어버릴 뻔했어요. 2년 전쯤에 내가 심하게 장난을 쳤더니 더 이상 나를 잡아둘 수 없다고 여기시곤 나를 불러선 내 옷에 할머니 옷을 핀으로 고정시켜 버리신 거예요. 그때부터 우리는 매일 함께 앉아 있어요. 할머니는 눈은 보이지 않지만 양말을 뜨시고 나는 옆에 앉아서 바느질을 하든지 아니면 책을 읽어 드려요. 정말 이상한 일이에요. 벌써 2년 동안이나 붙어 있으니 말예요……."

"하느님 맙소사, 정말 안 됐군요! 아니, 없습니다. 내겐 그런 할머니가 안 계십니다.

"만약 안 계시다면, 어떻게 집에만 계셨단 말예요!"

"당신은 내가 어떤 사람인지 정말 알고 싶으신 겁니까?"

"그럼요, 그래요. 그래!"

"정확한 의미로 말입니까!"

"가장 엄밀한 의미로 말예요!"

"그럼 말씀드리죠. 나는 이러한 타입의 사람입니다."

"타입, 타입! 어떤 타입이요?" 그녀는 마치 일 년 내내 웃지 못한 사람처럼 깔깔대며 웃더니 큰 소리로 물었다. "당신과 있는 게 재미있군요! 여기 벤치가 있네요. 앉는 게 좋겠어요! 여기는 아무도 지나다니지 않으니까 우리가 하는 이야기를 들을 사람도 없을 거예요. 이제 빨리 당신 이야기를 시작하세요! 아무리 없다고 해도 당신은 할 이야기가 있을 거예요. 숨기고 있을 뿐이죠.

먼저 그 타입이란 게 뭐지요?"

"타입이라? 타입은 좀 특이하고, 매우 우스꽝스럽다는 말이에요." 그녀가 아이같이 깔깔대고 웃자 나도 덩달아 큰 소리로 웃으면서 대답했다. "그건 그 러한 성격이라는 겁니다. 그런데 당신은 공상가란 어떤 사람인지 아세요?"

"공상가 말이에요! 어머나! 어떻게 모를 수가 있어요? 저도 공상가인 걸요! 할머니 옆에 앉아 있으면 온갖 잡념이 머릿속을 분주히 돌아다녀요. 그리고 일단 공상에 빠져들기 시작하면 중국 왕자님에게 시집가기도 해요. 공상한다 는 건 좋은 일이에요! 아니, 아닐 수도 있어요. 하느님만 아실 일이죠. 특히 그 것 없이도 생각할 것이 있을 경우엔 말예요." 이번에는 꽤 심각한 어조로 그 녀는 말했다.

"대단한 일이에요! 당신도 중국 황제에게 시집가 봤다면 내 기분을 완전히 이해할 수 있을 거예요. 그런데 말입니다. 실례지만, 아직 당신의 이름을 모 르고 있네요."

"어마나, 일찍도 생각나셨군요!"

"맙소사! 물어볼 생각을 전혀 못했군요. 너무 기분이 좋아서……."

"제 이름은 나스쩬까예요"

"나스쩬까! 그게 다예요?"

"그게 다라니요! 그것만으론 부족하다는 말씀인가요? 욕심이 많으시군요!"

"부족하다니요? 충분합니다. 충분해요. 정반대인 걸요. 넘칠 만큼 충분합 니다. 나스쩬까, 당신은 처음부터 애칭으로 이름을 알려주시는군요. 당신은 참으로 착한 아가씨입니다."

"아셨어요! 제가 말했잖아요!"

"자, 나스쩬까, 이제부터 우스꽝스러운 이야기 하나 할 테니 들어 보세요."
나는 그녀의 곁에 앉아서 진지한 자세를 취하곤 마치 써 놓은 것을 읽듯이 말
했다. "나스쩬까, 당신도 아실지 모르지만 뻬쩨르부르그에는 이상한 곳이 있
어요. 그곳에 뜨는 태양은 뻬쩨르부르그에 살고 있는 우리를 비추는 태양과
는 전혀 다른 것입니다. 이 새로운 태양은 마치 그곳만을 위해 특별히 주문된
것처럼 색다르고 독특한 빛을 냅니다. 그러한 곳에서는 말이죠, 나스쩬까, 우
리 주변에서 살아가는 모습과는 전혀 다른 삶이 있습니다. 그것은 심각하고
도 심각한 우리시대의 삶과는 다른 아주 먼 어딘지 모르는 나라에만 있을 수
있는 삶입니다. 더욱이 그 삶은 어떤 순수한 환상과 뜨거운 이상이 혼합된 것
입니다. 그와 함께 '오, 나스쩬까!' 생기 없이 산문적이고 평범한, 아니 믿어
지지 않을 만큼 저속한 것의 혼합물이라고까지 말할 수 있습니다."

"휴! 하느님 맙소사! 무슨 서론이 그래요! 앞으로 무슨 이야기를 더 들을지
모르겠군요."

"나스쩬까, '나스쩬까, 당신 이름은 아무리 불러도 싫증나지 않을 것 같습
니다.' 그건 말입니다. 그곳에는 이상한 사람들, 즉 공상가들이 살고 있다는
겁니다. 공상가란, 만약 상세한 정의가 필요하다면, 그것은 인간이 아니라,
일종의 중성적인 존재입니다. 아시겠어요? 그는 주로 어딘가 인간이 접근하
기 어려운 곳에 마치 대낮의 햇빛조차도 피하는 것처럼 숨어서 지냅니다. 그
곳에 한번 눌러 앉으면, 달팽이처럼 그곳에 자리를 잡고 살아가는 겁니다. 달
팽이가 아니라면, 그런 점에서 그는 적어도 집과 몸통이 하나인 저 흥미로운
동물, 거북이와 흡사합니다. 당신은 어떻게 생각하시나요? 그는 왜 그을음이
끼어 있는 음산하고 담배 연기가 자욱한 사면이 녹색으로 칠해져 있는 벽을

그토록 좋아할까요? 이 우스꽝스러운 신사는 왜 몇 안 되는 아는 사람들 가운데 누군가 찾아오면, '그 사람들도 결국엔 모두 사라지고 맙니다만' 왜 이 우스꽝스러운 사람은 당황하여 얼굴빛까지 변하는 걸까요? 마치 방금 막 이 사면의 벽안에서 범죄라도 저지른 사람처럼, 그리고 마치 위조지폐를 만들거나, 또는 시인은 죽었지만 시인의 시를 발표하는 것이 친구로서의 신성한 의무라고 생각한다는 내용이 담겨 있는 익명의 편지와 함께 잡지사에 보낼 시를 만든 사람처럼 말입니다. 나스쩬까, 왜 이 두 사람 사이에는 대화가 잘 이루어지지 않는 걸까요? 갑자기 들어온 친구가 어리둥절해하며 웃지도 않고 재치 있는 말도 하지 않는 이유는 무엇일까요? 다른 때라면 웃기도 잘하고 말도 잘하며 아름다운 들판에 관한 이야기와 유쾌한 대화를 좋아하는 친구가 말입니다. 대체 분명 최근에 알게 된 이 친구는 결국 첫 방문에서—이런 경우엔 두 번째 방문은 없을 것이기 때문에—재치를 가지고 '만약 그런 것이 있다면 말입니다.' 대화를 부드럽고 재미있게 풀려고 사교계의 지식을 자랑한다거나 아름다운 들판에 관해 말을 하며 온갖 노력을 기울이지만 아무런 소용이 없게 되자 우울해져 버린 주인의 얼굴을 바라보며 어째서 당황스러워하여 굳어버리는 것일까요? 잘못 들어온 불쌍한 손님의 마음에라도 들려고 매우 공손한 태도로 애를 쓰는데 말입니다. 결국 손님은 불현듯 모자를 움켜쥐고, 결코 있지도 않은 중대한 일이 갑자기 생각났다고 하면서, 그냥 가는 손님에게 미안해하며 자신의 실수를 바로잡으려고 하는 주인의 열렬한 악수를 뿌리치는 이유는 무엇일까요? 또 문 밖으로 나가며 웃는 친구가 이런 괴짜에게는 두 번 다시 찾아오지 않겠다고 굳게 다짐하는 이유는 무엇일까요? 그런데 이 괴짜는 실제로 정말 멋진 남자이며 공상속의 작은 변덕을 거부하지 못하는 겁니다. 이를테면 약간 거리가 있지만 조금 전 대화하는 동안 상대의 표정을 불쌍한 고양이 새끼의 모습과 비교하는 것입니다. 아이들에게 갑자기 붙잡혀 괴롭힘을 당한 놀란 고양이 새끼는 완전히 혼이 빠져 의자 밑 어두운 곳으로 숨어 들어가는 것입니다. 그리고 그 곳에서 한 시간 내내 털을 곤두세우고 야옹거리며 모욕당한 주둥이를 두 발로 씻어 내립니다. 또 그 후로 오랫동안 자연과 생활, 그리고 인정 많은 하녀가 주인의 식탁에서 가져다 준 음식까지도 적의에 찬 눈으로 바라보게 되는 겁니다."

"잠깐만요." 내내 눈을 커다랗게 뜨고 조그마한 입을 벌린 채 놀라워하며 내 말을 듣고 있던 나스쩬까가 내 말을 가로막았다. "잠깐만요. 어쩌다 이런 말이 나오게 된 거죠? 왜 당신이 이런 우스꽝스런 질문을 하시는지 도무지 이해할 수 없군요. 하지만 한 가지 알 수 있는 건 한 마디도 빼놓지 않고 이러한 모든 사건들이 당신에게 일어났었다는 거죠."

"물론 의심할 여지없이 그렇습니다." 나는 매우 진지한 표정으로 대답했다.

"그렇다면, 만약 의심의 여지가 없다면 이야기를 계속해 주세요. 이야기가 어떻게 끝날지 무척 알고 싶군요." 나스쩬까가 말했다.

"나스쩬까, 당신은 우리의 주인공, 아니 그보다도 나라고 하는 편이 좋겠죠. 왜냐하면 사건의 주인공은 겸손하고 특별한 나니까요. 내가 한쪽 구석에서 무엇을 했는지 알고 싶으세요? 내가 어째서 친구의 갑작스런 방문 때문에 온종일 깜짝 놀라 그토록 어쩔 줄 몰라 했는지 알고 싶으십니까? 내 방문이 열렸을 때 내가 왜 갑자기 벌떡 일어났고, 어째서 얼굴을 붉혔는지, 그리고 어째서 나는 손님을 접대할 줄도 모르고 자기 자신의 손님 접대에 억눌려 그토록 창피스러워하는지 알고 싶습니까?"

"네, 그래요 그렇단 말예요!" 나스쩬까는 대답했다. "그 점이 문제예요. 제 말을 들어 보세요. 당신은 말씀을 훌륭하게 잘 하시는군요. 하지만 그렇게 유창하게 이야기하지 않으면 안 되나요? 당신은 마치 책을 읽고 있는 것처럼 이야기 하시는군요."

"나스쩬까!" 나는 웃음을 간신히 참으며 위엄 있는 목소리로 대답했다.

"사랑스런 나스쩬까, 나도 내가 유창하게 말한다는 것을 알고 있습니다. 제 잘못입니다만 나는 다른 식으로 말하는 법을 모릅니다. 사랑스런 나스쩬까, 이제 나는 일곱 개의 봉인이 찍혀 천년 동안 항아리에 갇혀 있다가 간신히 일곱 개의 봉인이 뜯겨 자유를 찾은 솔로몬의 영혼과도 같습니다. 나스쩬까, 우리는 오랜 이별 끝에 만나게 되었습니다. 왜냐하면 이미 오래 전부터 당신을 알고 있었기 때문입니다. 나스쩬까, 나는 오랫동안 누군가를 찾아왔습니다. 이것이 바로 다른 사람이 아닌 당신을 찾고 있었다는 증거이며 우리가 만나도록 되어 있었다는 증거입니다. 이제야 내 머릿속에 있는 수천 개의 막이 열린 것입니다. 지금 나는 마음속에 담고 있는 강물처럼 흐르는 모든 말을 뱉어 내지 않으면 숨이 막혀 버릴 겁니다. 그러니 제발 나의 이야기를 끊지 말아 주십시오. 나스쩬까, 얌전히 내 말을 들어 주십시오. 그렇지 않으면 나는 입을 다물어 버릴 것입니다."

"아니, 절대로 그러지 않을게요! 말씀하세요."

"계속하겠습니다. 친애하는 나스쩬까! 나는 하루 중에 가장 좋아하는 시간이 있습니다. 거의 모든 종류의 일이나 근무나 의무가 끝나고 모든 사람들이 식사하고 편히 누워서 휴식을 취하기 위해 제각기 집으로 서둘러 갑니다. 그리고 걸어가는 동안에 저녁과 밤 그리고 남아 있는 여가 시간에 대한 다른 유쾌한 화제를 생각해 내는 바로 그 시간입니다. 그 시간이 되면 우리의 주인공도—나스쩬까, 괜찮으시다면 이제부터는 삼인칭으로 이야기하도록 하겠습니다. 이런 이야기를 일인칭으로 한다는 것이 몹시 쑥스럽군요.—그래서 일을 하던 우리의 주인공도 이 시간이 되면 다른 사람들의 뒤를 따라 걷습니다. 약간 지친 듯 창백한 얼굴에는 야릇한 만족감이 떠오릅니다. 서서히 꺼져가는 차가운 뻬쩨르부르그 하늘의 저녁노을을 주의 깊게 바라봅니다. 아니 바라본다는 것은 거짓말입니다. 그는 바라보는 것이 아니라 무의식적으로 멍하니 응시하고 있습니다. 마치 피곤하다든가 혹은 다른 좀 더 흥미로운 것에 마음을 빼앗기고 있어서 거의 무의식적으로 주위의 것들에 잠시 눈길을 돌릴 때처럼 말입니다. 그는 교실의 의자에서 해방되어 좋아하는 놀이나 장난을 하도록 허락받은 초등학교 학생처럼 짜증스런 일로부터 내일까지 자유스러운 것에 만족하며 기뻐합니다. 나스쩬까, 그의 모습을 옆에서 바라보십시오. 그 기쁨의 감정이 그의 약한 신경과 병적으로 예민한 상상력에 벌써 행복한 작용을 하고 있는 것을 당신은 곧 아시게 될 겁니다. 보십시오. 그는 깊은 생각에 잠겨 있습니다. 점심식사에 대한 일이라고 생각하시나요? 오늘 저녁에 대한 생각일까요? 그는 대체 무엇을 보고 있는 것일까요? 빨리 달리는 말이 끄는 화려한 마차를 타고 옆을 지나가는 부인에게 연극하는 것처럼 멋을 부리며 인사하는 풍채 좋은 신사를 바라보는 것일까요? 아닙니다, 나스쩬까. 지금 그런 사소한 일은 그에게 중요하지 않습니다. 그는 이제 자기만의 독특한 생활로 부자가 된 겁니다. 저무는 태양의 마지막 광채가 밝게 타오르며 뜨겁게 달구어진 심장으로부터 다양한 감동을 불러일으키는 것이 괜한 일은 아닙니다. 그는 전에는 가장 하찮은 것에도 감동을 받던 그 길에 이제는 겨우 눈길을 줍니다. 사랑스런 나스쩬까, 만약 당신이 주꼬프스끼바실리이 안드레예비치 주꼬프스끼(1783~1852), 러시아 낭만파의 대표적 서정시인.를 읽었다면 말입니다. 이제 '환상의 여신'은 변덕스러운 손으로 황금 날실을 짜기 시작하고 한 번도 본 적 없는 기괴한 삶의 문양을 그의 앞에 펼쳐 놓는 겁니다. 어쩌면 여신은 그가 자기 집으로 돌아가고 있는 멋진 화강암이 깔린 보도에서 변덕스러운 손으로 그를 안아 일곱 번째 수정천국으로 데리고 갔는지도 모릅니다. 당신은 이제 그를 불러 세워 지금 그가 어디에 있는지 어떤 길을 따라 걸었는지 불쑥 물어 보십시오. 아마도 그는 화가 나서 얼굴을 붉히며 어디를 걸었는지 어디에 서 있는지 전혀 기억해 내지 못할 것입니다. 틀림없이 체면을 세우기 위해 거짓말을 할 것입니다. 그래서 매우 고상한 한 할머니가 도로 한복판에서 공손하게 그를 불러 세워 길을 잃어버렸다며 길을 물었을 때 그가 깜짝 놀라 주위를 둘러보곤 떨면서 소리를 지를 뻔한 것도 그 때문입니다. 그는 화가 나서 얼굴을 찡그리며 계속 걷습니다. 지나가는 몇몇 행인들이 돌아보며 그를 쳐다보고 웃는 것을 겨우 의식하며 걷습니다. 또 겁먹고 그에게 길을 양보한 작은 소녀가 놀라서 눈을 크게 뜨고 그의 명상적인 미소와 손놀림을 보고 크게 웃는 것도 거의 깨닫지 못합니다. 그렇지만 이 모든 환상의 여신은 할머니도, 호기심에 찬 행인들도, 웃음을 터뜨린 소녀도, 그리고 폰딴까를 메우고 있는 짐배에서 야식을 먹는 사나이들도―그때 우리의 주인공이 그 곳을 지나갔다고 가정합시다―자신의 장난스러운 날개로 낚아채어 거미줄에 걸린 파리처럼 모든 사람과 모든 사물을 장난삼아 자기의 캔버스에 짜 넣습니다. 그리고 이 괴짜는 이러한 새로운 수확을 가지고 즐거운 자기 구멍으로 들어와 식탁에 앉습니다. 그는 이미 한참 전에 식사를 마친 뒤 사색에 잠겨 늘 우울한 하녀 마 뜨료나가 식탁을 치우고 그에게 파이프를 건넬 때에야 제정신을 차립니다. 그리고 어찌 된 일인지 둘러본 후 이미 식사가 끝났다는 것을 놀라워하며 깨 닫습니다. 방안은 이미 어둡습니다. 그의 마음은 공허하고 슬픕니다. 온 환상 의 제국이 그의 주변에서 무너져 버립니다. 아무런 흔적도, 아무런 소리도 없 이 무너져 버리고 꿈처럼 사라져 버립니다. 그는 자기가 무엇을 꿈꾸었는지 조차 기억하지 못합니다. 그런데 어떤 우울한 기분 때문에 그의 가슴은 가벼 운 고통과 함께 동요를 일으키고 어떤 새로운 소망이 유혹적으로 그를 간질 거리며 그의 상상을 자극하여 자신도 모르게 수많은 새로운 환상을 불러들입 니다. 조그마한 방안에는 정적이 가득합니다. 고독과 게으름은 그의 상상을 돕습니다. 그러면 공상은 살며시 타오르다가 옆의 부엌에서 커피를 준비하며 평온하게 이리저리 움직이고 있는 늙은 하녀 마뜨료나의 커피주전자 속의 물 처럼 끓어오르기 시작합니다. 그리고 공상은 이미 조금씩 폭발하고 아무런 목적도 없이 아무데나 펼쳐든 책은 세 번째 페이지도 읽기 전에 우리 공상가 의 손에서 떨어져 버립니다. 그의 공상은 새롭게 정리되고 자극되어 불현듯 다시 새로운 세계, 새롭고 매혹적인 생활이 그의 앞에서 빛나는 미래 속에서 반짝였습니다. 새로운 꿈은 새로운 행복입니다. 정교하고 음탕한 독약의 새 로운 복용! 오, 우리들의 현실적인 생활에서 그가 어떤 의미를 찾을 수 있을까 요! 공상에 사로잡힌 그의 눈에는 나스쩬까, 우리는 게으르고, 느리며, 생기 없이 살아가고 있는 것입니다. 그의 눈에 우리 모두는 자신의 운명에 불만을 갖고 삶에 지쳐 있는 겁니다! 그래요 실제로 보십시오. 실제로 처음 본 것처 럼 우리들 사이에 있는 모든 것이 차갑고 침울하고 화가 납니다⋯⋯. '불쌍한 인간들!' 하고 우리의 공상가는 생각합니다. 물론 그렇게 생각한다고 해서 놀랄 일은 아닙니다. 그토록 매력적이고 그토록 변덕스러운 그리고 자기 자신의 소중한 인물로서 우리의 공상가가 당연히 전경의 중심인물로 되어 있는 마술 같이 생생한 그림 속에서 그의 앞에 광활하게 활짝 펼쳐진 마술 같은 환영을 보십시오! 어떤 다양한 모험이 있는지, 어떤 환희에 넘치는 끝없는 공상이 있는지 보십시오! 어쩌면 당신은 그가 무엇을 공상하고 있는 거냐고 물으시겠죠? 그런 것을 물어서 무슨 소용이 있겠습니까! 온갖 것에 대한 공상이지……. 처음에는 인정받지 못하지만 나중에 월계관을 쓰게 되는 시인의 역할에 대해서, 호프만 E. T. A. Hoffmann(1776~1822), 독일 낭만주의 작가로 환상을 주제로 한 작품을 많이 썼으며 고골리와 도스토예프스키 등 러시아 작가에 영향을 줌.과의 우정, 성 바돌로매의 밤1572년 8월 24일 성 바돌로매 축제 밤에 파리에서 대규모 신교도 학살이 있었음., 디아나 베르농월터 스콧(1771~1832)의 소설 『롭 로이』의 등장인물., 까잔 점령시 이반 바실리예비치 뇌제의 영웅적 역할, 클라라 모브라이월터 스콧의 소설 『성 로난의 샘』의 등장인물., 예피 딘스월터 스콧의 소설 『에딘버러의 감옥』의 등장인물., 대승정의 집회와 그들 앞에 선 후스 J. Huss(1369~1415), 독자적인 체코 교회의 독립을 추진한 종교 개혁가로 콘스탄츠 종교회의에서 이단자로 몰려 화형당함., 로베르트독일 태생의 작곡가 G. Meyerbeer(1791~1864)의 오페라 『악마 로베르트』를 가리킴.에 나오는 죽은 자들의 폭동, 이 음악 기억하세요? 공동묘지 냄새가 풍기죠? 민나와 브렌다월터 스콧의 소설 『해적』의 등장인물., 베레지나 강의 전투, V·D백작 부인보론초바야 다쉬꼬바야 백작부인(1818~1856)을 가리킴.의 살롱에서의 낭독하는 시, 당통G. Danton(1759~1794), 프랑스 혁명 운동가., 클레오파트라와 그녀의 연인들푸슈킨(1799~1837)의 소설 『이집트의 밤』에서 한 미인이 시인에게 제시한 주제., 꼴롬나의 작은 집푸슈킨의 장시 제목., 자신의 작은 공간, 그리고 그 옆에 당신이 지금 내 이야기를 듣고 있듯이 겨울 밤 눈을 크게 뜨고 자그마한 입을 벌린 채 이야기를 듣고 있는 아름다운 소녀에 대해서 공상하는 겁니다. 나의 사랑스런 천사여……. 아닙니다. 나스쩬까, 음탕하고 게으른 그에게 우리가 그토록 원하는 그런 삶이 무슨 의미가 있겠습니까? 그는 자기에게도 언젠가 슬픔의 시간이 올 수 있다는 것을 예측하지 못하고 그런 삶은 가난하고 불쌍하다고 생각합니다. 그래서 그는 기쁨을 위해서도 행복을 위해서도 아닌 이 비참한 생활의 단 하루를 위해 자기의 모든 환상적인 세월을 버려야 할 겁니다. 그리고 그 순간에는 슬픔과 후회와 돌이킬 수 없는 한탄을 선택하고 싶은 마음이 생기지 않을 겁니다. 그러나 아직 그 위협적인 시간은 도래하지 않았습니다. 그래서 그는 아무것도 바라지 않습니다. 왜냐하면 그는 욕망을 초월했고 모든 것을 갖추고 있으며 배부른 삶을 살고 있기 때문입니다. 또 그는 자기 생활의 예술가이며 자신의 삶을 매시간 새롭게 제멋대로 창조하고 있으니까요. 동화 속에 나오는 환상의 세계가 정말 이토록 쉽고 자연스럽게 창조되는군요! 이 모든 것이 전혀 환영이 아닌 것 같습니다! 사실 어떤 때는 이 삶 전체가 감정의 자극도, 신기루도, 상상의 착각도 아닌 정말 현실에 실제로 존재하는 것으로 믿고 싶은 겁니다! 말씀해 주십시오, 나스쩬까. 왜 그런 순간에는 영혼이 짓눌리는 기분일까요? 어떤 마법에 걸리기라도 한 듯, 어떤 알 수 없는 변덕에 의해 맥박이 빨라지면서 공상가의 눈에서 눈물이 솟구치고, 눈물에 젖은 창백한 뺨이 달아오르며, 그의 존재 전체가 형언할 수 없는 기쁨으로 충만한 까닭은 무엇일까요? 어째서 불면의 기나긴 밤이 고갈되지 않는 즐거움과 행복속에서 일순간 지나가 버리는 것일까요? 왜 장밋빛 여명이 창문에 속삭거리고, 우리의 뻬쩨르부르그에서는 늘 그렇듯이 새벽 햇살이 믿기 어려운 환상적인 빛으로 음침한 방안을 비출 때, 피곤에 지치고 괴로운 우리 공상가가 침대에 몸을 던지고 병적으로 전율하는 영혼의 환희로 가슴을 조이며 괴롭고 감미로운 고통을 가슴에 안은 채 잠에 빠져드는 것일까요? 그래요, 나스쩬카, 그만 속아 넘어가서는, 남의 일이지만 진실되고 진정한 정열이 그의 영혼을 뒤흔든다고 무의식적으로 믿게 될 겁니다. 무익한 그의 환상 중에 손으로 느낄 수 있는 생생한 어떤 것이 존재한다고 본능적으로 믿게 될 겁니다! 이것이야말로 속임수입니다. 예를 들어, 고갈되지 않는 기쁨과 괴로운 고통을 동반한 사랑이 그의 가슴에 자리잡습니다. 단지 그를 보기만 해도 확신할 수 있을 겁니다! 사랑스런 나스쩬카, 그가 자신의 광적인 공상속에서 그토록 사랑했던 여인을 현실 세계에선 한 번도 본 적이 없다는 것을 그를 보면 당신은 믿을 수 있겠습니까? 과연 그는 단지 매혹적인 어떤 환상속에서 그 여인을 본 것일까요? 그 정열조차도 한낱 꿈꾼 것에 불과한 것일까요? 실제로 그들은 서로 손을 맞잡고 수년간, 단둘이서만 이 세상을 등지고 서서 각자의 세계, 각자의 삶을 상대의 삶에 연결시키며 살아온 것은 아닐까요? 늦은 밤 헤어져야 할 시간이 다가왔을 때 잔뜩 찌푸린 하늘 밑에서 폭풍 소리도, 자신의 검은 속눈썹에 달려 있는 눈물을 날려 버리는 바람 소리도 듣지 못하고 그의 가슴에 안겨 슬피 흐느끼던 여인은 정말 그녀가 아니던가요? 정말로 이 모든 것이 한낱 꿈에 지나지 않는 건가요? 이끼 낀 작은 오솔길이 있는 외롭고 음침하게 방치된 조잡한 정원. 거기서 그들은 단둘이 산책하며 희망을 품기도 하고, 슬픔에 잠기기도 하고, 그토록 오랫동안 '그토록 길고 감미롭게' 서로를 사랑했습니다. 이 이상한 중조부의 집에서 그녀는 의기소침하고 겁에 질려 서로에 대한 사랑의 감정조차 숨기고 있던 아이처럼 소심한 두 사람을 위협한 우울하고 말수가 없으며 성마른 늙은 남편과 그토록 오랫동안 외롭게 살았습니다. 그들은 얼마나 괴로 워하고 얼마나 두려워했으며, 그들의 사랑은 또 얼마나 순수했던가요! 물론 나스쩬까, 사람들은 얼마나 악의적이었나요! 오, 하느님, 나중에 그가 만났던 사람은 정말 그녀가 아니었단 말인가요. 조국의 해변에서 멀리 떨어져 한낮 의 태양이 작열하는 낯선 하늘 아래서, 경이로운 영원의 도시 로마에서, 무도 회의 찬란함속에서, 울려 퍼지는 음악 소리를 들으며, 불빛이 바다에 잠긴 궁 전에서—반드시 궁전이라야 합니다—도금양(桃金孃)나무와 장미가 가득한 발코니에서 그녀는 그를 알아보고 서둘러 가면을 벗으며 속삭였습니다. '저 는 자유의 몸이에요.' 그녀는 온몸을 떨면서 그의 품에 안겼습니다. 그리고 기쁨의 비명을 지르며 서로 부둥켜안자 그들은 순간 슬픔도, 이별도, 모든 괴 로움도, 그리고 머나먼 조국의 음침한 집도, 노인도, 쓸쓸한 정원도, 열정적인 마지막 키스를 나누고 절망적인 괴로움으로 굳어져 버린 그의 품안에서 몸을 빼던 그 벤치도 모두 잊어버렸습니다. 그런데 말입니다, 나스쩬까. 키 크고 건장하며 쾌활하고 수다스러운 초대받지 않은 당신의 친구가 문을 열고 들어 와 '여보게, 방금 빠블로프스끄에서 오는 길일세!' 하고 마치 아무 일도 없었 다는 듯이 외친다면, 당신도 옆집 정원에서 훔친 사과를 막 호주머니에 쑤셔 넣은 꼬마처럼 벌떡 일어나서 당황하며 얼굴을 붉힐 것입니다. 맙소사! 늙은 백작이 사망하고 형언할 수 없는 행복이 찾아왔는데 빠블로프스끄에서 사람 들이 찾아오는 겁니다!"

　나는 이렇게 애절하게 외치고 나서 애절한 표정으로 입을 다물었다. 내 기 억으로는 나는 어떻게 해서든지 억지로라도 웃음을 터뜨리고 싶어서 견딜 수 없었다. 왜냐하면 나는 내 안에서 이미 심술궂은 작은 악마가 꿈틀거리고 있음을, 목구멍이 간질거리며 턱에 경련이 일어나기 시작하고 있음을, 그리고 눈엔 점점 더 눈물이 글썽거리고 있음을 느끼고 있었기 때문이다. 나는 영리해 보이는 두 눈을 크게 뜨고, 내 이야기를 듣고 있던 나스쩬까가 참을 수 없는 아이 같은 쾌활한 웃음을 터뜨릴 것이라 여기고 있었다. 그래서 오래 전부터 마음속에 쌓여 있어서 마치 적혀 있는 것을 읽는 것처럼 말할 수 있었던 이야기를 너무 깊게 말해 버렸다는 데 대해 이미 후회하고 있었다. 나는 훨씬 오래 전부터 나 자신에 대한 판결을 내리고 있었기 때문에 이제 그것을 읽지 않고는 견딜 수 없었던 것이다. 솔직히 말해서, 나를 이해할 것이라고는 기대하지 않았다. 그런데 놀랍게도 그녀는 침묵을 지키고 있었다. 그리고 잠시 뒤 내 손을 잡고 조심스런 동정을 갖고 물었다.

"정말로 당신은 줄곧 그렇게 살아오셨나요?"

"네, 지금까지 줄곧, 나스쩬까." 나는 대답했다. "어쩐지 앞으로도 내내 이렇게 살다 끝날 것 같군요!"

"아니요, 그건 안 돼요." 그녀는 불안한 목소리로 말했다. "그렇게 되지 않을 거예요. 그렇다면 저도 할머니 옆에서 평생 살게 될지도 모르겠어요. 그런데요, 그렇게 사는 것은 정말 좋지 않다고 생각하지 않으세요?"

"알고 있어요. 나스쩬까, 알고 있습니다!" 더 이상 감정을 억제할 수 없어서 나는 외쳤다. "이제야 그 어느 때보다도 더 확실히 내 인생의 황금기를 무의미하게 놓쳐 버렸다는 것을 깨닫고 있습니다. 이제야 그것을 알았습니다. 그리고 그 의식 때문에 더욱 고통을 느낍니다. 신께서 그것을 내게 이야기하고 증명하도록 당신을, 착한 나의 천사를 내게 보내 주셨으니까요. 지금 이렇게 당신 옆에 앉아서, 당신과 대화를 하며 미래에 대한 생각을 하니 어쩐지 두렵습니다. 앞으로 또다시 고독과 또다시 곰팡내나는 아무런 쓸모없는 삶이 계속될 테니까요. 당신 옆에 있으면 현실에서 이렇게 행복한데, 무슨 꿈을 꾸겠습니까! 오, 사랑스런 아가씨, 당신은 축복받을 겁니다. 단번에 나를 물리치질 않았으니까요. 그리고 나는 태어나서 적어도 두 밤은 제대로 살았다고 말할 수 있으니까요!"

"오, 아녜요. 그렇지 않아요!" 나스쩬까는 외쳤다. 그녀의 두 눈에 눈물이 반짝였다.

"아녜요, 더 이상 그런 일은 없을 거예요. 우리는 헤어지지 않을 거예요! 이틀 밤이라니요!"

"아, 나스쩬까, 나스쩬까! 알고 계시나요? 당신이 얼마나 오래 내가 나 자신과 화해하도록 해 주었는지 아십니까? 이제부터 나는 나 자신에 대해 여태까지 생각했던 것처럼 나쁘게 생각하지 않을 겁니다. 어쩌면 이제부터는 내 삶에서 범죄라든가, 죄를 지었다고 하며 더 이상 괴로워하지 않을지도 모릅니다. 이러한 삶은 범죄이고 죄악이니까요. 내가 무언가 과장하고 있다고 제발 생각지 말아 주십시오. 그렇게 생각지 말아 주십시오, 나스쩬까. 때때로 슬픔에, 말할 수 없는 슬픔에 사로잡힐 때가 있습니다. 그런 순간엔 진짜 삶을 시작할 능력이 전혀 없는 것처럼 여겨지기 때문입니다. 진짜, 현실적인 것에 대한 요령이나 감각을 이미 잃어버린 것 같은 기분이 들기 때문입니다. 그리고 결국은 자기 스스로를 저주하는 겁니다. 왜냐하면 환상의 밤들이 지난 후 소름끼치도록 무서운 각성의 시간이 다가오기 때문입니다. 더욱이 자신의 주변에서 사람들의 무리가 삶의 회오리바람 속에서 커다란 굉음을 내며 돌아가고 있는 소리가 들립니다. 사람들이 어떻게 살아가는지, 그들이 현실 속에서 살아가고 있는 것이 들리고 보입니다. 그들에게 있어서 삶은 주문되었다거나 또는 꿈이나 환상처럼 흩어져 버리는 것이 아니라 영원히 재생되고 영원히 젊으며 단 한 시간도 다른 한 시간과 비슷하지 않다는 것을 알게 됩니다. 그런데 한편으론, 그림자의 노예, 관념의 노예, 갑자기 태양을 뒤덮고 자신의 태양을 소중히 여기는 진정한 뻬제르부르그의 마음을 짓누르는 첫 구름의 노예, 소심한 환상이 저속할 만큼 단조롭고 우울합니다. 하지만 우수속에 무슨 환상이 있을까요! 마침내 끊임없는 긴장속에서 환상은 지치고, 이 피폐해져 가는 환상이 고갈되어가는 것이 느껴집니다. 그것은 성인이 되면 과거의 이상으로부터 벗어나기 때문입니다. 그 이상들은 산산이 부서져 가루가 되고 맙니다. 만약 다른 삶이 없다면, 그 파편 조각으로 삶을 만들 수밖에 없습니다. 그런데 마음은 어떤 다른 것을 바라고 요구합니다! 그래서 공상가는 재 속을 헤집듯이 자기의 오래된 공상을 파헤칩니다. 재 속에서 불씨라도 찾아내어, 불씨를 살려서 새롭게 타오르는 불꽃으로 자신의 식어 버린 가슴을 따뜻하게 데우고, 예전에 그토록 사랑스럽고 감동스러웠던 것, 피를 끓게 하고 눈물을 샘솟게 했던 것, 멋지게 속였던 모든 것들을 가슴속에서 부활시키기 위해서입니다! 나스쩬까, 내가 어떤 상황까지 갔는지 아십니까? 나는 이제 내 감각의 기념일을 지내야 할 정도입니다. 전에는 그토록 사랑스러웠던 것, 그러나 실제로 존재한 적이 없었던 것의 기념일을 말입니다. 왜냐하면 이 기념일은 어리석고 무의미한 공상에 따라 거행되기 때문입니다. 그래도 그것을 해야 하는 이유는 이 어리석은 공상은 실제로 존재하는 것이 아니며 무엇으로도 쫓아 낼 수 없다는 겁니다. 공상은 사라져 버리잖아요! 그래서 나는 나름대로 행복했던 장소를 생각해 낸 다음 일정한 시간에 그곳을 방문하는 것을 좋아합니다. 다시 돌아오지 않는 과거에 맞추어 현재를 세우는 것을 좋아합니다. 그래서 목적도 없고, 또한 필요도 없는데 그림자처럼 우울하고 의기소침한 모습으로 나는 뻬쩨르부르그의 골목과 거리를 헤매고 다닙니다. 이 모든 추억이여! 예를 들면, 꼭 1년 전 바로 이맘때, 이 시간에 바로 이 길을 지금과 똑같이 외롭고 우울하게 헤매고 다녔던 것이 기억나는군요. 당시 공상은 슬펐고, 또한 전보다 나을 것은 없었지만 지금 내 마음을 서성이고 있는 어두운 생각 없이 훨씬 편안한 마음으로 살았었습니다. 지금처럼 밤낮을 가리지 않고 나를 불안하게 만드는 양심의 가책, 침울하고 음침한 가책이 없었기 때문입니다. 스스로에게 묻습니다. 대체 너의 꿈은 어디에 있단 말인가? 그리고는 머리를 내저으며 말합니다. 세월은 얼마나 빠르게 지나가는가! 그리고 다시 스스로에게 묻습니다. 도대체 너는 너의 좋은 세월에 무엇을 하였던가? 너는 너의 가장 좋은 세월을 어디에 묻어 버렸는가? 과연 너는 살아 있었던 것인가, 아닌가? 그리고 자신에게 말합니다. 세상이 얼마나 냉담해지는지 지켜 보아라! 또 다시 몇 해가 지나고 고독이 찾아올 테지. 지팡이를 짚고 비틀거리는 노년기가 올 테고 그 뒤엔 쓸쓸함과 슬픔이 찾아오겠지. 너의 환상도 빛을 잃고 너의 꿈은 시들어 나무에서 떨어진 낙엽처럼 흩어져 버릴 거야. 아, 나스쪤까! 정말로 혼자서, 완전히 혼자서 살아가는 것은 정말 슬픈 일입니다. 심지어 아쉽게 여길 것조차 아무것도, 아무것도 없다는 것은……. 잃어버린 모든 것, 그 모든 것은 어리석고 무의미하며 전혀 가치 없는 단지 하나의 꿈에 지나지 않았으니까요!"

"제발 더 이상 눈물나게 하지 마세요!" 흘러내리는 눈물을 닦으며 나스쪤까는 말했다. "이제 됐어요! 앞으로 우리는 함께 할 거예요. 내게 무슨 일이 있어도 우리는 절대 헤어지지 않을 거예요. 들어 보세요. 저는 평범한 여자예요. 물론 할머니가 가정교사를 구해 주시긴 했지만 저는 공부를 많이 하지 않았어요. 하지만 저는 진심으로 당신을 이해하고 있어요. 왜냐하면 당신이 이야기해 주신 모든 것은 할머니가 자기 옷과 내 옷을 핀으로 고정시켰을 때 제가 이미 직접 경험했기 때문이에요. 물론 저는 당신처럼 근사하게 말하는 재주는 없어요. 배운 것이 없으니까요." 나의 애절한 말과 고상한 말투에 존경심을 느끼며 그녀는 부끄러운 듯 덧붙였다. "하지만 당신이 내게 모든 것을 이야기해 주셨기 때문에 저는 매우 기뻐요. 이제 당신을 알았어요. 모든 것을 잘 알았어요. 저도 당신에게 저에 관해서 숨김없이 모두 이야기하고 싶어요. 그 대신 제 말을 들으신 다음 저에게 충고해 주셔야 해요. 당신은 매우 현명한 분이세요. 충고해 주시겠다고 약속해 주시는 거죠?"

"아, 나스쩬까," 나는 대답했다. "나는 한 번도 다른 사람의 조언자, 그것도 현명한 조언자 역할을 해 본 적이 없습니다. 만약 우리가 늘 이렇게 함께 살게 된다면 그것은 매우 현명한 일일 것입니다. 서로에게 매우 현명한 충고를 할 수 있을 테니까요. 착한 나의 나스쩬까, 대체 어떤 충고가 필요하십니까? 솔직히 말씀해 주십시오. 저는 지금 너무도 행복한데다가 대범하고 현명해지기까지 해서 말이 막힘없이 술술 나오네요."

"아니에요, 아니에요!" 나스쩬까는 웃으면서 말을 가로막았다. "제게 필요한 건 그냥 현명한 충고가, 백년 간 저를 줄곧 사랑했던 사람처럼 진심어린 형제와 같은 충고가 필요해요!"

"좋아요, 나스쩬까, 그렇게 해요!" 나는 기뻐서 소리쳤다. "내가 이미 당신을 20년 간 사랑해 왔다고 하더라도 지금보다 더 사랑하지는 않았을 겁니다!"

"손을 주세요!" 나스쩬까가 말했다.

"자, 여기요!" 그녀에게 손을 내밀며 나는 대답했다.

"그럼 이제 제 이야기를 시작하도록 하죠!"

나스쩬까의 이야기

"제 이야기의 절반은 당신도 이미 알고 계세요. 제게 늙으신 할머니가 계시다는 것을 아시니까요⋯⋯."

"만약 나머지 절반도 그렇게 간단한 이야기라면⋯⋯." 나는 웃음으로써 그녀의 말을 막을 뻔했다.

"잠자코 들어 주세요. 먼저 약속을 하셔야겠어요. 제 이야기를 도중에 가로막지 말아주세요. 그렇지 않으면 이야기의 흐름을 잃어버릴지도 몰라요. 그냥 조용히 들어 주세요. 제게는 늙은 할머니가 계세요. 저는 매우 어렸을 적에 할머니에게 맡겨졌어요. 부모님이 모두 돌아가셨거든요. 지금도 옛날에 좋았던 시절을 회상하시는 걸 보면 옛날에 할머니는 부자였었나봐요. 할머니는 제게 프랑스어를 가르쳐 주셨고 나중엔 가정교사를 구해 주셨어요. 제가 열다섯 살이 되었을 때, 지금은 열일곱 살입니다, 학교를 마쳤어요. 제가 장난을 친 것도 그 무렵이었어요. 제가 무슨 짓을 했는지는 말하지 않겠어요. 그저 대수롭지 않은 것이었다는 것만 알아 두세요. 단지 어느 날 아침 할머니는 저를 부르시더니 자기는 장님이라서 저를 감시할 수 없다 하시며 핀을 꺼내

선 제 옷을 할머니 옷에다 꽂아 버리셨어요. 그리고 제가 착하게 행동하지 않으면 평생 그렇게 살아야 한다고 말씀하셨지요. 한 마디로 말해서 처음에는 결코 할머니 옆을 떠날 수가 없었어요. 일을 하거나 책을 읽거나 공부할 때도 항상 할머니 옆에 붙어 있어야 했어요. 한 번은 꾀를 부려서, 표끌라를 졸라 저 대신 할머니 곁에 앉게 했어요. 표끌라는 우리 집 하녀인데 귀머거리거든요. 표끌라가 제 대신 앉아 있었어요. 그때 마침 할머니는 안락의자에 앉아서 잠이 들어 있었고 저는 가까운 친구 집으로 놀러 갔어요. 그런데 좋지 않게 끝나고 말았어요. 할머니는 제가 돌아오기 전에 잠에서 깨어 제가 여전히 제자리에 앉아 있다고 생각하시곤 무언가 물으셨어요. 표끌라는 할머니가 무엇을 묻고 있는 걸 알고는 있었지만 들리지 않으니 어떻게 할까 열심히 생각하다가 핀을 빼고 달아나 버린 거예요…….”

여기서 나스쩬까는 말을 멈추고 유쾌하게 웃기 시작했다. 나도 함께 따라 웃기 시작했다. 그때 바로 그녀는 웃음을 멈추었다.

“할머니를 비웃지 말아주세요. 제가 웃고 있는 것은 그저 우스꽝스럽기 때문에…… 할머니가 그러시니 어쩌겠어요. 그래도 저는 역시 할머니를 조금은 사랑하거든요. 그래서 호되게 꾸중을 듣고 바로 제자리에 다시 붙잡혀 꼼짝도 할 수 없게 되었지요.

참, 잊어버린 것이 있네요. 우리는, 아니 할머니는 작은 자기 집을 한 채 가지고 계셔요. 창문이 단지 세 개밖에 없는 완전히 나무로 지어진 집인데 할머니처럼 늙은 집이지만 그래도 위에는 다락방이 있어요. 그 다락방으로 세들 사람이 이사를 온 거예요…….”

“그렇다면 전에도 세입자가 있었겠군요.” 나는 말참견을 했다.

"네 물론이죠, 있었어요." 나스쩬까는 대답했다. "당신보다도 더 말이 없는 사람이었어요. 사실은 겨우 입을 떼는 사람이었어요. 그는 마른데다가 벙어리고 장님인 절름발이 할아버지였어요. 결국 이 세상에서 살 수가 없었는지 죽어 버리고 말았어요. 우리는 방을 세놓지 않으면 생활할 수 없기 때문에 새로운 세입자가 필요했어요. 할머니의 연금이 우리 수입의 전부나 마찬가지니까요. 그런데 이 세입자는 특별히 고르기라도 한 것처럼 타지에서 온 사람으로 이 고장 젊은이가 아니었어요. 그 사람은 방값을 놓고 흥정하지 않았기 때문에 할머니는 그 사람을 들이기로 했지요. 그리고 나중에 '얘, 나스쩬까, 세든 사람이 젊었더냐, 아니면 늙은이더냐?' 라고 물으셨어요. 저는 거짓말을 하고 싶지 않았어요. 그래서 '네, 할머니, 그렇게 젊지도 그렇다고 늙은 것도 아니에요.' 라고 대답하자 할머니가 또 다시 물으시는 거예요. '그래, 외모는 준수하더냐?' 전 이번에도 거짓말을 하고 싶지 않았어요. '네, 준수한 외모를 가졌어요, 할머니!' 라고 말씀드렸더니 할머니가 말씀하시더군요. '아, 큰일이다! 내가 이런 말을 하는 건 말이다, 나스쩬까, 네가 그 사람에게 빠지지 않았으면 하는 마음에서란다. 세든 주제에 준수한 외모라니 옛날 같지 않구나!' 할머니는 옛날 타령만 하세요! 옛날에는 나이도 젊었고, 태양도 더 따뜻했고, 옛날에는 크림도 지금처럼 빨리 시어지지 않았다고 하시거든요. 할머니는 모든 면에서 옛날이 더 좋았다고 하세요! 저는 아무 말 없이 앉은 채 혼자서 생각했어요. 왜 할머니는 세입자가 젊고 좋아 보이냐고 물으시는 걸까? 하지만 아주 잠깐 그렇게 생각했을 뿐 곧 뜨개질의 코를 세어 보고 양말을 뜨기 시작하며 모든 것을 잊어버렸어요.

그런데 어느 날 아침 그 세입자는 우리를 찾아와선 방에 도배해 주기로 한 약속이 어떻게 되었는지 묻더군요. 할머니는 이야기하는 것을 무척 좋아하셨기 때문에 이런 저런 말씀을 하신 다음 제게 침실에 가서 주판을 가져오라고 하셨어요. 나는 왠지 모르게 얼굴을 붉히고, 옷이 핀에 꽂혀 있다는 것도 잊은 채 벌떡 일어난 거예요. 세입자가 눈치채지 못하도록 살짝 핀을 뽑아야 했는데 갑자기 벌떡 일어났기 때문에 할머니의 의자가 흔들렸던 거예요. 나는 세입자가 이제 우리 일을 모두 알아차렸다는 것을 알고는 더욱 얼굴이 빨개져서 못에 박힌 듯이 그 자리에 서 있다가 갑자기 울음보를 터뜨리고 말았어요. 그때 얼마나 부끄럽고 슬펐던지 살기 싫을 정도였어요! '왜 그렇게 멍청히 서 있는 거냐!' 하고 할머니가 소리치셨지만 저는 더욱 더…… 세입자는 내가 부끄러워하는 것을 알아차리곤 인사를 한 뒤 곧 나가 버렸어요!

그 뒤로는 나는 현관에서 무슨 소리만 나도 죽은 사람처럼 굳어버리는 거였어요. 그 사람이 오면 만약을 대비해서 살짝 핀을 빼야겠다고 생각했어요. 그러나 언제나 그가 아니었고 그 사람은 한 번도 찾아오지 않았어요. 두 주일이 지났어요. 그런데 세입자는 표끌라를 시켜서 말을 전해 왔어요. 자기한테 프랑스 책이 많은데 모두 좋은 책이라서 읽으면 좋을 거라는 거였죠. 그리고 할머니에게도 심심할 때 내가 읽어 드리면 좋을 거라는 거였어요.

할머니는 고맙다는 인사를 하며 호의를 받아들였지만, 다만 도덕적인 책인지 아닌지를 여러 번 물으시더군요. 만약 부도덕한 책이라면 절대 읽어서는 안 된다는 말씀이셨어요. 나쁜 것을 배울 수 있다는 거예요. 그래서 제가 '무엇을 배운다는 거죠, 할머니? 도대체 뭐가 씌어 있는데요?' 하고 물었죠. 그랬더니 할머니가 '뭐냐구! 그런 책들엔 말이다, 젊은 남자들이 결혼하겠다는 구실을 붙여 정숙한 처녀들을 유혹해서 부모 집에서 꾀어내는 거야. 그리고 결국엔 그 가엾은 처녀들을 될 대로 되라고 내버려두는 거란다. 그리하여 처녀들은 비참한 처지에 놓이게 되는 거야.' 라고 말씀하셨어요. 그리고 또 '나는 그런 책을 많이 읽었단다. 그런 책들은 어찌나 아름다운 글로 씌어졌는지 밤을 지새워 몰래 정신없이 읽는 거지. 그러니 너도 조심해라! 그런 책은 읽으면 못쓴다. 그 젊은이는 어떤 책을 보냈더냐?' 하고 물으셨어요. 제가 '모두 월터 스콧의 소설뿐이에요, 할머니.' 라고 대답했죠. 할머니는 다시 '월터 스콧의 소설! 그거라면 됐지만 무슨 술책이라도 있는 게 아니냐? 혹시 무슨 연애편지라도 끼여 있지 않은지 잘 보아라.' 라고 말씀하셔서 '아뇨, 할머니, 편지 같은 건 없어요.' 라고 제가 말했어요. 그러자 '표지 뒷면도 잘 살펴보거라. 그런 녀석들은 때때로 표지에 끼워 넣거든, 도둑놈들 같으니……!' 라고 당부하시는 거예요. 저는 '아녜요, 할머니, 표지 뒷면에도 아무것도 없어요.' 라고 말했죠. 결국 할머니는 '그래, 그렇다면 되었다!' 라고 하셨죠.

이렇게 우리는 월터 스콧의 소설을 읽기 시작해서 한 달 동안 거의 절반을 읽었어요. 그리고 그 사람은 다른 책들을 계속 보내 주었지요. 푸슈킨의 책도 보내 주었고요. 나중에 저는 책 없이 살 수 없게 돼서 중국의 왕자님에게 시집을 가는 것 같은 생각은 더 이상 하지 않게 되었어요.

그러던 어느 날 그 세입자와 계단에서 마주친 거예요. 무슨 용건인지 할머니가 저를 심부름 보내신 거였죠. 그 사람이 우뚝 멈춰 섰고 제 얼굴이 빨개지자 그도 얼굴을 붉혔어요. 하지만 그 사람은 웃으면서 인사를 하더니 할머니의 건강을 묻고 나서 '책은 읽으셨습니까?' 하고 물었어요. 저는 '읽었어요!' 하고 대답했죠. 그러자 '어떤 책이 가장 마음에 들었습니까?' 하고 묻더군요. 그래서 저는 '가장 마음에 든 책은 '아이반호' 1819년 월터 스콧이 쓴 역사소설.

하고 '푸슈킨'이었어요.'라고 대답했어요. 그날은 그 이야기가 전부였어요.

그리고 일주일이 지나서 저는 계단에서 또 그 사람과 마주쳤지요. 그때는 할머니 심부름 때문이 아니라 무슨 볼일이 있어서였어요. 2시가 지나서였는데 그 세든 사람은 언제나 그 시간에 집으로 돌아오곤 했어요. '안녕하십니까?' 하고 인사를 하기에 나도 '안녕하세요!' 하고 말했지요. '그런데 할머니하고 온종일 앉아 있으면 지루하지 않습니까?' 하고 그가 묻는 거예요. 그때 저는 왜 그런지 갑자기 부끄러워져서 얼굴을 붉혔어요. 또 다시 모욕당한 기분이었지요. 다른 사람들이 제 일에 대해 캐묻는 것이 분명했어요. 저는 대답하지 않고 가 버리고 싶었지만 그럴 용기가 나질 않았어요. 그때 그가 '저기요, 당신은 참으로 착한 아가씨입니다! 센까라는 친구가 한 명 있었는데 지금은 쁘스코프로 떠나고 없어요.'라고 대답했어요. 그러자 자기와 함께 극장에 가지 않겠냐고 묻더군요. '극장에요? 할머니는 어떻게 하구요?'라고 말하자 '그야 물론 할머니한테는 알리지 말고……'라고 그 사람이 말했어요. 그래서 '안 돼요. 할머니를 속이고 싶지 않아요. 안녕히 가세요!'라고 제가 말했죠. 그 사람도 '그럼 안녕히 가세요.'하고 말했을 뿐 아무 말도 하지 않았어요.

그런데 식사 후에 그가 우리에게 왔더군요. 그는 앉아서 할머니와 오랫동안 이야기를 나누었어요. 어딘든 외출은 하시는지, 주변에 아는 사람들은 있는지, 이것저것 묻더니 갑자기 '실은 오늘 오페라의 좌석을 잡아 놓았는데요. '세빌리아의 이발사'를 상연하고 있어요. 지인들하고 함께 가기로 했는데 그들이 못 가게 돼서 표가 남았습니다.'하고 말하는 거예요. 그러자 할머니가 '그래요, '세빌리아의 이발사'라구요! 옛날에 하던 바로 그 '이발사' 말인가요?' 하고 외치셨지요. 그때 그는 제 얼굴을 흘끗 보며 '예, 바로 그 '이발사' 말입니다.' 하고 말하는 거예요. 저는 모든 것을 눈치채고 얼굴을 붉혔어요. 제 가슴은 기대에 부풀어 두근거리기 시작했지요. '네, 그거라면, 어떻게 모를 수 있어요. 옛날 집에서 소연극을 했을 때 내가 바로 로지나 역을 맡았는 걸요.' 하고 할머니가 말씀하셨어요. '그럼 오늘 가시지 않겠어요? 아니면 표가 못 쓰게 돼버릴 테니까요.' 하고 그가 말하자, 할머니가 '그럼요, 못 갈것 없지요. 갑시다! 우리 나스쩬까는 아직 한 번도 극장에 간 적이 없다우.' 하고 대답하셨지요.

아, 얼마나 기뻤는지 몰라요! 우리는 곧바로 나갈 채비를 했어요. 마음껏 모양을 내고 출발했지요. 할머니는 비록 눈은 보이지 않았지만 음악이라도 듣고 싶다고 하셨어요. 게다가 할머니는 선량한 분이시거든요. 무엇보다도 할머니와 단 둘이 나들이를 한 적이 없었기 때문에 저를 위로해 주고 싶으셨던 거죠. '세빌리아의 이발사'에 대한 감동은 말씀드릴 수가 없어요. 다만 그 세입자가 그날 밤 내내 매우 다정한 눈길로 저를 바라보며 다정하게 말을 건넸어요. 그래서 그가 아침에 저에게 같이 가자고 했던 것은 저를 떠보려고 했던 것임을 알았어요. 얼마나 기뻤는지! 저는 자랑스럽고 기쁜 마음으로 잠자리에 들었어요. 심장은 심하게 뛰었고 가벼운 열병에라도 걸린 것 같았어요. 그리고 저는 밤새도록 '세빌리아의 이발사'에 대한 잠꼬대를 했어요.

저는 그날 이후 그 사람이 좀 더 자주 찾아올 거라고 생각했는데 그게 아니었어요. 거의 발길을 끊다시피했지요. 한 달에 한 번 정도 들러서 극장에 초대하는 것이 고작이었어요. 그 뒤 우리는 두어 번 극장에 다녀왔을 뿐이에요. 하지만 전 그것으로 만족할 수 없었어요. 저는 그 사람이 단지 할머니에게 붙잡혀 있는 제가 불쌍해서 그럴 뿐이라는 느낌을 떨쳐 버릴 수가 없었어요. 저는 점점 더 갈피를 못 잡고 앉아 있어도 앉아 있는 것 같지 않고 책을 읽어도 머리에 들어오지 않고 일을 해도 손에 잡히지 않는 거예요. 때때로 웃어대기도 하고, 할머니에게 심술궂게 행동하기도 하고 어떤 때는 울기만 하는 거예요. 마침내 저는 몸이 여위고 거의 병든 사람처럼 되어 버렸지요. 그러는 동안 오페라의 계절도 지나가고 세입자는 완전히 발길을 끊어 버린 거예요. 우리가 마주칠 때에도 물론 언제나 계단 위였지만 그 사람은 아무 말 없이 고개를 숙여 인사를 할 뿐 말하기 싫다는 듯 심각한 표정으로 현관으로 내려가 버리는 거예요. 그러면 저는 버찌처럼 새빨간 얼굴로 계단 한가운데에 멍하니 서 있는 거지요. 왜냐하면 그와 만나기만 하면 온몸의 피가 머리로 몰리기 때문이에요.

이제 시작과 동시에 끝나 버린 거예요. 꼭 1년 전, 5월에, 그 세입자는 할머니에게 와서 이곳의 용무를 다 보았기 때문에 다시 1년 간 모스크바로 가야만 한다는 거예요. 그 말을 듣는 순간 저는 죽은 사람처럼 파랗게 질려 의자에 주저앉아버렸어요. 할머니는 아무 눈치도 채지 못하셨어요. 그는 떠난다고 말하며 인사를 한 다음 가 버렸지요.

제가 어떻게 하면 좋을까요? 저는 생각과 번민을 거듭한 끝에 마침내 결심했어요. 내일이면 그가 떠나기 때문에 오늘 밤 할머니가 잠자리에 들면 모든 것을 끝내야겠다고 마음먹었지요. 그리고 그렇게 했어요. 저는 가지고 있는 옷과 필요한 속옷 같은 것들을 싸서 손에 들고 겁에 질린 채 세입자의 다락방으로 올라갔어요. 계단을 올라가는 데 한 시간이나 걸린 것 같은 느낌이었어요. 방문을 열자 그는 제 얼굴을 보고 소리를 질렀어요. 아마 저를 유령이라고 생각했었나 봐요. 그는 서둘러 제게 물을 가져다 주었어요. 왜냐하면 제가 겨우 서 있을 수 있는 정도였으니까요. 심장은 두근거렸고, 머리는 아프고, 이성이 마비된 듯 했지요. 제정신을 차리고 난 다음 저는 보따리를 그의 침대 위에 놓고 그 옆에 앉아 두 손으로 얼굴을 가린 채 마구 울기 시작했어요. 그는 순간 모든 것을 알아차리고 창백한 얼굴로 제 앞에 서선 매우 슬픈 얼굴로 제 얼굴을 바라보았어요. 저는 가슴이 찢어지는 심정이었지요.

'들어 보십시오, 나스쩬까, 저는 아무것도 할 수가 없습니다. 가난하기 때문입니다. 아직 내게는 아무것도 없습니다. 제대로 된 집도 없습니다. 만약 결혼한다면 어떻게 살아가겠습니까?' 하고 그가 말을 시작했어요.

우리들은 오랫동안 이야기를 나누었는데 나는 결국 흥분하고 말았어요. 그래서 더 이상 할머니와 함께 살 수 없다며 도망칠 거라고 말했죠. 핀에 꽂혀 지내는 생활도 이제 질색이며 더욱이 그가 없이는 도저히 살 수 없기 때문에 만약 그만 원한다면 함께 모스크바로 따라갈 것이라고 말했지요. 부끄러움과 그리움, 그리고 자존심이 모두 한꺼번에 쏟아져 나온 거예요. 그리고 저는 경련을 일으켜 거의 침대에 쓰러질 뻔했어요. 저는 그에게 거절당할까봐 두려웠던 거예요!

그는 한동안 잠자코 앉아 있다가 일어서더니 제 옆으로 와서 제 손을 잡았어요. 그도 역시 눈물을 글썽이며 말했어요. '들어 보세요, 나의 착하고 사랑스러운 나스쩬까! 만약 언젠가 내가 결혼할 처지가 된다면, 꼭 당신과 함께 행복을 나눌 것이라고 맹세합니다. 내게 행복을 줄 수 있는 사람은 이제 당신뿐입니다. 나는 이제 모스크바에 가서 정확히 1년 동안 그곳에서 살 것입니다. 모든 일이 제대로 자리잡히길 바랍니다. 만약 내가 돌아올 때까지 당신의 사랑이 식지 않는다면, 맹세컨대, 우리는 행복할 겁니다. 그러나 지금은 불가능합니다. 할 수 없습니다. 어떤 일도 약속할 수 없는 처지입니다. 그러나 다시 말합니다만 가령 1년 뒤에 그렇게 되지 않는다 하더라도 언젠가는 반드시 그렇게 될 겁니다. 물론 당신이 다른 사람을 사랑하게 되지 않는 경우에 말입니다. 왜냐하면 나는 어떤 말로도 당신을 묶어 놓을 수 없고, 그럴 용기도 없습니다.'

그는 그렇게 말하고 다음날 떠나가 버렸어요. 할머니에게는 이 일에 대해서 한 마디도 하지 않기로 했어요. 그가 그것을 원했거든요. 이젠 제 이야기도 거의 끝나가네요. 꼭 1년이 지났어요. 그가 돌아왔어요. 여기에 온 지 벌써 사흘이 되었지만……."

"그래서 어떻게 되었습니까?" 이야기의 결말을 듣고 싶어 조바심을 내며 나는 외치듯 말했다.

"지금까지 나타나지 않는 거예요!" 나스쪤까는 용기를 내려고 애쓰면서 대답했다. "아무런 소식도 없어요……."

거기서 그녀는 말을 끊고 잠시 아무 말이 없더니 고개를 숙였다. 그리고 갑자기 두 손으로 얼굴을 감싸고 흐느끼기 시작했다. 그녀의 울음소리를 듣자 내 가슴은 터질 것 같았다.

나는 그런 결말은 생각지도 못했다.

"나스쪤까!" 나는 머뭇거리며 달래는 듯한 목소리로 말을 시작했다. "나스쪤까! 제발 울지 말아요! 어떻게 알아요? 혹시 그가 아직 안 온 것일 수도……."

"아니요, 여기에 있어요!" 나스쪤까가 말을 가로막았다. "그는 여기 있어요. 나는 알아요. 떠나기 전날 밤 우리는 약속한 게 있어요. 제가 지금 당신께 말씀드린 그 모든 이야기를 하고 나서 우리는 약속했어요. 그리고 우리는 바로 이곳 강변으로 산책을 나왔지요. 그때가 10시였어요. 우리는 이 벤치에 앉았고 저는 이미 울고 있지 않았어요. 저는 그의 이야기를 달콤한 기분으로 듣고 있었어요……. 그는 여기에 도착하자마자 곧장 우리 집에 와서, 만약 제가 거절하지만 않는다면 둘이 함께 모든 것을 할머니께 말씀드리자고 말했어요. 그런데 그는 여기에 돌아왔는데도, 저는 알고 있어요. 그는 오지 않고 있어요." 그녀는 또다시 흐느껴 울기 시작했다.

"하느님 맙소사! 당신의 슬픔을 달랠 수 있는 방법은 없을까요?" 나는 절망감을 느끼며 벤치에서 벌떡 일어나 소리쳤다. "나스쩬까, 내가 그 사람에게 다녀오면 안 될까요?"

"그게 가능한 일인가요?" 갑자기 고개를 들고 그녀가 말했다.

"안 되죠, 물론, 안 될 일이죠!" 나는 문득 어떤 생각이 떠올라 이렇게 말했다. "그럼, 편지를 써 보세요."

"안 돼요, 그건 안 돼요!" 그녀는 단호하게 대답했지만 고개를 숙이고 내 얼굴을 보고 있지 않았다.

"왜 안 된다는 겁니까? 도대체 왜 안 됩니까?" 나는 내 생각을 고집하며 계속 말했다. "아세요, 나스쩬까, 어떤 편지인지? 편지도 편지 나름이죠. 게다가……. 아, 나스쩬까, 믿으세요! 나를 믿으십시오! 나는 해로운 충고는 하지 않습니다. 모든 일이 잘 될 수 있어요. 당신은 이미 첫걸음을 내디뎠습니다. 그런데 왜 이제 와서……."

"안 돼요, 안 돼요! 그렇게 되면 제가 강요하는 것 같아서……."

"아, 착한 나의 나스쩬까!" 나는 미소를 애써 감추지 않으며 그녀의 말을 가로막았다. "아니에요. 그렇지 않아요. 그가 당신에게 약속했기 때문에 결국 그건 당신의 권리입니다. 게다가 여러모로 판단하건대 그는 매우 섬세한 사람이고 그의 행동도 훌륭해 보입니다." 나는 내 자신의 논증과 확신이 논리적인 것에 대해 점점 더 감격해하며 말을 이었다. "그의 행동이 어땠습니까? 그는 약속으로 자신을 묶어 두었습니다. 그는 만약 결혼한다면 당신 외의 어떤 여성과도 결혼하지 않겠다고 말했고, 그는 당신에게 지금이라도 거절할 수 있는 완전한 자유를 주지 않았습니까……. 이런 경우에 당신은 첫발자국을 내디딘 겁니다. 당신에게는 그럴 권리가 있습니다. 예를 들어, 당신이 그를 약속에서 풀어 주고 싶다고 하더라도 우선권은 당신에게 있습니다……."

"그런데 당신이라면 어떻게 쓰시겠어요?"

"무엇을 말입니까?"

"편지 말예요."

"저라면 이렇게 쓰겠습니다. '경애하는 선생님……'"

"꼭 그렇게 써야 되나요? 경애하는 선생님이라고?"

"물론입니다! 왜 그러세요? 내 생각에는……"

"좋아요! 계속하세요!"

"'경애하는 선생님! 용서하세요……' 아니죠, 사과할 필요가 없지요. 사실 이 모든 것을 증명하는데 단순하게 쓰는 게 좋겠어요. '몇 자 적습니다. 부디 저의 성급함을 용서하십시오. 저는 지난 1년 동안 희망속에서 행복하게 지냈습니다. 제가 이제 의혹으로 단 하루도 참지 못하는 것이 저의 잘못일까요? 당신이 돌아와 계신 지금, 어쩌면 당신의 마음이 변하신 건 아닌지요? 만약 그렇다면 저는 당신에게 푸념도, 당신을 비난하지도 않을 것이라는 것을 이 편지로 당신께 말씀드립니다. 당신의 마음을 사로잡지 못했다고 해서 당신을 비난하지는 않겠습니다. 그것은 단지 저의 운명이니까요.

당신은 훌륭한 분입니다. 저의 성급한 편지를 읽으시고 웃으시거나, 화를 내시지는 않겠죠. 가여운 고독한 소녀가 편지를 쓰고 있다는 것을 기억해 주세요. 가르쳐 줄 사람도 없고, 충고해 줄 사람도 없고, 한 번도 자기 마음을 스스로 다스려 본 적이 없는 여자입니다. 그렇지만 한순간이라도 저의 가슴에 의심이 스며든 것을 용서해 주세요. 당신은 그토록 당신을 사랑했고, 지금도 사랑하고 있는 소녀를 마음속으로라도 모욕하실 수 없는 분이세요.'"

"그래요, 그거예요! 제가 생각하고 있던 것과 같아요!" 나스쩬까는 소리쳤다. 그녀의 눈은 기쁨으로 빛났다. "아! 당신은 저의 의심을 풀어 주셨어요. 그래서 바로 신께서 당신을 제게 보내 주신 거예요! 고마워요, 정말 고마워요!"

"무엇이 고맙다는 겁니까? 신께서 나를 보내 주신 데 대한 감사인가요?" 기쁨이 가득한 그녀의 얼굴을 환희에 차서 바라보며 나는 대답하였다.

"네, 그것 하나만이라도 고맙죠."

"아, 나스쩬까! 정말 우리는 우리와 함께 살고 있다는 것만으로도 다른 사람들에게 감사를 드릴 때가 있죠. 나는 당신이 나를 만났던 것에 대해, 평생 당신을 기억할 것이라는 것에 대해 당신에게 감사를 드립니다."

"알았어요, 됐어요. 그만 하세요. 제 말 좀 들어 보세요. 그때 우리는 약속했어요. 그가 돌아오면 곧바로, 이 일에 대해 아무것도 모르는, 제가 아는 사람에게 편지를 남겨 놓아 자기가 도착한 것을 알리기로 되어 있었어요. 그들은 착하고 소박한 사람들이지요. 또는 만약 내게 편지를 쓸 수 없을 경우에는, 사실 편지에 할 말을 모두 항상 쓸 수 있는 것은 아니니까요, 여기에 도착한 그날 밤 10시 정각에 약속된 이곳에서 우리는 만나기로 되어 있었어요. 그가 도착한 것은 이미 알고 있는데, 이미 사흘째가 되었는데도 편지도 없고 그도 오지 않는군요. 저는 아침부터 할머니 옆을 떠날 수 없어요. 그러니 제가 조금 전 말씀드린 그 친절한 사람들에게 내일 당신이 직접 제 편지를 가져가 주세요. 그러면 그들이 전할 거예요. 만약 답장이 오면, 밤10시에 당신이 직접 편지를 가져다 주세요."

"그런데 편지, 편지! 우선 편지를 써야 되지 않겠습니까! 그러면 내일 모레까지는 모든 게 되겠는데요."

"편지요……." 나스쩬까는 왠지 약간 혼란스러워하며 대답했다. "편지…… 하지만……"

그러나 그녀는 말을 마치지 못했다. 처음에 그녀는 얼굴을 돌리며 장미꽃처럼 얼굴을 붉히더니, 갑자기 내 손에 편지를 쥐어 주었다. 분명 그 편지는 이미 오래 전에 씌어졌고 봉인까지 되어 있었다. 아름답고 우아한 어떤 추억이 나의 머리에 떠올랐다.

"로―로지―지나―나." 나는 시작했다.

"로지나!" 우리 두 사람은 합창하기 시작했다. 나는 기쁨에 차서 거의 그녀를 껴안았고 그녀는 더 이상 붉어질 수 없을 만큼 얼굴을 붉혔다. 그녀의 웃음 사이로 진주 같은 눈물방울이 검은 속눈썹 속에서 떨고 있었다.

"자, 그만, 이제 됐어요! 안녕히 가세요!" 그녀는 빠르게 말했다. "여기 편지구요. 보낼 곳의 주소도 여기 있어요. 그럼 안녕히 가세요! 내일 다시 만나요!"

그녀는 내 두 손을 꼭 잡고 고개를 끄덕여 보이곤 화살처럼, 일전의 그 골목
으로 사라져 버렸다. 나는 그녀를 눈으로 좇으며 제자리에 서 있었다. 그녀의
모습이 내 시야에서 사라졌을 때 '내일 만나요! 내일!' 이라는 구절이 내 머리
를 스쳤다.

셋째 밤

오늘은 비가 내려 해조차 보이지 않는 슬픈 날이다. 정확히 앞으로 내게 다
가올 노년의 하루 같다. 야릇한 생각과 우울한 느낌에 가슴을 죄고, 아직 분명
치 않은 의문들이 머릿속을 분주히 돌아다닌다. 왠지 그것을 해결할 만한 기
력도 없고, 그럴 마음도 없다. 이 모든 것을 해결하는 것은 나에겐 힘겨운 일
이다.

오늘 우리는 만나지 않을 것이다. 어제 우리가 헤어질 때 구름이 가득 하늘
을 덮고, 안개가 자욱하게 끼여 있었다. 내일은 날씨가 나빠질 것 같다고 내가
말하자 그녀는 자기 마음과 반대되는 말을 하고 싶지 않았는지 아무런 대답
도 하지 않았다. 그녀에게 이날은 맑고, 화창하여 한 조각의 구름도 그녀의 행
복을 가리지 않아야 했다.

"만약 비가 오면, 우린 만나지 못하겠군요!" 그녀가 말했다. "난 오지 않을
거예요."

나는 그녀가 오늘 비가 올 것을 예상하지 못했을 것이라고 생각했는데, 그

녀는 오지 않았다.

어제가 우리의 세 번째 만남이었고, 세 번째 백야였다.

기쁨과 행복은 사람을 얼마나 아름답게 만드는 것일까! 가슴은 사랑으로 넘쳐 흐른다! 마음속에 있는 모든 것이 다른 사람의 마음속에 전해지고, 모든 것이 즐겁고 미소지었으면 좋겠다. 그 기쁨은 얼마나 전염되기 쉬운 것인가! 어젯밤 그녀의 말에는 얼마나 애정이 깃들어 있었고, 그 가슴속엔 나에 대한 호의가 얼마나 넘쳤던가······! 그녀는 얼마나 나를 위로해 주고 응석을 부리고, 얼마나 나에게 용기를 주고 내 마음을 포근하게 해 주었던가! 아, 행복에서 오는 교태는 얼마나 되던가! 그런데 나는······ 나는 모든 것을 있는 그대로 받아들였다. 나는 생각했다. 그녀가······.

하지만, 맙소사, 어떻게 내가 그런 생각을 할 수 있었단 말인가? 모든 것이 이미 남의 것이 되고, 모든 것이 내 것이 아닌데, 어떻게 나는 그렇게도 눈이 멀 수 있었던 것일까? 그녀의 상냥함도, 염려도, 그녀의 사랑도······ 그렇다, 나에 대한 사랑조차도 다른 사람과의 만남을 앞두고 느끼는 기쁨에 지나지 않았던 것을, 자기의 행복을 내게 나누어 주고 싶은 바람에 불과했던 것을 말이다······. 그가 오지 않았을 때, 우리의 기다림이 헛된 것이 되고 말았을 때 그녀는 이맛살을 찌푸리며 겁을 먹어 버렸다. 그녀의 모든 동작과 모든 말들은 이미 경쾌하지도, 장난스럽지도, 명랑하지도 않았다. 그런데 이상하게도 그녀는 소망이 이루어지지 않을까봐 두려워서 자신이 원했던 것을 나에게 본능적으로 털어 놓고 싶어하는 사람처럼 나에게 훨씬 더 주의를 기울이는 것이었다. 나의 나스쩬까가 그토록 겁내고 놀란 것을 보니, 그녀는 내가 자기를 사랑한다는 것을 알아채고 나의 가엾은 사랑을 불

쌍히 여기는 것 같았다. 그렇다. 우리는 스스로 불행하다고 느낄 때 남의 불
행을 보다 강하게 느끼는 법이다. 감정은 흩어지는 것이 아니라 오히려 집
중되는 것이다.

　나는 부푼 가슴을 안고 그녀에게로 갔다. 만남의 시간까지 기다릴 수 없는
심정이었다. 나는 이제부터 어떤 감정을 갖게 될지 예상하지 못했으며, 모든
것이 뜻하지 않은 방향으로 끝나게 될 것이라는 것은 전혀 생각하지 못했다.
그녀는 기쁨으로 빛나고 있었다. 그녀는 답장을 기다리고 있었다. 답장은 그
자신이었다. 그는 여기로 그녀의 부름에 달려 나와야만 했다.

　그녀는 나보다도 한 시간이나 빨리 와 있었다. 처음에 그녀는 무슨 말을 해
도 소리내어 웃었다. 내 말 한마디 한마디에 그녀는 웃었다. 나는 말을 시작
하려다 입을 다물었다.

　"아세요, 제가 왜 기뻐하는지?" 그녀가 말했다. "당신을 보는 게 왜 이렇게
기쁜지? 왜 오늘 이렇게도 당신을 사랑하는지?"

　"그래서요?" 나는 물었다. 심장이 두근거리기 시작했다.

　"제가 당신을 사랑하는 이유는 당신이 제게 빠져서 몰두하지 않기 때문이
에요. 만약 다른 사람이 당신 입장에 있었다면, 불안하게 하고, 귀찮게 따라다
니고, 한숨을 쉬다가 큰 병이 나고 말았을 거예요. 그런데 당신은 너무도 좋은
분이세요!"

　그렇게 말하고 그녀가 내 손을 꼭 쥐었기 때문에 나는 하마터면 소리를 지
를 뻔하였다. 그녀는 웃기 시작했다.

　"세상에! 당신은 진정한 친구예요!" 잠시 후 그녀는 심각하게 말을 시작했
다.

"맞아요, 하느님이 제게 당신을 보내 주신 거예요! 만약 당신이 계시지 않았다면 대체 저는 어떻게 되었을까요? 어쩌면 당신은 이토록 청렴하세요! 저를 사랑해 주시니 얼마나 좋은지 몰라요! 제가 시집을 가면, 우리 친남매 이상으로 사이좋게 지내요. 저는 그를 사랑하는 것만큼 당신을 사랑할 거예요……."

그 순간 나는 왠지 끔찍할 정도로 서글펐다. 그럼에도 불구하고 웃음과도 같은 어떤 것이 내 마음속에서 꿈틀거리기 시작했다.

"당신은 발작을 일으키고 있군요." 나는 말했다. "그가 오지 않을 거라는 생각에 당신은 겁을 먹고 있어요."

"무슨 그런 말씀을!" 그녀는 대답했다. "만약 제가 덜 행복했다면, 당신의 불신과 비난에 분명히 울어 버렸을 거예요. 하지만 당신은 저에게 생각하도록 유도하고 오랫동안 생각할 문제를 주셨어요. 하지만 그것은 나중에 생각하기로 하고, 지금은 당신의 말이 옳다는 것을 인정해야겠군요. 그래요! 저는 제정신이 아니에요. 지루한 기다림속에서 마음이 안정되지 않는군요. 왠지 모든 것이 지나치게 피상적으로 느껴져요. 그래요, 이것으로 충분해요, 이제 감정에 대한 이야기는 그만해요!"

그때 발소리가 들려 왔고, 어둠속에서 이쪽으로 걸어오는 행인의 모습이 보였다. 우리 두 사람은 떨기 시작했다. 그녀는 하마터면 소리를 지를 뻔했다. 나는 그녀의 손을 놓고 자리에서 물러나려는 움직임을 했다. 그러나 우리가 잘못 알아본 것이었다. 그가 아니었다.

"뭘 두려워하세요? 왜 제 손을 놓으셨어요?" 그녀는 다시 자기 손을 나에게 내밀며 말했다. "어때서요? 우리 함께 그를 만나요. 우리가 서로를 얼마나 사랑하고 있는지 그에게 보여 주고 싶어요."

"우리가 서로를 얼마나 사랑하는가를요?" 나는 소리쳤다.

'아, 나스쩬까, 나스쩬까!' 나는 마음으로 생각했다. '그 한마디에 얼마나 많은 말이 담겨 있는지! 그런 사랑은 말이오, 나스쩬까, 어떤 때는 사람의 마음을 싸늘하게 하고, 마음을 무겁게한다오. 그대의 손은 차갑지만 내 손은 불같이 뜨겁다오. 당신은 어쩌면 그토록 장님 같소, 나스쩬까!…… 아! 행복한 인간은 때때로 견디기 힘들구나! 그러나 나는 당신에게 화를 낼 수가 없구려……!'

마침내 내 가슴은 벅차올랐다.

"들어 봐요, 나스쩬까!" 나는 외쳤다. "오늘 하루 종일 나에게 어떤 일이 있었는지 당신은 아십니까?"

"그래요, 어떤 일이 있었는데요? 빨리 말씀해 주세요. 왜 지금까지 잠자코 계셨던 거죠?"

"첫째, 나스쩬까. 당신이 부탁한 일을 완전히 끝내고, 편지도 전해 주고, 당신이 말한 그 선량한 사람의 집에도 갔었고, 그런 다음 나는 집으로 돌아와서 잠자리에 들었습니다."

"그거뿐이에요?" 그녀는 웃으면서 내 말을 가로막았다.

"예, 그것뿐이라고 할 수 있죠." 눈에서 이미 어리석은 눈물이 흐르고 있었기 때문에 나는 간신히 대답했다.

"나는 우리가 약속한 시간보다 한 시간 전에 깨어났지만, 마치 전혀 자지 않은 것 같았어요. 도대체 내게 무슨 일이 있었던 것인지 모르겠습니다. 당신에게 이 모든 것을 말하려고 걸어오는데 왠지 시간의 흐름이 멈춰 버린 것 같았습니다. 단 하나의 감정, 단 하나의 감정만이 그때부터 내 가슴속에 영원히 머물러 있어야 하는 것처럼, 단 하나의 순간만이 영원히 계속되어야 하는 것처럼 말입니다. 모든 삶이 나를 위해 정지되어 버린 듯 했습니다……. 내가 눈을 떴을 때, 어디선가 들어 본, 오래 전부터 알았지만, 잊고 있었던 감미로운 멜로디가 이제야 내 기억속에서 되살아난 것 같았습니다. 그 멜로디는 줄곧 내 영혼 밖으로 빠져 나오려고 했던 것같이 느껴졌습니다. 그런데 이제야 겨우……."

"어머나, 세상에나!" 나스쩬까는 말을 막았다. "대체 그게 무슨 말이에요? 저는 한 마디도 이해할 수가 없어요."

"아, 나스쩬까! 나는 어떻게든 당신에게 이 야릇한 느낌을 전하고 싶었습니다." 나는 멀어진 희망을 감추고 있는 애처로운 목소리로 말을 시작했다.

"좋아요, 그만 하세요, 이젠 됐어요!" 그녀는 말했다. 그녀는 한 순간 눈치 챘던 것이다. 머리회전이 빠른 여자!

갑자기 그녀는 왠지 말이 많아지고 명랑하고 장난스러워졌다. 그녀는 내 팔을 끼고 웃으면서 나도 함께 웃도록 했다. 그리고 내가 횡설수설 한 마디 한 마디 할 때마다 그녀는 날카롭고 길게 깔깔거리며 웃어댔다……. 나는 화가 치밀어 올랐다. 그러자 그녀가 갑자기 교태를 부리는 것이었다.

"저기요," 그녀가 말하기 시작했다. "당신이 제게 빠져서 몰두하지 않는 것이 조금 화가 나는군요. 참으로 인간은 이해하기 어려운 존재네요! 하지만 당신은 완고한 분이세요. 제가 이렇게 순박한 여자라는 걸 당신은 칭찬하지 않을 수 없을 거예요. 저는 어떤 어리석은 생각이 머리에 떠올라도 전부, 모두 말해 버리니까요."

"들어 보세요! 저건 11시를 치는 소리 같은데요." 멀리 떨어져 있는 시의 종루에서 규칙적인 종소리가 울리기 시작하자 내가 말했다. 그녀는 갑자기 이야기와 웃음을 멈추고 종소리를 세기 시작했다.

"그렇군요! 11시군요." 그녀는 소심하고 머뭇거리는 목소리로 말했다. 나는 그녀를 놀라게하고 종소리를 세도록 한 것을 곧 후회했다. 그리고 악의적인 발작에 대해 나 자신을 저주했다. 나는 그녀를 생각하자 우울해졌고 내 과실을 어떻게 보상해야 할지 몰랐다. 나는 그가 올 수 없는 이유를 생각해 내고, 여러 가지 논거와 증거를 대며 그녀를 위로하기 시작했다. 그 누구도 이 순간 그녀보다 더 쉽게 속여 넘길 수는 없었을 것이다. 그렇다, 이런 순간에는 누구라도 어떤 위로의 말이라도 기쁘게 들었을 것이다. 단지 약간의 변명 같은 것만 있어도 말이다.

"그래요, 우습게 되지 않았습니까?" 나는 더욱 열을 올리며 내 논증의 확실한 명백함에 도취되어 말을 꺼냈다. "그래요, 그는 올 수 없었던 겁니다. 당신은 나를 속였고 이 일에 끌어드렸어요, 나스쩬까. 그래서 나는 시간 계산을 잘 못했습니다. 생각 좀 해 보세요. 그가 편지를 못 받았을지도 모릅니다. 가령 그가 올 수 없는 상황이라고 합시다. 그래서 그가 편지에 답장을 쓴다 해도 편지는 빨라야 내일이나 도착할 겁니다. 내일 날이 밝는 대로 그에게 다녀와서 즉시 사정을 알려 드리겠습니다. 어쨌든 천 가지 가능성을 추측해 볼 수 있습니다. 예를 들면 편지가 도착했을 때 그가 없었을 수도 있습니다. 그래서 어쩌면 여태까지 그 편지를 읽지 않았을지도 모르지요. 모든 일은 있을 수 있으니까요."

"그래요, 그렇군요!" 나스쩬까는 대답했다. "전 그런 생각은 못했어요. 물론 모든 가능성은 있을 거예요." 그녀는 차분한 목소리로 말을 이어가고 있었지만 그 목소리에는 성난 불협화음처럼 어떤 멀리 있는 다른 생각이 들려 오고 있었다. "그래요, 그렇게 해 주세요." 그녀는 말을 이었다. "내일 가능하면 일찍 가 보세요. 만약 무슨 일인지 아시게 되면 저에게 곧바로 알려 주세요. 제 주소는 알고 계시죠?" 그리고 그녀는 자기 집 주소를 내게 다시 반복하여 말하기 시작했다.

그런 다음 그녀는 갑자기 매우 상냥하고 다소곳하게 나를 대했다. 그녀는 내 이야기를 주의 깊게 듣는 것처럼 보였지만 내가 그녀에게 어떤 질문을 하면 당황해하며 말 없이 고개를 돌렸다. 나는 그녀의 눈을 바라보았다. 그랬다. 그녀는 울고 있었다.

"저런, 어쩌면 좋을까요? 아, 당신은 아이 같군요! 정말 어린아이 같아요……! 자, 이제 그만하세요!"

그녀는 웃으며 안정을 찾으려고 했지만 그녀의 턱은 떨리고 가슴은 여전히 요동치고 있었다.

"전 지금 당신에 대해 생각하고 있어요." 그녀는 잠시 아무 말 없이 있다가 다시 말을 이었다. "당신은 정말 좋은 분이세요. 제가 그걸 느끼지 못한다면 목석이나 다름없을 거예요……. 지금 제 머리에 무엇이 떠올랐는지 모르시죠? 당신과 그를 비교해 보았어요. 당신이 아니고 왜 그일까요? 어째서 그는 당신 같지 않을까요? 비록 저는 그를 당신보다 더 사랑하고 있지만 그는 당신만 못해요."

나는 아무 대답도 하지 않았다. 그녀는 내가 무어라고 말하기를 기다리고 있는 듯했다.

"물론, 저는 아직 온전히 그를 이해하고 있지 못한지도 몰라요. 완전히 알고 있지는 않아요. 저는 언제나 그를 두려워했던 것 같아요. 그는 언제나 진지하고, 거만한 구석이 있는 것 같았어요. 물론 단지 그렇게 보일 뿐이고, 속마음은 저보다 더 부드럽다는 걸 알아요……. 저는 제가 보따리를 들고 그를 찾아갔을 때 저를 바라보던 그의 눈길을 기억하고 있어요. 하지만 역시 저는 왠지 지나치게 그를 존경하고 있는 것 같아요. 그래서 우리 관계가 대등하지 못한 것일 거예요?"

"아니에요, 나스쩬까, 그렇지 않아요." 나는 대답했다. "그건 당신이 그 사람을 이 세상의 누구보다도 사랑하고 있기 때문일 거예요. 어쩌면 당신 자신보다도 더 사랑하고 있다는 것이겠죠."

"그래요, 그렇다고 하죠." 순진한 나스쩬까는 대답했다. "지금 제 머리에 어떤 생각이 떠올랐는지 아세요? 지금 제가 이야기하는 것은 그에 대한 이야기가 아니라 일반적인 이야기예요. 옛날부터 머리에 떠오르곤 했던 거예요. 왜 우리 모두는 서로 형제처럼 지낼 수 없는 걸까요? 어째서 훌륭한 사람은 항상 상대에게 뭔가 숨기고 있는 것처럼 잠자코 있는 걸까요? 가볍게 뱉어버리는 말이 아니라는 걸 안다면 어째서 마음속에 있는 말을 솔직히 털어 놓지 않는 걸까요? 마치 모두들 실제 자기보다 좀 더 엄격하게 보이려고 하는 것 같아요. 자기의 생각을 그때그때 솔직히 털어놔 버림으로 인해…… 감정이 모욕당할까봐 두려워하는 것 같아요."

"나스쩬까! 당신의 말씀은 사실입니다. 그러나 그것엔 여러 가지 이유가 있지 않겠습니다." 나는 그녀의 말을 막았다. 이 순간 나는 그 어느 때보다도 내 감정을 억누르고 있었다.

"아니에요, 아니에요!" 그녀의 대답은 깊은 감정을 담고 있었다. "예를 들면, 당신은 다른 사람들과 다르잖아요! 전 정말 제가 느끼고 있는 감정을 당신에게 어떻게 설명해야 할지 모르겠어요. 하지만 제 생각에 지금 당신은, 어쩐지 저를 위해서 무언가 희생하고 계시는 것 같아요." 그녀는 흘끗 나를 쳐다본 다음 수줍은 듯 덧붙였다. "이런 말을 하는 저를 용서하세요. 전 그저 평범한 여자잖아요. 아직 세상물정을 잘 몰라서 실제로 때로는 어떻게 이야기를 해야 할지 모를 때가 있어요." 그녀는 무언가 숨기고 있는 감정 때문에 목소리는 떨리고 있었지만 그래도 웃으려고 노력하면서 덧붙였다. "단지 저는 당신에게 감사한다는 말과 저도 이 모든 것을 느끼고 있다는 것을 말씀드리고 싶었어요……. 아, 제발 이 일에 대해 하느님께서 당신에게 행복을 내려 주시길! 그때 당신은 당신의 공상가에 대해서 많은 이야기를 하셨는데, 그것은 전혀 사실과 달라요. 다시 말하면, 그건 당신과는 전혀 관계가 없는 일이라는 것을 말하고 싶어요. 당신은 건강해지고 있고, 솔직히 말해서 당신이 묘사한 자신과 당신은 전혀 다른 분인 걸요. 만약 당신이 언젠가 사랑하게 되면, 당신이 그녀와 행복하도록 하느님의 축복이 함께하길! 그 여자 분을 위해서는 아무것도 기원하지 않겠어요. 왜냐하면 당신과 함께라면 행복할 테니까요. 전 알수 있어요. 저도 여자이니까요. 여자인 제가 말하는 거니까 당신은 제 말을 믿으셔야 돼요……."

그녀는 입을 다물고 내 손을 꼭 쥐었다. 나 역시 흥분해서 아무 말도 할 수가 없었다. 그렇게 몇 분이 지났다.

"맞아요, 그가 오늘은 올 것 같지 않군요!" 마침내, 그녀는 고개를 들고 말했다. "늦었네요……!"

"내일은 꼭 올 겁니다." 나는 매우 자신있는 확고한 어조로 말했다.

"그래요," 그녀는 명랑하게 말했다. "내일이라면 모를까 오늘은 오지 않을 것 같네요. 그럼 안녕히 가세요! 내일 다시 봐요! 만약 비가 오면 어쩌면 안 올지도 몰라요. 하지만 내일 모레는 올 거예요. 제게 무슨 일이 일어나도 꼭 올 거예요. 그러니 당신도 꼭 여기로 와 주세요. 당신을 만나고 싶어요. 모든 걸 말씀드리겠어요."

그런 다음, 그녀는 우리가 헤어질 때 나를 똑바로 쳐다보더니 내게 손을 내밀며 말했다.

"이제 우리는 영원히 함께 있을 거예요, 그렇죠?"

오! 나스쩬까, 나스쩬까! 지금 내가 얼마나 외로운지 당신이 안다면!

시계가 아홉 시를 알렸을 때 나는 방안에 가만히 앉아 있을 수가 없었다. 좋지 않은 시간이었지만 나는 옷을 갈아 입고 밖으로 나왔다. 나는 그 곳에 가서 우리의 벤치에 앉았다. 나는 그들의 골목으로 발길을 옮겼지만, 부끄러운 생각에 창문도 쳐다보지 못하고, 그 집 쪽으로 두 걸음도 가까이 가지 못한 채 그냥 돌아오고 말았다. 나는 한번도 느껴 보지 못한 쓸쓸함을 안고 집으로 돌아왔다. 이 얼마나 축축하고 따분한 시간인가! 만약 날씨만 좋았더라면 밤새도록 그 곳을 산책했을 텐데……

내일까지, 내일까지만 기다리는 거야! 내일 그녀는 모든 것을 말해줄 것이다. 하지만 오늘도 편지는 없었다. 당연한 것인지도 모른다. 그들은 이미 함께 있는지도 모르니까……

넷째 밤

맙소사, 모든 것이 이렇게 끝나다니! 대체 어떻게 끝난 것인가!

나는 아홉 시에 그곳에 도착했다. 그녀는 이미 거기에 와 있었다. 나는 먼 곳에서 그녀를 알아보았다. 그녀는 처음에 만났을 때처럼, 강변의 난간에 팔꿈치를 괴고 있었는데 내가 다가서는 소리를 듣지 못하고 있었다.

"나스쩬까!" 나는 간신히 흥분을 억제하면서 그녀를 불렀다.

그녀는 재빨리 내 쪽으로 돌아보았다.

"어서요!" 그녀는 말했다. "자아, 빨리요!"

나는 어리둥절해서 그녀의 얼굴을 바라보았다.

"편지는 어디에 있어요? 편지를 가져오셨나요?" 손으로 난간을 잡은 채 그녀는 반복해서 물었다.

"아니요, 편지는 없습니다." 마침내 나는 말했다. "아직 그가 오지 않았습니까?"

그녀는 얼굴이 백지장처럼 창백해져서 꼼짝도 않고 한참 동안 내 얼굴을 응시했다. 나는 그녀의 마지막 희망을 깨버리고 만 것이었다.

"그래요, 좋을 대로 하라고 해요!" 그녀는 띄엄띄엄 말했다. "나를 이런 식으로 내버려 둔다면 좋을 대로 하라지요."

그녀는 눈을 내리깔았다. 그런 다음 내 얼굴을 보려고 했지만 그러지 못했다. 잠시 그녀는 흥분을 가라앉히려고 애를 쓰다가 갑자기 돌아서더니 강변의 난간에 팔꿈치를 괴고 울기 시작했다.

"제발 그만, 그만 우세요!" 나는 말을 시작했지만, 그녀의 얼굴을 보자 말을 계속할 기력이 없었다. 이제 와서 무슨 말을 한단 말인가?

"저를 위로하려고 하지 마세요." 그녀는 울면서 말했다. "그 사람에 대해서 말하지 마세요. 그 사람이 올 것이란 말도, 이렇게 잔인하고 파렴치하게 나를 버린 게 아니라고 말하지도 마세요. 무엇 때문에, 무엇 때문이죠? 제 편지에, 그 불행한 편지에 무슨 잘못이라도 있었단 말인가요?"

그녀는 말을 이을 수 없을 만큼 흐느끼고 있었다. 그녀의 모습을 바라보니 가슴이 찢어지는 것 같았다.

"아! 어쩌면 이렇게도 파렴치하고 잔인할까!" 그녀는 다시 말을 시작했다. "어떻게 한 줄, 단 한 줄의 회답도 없단 말인가! 당신은 이제 필요 없다고, 당신과는 끝났다고만 적어 보냈어도 좋았을 텐데. 꼬박 사흘 동안 한 줄의 회답도 보내지 않다니! 어떻게 그는 이렇게 쉽게 단지 자기를 사랑한 것 외엔 아무런 죄도 없는 불쌍하고 의지할 곳 없는 소녀를 모욕하고 분노케 만든단 말입니까! 아! 이 사흘 동안 나는 얼마나 힘겨웠던가요! 하느님 맙소사! 세상에! 제가 처음 그를 찾아갔을 때 저는 그의 앞에서 부끄러움을 무릅쓰고 울면서 조금의 사랑이라도 구하려고 했었어요……. 그런데 이렇게 되다니……! 들어 보세요." 그녀는 내 쪽으로 돌아보며 말했다. 그 까만 눈동자가 반짝이기 시작했다.

"그래요, 뭔가 잘못된 거예요! 이럴 리가 없어요, 뭔가 자연스럽지가 않아요! 당신이나 제가 잘못 생각한 거예요. 어쩌면 아직 편지를 받아 보지 못한 걸 거예요. 어쩌면 그는 아직까지 아무것도 모르고 계시는 건 아닐까요? 생각해 보세요. 어떻게 그럴 수 있어요. 제발 말씀 좀 해 주세요. 설명 좀 해 주세요. 도무지 이해할 수가 없어요. 어떻게 그가 제게 이토록 야만적이고 무자비한 행동을 할 수 있겠어요! 한 마디 답장도 없다니! 이 세상의 끝까지 가 본 저질스런 사람도 이 보다는 더 동정심을 가지고 있을 거예요. 어쩌면 그가 무슨 소리를 들은 건 아닐까요? 아니면 누가 저에 대해 안 좋은 소리를 한 것일까요?" 그녀는 나를 향해 질문을 퍼부으며 외쳤다. "당신은, 당신은 어떻게 생각하세요?"

"내 말 좀 들어 보세요, 나스쩬까, 내일 당신을 대신해서 내가 그 사람에게 다녀오겠습니다."

"그래서요!"

"모든 것을 그 사람에게 물어보고 모든 이야기를 하겠습니다."

"그래서, 그래서요!"

"편지를 한 장 써 주십시오. 싫다고 하지 마십시오, 나스쩬까. 싫다고 마십시오! 나는 그가 당신의 행동을 존중하도록 하겠습니다. 그 사람은 모든 것을 알게 될 것입니다. 만약……."

"아니, 안 돼요." 그녀는 말을 가로챘다. "이제 그만요! 저는 더 이상 단 한 마디도, 단 한 줄도 쓰지 않겠어요. 이제 그만! 그런 사람은 몰라요. 저는 그 사람을 더 이상 사랑하지 않아요. 그런 사람은 이제 잊을…… 거예요……." 그녀는 끝까지 말을 하지 못했다.

"진정하세요, 진정해요! 자아, 여기에 앉아요, 나스쩬까" 그녀를 벤치에 앉히며 나는 말했다.

"진정했어요. 그만 됐어요! 사는 게 그렇죠 뭐! 이런 눈물은 금방 말라 버릴 거예요! 당신은 제가 자학하거나, 물로 뛰어들까봐 그러세요?"

나는 가슴이 터질 것 같았다. 무슨 말을 해야만 했지만 그럴 수가 없었다.

"저기요!" 그녀는 내 손을 잡고 말을 이었다. "말씀해 주세요. 당신이었다면 그런 짓은 하지 않으셨겠죠? 당신이었다면 제 발로 직접 당신을 찾아온 소녀를 버리진 않으셨을 테죠? 당신이었다면 가냘프고 어리석은 소녀의 마음에 대놓고 파렴치한 조소를 던지지는 않으셨겠죠? 당신이었다면 그 소녀를 보살피지 않았을까요? 당신이었다면 소녀가 혼자이고, 자기 자신을 돌볼 줄도 모르고, 당신에 대한 사랑도 지켜내지 못한다는 것을, 소녀는 아무런 잘못도, 아무런 잘못도 없다는 것을…… 소녀는 아무런 잘못도 하지 않았다는 것을 짐작하셨을 텐데……! 아, 하느님 맙소사……!"

"나스쩬까!" 마침내 나는 흥분을 참지 못하고 외쳤다. "나스쩬까! 내 가슴을 갈가리 찢고 있군요! 당신은 내 심장에 상처를 내고, 나를 죽이고 있습니다. 나스쩬까! 나는 잠자코 있을 수가 없습니다. 내 가슴에서 끓어오르는 모든 것을 말해 버려야겠습니다……."

이렇게 말하며 나는 벤치에서 일어났다. 그녀는 내 손을 잡고 놀란 표정으로 나를 바라보았다.

"무슨 일이에요?" 마침내 그녀가 말했다.

"내 말을 들어 보세요!" 나는 단호한 어조로 말했다. "내 말을 들어 주십시오, 나스쩬까! 지금부터 내가 하는 모든 말은 실현 불가능하고, 어리석은 말입니다. 결코 일어날 수 없다는 것을 알고 있습니다. 하지만 잠자코 있을 수가 없습니다. 당신이 지금 고통받고 계시니, 미리 간청합니다. 제발 용서해 주십시오!"

"뭐가요, 무슨 말씀이세요?" 그녀는 울음을 멈추고 유심히 나를 바라보면서 말했다. "왜 그러시는 거예요?" 그녀의 놀란 두 눈에는 이상한 호기심이 반짝이고 있었다.

"이런 일은 현실 불가능하지만, 나는 당신을 사랑합니다, 나스쩬까! 이 말씀을 드리고 싶었습니다! 자, 이제 모든 것을 말했군요!" 나는 손을 내저으며 말했다. "이제 당신은 알게 될 겁니다. 지금까지 당신이 나와 말했던 것처럼 앞으로도 나와 말할 수 있을지 없을지, 그리고 내가 하는 말을 들어 주실 수 있을지 어떨지를 말입니다."

"그래서요?" 나스쩬까는 말을 가로막았다. "그게 어쨌다는 거죠? 저는 오래 전부터 당신이 저를 사랑하고 있다는 것을 알고 있었어요. 저는 당신의 사랑이 단순한…… 어떤 것이라고만 생각했어요. 오, 맙소사!"

"처음에는 단순한 것이었어요, 나스쩬까. 그러나 지금, 지금…… 나는 당신이 보따리를 들고 그 사람에게로 갔을 때의 당신 처지와 똑같습니다. 아니, 그때의 당신보다 더 비참합니다. 나스쩬까, 그때 그 사람에게는 사랑하는 사람이 아무도 없었지만 당신에겐 사랑하는 사람이 있으니까요……."

"무슨 말씀을 하시는 거죠? 당신을 도무지 이해할 수 없군요. 좀 들어 보세요. 무엇 때문에, 아니, 무엇 때문에가 아니라, 도대체 어떤 이유로 그렇게…… 갑자기…… 하느님 맙소사! 전 바보 같은 소리를 하고 있군요! 하지만 당신은……."

그리고 나스쩬까는 매우 당황해했다. 그녀의 볼이 붉게 타올랐다. 그녀는 눈을 아래로 내리깔았다.

"어떻게 해야 할까요, 나스쩬까, 내가 어떻게 해야 합니까? 내 잘못입니다. 나는 악용했어요……. 하지만 아니에요, 내 잘못이 아닙니다, 나스쩬까. 나는 느낄 수 있어요. 왜냐하면 내 마음은 내가 옳다고 말해 주니까요. 왜냐하면 나는 당신을 화나게 하거나, 무엇으로도 당신을 모욕할 수 없으니까요! 나는 당신의 친구였습니다. 그래요, 지금도 친구입니다. 나는 절대로 당신을 배신하지 않았습니다. 지금 내 눈에서 눈물이 흐르고 있습니다, 나스쩬까. 흐르라고 하죠, 흐르라고 내버려 두죠. 다른 사람에게 방해가 되는 것도 아니니까요. 말라 버릴 거예요, 나스쩬까……."

"알았어요, 여기에 좀 앉으세요, 앉아요." 나를 벤치에 앉히면서 그녀는 말했다. "오, 하느님 어쩌면 좋아요!"

"아닙니다, 나스쩬까! 나는 앉지 않겠습니다. 나는 더 이상 여기에 있을 수 없습니다. 당신은 이제 나를 볼 수 없을 겁니다. 나는 당신에게 모든 것을 말하고 떠날 겁니다. 내가 당신을 사랑한다는 것을 당신은 결코 몰랐을 것이라고 말하고 싶었을 뿐입니다. 나는 비밀을 지키고 싶었습니다. 나는 지금 이 순간 나의 이기주의로 당신을 괴롭히고 싶지 않았습니다. 아닙니다! 나는 더 이상 참을 수가 없었습니다. 당신 스스로 이런 말을 꺼냈습니다. 당신 잘못입니다. 이 모든 것은 내 잘못이 아니라 당신 잘못입니다. 당신은 나를 쫓아 버릴 수 없습니다……."

"그럼요, 물론 아니에요. 당신을 물리치지 않을 거예요. 아니에요!" 불쌍한 나스쩬까는 자신의 당황한 기색을 가능한 한 감추려하며 말했다.

"나를 물리치지 않을 거라구요? 아닙니다! 내 스스로 당신 곁에서 도망치려고 했습니다. 나는 떠날 겁니다. 그 전에 우선 모든 이야기를 다 하겠습니다. 왜냐하면 당신이 여기서 이야기하고 있었을 때 나는 가만히 앉아 있을 수가 없었기 때문입니다. 당신이 여기서 울고 있었을 때. 당신이, 나스쩬까, 그 때문에, 그래요, 그 때문에, 버림받은 것 때문에, 사랑을 거부당한 것 때문에 괴로워하셨을 때, 나는 마음속으로 느낄 수 있었습니다. 당신에 대한 한없는 사랑을 말입니다. 나스쩬까, 한없는 사랑입니다……! 그 사랑으로도 당신을 도울 수 없다는 것이 슬펐습니다……. 그래서 가슴이 터질 것만 같아서 나는, 나는 가만히 있을 수가 없었습니다. 나는 말하지 않을 수 없었습니다, 나스쩬까, 나는 말을 해야만 했습니다……!"

"그래요, 그래요! 제게 말씀하세요, 그렇게 저와 이야기해요!" 나스쩬까는 이해할 수 없는 몸짓으로 말했다. "제가 당신과 이런 말을 하는 것이 어쩌면 이상하게 생각될지도 모르겠지만……, 말씀해 주세요! 저도 나중에 이야기하겠어요! 모두 이야기하겠어요!"

"당신은 나를 불쌍히 여기시겠죠, 나스쩬까. 그저 불쌍하다고 생각하시는 것뿐입니다, 나의 벗이여! 한번 지나간 것은 지나간 겁니다! 한번 말한 것은 되돌릴 수 없으니까요! 그렇잖습니까? 자아, 이제 당신도 모든 것을 알고 계십니다. 바로 이것이 출발점입니다. 자, 됐습니다! 이제 이것으로 되었습니다. 한번 들어 보세요. 당신이 여기 앉아서 울고 있을 때, 난 속으로 생각했습니다. '아, 내가 생각한 것을 말하게 해 주세요.' 나는 생각했습니다. '그래, 물론 이런 일은 있을 수 없는 일입니다, 나스쩬까.' 나는 생각했습니다. 당신이, 당신이 거기서 어떻게든…… 평소와는 완전히 다른 방법으로 이제 더 이상 그 사람을 사랑하지 않게 되지 않을까 하고 말입니다. 나는 어제도, 그제도 그런 생각을 했습니다, 나스쩬까. 그때 나는 이렇게 했을 겁니다. 당신이 나를 사랑할 수 있도록, 반드시 그렇게 했을 겁니다. 당신도 그렇게 말했잖아요, 나스쩬까, 이제는 당신도 나를 거의 사랑하게 되었다고 말입니다. 그리고 또 뭐가 있을까요? 아니, 이것이 내가 말하고 싶었던 말의 거의 전부입니다. 아직 남은 말이 있다면, 만약 당신도 나를 사랑하게 되었다면, 그때는 어땠을까 하는 것, 그것이 전부입니다. 다른 것은 없습니다! 나의 벗이여, 들어 보세요. 왜냐하면 당신은 나의 친구이니까요. 물론 나는 가난하고 평범한 보잘것없는 사람입니다. 그러나 그게 문제는 아닙니다. ─어쩐지 자꾸 엉뚱한 말이 나오는군요. 당황해서 그러나 봅니다, 나스젠까. ─단지 나는 당신을 사랑한다는 겁니다. 당신이 아직도 그를 사랑한다면, 내가 모르는 그 사람을 계속 사랑한다면, 내 사랑이 당신에게 짐으로 느껴지지 않도록 당신을 사랑할 겁니다. 다만 당신은 감사에 찬, 감사에 찬 뜨거운 심장의 고동소리를, 당신을 향한 심장의 고동소리를 당신 옆에서 항상 매순간 듣게 될 겁니다, 느끼게 될 겁니다. 아, 나스젠까, 나스젠까! 내게 무슨 짓을 한 겁니까!"

"울지 마세요. 우시면 싫어요." 나스젠까는 서둘러 벤치에서 일어서며 말했다. "이제 우리 가요, 일어나세요. 우리 함께 가요. 울지 말아요, 제발 울지 마세요." 자기 손수건으로 내 눈물을 닦아주며 말했다.

"자아, 이젠 가요, 어쩌면 당신에게 할 얘기가 있을지도…… 몰라요. 만약 그가 저를 버렸다면, 저를 잊어버렸다면, 비록 아직 그를 사랑하고 있지만─ 당신을 속이고 싶지 않아요…….─하지만, 제 말을 듣고 대답해 주세요. 만약, 이를테면, 제가 당신을 사랑하게 된다면, 다시 말해서, 만약 제가 단지……. 아, 친구여, 나의 친구여! 제가 어떻게, 어떻게 생각하면 좋을까요! 당신이 제게 빠져 몰두하지 않는 것에 대해 당신을 칭찬했을 때, 저는 당신의 사랑을 비웃으며 당신을 모욕했어요! 맙소사! 대체 어떻게 그것을 미리 생각하지 못했을까요, 저는 어떻게 알아차리지 못했을까요, 왜 그토록 바보였을까요, 하지만……, 그래요, 결심했어요, 모든 것을 말해 버리겠어요……."

"나스쩬까, 아세요? 나는 당신을 떠날 겁니다. 그게 좋은 일이에요! 나는 당신을 괴롭힐 뿐이니까요. 당신은 나를 비웃었다고 해서 지금 양심의 가책을 받고 있습니다. 하지만 그건 내가 원하는 바가 아닙니다. 당신 자신의 슬픔 외에 그런 일로 괴로워하는 것은 당연히 내가 원하는 일이 아닙니다……. 물론 내 잘못입니다, 나스쩬까, 그럼 안녕히 가십시오!"

"잠깐만요, 제 말을 잘 들으세요. 기다려 주실 수 있나요?"

"무엇을 기다립니까, 어떻게?"

"저는 그를 사랑하고 있어요. 하지만 그 사랑은 지나가 버릴 거예요. 그건 삶의 이치니까요. 식지 않을 리가 없잖아요. 이미 사랑이 지나가고 있는 게 느껴져요……. 어쩌면 오늘 당장 끝나 버릴지도 모르겠어요. 저는 그를 미워하고 있으니까요. 당신은 여기서 저와 함께 울어 주셨는데, 그는 저를 조롱했으니까요. 당신은 그 사람처럼 저를 밀어내지 않으셨으니까요. 당신은 저를 사랑하는데, 그는 저를 사랑하지 않았기 때문이에요. 게다가 왜냐하면 제가 당신을 마침내…… 사랑하게 되었기 때문이에요. 그래요, 사랑해요! 당신이 저를 사랑하시는 것처럼 저도 당신을 사랑해요. 전에도 제가 직접 당신에게 이 말을 했어요. 당신도 들으셨을 거예요. 당신이 그 사람보다 좋은 분이기 때문에, 그보다 고결한 분이기 때문에 당신을 사랑해요. 왜냐하면 그 사람은……."

이 가엾은 소녀는 극도로 흥분하여 끝내는 말을 맺지 못하고, 머리를 내 어깨에 기대더니, 결국 잠시 후 내 가슴에 얼굴을 묻고 슬프게 울기 시작했다. 나는 위로하기도 하고 달래기도 했지만 그녀는 울음을 그치지 못했다. 그녀는 여전히 내 손을 꼭 쥔 채 울면서 말했다. "잠시만, 잠시만 기다려 주세요.

지금 그칠 거예요! 당신에게 말하고 싶어요…….. 오해하지 마세요, 이 눈물
은…….. 그래요, 마음이 약해져서 그런 거예요. 조금만 기다려 주세요, 곧 그
칠 거예요!"

　마침내 그녀는 울음을 멈추고 눈물을 닦았다. 우리는 다시 걷기 시작했다.
나는 말을 하려고 했지만 그녀는 여전히 조금만 더 기다려 달라고 했다. 우리
는 잠자코 있었다…….. 이윽고 그녀는 숨을 가다듬은 다음 이야기하기 시작
했다…….

　"있잖아요," 그녀는 약하고 떨리는 목소리로 말하기 시작했지만, 그 목소리
에는 갑자기 곧바로 심장에 꽂혀 감미로운 고통을 주는 어떤 것이 깃들어 있
었다. "제발 저를 변덕스럽고 경박한 여자라고 생각하지 마세요. 그렇게 쉽고
간단하게 잊고 배신할 수 있는 여자라고 생각지 마세요. 하느님께 맹세하지
만 저는 일 년 동안 그를 사랑했습니다. 그리고 생각으로라도 결코 그를 배신
한 적이 없어요. 그런데 그는 그것을 무시하고 저를 조롱했어요. 아무래도 좋
아요! 하지만 그는 저에게 상처를 주고 제 마음을 능욕했어요. 저는, 저는 그
런 사람은 사랑하지 않아요. 제가 사랑할 수 있는 사람은 마음이 넓고 저를
이해해 주는 고결한 사람이어야 하기 때문이에요. 저 자신이 그런 사람이고,
그는 제 사랑을 받을 자격이 없기 때문이에요. 차라리 그가 잘한 거예요. 나
중에 기대속에서 배신당하고 그가 어떤 사람인지 제대로 알게 될 테니까
요……. 자아, 이것으로 끝이에요! 하지만 어떻게 알겠어요, 나의 벗이여," 그
녀는 내 손을 쥔 채 말을 계속했다. "어쩌면 제 사랑이라는 것이 감정의 기만
이나 공상이었는지도 모르죠. 어쩌면 할머니의 감시속에서 장난처럼 시작되
었는지도 모를 일이죠? 어쩌면 저는 그 사람이 아니라 다른 사람을 사랑해야

하는지도 모르겠어요. 그런 사람이 아니라 저를 가엾게 여기는 다른 사람을 말이에요. 그리고……. 됐어요, 그만, 이젠 이런 이야기는 그만해요." 흥분으로 숨을 몰아쉬며 나스쩬까는 입을 다물었다. "단지 당신에게 하고 싶었던 말은……, 그 말은 이런 거였어요. 제가 그를 사랑함에도 불구하고, 아니, 사랑했었음에도, 그럼에도 불구하고 당신의 사랑이 그토록 위대하다고 느끼신다면, 결국 제 마음에서 예전의 사랑을 쫓아낼 수 있다고 느끼신다면……, 만약 저를 불쌍히 여기고 싶으시다면, 만약 당신이 위안도, 희망도 없는 운명속에 저를 홀로 남겨 두고 싶지 않으시다면, 언제나 지금처럼 저를 사랑하고 싶으시다면, 이 감사의 마음……, 저의 사랑이 마침내 당신의 사랑을 받을 만한 가치가 있게 되리라는 것을 맹세합니다……. 제 손을 잡아 주시겠어요?"

"나스쩬까!" 나는 흐느낌으로 숨을 헐떡이면서 외쳤다. "나스쩬까……! 오, 나스쩬까……!"

"자, 그만, 그만해요! 이제 정말로 그만해요!" 그녀는 가까스로 자신을 억제하면서 말하기 시작했다. "자아, 모든 것을 말했군요. 맞죠? 그렇죠? 자, 이제 당신도 저도 행복해요. 이 일에 대해 더 이상 아무 말도 하지 말아요. 잠깐만 기다려 주세요. 절 불쌍히 여겨주세요……. 제발 뭔가 다른 이야기를 해 주세요……!"

"그래요, 나스쩬까. 맞아요! 이제 이 이야기는 그만해요. 나는 지금 행복합니다. 나는……. 자, 나스쩬까, 자아, 다른 이야기를 합시다. 빨리, 빨리 이야기를 합시다. 그래요! 나는 준비됐습니다……."

우리는 무슨 말을 해야 할지 몰랐다. 우리는 웃기도 하고 울기도 하면서, 아무런 연결도, 의미도 없는 말을 마구 떠들어댔다. 우리는 보도를 걷다가 갑자기 되돌아가기도 하고, 길을 건너기도 했다. 그런 다음 마치 아이들처럼 걸음을 멈추곤 다시 강변 쪽으로 길을 건너곤 했다.

"나는 지금 혼자 살고 있어요, 나스쩬까." 나는 말을 시작했다. "내일이면…… 물론, 나는, 아시다시피 나스쩬까, 가난합니다. 천이백 루블이 전부이니까요. 하지만 그런 건 상관없습니다."

"물론 상관없어요. 할머니에게 연금이 있으니까요. 우리를 곤란하게 하시지는 않을 거예요. 하지만 할머니는 모셔야죠."

"물론 할머니는 모셔야 합니다. 다만 문제는 마뜨료나인데요……."

"아! 그렇군요. 우리도 표끌라가 있어요!"

"마뜨료나는 좋은 사람이지만 한 가지 결점이 있습니다. 그 여자에게는 상상력이 없습니다, 나스쩬까, 도무지 상상력이라곤 찾아볼 수가 없어요. 하지만 그건 별일이 아닙니다."

"그래도 두 사람이 함께 있을 수 있지 않겠어요? 다만 당신은 내일 저의 집으로 이사를 오세요."

"뭐라구요? 당신 집으로요! 좋습니다. 나는 언제라도 좋습니다."

"그래요, 우리 집에 있는 방을 빌리는 거예요. 우리 집에는 다락방이 있어요. 지금 비어 있는 상태죠. 늙은 여자 귀족이 살았었는데 이사를 가 버렸어요. 할머니는 젊은 남자분이 들어왔으면 하세요. '왜 젊은 남자여야 하죠?' 하고 제가 물어봤더니, 할머니는 '나도 이미 늙었잖니. 내가 너를, 나스쩬까, 그 사람에게 시집보내고 싶어서 그런다고 생각하지는 말아라.' 라고 말씀하시는 거예요. 저는 그 때문이라고 짐작했어요……."

"아, 나스쩬까!"

우리 둘은 함께 웃었다.

"자, 됐어요, 이제 그만. 그런데 대체 어디에 사세요? 잊어버렸어요."

"저기, 다리 근처의 바란니꼬프 집예요."

"그 굉장히 커다란 집 말예요?"

"그래요, 굉장히 큰 집이죠."

"아, 알아요. 좋은 집이죠. 하지만 그 집을 두고 가능한 빨리 저희 집으로 들어오세요."

"바로 내일이라도, 나스쩬까, 내일이라도 당장. 방세가 좀 밀려 있지만, 괜찮습니다……. 곧 월급을 받거든요."

"어쩌면 전 가정교사를 해도 좋겠어요. 혼자서 공부를 좀 한 다음에 아이를 가르칠 거예요."

"참 좋은 생각이네요……. 나도 곧 포상금을 받게 되거든요, 나스쩬까……."

"그러면 당신은 내일부터 우리 집 식구가 되는 거군요……."

"그래요. 우리 함께 '세빌리아의 이발사'를 보러 갑시다. 곧 다시 공연이 있을 것 같더군요."

"네, 그래요." 나스쩬까는 웃으며 말했다. "아니요. '세빌리아의 이발사' 말고 다른 게 더 낫지 않겠어요."

"네, 좋습니다. 다른 것으로 하죠. 정말 그게 좋겠군요. 미처 생각을 못했습니다……."

이런 이야기를 나누면서 우리는 마치 연기와 안개 속을 걷듯이, 자신에게 무슨 일이 일어나고 있는지도 모르는 것처럼 걸어 다녔다. 때론 한곳에 머물러서 오랫동안 이야기를 나누는가 하면, 때론 다시 걷다가 또 어딘지도 모르는 곳으로 울면서, 웃으면서 돌아다니기도 했다. 그리고 때론 나스쩬까가 갑자기 집으로 돌아가겠다고 하면, 나는 잡아둘 용기가 없어서 집까지 바래다주었다. 우리는 집 쪽으로 걷기 시작했다. 15분 뒤에 우리 두 사람은 갑자기 강변의 그 벤치에 와 있는 것이었다. 그녀는 깊은 한숨을 쉬며 또다시 그녀의 눈엔 눈물이 가득 고였다. 나는 두려움에 한기를 느꼈다. 그러나 그녀는 곧 내 손을 잡고 나를 끌어당기며 다시 걷고 지껄이고 말하자고 했다.

"이젠 갈 시간이네요. 이젠 집으로 돌아가야겠어요. 너무 늦은 것 같아요." 마침내 나스쩬까가 말했다. "어린애 같은 짓은 이것으로 충분해요!"

"그래요, 나스쩬까, 그런데 지금은 잠이 올 것 같지 않아요. 나는 집으로 돌아가지 않겠어요."

"저도 잠이 올 것 같지 않아요. 하지만 집까지 바래다주시겠죠……?"

"물론이죠."

"하지만 이번에는 꼭 집까지 가요."

"그럼요, 물론이죠……."

"약속하시는 거죠……? 언젠가는 집으로 돌아가야 하잖아요!"

"약속하겠습니다." 나는 웃으면서 대답했다.

"그럼 갑시다!"

"가요."

"하늘을 좀 보세요, 나스쩬까, 보세요! 내일은 날씨가 좋을 겁니다. 아, 하늘이 얼마나 푸른지! 달도 너무나 밝군요! 저기 노란색 구름이 막 달을 가리고 있네요. 보세요……! 아니, 그냥 옆으로 지나갔군요. 보십시오……!"

그러나 나스쩬까는 구름을 보고 있지 않았다. 그녀는 말 없이 못 박힌 것처럼 서 있었다. 잠시 뒤 그녀는 왠지 두려운 듯 내게로 몸을 가까이했다. 그녀의 손이 내 손 안에서 떨고 있었다. 나는 그녀를 바라보았다……. 그녀는 내게 더욱 바싹 다가왔다.

마침 그 순간 우리 옆으로 한 청년이 지나쳤다. 그는 갑자기 발길을 멈추고 유심히 우리를 바라보다가 다시 몇 발짝 걸음을 내디뎠다. 내 심장이 떨리기 시작했다…….

"나스쩬까." 나는 낮은 목소리로 말했다. "저 사람은 누구지요, 나스쩬까?"

"그 사람이에요!" 속삭이듯 대답하고 그녀는 더욱 몸을 떨면서 한층 더 바싹 나에게 달라붙었다……. 나는 가까스로 서 있었다.

"나스쩬까! 나스쩬까! 당신이로군!" 우리들 뒤에서 목소리가 들려 왔다. 그리고 동시에 우리 쪽으로 몇 걸음 다가왔다.

오, 하느님, 그 비명소리! 그녀는 얼마나 떨었던가! 그녀는 얼마나 빨리 내 손을 떨쳐 버리고 그에게로 달려갔던가! 나는 죽은 듯이 꼼짝 않고 선 채 두 사람을 바라보고 있었다. 그러나 그녀는 그에게 거의 손을 내밀고, 그에게 거의 안기려던 그 순간, 갑자기 내게로 돌아서서 바람처럼, 번개처럼 내 옆으로 돌아왔다. 그리고 내가 정신을 차리기도 전에 그녀는 두 팔로 내 목을 감싸더니 뜨겁고 강렬한 키스를 내게 퍼부었다. 그런 다음 한 마디 말도 없이 다시 그에게로 달려가선 그의 두 손을 잡고 끌어당겼다.

나는 오랫동안 그 자리에 서서 걸어가는 그들의 뒷모습을 바라보았다……. 마침내 그들 두 사람은 내 시야에서 사라졌다.

아침

나의 몇 날 밤이 그렇게 지나고 아침이 찾아왔다. 좋지 않은 날씨였다. 빗방울이 쓸쓸하게 창문을 때리고 있었다. 방안은 어두컴컴하고, 창밖은 잔뜩 흐려 있었다. 나는 머리가 아프고 현기증이 났다. 온몸이 뜨거웠다.

"편지 왔어요, 주인님. 시내 우편으로 배달부가 가져왔어요." 내 머리 위에서 마뜨료나가 말했다.

"편지라구! 누구한테서?" 나는 의자에서 벌떡 일어나며 외쳤다.

"모르겠는데요, 선생님. 한번 보세요, 어쩌면 누구한테서 온 건지 적혀 있을지도 모르잖아요."

나는 봉인을 뜯었다. 그녀에게서 온 것이었다.

'아, 용서해 주세요. 부디 저를 용서해 주세요!' 나스쩬까는 적고 있었다.

'무릎을 꿇고 빕니다. 제발 저를 용서해 주세요! 저는 당신도, 저 자신도 속이고 있었어요. 그것은 꿈이었고, 환상이었던 겁니다. 저는 오늘 당신 때문에 괴로웠습니다. 용서해 주세요. 제발 저를 용서하세요……!

저를 비난하지 말아주세요. 당신에 대한 제 마음은 추호도 변한 적이 없어요. 저는 당신을 사랑할 것이라고 말했고 지금도 저는 그 어느 때보다도 당신을 사랑하고 있어요. 아, 하느님! 당신들 두 분을 동시에 사랑할 수만 있었다면! 아, 만약 당신이 그였다면!

'아! 만약 그가 당신이었다면!' 이라는 말이 순간 내 머리를 스쳤다. 당신의 말을 기억하고 있습니다, 나스쩬까!

'당신을 위해 어떤 일이든 할 수 있다는 것을 하느님은 알고 계세요. 당신이 괴롭고 슬프다는 것 저도 잘 알고 있어요. 저는 당신을 모욕했어요. 하지만 아시죠. 사랑하는 사람은 모욕당한 것을 오랫동안 기억하지 않는다는 것을요. 그런데 당신은 저를 사랑하고 계시잖아요!

고마워요! 그래요! 그 사랑에 대해서 당신께 감사드려요. 당신의 사랑은 잠을 깬 뒤에도 오랫동안 남아 있는 달콤한 꿈처럼 제 기억속에 새겨졌어요. 당신이 형제처럼 제게 마음을 열어 주신 그 순간과 저를 살펴주고 위로해 주고 치유해 주기 위해 슬픔에 짓눌린 제 마음을 관대하게 받아주신 그 순간을 저는 영원히 기억할 거예요. 만약 당신이 저를 용서해 주신다면 당신에 대한 저의 추억은 제 안에서 영원히 사라지지 않는 감사하는 마음으로 승화될 겁니다. 저는 이 추억을 소중히 지키고, 항상 거기에 충실할 것이며 그것을 배신하거나 제 마음을 배신하는 일은 결코 하지 않겠어요. 제 마음은 지나칠 정도로 한결같습니다. 그래서 어제 내 마음이 영원히 속해 있던 그 곳으로 그토록 빨리 돌아간 거예요.

우리는 다시 만날 거예요. 당신도 우리를 방문해 주시겠죠. 당신은 우리를 남겨 두고 떠나진 않으실 테죠. 당신은 영원한 저의 친구이자 형제인 걸요……. 그리고 당신은 저를 만나시면 제게 손을 내밀어 주실 테죠, 그렇죠? 당신은 내밀어 주실 거예요. 당신은 저를 용서하셨을 테니까요. 맞죠? 저를 '예전처럼' 사랑해 주시겠죠?

오, 제발 저를 사랑해 주세요. 저를 버리지 말아 주세요. 저는 이 순간 당신을 너무도 사랑하고 있어요. 저는 당신의 사랑을 받을 만한 가치가 있으니까요. 당신의 사랑을 받을 자격이 있을 테니까요……. 아, 나의 사랑하는 친구여! 저는 다음 주에 그와 결혼합니다. 그는 사랑하는 사람으로서 다시 돌아왔어요. 그는 결코 저를 잊었던 적이 없었어요. 그에 대한 이야기를 썼다고 해서 화를 내시진 않겠죠. 그러나 저는 그와 함께 당신을 방문하려고 해요. 당신도 분명히 그를 좋아하게 될 거예요, 그렇죠?

제발 용서해 주세요. 잊지 마시고 사랑해 주세요. 당신의나스쩬까를

나는 오랫동안 몇 번이고 편지를 되풀이해서 읽었다. 눈물이 솟구쳐 올라왔다. 마침내 편지가 손에서 떨어졌고 나는 손으로 얼굴을 감쌌다.

"선생님! 선생님!" 마뜨료나가 말을 걸었다.

"뭐예요, 할머니?"

"천장의 거미줄을 말끔히 치워 버렸어요. 이젠 결혼해서 손님들을 초대해도 걱정 없어요⋯⋯."

나는 마뜨료나의 얼굴을 보았다⋯⋯. 그녀는 아직 건강하고 젊은 할머니였지만 왠지 내 눈에는 갑자기 주름살투성이인 생기 없는 얼굴에 허리가 굽은 늙어빠진 노파로 보였다. 그리고 어쩐 일인지 갑자기 내 방 역시 할머니와 똑같이 늙어 버린 것같이 느껴졌다. 벽도 마루도 갑자기 빛이 바래고 모든 것이 흐릿한 빛으로 변하고, 거미줄도 오히려 전보다 많은 것 같았다. 왜 그런지 창밖 건너편에 서 있는 집도 낡아빠져서 퇴색해 버린 것 같았다. 기둥의 회색 칠은 벗겨져 떨어지고, 처마 끝은 검어지고 여기 저기 금이 갔으며, 짙은 선명한 노란 색으로 칠해진 벽은 얼룩얼룩해졌다.

아니면, 먹구름 뒤에서 갑자기 얼굴을 내민 햇살이 다시금 비구름 뒤로 숨어 버렸기 때문에 모든 것이 눈앞에서 광택을 잃어버린 것일까. 아니, 어쩌면 내 앞에서 내 미래의 전망이 슬프고 투박하게 스쳤는지도 모른다. 그리고 정확히 15년 뒤에 지금의 이 방에서 외롭게 고통받으며, 오랜 세월동안 조금도

지혜로워지지 않은 마뜨료나와 함께 살고 있는 지금과 똑같은 내 모습을 보았는지도 모른다.

그러나 나스쩬까, 내가 모욕당한 것을 언제나 기억하리라 생각하는가! 내가 너의 밝고 아늑한 행복에 검은 구름을 드리우리라 생각하는가! 심한 비난의 말을 퍼부어 너의 가슴에 슬픔을 주고, 비밀스런 가책으로 너의 마음에 상처를 입히며, 행복한 순간에도 우울한 생각으로 가슴을 두근거리게 할 것이라고 생각하는가! 네가 그와 함께 제단을 향해 걸어갈 때 너의 검은 곱슬머리에 꽂은 그 부드러운 꽃 가운데 단 하나라도 짓뭉개 놓을 거라고 생각하는가! 오, 결코, 결코 그런 일은 없을 것이다! 너의 하늘이 맑게 개기를, 너의 사랑스러운 미소가 밝고 평화롭기를, 그리고 감사함으로 가득한 어떤 외로운 가슴에 네가 심어준 행복과 기쁨의 순간에 대해 축복받기를!

아, 하느님! 더없는 기쁨의 순간이여! 인간의 일생에 있어서 그것만으로도 부족함이 없지 아니한가……?

도스토예프스키의 초기작품 중 하나인 「백야」는 '감상적 소설', '어느 몽상가의 회상 중에서'라는 부제를 달고 있는 소설입니다. 이 작품은 뻬쩨르부르그에서의 첫 번째 밤, 두 번째 밤, 나스쩬까의 이야기, 셋째 밤, 넷째 밤, 아침이라는 6개의 장으로 구성되어 있습니다. 뻬쩨르부르그라는 도시에서 화자와 나스쩬까라는 여인이 만나 나누는 대화가 이 소설의 내용입니다. 두 남녀의 대화만으로 이루어져 있다는 점에서 이 소설은 단조로운 줄거리와 형식인 반면에 인간 심리를 아주 세밀하게 묘사하고 있습니다.

'첫 번째 밤'을 통해 작가는 독자에게 많은 정보를 줍니다. 뻬쩨르부르그의 풍경과 공상가인 화자의 처지, 나스쩬까라는 여인의 등장과 화자와의 만남 등이 그 정보인데, 이것이 앞으로 일어날 모든 일의 단초가 됩니다. 이 작품은 도스토예프스키의 작품 중에서도 특히 '공상'이라는 모티프가 문학적으로 잘 실현된 작품입니다. 그렇기 때문에 작가가 생각하는 공상이란 무엇이고 또 몽상가란 어떤 존재인지가 잘 나타나죠. 작품의 제목 역시 공상가와 관련이 있습니다. '백야'는 밤이 되어도 해가 지지 않는 상태를 말하는데요, 이 모순적인 상태는 공상가인 주인공과 무척 닮아 있습니다. 낮과 밤의 경계가 분명치 않다는 점에서 그렇고, 환상적인 하얀 밤이 지나가고 난 순간 역시 공상가의 모습과 비슷하기 때문이죠.

'두 번째 밤'에 화자는 나스쩬까와 재회합니다. 화자는 나스쩬까에게 자신은 독창적인 인간이며 또한 매우 우스운 인간이라고 이야기합니다. 그리고 그러한 성격을 공상가의 타입이라고 규정합니다. 그에 의하면 공상가는 '인간이 접근하기 어려운 곳에 숨어서 지내는' 존재로, 공상은 '정교하고 음탕한 독약'이라고 인식합니다. 그는 현실을 부정하는 듯이 이야기하지만 누구보다 현실에 집착하는 사람이기도 합니다. 다시 말하면 허구의 세계를 동경하지만 그것이 허구라는 것을 누구보다 잘 알고 있기 때문에 불행합니다. 공상이나 몽상의 세계는 현실과 분리되었을 때는 아름답기 그지없는 세계입니다. 하지만 공상가가 공상을 떠나 현실로 돌아오고 나면 그는 스스로의 나태와 무능력에 부끄러워합니다. 「백야」의 화자는 공상가로서의 삶을 환상적으로 이야기하면서 한편으로는 자신이 현실세계로부터 벗어나 있다는 사실에 공포를 느끼기도 하죠.

나스쩬까는 공상가인 화자를 이해할 수 있다고 이야기합니다. 왜냐하면 그

 더 알아두기

백야란 고위도 지방에서 한여름에 태양이 지평선 아래로 내려가지 않기 때문에 생기는 현상을 말합니다. 백야현상은 북극 지방에서는 하지 무렵에, 남극 지방에서는 동지 무렵에 일어나며, 가장 긴 곳은 6개월이나 계속되기도 합니다. 1년의 반 이상을 겨울로 보내야 하는 러시아 사람들에게 여름은 꿈의 계절입니다. 6월말부터 길게는 8월말 혹은 9월초까지 이어지는 여름 한철은 태양을 비롯해 모든 산물이 풍성하여 시민들이 심리적으로도 안정을 찾을 수 있다고 하는군요.
특히 소설의 배경인 북위 60도에 위치한 러시아 제2의 수도 뻬쩨르부르그의 여름은 지역 축제 '백야'로 인해 더욱 각별한 의미를 가집니다. 하지를 중심으로 6월 20일 혹은 21일에 개막되는 이 계절 축제는 말 그대로 여름날들의 '하얀 밤'을 맞는 환희의 표현입니다. 2월 하순 이후, 뻬쩨르부르그의 밤은 매일 2~3분씩 성큼성큼 짧아집니다. 하지 당일에는 밤 11시가 넘어서야 겨우 어둠이 깔리는 듯하다가 새벽 2시면 하늘이 다시 환해지기 시작합니다. 이때에는 가장 어두운 시간이라도 맑은 날인 경우에는 조명의 도움 없이도 야외에서 신문을 읽을 수 있을 정도라고 하니 참 신기하죠!

녀 역시 화자와 동일한 경험을 했기 때문입니다. 그리고는 그녀 자신의 이야기를 들려 줍니다. 나스쩬까의 부모님은 모두 일찍 돌아가셨기 때문에 그녀는 어릴 때부터 앞을 보지 못하는 할머니의 손에 맡겨집니다. 그런데 할머니는 그녀가 나쁜 짓을 할까 염려되어 자신의 옷과 손녀의 옷을 핀으로 고정시켜 놓고는 온종일 곁에 앉아 있도록 합니다. 그러나 나스쩬까는 꾀를 내어 자기 대신 귀머거리 하녀를 할머니 옆에 앉혀 놓고 친구 집에 놀러 가지만 결국 그러한 행동은 들통나고, 그 뒤로 2년이나 계속 할머니 곁에 머물고 있습니다.

이어서 나스쩬까는 한 남자와의 만남을 이야기합니다. 그 남자는 나스쩬까의 집 다락방에 새로 하숙을 하게 된 사람인데, 그는 나스쩬까에게 월터 스콧의 책을 빌려주기도 하고 나스쩬까와 할머니를 데리고 오페라를 구경하러 가기도 합니다. 하지만 어느 때부터인가 그는 나스쩬까에게 냉담합니다. 그리고는 일 년 동안 모스크바에 가야 한다며 하숙을 그만두지요. 나스쩬까는 그를 향한 사랑을 참지 못하고 보퉁이를 싸서 그의 다락방에 올라갑니다. 하지만 그는 일 년만 기다려 주면 반드시 돌아오겠다는 약속을 남기고 기어이 떠나 버립니다. 그리고 그가 약속했던 일 년이 지나갔습니다. 나스쩬까는 그가 뻬쩨르부르그로 돌아왔다는 것을 확인했지만 사흘째 아무런 연락도 없습니다. 화자는 나스쩬까를 사랑하고 있으면서도 그녀의 상황을 안타깝게 여겨, 그녀의 편지를 그녀가 사랑하는 그 남자에게 전해 주기로 약속합니다.

'셋째 밤'에서 화자는 나스쩬까를 사랑하는 마음으로 점점 괴로워집니다. 그러면서도 화자는 자신의 심정을 숨긴 채 나스쩬까의 연인을 함께 기다리며 그녀를 위로하지요. 그렇지만 나스쩬까의 연인에게서는 여전히 편지가 없고, 돌아오지도 않습니다. '넷째 밤'에 화자는 결국 나스쩬까를 사랑하는 자신의 속마음을 털어놓습니다. 나스쩬까는 그 사랑을 받아들일 수 없다고 말하면서 동시에 자신의 연인을 곧 잊을 것이라고 말합니다. 이 여인의 이중적인 마음이 화자를 더욱 힘들게 만듭니다. 닿을 듯 닿지 않는 안타까움을 유발하기 때문이죠. 하지만 가혹한 운명은 나스쩬까에게 그녀의 연인을 돌려보냄으로써 화자를 좌절시킵니다. 나스쩬까는 그 남자를 발견하자 화자의 손을 떨쳐 버리고 그를 향해 달려갑니다.

'아침'이 되었을 때, 나스쩬까라는 여성을 통해 현실의 세계를 받아들이려 했던 화자는 허탈할 뿐입니다. 모든 것이 한낮의 백일몽이 된 것이지요. 아니나 다를까, 나스쩬까는 편지를 통해 그 동안의 만남이 모두 '꿈'이고 '환영'이라며 용서를 구합니다. 그리고는 다시 한 번 '당신에 대한 애정'만은 변치 않을 것이라고, '전처럼' 자신을 사랑해 달라고 강조합니다. 화자는 나스쩬까를 만나기 전과 변함없이 이어질, 공상가로서의 자신의 미래를 상상하며, 나스쩬까의 앞날을 축복하고 한순간이나마 지극한 행복을 맛본 것에 만족하기로 합니다.

도스토예프스키의 「백야」는 상당히 낭만성이 짙은 작품인데요, 이후 작품에는 이러한 성격이 잘 드러나지 않습니다. 도스토예프스키는 『죄와 벌』, 『카라마조프가의 형제들』과 같은 대작을 통해 건조하고 분명한 어조로 추앙받고 있습니다. 그러나 「백야」는 그런 유형의 작품과 대조적으로 섬세한 감성을 드러내고 있으며 도스토예프스키의 소설 중에서 가장 아름답고 서정적이라는 평가를 받고 있지요. 그렇기 때문에 도스토예프스키의 소설 그 중에서도, 특히 초기 작품을 이해하는 데 중요한 작품입니다.

- 처음 화자와 만났을 때, 나스쩬까가 울고 있었던 이유는 무엇입니까?
- 화자는 뻬쩨르부르그의 사람들이 별장으로 떠나는 것에 대해 왜 불안해합니까?
- 화자에 의하면 공상을 부추기는 것은 두 가지가 있습니다. 그것은 무엇입니까?
- 등장인물들이 백야를 묘사하는 장면을 설명해 보세요.
- 화자가 나스쩬까의 집에 하숙인으로 들어가려는 것은 무슨 심정에서입니까?

구성	발단	도시를 배회하는 공상가인 화자가 나스쩬까와 만남.
	전개	화자는 나스쩬까에게 나스쩬까는 화자에게 각각 자신의 이야기를 들려줌.
	절정	나스쩬까의 연인이 돌아옴.
	결말	화자가 나스쩬까를 만나기 전의 상황으로 돌아감.
핵심정리	갈래	단편소설
	주제	공상가로서의 삶과 현실에 대한 깨달음.
	배경	러시아 뻬쩨르부르그 가.
	시점	1인칭 주인공 시점
	문체	건조체, 강건체, 만연체.
작중 인물의 성격	나	공상가로서 모든 일에 소극적으로 대처함.
	나스쩬까	감상적인 면이 드러나지만 현실적인 면도 다분히 가지고 있음.

공부는 쉬엄쉬엄 상식은 쏙쏙

너희가 뇌를 아느냐!

'머리가 크면 지능도 높다', '평생 뇌의 10% 정도밖에 사용하지 못한다'……. 이처럼 뇌와 관련된 흥미로운 이야기는 누구나 한번쯤 들어 본 적이 있겠죠? 그렇다면 이런 이야기들은 근거가 있는 사실일까요? 뇌를 충분히 사용해 공부를 더 잘하기 위해서, 이제부터 뇌에 대해 자세히 알아 보도록 하죠.

'머리가 크면 지능이 높다'라는 말이 있는데 사실일까요? 머리가 큰 사람들에겐 실망스런 일이겠지만 이 말은 전혀 근거가 없다는군요. 아주 쉽게 설명하자면 머리가 큰 코끼리와 사람을 비교해 보면 사람이 머리가 작아도 훨씬 똑똑하죠. 사람끼리도 이와 마찬가지랍니다. 천재인 아인슈타인의 뇌도 일반인들의 뇌보다 월등히 크지 않다구요.

'평생 뇌의 10% 정도밖에 사용하지 못한다'는 뇌에 대한 잘못된 상식 중에 가장 보편적인 것이죠. 실제로 사람들은 뇌의 거의 모든 기능을 사용합니다. 이런 오해는 뇌의 기능은 쓰면 쓸수록 발전시킬 수 있다는 것을 역설적으로 표현한 데서 비롯된 것으로 보입니다.

이외에 '인종에 따라 지능 수준이 다르다' '왼손잡이가 오른손잡이보다 머리가 더 좋다' '태아에게 클래식음악을 들려 주면 머리가 좋아진다' 등은 근거없는 말들이라네요. 하지만 운동을 하거나 좋아하는 공부를 하게 되면 뇌 세포의 증식이 활발해져서 세포가 늘어난다고 합니다. 그러니 여러분, 운동도 열심히 하고 공부도 즐겁게 하면 우리 뇌에 더욱 좋겠지요. 그러나 스트레스는 오히려 뇌 세포를 죽인다고 하니 무리하지는 마세요. 무엇이든지 적당한 게 가장 좋답니다.

사람은 무엇으로 사는가

✻ 읽기 전에 생각하기

러시아의 대문호이자 사상가인 톨스토이는 1879년 '시체고료노크'라는 사람에게서 민화와 시, 그리고 전설들에 대하여 들은 바가 있습니다. 그리고 이러한 이야기들을 자신의 독특한 문장력과 예술성으로 정리를 하였답니다. 만년에 들어서면서 그는 옛날부터 러시아에서 전해 내려오는 전설을 바탕으로 한 민간설화를 작품으로 썼습니다. 특히 1886년에 발표된 「바보 이반」이 그 대표적인 것으로 유명한데 만년의 톨스토이가 자신의 무저항주의, 반전주의 등을 담은 작품이지요. 톨스토이는 그의 만년의 예술관에서 '이러한 간소한 작품이야말로 참다운 예술'이라고 말한 적이 있습니다. 이들 작품들의 공통점은 반문명, 이웃에 대한 사랑, 선과 악, 신앙과 불신, 죽음과 삶의 의의 등의 무거운 주제를 톨스토이 특유의 설득력으로 이해하기 쉽게 그러나 힘 있게 담아내고 있습니다.

Lev Nikolaevich Tolstoi

● **톨스토이**

19세기 러시아 문학을 대표하는 세계적인 문호. 평생 사회의 부조리와 자신과의 싸움을 작품 속에 그려낸 열정적인 작가이다. (1828~1910)

톨스토이는 러시아 야스나야 폴랴나에서 출생했습니다. 도스토예프스키와 더불어 19세기 러시아 문학을 대표하는 세계적인 작가이며 사상가입니다. 유서 깊은 백작 집안의 넷째 아들로 태어났지만 어려서 부모를 여의고 친척 집에서 자랐습니다. 16세 때 카잔대학에 입학하였으나 1847년 대학교육에 실망을 느껴 학교를 중퇴한 뒤 고향으로 돌아와 지주로서 영지 내 농민생활의 개선을 위해 노력한 그는 24세에 처녀작 『유년 시대』를 익명으로 발표하면서 문단에 등장하였습니다. 이후 『소년 시대』, 『바스토폴리 이야기』를 군복무 기간에 집필하여 청년작가로서의 지위를 확립했고 러시아 사회를 그린 불후의 명작 『전쟁과 평화』에 이어 『안나 카레니나』를 완성하였고 53세에는 「사람은 무엇으로 사는가」를 간행하였습니다.

특히 정신적으로 방황을 하던 그는 종교에 의탁하게 되었는데요, 「참회」, 「나의 신앙」 등을 통해 그의 사상이 체계화되었다고 할 수 있지요. 그리스 정교에 대해 비판을 했다는 이유로 파문을 당하게 된 작품 『부활』 이후의 주요 작품으로는 「신부 세르기」, 「산송장」, 「유일한 수단」, 「세 가지 의문」, 「러시아 혁명의 의의」, 「세상에 죄인은 없다」, 유작으로 「인생독본」 등이 있습니다.

1

한 구두 수선공이 아내와 자식들을 데리고 어느 농가에 세들어 살고 있었다. 그는 집도 땅도 없어서 구두 만드는 일로 겨우 가족을 먹여 살리고 있었는데 빵 값은 비싸고 품삯은 적어서 버는 것은 모두 먹는데 써버릴 수밖에 없었다.

구두 수선공은 슈바겨울 코트 한 벌을 아내와 둘이 번갈아 입었는데, 그것마저도 낡아서 누더기였다. 그래서 2년 전부터 양가죽을 사서 새 슈바를 만들어야겠다고 마음먹고 있었다.

가을이 되자 구두 수선공에게 약간의 여유 돈이 모아졌다. 아내의 작은 궤 속에 3루블이 있었고, 또 마을 사람들에게 받을 돈이 5루블 20코페이카가 있었다. 그래서 구두 수선공은 아침부터 양가죽을 사기 위해 마을에 갈 채비를 했다. 그는 아침 식사를 마치자 내의 위에 솜을 두른 아내의 쿠르투슈카짧은 상의.를 입고 그 위에 카프탄긴 외투.을 걸친 다음, 3루블짜리 지폐를 주머니에 넣고 나뭇가지를 잘라 지팡이를 만들어 길을 떠났다.

그는 이렇게 생각했다. '마을 사람들에게 빌려 준 5루블을 받고, 가지고 있는 3루블을 보태 새 외투를 만들 양가죽을 사야지.'

마을에 도착하여 구두 수선공은 한 농부의 집을 찾아갔는데 주인이 집에 없었다. 그의 아내는 일주일 안으로 주인 편에 돈을 보내겠다고 약속하며 돈을 주지 않았다. 농부는 다른 집을 찾아갔으나 그 농부도 돈이 한 푼도 없다고 맹세하며 장화를 수선한 삯으로 20코페이카를 줄 뿐이었다. 구두 수선공은 가죽을 외상으로 사려고 했으나 가죽 장수는 외상을 주려고 하지 않았다.

"돈을 먼저 가져와요. 마음에 드는 것으로 얼마든지 줄 테니. 외상 값 받기가 얼마나 어려운데요."

이렇게 구두 수선공은 아무런 성과도 없이 겨우 수선비로 20코페이카를 받고, 한 농부에게서 낡은 발렌끼펠트로 만든 겨울용 장화.에 가죽을 데는 일을 맡았을 뿐이었다.

구두 수선공은 마음이 상하여 20코페이카를 몽땅 털어 술을 마셔 버리고 슈바도 없이 집으로 향했다. 아침엔 좀 추운 듯했는데 술을 한잔 마시고 나니 슈바가 없어도 따뜻했다. 구두 수선공은 한 손에 든 지팡이로 언 땅을 두드리고, 다른 손으론 털 장화를 흔들어 대며 혼잣말로 중얼거렸다.

"슈바가 없어도 따뜻한걸. 술을 한잔 하고 나니 온몸이 후끈 달아오르네. 툴루프썰매 탈 때 입는 폭이 넓은 외투. 따위는 필요 없어. 나는 이런 사람이라고. 내가 어때서? 슈바 없어도 살 수 있어. 그런 건 평생 필요 없고 말고. 그런데 마누

라가 가만 있지 않을 텐데. 정말 화가 나는군. 나는 성실히 일하는데 날 우롱하잖아. 두고 보자. 만약 돈을 가져오지 않으면 가만두지 않을 테니. 대체 이게 뭐야? 20코페이카를 주다니! 20코페이카로 뭘 할 수 있지? 술이나 한잔 마시면 그뿐인걸. 네 놈은 어렵다고 말하면서 나는 어렵지 않은 줄 알아. 너희들은 집도 있고 가축도 있고, 전부 가지고 살지만 나는 거지나 다름 없잖아. 너희들은 직접 만든 빵을 먹고 살지만 나는 사서 먹어야 해. 어디에서 구하든 일주일에 3루블은 빵 값으로 치러야 된다구. 집에 돌아갔을 때 빵이라도 떨어졌으면, 다시 1루블 반은 써야 해. 그러니 제발 너도 내 돈을 갚으란 말이야."

그렇게 구두 수선공은 길모퉁이의 예배당 근처까지 왔다. 이미 어두워지고 있었다. 그때 예배당 뒤에서 어떤 하얀 물체가 어른거려서 구두 수선공은 가만히 살펴보았지만 무엇인지 분별할 수가 없었다.

"여기에 저런 돌 같은 것은 없었는데. 가축인가? 짐승 같지는 않은데. 머리는 사람 같이 보이는데 사람치곤 너무 하얀 것 같고. 그리고 사람이라면 이런 곳에 있을 리가 없지."

구두 수선공은 좀더 가까이 다가갔다. 그제야 확실하게 보였다. 이게 웬 이상한 일인가? 사람이 분명한데 죽었는지 살았는지 벌거숭이 알몸으로 예배당에 기대어 꼼짝도 않고 앉아 있었다. 갑자기 무서운 생각이 들었다.

"아마도 나쁜 놈들이 죽인 후에 옷을 벗기고 여기에다 버린 것이 틀림없어. 가까이 가면 나중에 무슨 변을 당할지도 모를 일이야."

그래서 그는 그 옆을 그냥 지나쳐 갔다. 예배당 모퉁이를 돌아서니 그 사나이가 보이지 않았다. 예배당을 지나 뒤를 돌아보니 사나이는 벽에서 떨어져 마치 무엇을 살피는 것처럼 움직이고 있었다. 구두 수선공은 더욱 겁이 나서 이런 생각이 들었다.

'가까이 가 볼까, 아니면 지나가 버릴까? 만일 가까이 갔다가 무슨 변을 당할지도 몰라. 저 사람이 누군지 어떻게 알아? 좋은 일로 이런 곳에 왔을 리가 없지. 곁에 다가갔다가 갑자기 달려들어 목을 조를지도 모르지. 나는 그렇게 붙잡혀 끝장 날지도 몰라. 비록 목을 조르지 않더라도 결국은 귀찮은 일을 당할 게 뻔하지. 저 벌거숭이 사람을 어떻게 하지? 내가 입고 있는 것을 몽땅 벗어 줄 수도 없고. 아! 하나님 무사히 지나가게 하여 주소서!'

그렇게 구두 수선공은 걸음을 재촉했다. 예배당을 어느 정도 지났을 때 갑자기 양심의 소리가 들려 오기 시작했다. 그래서 길 한가운데 멈춰 서서 중얼거렸다.

"세몬! 도대체 너는 뭐하는 거야? 사람이 저렇게 죽어가고 있는데, 너는 겁을 먹고 모르는 척 도망치려 하다니. 네가 대단한 부자라도 돼? 빼앗길까봐 겁나는 거야? 그건 좋지 않은 짓이야, 세몬."

그리하여 구두 수선공은 발길을 돌려 그 사나이에게로 갔다.

2

구두 수선공이 사나이에게 다가가서 자세히 살펴보니 그는 젊은 사람으로 힘도 있어 보이고, 몸에도 아무런 상처도 없었다. 단지 추위 때문에 몸이 얼어서 몹시 겁을 먹고 있는 듯했다.

그는 기대어 앉은 채 너무 힘이 없어 고개를 들 수조차 없는 사람처럼 세몬

쪽을 보려고도 하지 않았다. 하지만 세몬이 좀더 가까이 다가가자, 막 정신이 든 사람처럼 갑자기 고개를 들고 세몬을 바라보았다. 사나이의 눈을 보자 사나이에 대한 연민이 세몬의 마음에 일었다. 그래서 손에 들었던 발렌끼를 땅바닥에 던지고 허리띠를 풀어 발렌끼 위에 놓고는 카프탄을 벗었다.

"이러고 있으면 어떻게 되는 줄 알아! 빨리 이것을 입어요. 자아!"

세몬은 사나이를 부축하여 일으켰다. 사나이는 일어났다. 자세히 살펴보니 마르고 깨끗한 몸에 손과 다리에도 상처가 없었으며 온화해 보이는 얼굴이었다. 세몬은 그의 어깨에 카프탄을 걸쳐 주었으나 팔이 소매에 잘 끼워지지 않았다. 세몬은 소매를 끼워 주고 옷자락을 당겨 앞을 여민 후 허리띠를 매어 주었다.

세몬은 자기의 낡은 모자를 벗어 벌거숭이 사내에게 씌워 주려고 했으나 자신의 머리가 추웠다.

"나는 머리가 벗겨졌지만 이 젊은이는 긴 곱슬머리니까." 하고 다시 모자를 썼다.

"장화를 신겨 주는 편이 훨씬 낫겠군."

그래서 세몬은 젊은이를 앉히고 장화를 신겼다. 그리고 말했다.

"젊은이! 자, 몸을 움직여 근육을 따뜻하게 풀어 보게. 나머지 일은 알아서들 할 걸세. 걸을 수 있겠나?"

남자는 아무런 말없이 멀거니 서서 평화롭게 세몬을 쳐다보았다.

"왜 아무 말도 없는 거요? 이런 곳에서 겨울을 날 순 없지. 추우니 빨리 집으로 가야지. 자, 여기 내 지팡이가 있으니 힘들면 짚고 걸어요."

그러자 사나이는 걷기 시작했으며 뒤처지지 않고 가볍게 잘 걸었다. 두 사람이 걷기 시작했을 때 세몬이 말을 꺼냈다.

"자네는 대체 어디서 왔는가?"

"저는 이 고장 사람이 아닙니다."

"이 고장 사람들은 내가 다 알지. 그런데 왜 이런 곳까지 왔나? 교회 근처까지 말이야. 내게 말할 수 없겠나? 틀림없이 못된 놈들이 자네를 괴롭힌 게야!"

"아닙니다. 누구도 저를 해치지 않았습니다. 하나님께서 제게 벌을 주신 겁니다."

"물론 모든 게 하나님의 뜻이니까. 그래도 어디라도 들어가 좀 쉬어야 할 게 아닌가? 어디로 갈 건가?"

"저는 어디든 좋습니다."

세몬은 놀랐다. 젊은이는 불량한 사람 같아 보이지도 않고, 말씨도 공손한데 자신에 관해선 말하려 하지 않았다. 세몬은 마음속으로 생각했다.

'세상에는 말 못할 사정도 있지.'

그리고 젊은이에게 말했다.

"그러면 우리 집으로 같이 가세? 몸을 좀 풀 수 있을 테니까."

세몬이 걸으니 이 낯선 젊은이도 처지지 않고 따라 걸었다. 찬바람이 불어 세몬의 내의 속을 파고들자, 점점 술 기운이 가시며 추위가 느껴지기 시작했다. 세몬은 코를 씰룩거리고 아내의 쿠르투슈카를 여미면서 생각했다.

'아니 어찌된 일이란 말인가? 양가죽을 사러 갔다가 카프탄도 없이 벌거숭이 사나이까지 데리고 돌아가니. 마트료나가 좋아하지 않을 텐데.'

마트료나 생각을 하니 세몬의 마음은 답답했다. 그러나 사나이를 쳐다보고, 예배당 뒤에서 사나이를 보았을 때를 기억하자 마음이 유쾌해졌다.

3

세몬의 아내는 일찍 집안일을 마쳤다. 장작을 쪼개고, 물을 길어다 놓고, 아이들과 같이 저녁 식사를 끝내고 깊은 생각에 잠겼다. 빵을 언제 굽는 것이 좋을까? 저녁에 아니면 내일 아침에 구울까 하고 궁리하고 있었다. 아직 커다란 빵 조각이 남아 있었다.

"세몬이 밖에서 식사를 하고 오면 저녁은 많이 먹지 않겠지. 그러면 내일 아침은 이것으로 충분할 거야."

마트료나는 빵 조각을 이리 저리 돌려보며 생각했다.

'오늘 저녁에는 빵을 굽지 않아도 되겠다. 밀가루도 조금밖에 없으니 이것으로 금요일까지 먹도록 하자.'

마트료나는 빵을 치우고 탁자 옆에 앉아 남편의 루바슈카내의에 헝겊을 덧대고 깁기 시작했다. 그녀는 바느질을 하면서 남편이 어떤 가죽을 사 올 것인가 생각하고 있었다.

'양피 가게 주인에게 속아 넘어가지 말아야 할 텐데. 그이는 사람이 너무 좋아서 남은 속이지 못하면서 자기는 어린애한테도 속아 넘어갈 거야. 8루블이면 적은 돈이 아니니까 무두질이 잘된 가죽은 아니더라도 입을 만한 슈바를 만들 수 있겠지. 지난 겨울에는 슈바가 없어서 얼마나 고생을 했는데. 냇가에도 못 나가고 아무 데도 못 나갔었지. 오늘도 그래. 그이가 옷이란 옷은 모두 입고 나가 버리니 정작 나는 입을 것이 없잖아. 올 때가 됐는데 혹시 그 돈으로 술타령을 하고 있는 것은 아닐까?'

마트료나가 그런 생각을 하고 있을 때, 현관의 계단이 삐걱거리면서 누군가가 들어왔다. 마트료나는 바늘을 옷감에 꽂아 놓고 입구로 나갔는데 두 사람이 들어오는 것이었다. 남편 곁에는 젊은 사나이가 발렌끼를 신고 모자도 없이 있었다.

마트료나는 남편이 술을 마셨다는 것을 금방 알아차렸다.

'그렇지, 술을 마시고 왔군.'

남편을 보니 카프탄도 입지 않고 쿠르투슈카 차림에다 빈손으로 서 있었다. 마트료나는 화가 치밀어 올랐다.

'그 돈으로 몽땅 술을 마셔 버린 거야. 형편 없는 이런 건달하고 잔뜩 술을 마시고 집에까지 끌고 왔군.'

마트료나는 두 사람을 안으로 들어오게 한 다음 뒤를 따라 들어가다가 이마르고 낯선 젊은이가 입고 있는 카프탄이 바로 자신들의 것임을 알아차렸다. 카프탄 속에는 내의도 입고 있지 않았고 모자도 쓰고 있지 않았다. 방안에 들어온 젊은 사나이는 앉지도 않고 그냥 선 채 고개를 떨구고 있었다. 그래서 마트료나는 무슨 나쁜 일을 저질러 겁을 먹고 있는 거라고 생각했다.

마트료나는 이맛살을 찌푸리며 난롯가에서 물러나 두 사람의 동정을 살폈다. 세몬은 모자를 벗고 아무렇지도 않다는 듯이 태연하게 의자에 걸터앉았다.

"자, 마트료나! 저녁 준비를 해야지."

마트료나는 혼자서 중얼거리며 난로 옆에 그대로 서 있었다. 그리고 두 사람을 번갈아 보며 눈치를 살폈다. 세몬은 부인이 화가 나 있음을 알고 있었지만 아무것도 할 수 없었다. 그래서 못 본 체하고 젊은 사나이의 손을 잡고 말했다.

"자, 앉아요. 저녁 식사를 해야지."

그러자 낯선 사나이는 의자에 앉았다.

"그래, 저녁 준비가 안 됐소?"

마트료나는 화가 치밀었다.

"준비는 했죠. 그러나 당신을 위해 준비한 건 아니에요. 모양새를 보니 당신은 그 돈으로 몽땅 술을 퍼마셨군요. 가죽을 사러 간다더니 카프탄도 없이 벌거숭이 부랑자까지 데리고 오다니. 당신들에게 줄 음식은 없어요."

"마트료나, 무슨 영문인지도 모르면서 함부로 말하지 말아요. 무슨 일이 있었는지 먼저 물어봐야지?"

"그럼, 돈은 어디 있는지 말해 봐요."

세몬은 카프탄에서 돈을 꺼내어 부인에게 펴 놓았다.

"돈은 여기 있어요. 하지만 도리포노프는 돈이 없다면서 내일 주겠다고 약속했어."

마트료나는 더욱 화가 났다. 이게 무슨 일인가? 사 오겠다던 가죽은 사 오지 않고 오히려 하나밖에 없는 카프탄을 낯선 남자에게 입혀 집에까지 데려온 것이다.

마트료나는 탁자 위에 놓인 돈을 들어 숨기며 말했다.

"저녁은 없어요. 모든 주정뱅이를 먹여 살릴 순 없어요."

"이봐 마트료나, 말조심해요. 무슨 말을 하는지 먼저 들어 봐야지."

"주정뱅이에게 듣는 것은 신물이 나요. 당신 같은 주정뱅이와 결혼하고 싶지 않았던 게 괜한 것이 아니었어요. 어머니가 주신 옷감도 술값으로 날려 버리더니 이제는 가죽을 사러 간다더니 그 돈도 술값으로 다 써버렸군요."

세몬은 자기가 마신 것은 20코페이카밖에 안 되며, 어디서 이 젊은이를 만났는지 말하려고 했지만 마트료나는 말할 기회를 주지 않았고 10년 전의 일까지 들추어내어 퍼붓고 있었다.

마트료나는 계속 지껄이면서 세몬의 곁으로 달려들어 그의 옷소매를 붙잡았다.

"내놔요. 하나밖에 없는 내 쿠르투슈카를 뺏어 입고 염치도 좋지. 이리 주세요! 못난 인간 같으니라고. 차라리 죽어 버리는 게 낫지."

세몬이 옷을 벗으려 하는데 소매가 뒤집어졌다. 그때 마트료나가 옷을 잡아당겨 옷의 이음새가 부드득 터졌다. 마트료나는 옷을 빼앗아 머리에 걸치고 문 쪽으로 갔다. 그녀는 나가려고 하다가 발걸음을 멈췄다. 기분은 상하지만 남편이 데리고 온 사나이가 도대체 어떤 사람인지 알고 싶어진 것이다.

4

마트료나는 멈춰 서서 말했다.

"온전한 사람이라면 저렇게 알몸으로 다니지 않을 텐데, 내의도 입고 있지 않잖아요. 당신도 만약 좋은 일을 했다면 어디서 이 사나이를 데리고 왔는지 말을 했을 거예요."

"그 말을 하려던 참이었어. 내가 집으로 오는데 이 사람이 예배당 옆에 알몸으로 앉아서 거의 얼어 죽을 지경이더란 말이오. 여름도 아닌데 벌거숭이가 아니겠소. 정말 하나님이 나를 그곳으로 이끌지만 않았어도 큰 변을 당했을 거요. 살다 보면 무슨 일을 당할지 알 수 없잖소. 그래서 내 옷을 입히고 집에까지 데리고 왔지. 마트료나, 당신도 마음을 진정시켜요. 사람은 누구나 한 번은 죽는단 말이요."

마트료나는 실컷 욕설을 퍼붓고 싶었으나 낯선 젊은이를 쳐다보자 아무 말도 할 수 없었다. 사나이는 의자의 끝에 걸터앉아서 꼼짝도 않고 있었다. 두 손은 무릎 위에 포개고 고개를 가슴까지 떨어뜨리고 눈을 감은 채 마치 무엇에 목이 졸리듯 이마를 찌푸리고 있었다. 마트료나가 입을 다물었다. 세몬이 다시 말했다.

"마트료나, 당신에게는 하나님이 없단 말이오?"

마트료나는 이 말을 듣고 다시 젊은 사나이를 바라보았다. 그 순간 마트료나의 마음이 차츰 평온해졌다. 그녀는 문에서 떨어져 난로 옆으로 가서 저녁을 준비했다. 탁자 위에 잔을 놓고 크바스곡물로 만든 청량음료를 따르고 남은 빵을 내놓았다. 그리고 숟가락과 포크를 놓으며 말했다.

"자, 식사들 하세요."

세몬은 낯선 사나이를 식탁으로 데리고 갔다.

"앉아요."

세몬은 큰 빵 조각을 잘게 썬 다음 먹기 시작했다. 마트료나는 탁자 한쪽에서 한 손으로 턱을 괴고 낯선 젊은이를 바라보았다. 그러자 마트료나는 이 젊은이가 가엾어 보이면서 애정을 주고 싶은 마음이 생겼다. 그때 이 젊은이는 갑자기 일그러진 얼굴을 펴고 밝은 표정이 되어 마트료나 쪽을 바라보며 싱긋 웃었다. 식사를 마치자 마트료나는 그릇들을 치운 다음 그 낯선 젊은이에게 물었다.

"당신은 대체 어디서 왔어요?"

"저는 이 고장 사람이 아닙니다."

"그러면 어떻게 그런 곳에 있었죠?"

"그건 말할 수가 없습니다."

"누가 당신을 이 지경으로 만든 거예요?"

"저는 하나님께 벌을 받았습니다."

"그래서 벌거벗은 몸으로 쭈그리고 있었어요?"

"예. 벌거벗은 채로 쓰러져 얼어 죽을 뻔했지요. 그것을 세몬이 보고 불쌍히 여겨 입었던 카프탄을 벗어 입혀주고 집으로 데리고 온 것이지요. 그리고 여기선 아주머니께서 먹을 것과 마실 것을 주셨습니다. 두 분에게는 하나님의 은총이 내릴 것입니다."

마트료나는 일어나 방금 기워 놓은 세몬의 낡은 내의를 창가에서 가져다가 낯선 젊은이에게 주었다. 또 바지도 찾아서 건네주었다.

"여기요, 내의도 없는 모양인데 이것을 입고 침대든지 아니면 페치카 위든지 아무 데나 마음에 드는 곳에서 주무세요."

젊은이는 카프탄을 벗고 내의와 바지를 입은 다음 침대에 누웠다. 마트료나는 불을 끄고 카프탄을 집어 남편 곁으로 갔다. 마트료나는 카프탄 끝자락을 덮고 눕긴 했으나 좀처럼 잠이 오지 않았다. 낯선 젊은이의 일이 머리에서 떠나지 않았다.

젊은이가 마지막 남은 빵을 먹어 버렸으니 내일 아침 먹을 빵이 없다는 것과 내의와 바지를 건네주었으니 아쉬울 것이라는 생각을 했다. 그러나 젊은이가 환하게 웃던 생각을 하자 가슴이 뿌듯해졌다. 마트료나는 오랫동안 잠을 이루지 못했다. 세몬도 잠을 자지 못하고 카프탄을 끌어당기고 있었다. 그때 마트료나가 말을 꺼냈다.

"세몬!"

"응."

"남은 빵을 다 먹어 버렸는데 내일 어떻게 하면 좋겠어요. 이웃 마나랴 집에서 좀 빌려 올까요?"

"어떻게든 살게 돼 있어. 굶기야 하겠어."

마트료나는 가만히 누워 생각에 잠겼다.

"나쁜 사람 같지는 않은데, 왜 자기에 관해선 말하지 않을까요?"

"글쎄, 그럴 사정이 있겠지."

"세몬!"

"응?"

"우리는 남에게 도움을 주는데 왜 아무도 우리를 도와주지 않지요?"

세몬은 무슨 말을 해야 할지 몰랐다.

'그런 생각 해봐야 무슨 소용 있겠어.'

그는 돌아누워 잠이 들었다.

5

다음 날 아침 세몬은 잠에서 깼다. 아이들은 여전히 자고 있었고 마트료나는 이웃집으로 빵을 빌리러 갔다. 어젯밤의 그 낯선 젊은이는 낡은 셔츠와 내의를 입은 채 의자에 앉아 천장만 바라보고 있었다. 그의 얼굴은 어제보다 밝았다.

"어이! 젊은이, 배는 먹을 것을 원하고 몸은 입을 것이 있어야 하니 벌이를 해야 하지 않겠나. 자네는 무슨 일을 할 줄 아나?"

"저는 아무 일도 할 줄 모릅니다."

세몬은 깜짝 놀라 말했다.

"마음만 있으면 사람은 무엇이든 배울 수 있지."

"모두들 일하니까 저도 하겠습니다."

"자네를 어떻게 부르지?"

"미하일입니다."

"음, 미하일. 자네가 자기 자신에 관해 말하기 싫어하는 것은 아무래도 좋네. 그러나 자기 몫은 해야 돼. 내가 시키는 대로 일을 하겠다면 밥을 먹여주겠네. 괜찮은가?"

"감사합니다. 열심히 일을 익히겠습니다. 무슨 일이든 가르쳐 주십시오."

세몬은 실을 손가락에 감아 실 꾸러미를 만들기 시작했다.

"별로 어려운 건 아니야. 잘 보라고."

미하일은 그것을 들여다보더니 바로 익혀 손가락에 감아 실을 꼬았다.

세몬은 그에게 양털을 삶는 법을 가르쳤다. 미하일은 이 역시 금방 익혔다. 그리고 주인은 바늘에 뻣뻣한 실을 끼우는 법과 꿰매는 방법을 가르쳤다. 미하일은 이것도 이내 익혔다. 세몬이 어떤 일을 가르쳐도 즉시 터득하여 사흘째 되던 날부터 마치 평생 꿰매는 일을 한 사람처럼 능숙하게 일했다.

그는 몸을 아끼지 않고 일했고 음식도 조금밖에 먹지 않았다. 한가할 때는 조용히 위를 바라보았다. 밖으로 나가지도 않았고 쓸데없는 말과 농담을 하지도 않았으며 웃지도 않았다. 미하일이 웃은 것은 첫날 마트료나가 그를 위해 저녁 준비를 했을 때 뿐이었다.

6

날이 가고, 일주일이 지나고, 일 년이란 세월이 흘렀다. 미하일은 여전히 세몬의 집에서 일하며 살았다. 세몬의 직공 미하일만큼 튼튼하고 멋진 구두를 만드는 사람이 없다는 명성이 퍼지자 이웃 마을에서까지 주문이 밀려들어 세몬의 수입은 점점 늘어갔다.

어느 겨울날, 세몬이 미하일과 함께 일을 하고 있는데 요란하게 방울 소리를 내며 집 앞에 삼두마차가 멈췄다. 창문으로 내다보니 마차가 집 앞에 멈추고, 젊은 사람이 마부석에서 뛰어내려 마차의 문을 열었다. 그러자 슈바를 입은 점잖은 신사가 마차에서 내리더니 세몬의 집 현관으로 들어왔다. 마트료나가 달려나가 문을 활짝 열었다. 신사는 허리를 구부리고 들어와 다시 허리를 폈는데, 머리가 천장에 닿고 온 방이 그의 몸으로 꽉 들어찰 정도였다.

세몬은 일어나 인사를 했으나 신사의 큰 몸집에 놀라지 않을 수 없었다. 이제까지 이런 사람을 본 적이 없었다. 세몬은 몸이 마른 편이었고 미하일 역시 깡마른 체격이었다. 마트료나도 마치 마른 나뭇가지처럼 말랐는데, 이 신사는 딴 세상에서 온 사람처럼 얼굴은 붉고 윤기가 돌며 목은 황소처럼 굵은 것이 마치 몸 전체가 무쇠로 만들어진 것 같았다.

신사는 크게 숨을 내쉬더니 슈바를 벗은 후 의자에 앉아서 말했다.

"이 가게 주인이 누군가?"

세몬이 나서며 말했다.

"네, 제가 주인입니다. 손님."

그러자 신사는 큰 소리로 하인에게 말했다.

"페지카, 그 물건을 이리 가져와!"

젊은이가 달려가서 꾸러미를 가지고 왔다. 신사는 그것을 받아 탁자 위에 놓고 "풀어라" 하고 젊은이에게 명령했다.

젊은이가 보따리를 풀었다.

신사는 물건을 손가락으로 찌르며 세몬에게 말했다.

"주인, 이게 대체 어떤 물건인 줄 알겠나?"

"네, 알겠습니다."

"이봐, 이 가죽을 정말 안단 말인가?"

세몬이 가죽을 만져 보고 대답했다.

"좋은 물건입니다."

"그야 물론 좋은 가죽이지. 자네 같은 친구는 한번도 보지 못했을걸. 독일제 가죽인데 20루블이나 주었다고."

세몬은 겁먹은 표정으로 대답했다.

"저 같은 놈이 어디서 이런 물건을 구경하겠습니까요."

"그야 그렇겠지. 그러면 이 가죽으로 내 발에 꼭 맞는 장화를 지을 수 있겠나?"

"네, 지을 수 있고 말고요."

신사는 갑자기 큰 소리를 질렀다.

"지을 수 있다고! 자네는 먼저 누구의 장화를 만드는지, 어떤 가죽으로 만드는지 똑똑히 알아야 해. 나는 일 년을 신어도 상하지 않고 모양도 일그러지지 않는 장화를 원한단 말이야. 그러니까 자신이 있으면 재단을 하고 그렇지 않으면 아예 손을 안 대는 것이 좋아. 미리 말해 두지만, 만일 장화가 일 년이 못 되어 일그러지거나 파손되는 날이면 자네는 감옥 신세를 면치 못할 줄 알아. 그렇지만 일 년이 지나도 이상이 없으면 수공비로 10루블을 지불하겠다."

세몬은 잔뜩 겁이 나서 무슨 말을 해야 할지 몰라 미하일 쪽을 돌아보았다. 그리고 미하일의 옆구리를 찌르면서 속삭였다.

"이봐 미하일, 어떡하지?"

미하일은 그 일을 맡으라는 시늉으로 고개를 끄덕였다. 세몬은 미하일의 말대로 신사의 주문을 받아들여 일 년을 신어도 일그러지지 않고, 상하지도 않는 구두를 만들기로 하였다. 신사는 하인을 불러 왼발의 신을 벗기게 하고 다리를 쑥 내밀었다.

"치수를 재게!"

세몬은 10베르쇼크 _{1베르쇼크=약 4.445cm} 정도 길이의 종이를 재봉하여 펴고 무릎을 꿇고 신사의 양말을 더럽히지 않도록 앞치마에 손을 깨끗이 닦은 다음 치수를 재기 시작했다. 세몬은 발바닥을 재고 이어 발등을 잰 다음 종아리를 재려고 했으나 종이의 양 끝이 닿지 않았다. 신사의 종아리는 통나무만큼 굵었기 때문이었다.

"잘해. 종아리가 꼭 끼지 않게 주의해!"

세몬은 다른 종이를 덧붙였다. 신사는 앉아서 양말 속의 발가락을 움직이면서 주위를 둘러보다가 미하일을 보았다.

"저 사람은 누구인가?"

"저 사람은 우리 가게의 뛰어난 직공으로 나으리의 신을 짓게 될 사람입니다."

신사는 미하일을 향해 말했다.

"분명히 기억하게. 일 년 동안은 탈이 나지 않는 구두를 만들어야 해."

세몬도 미하일을 돌아보았다. 그런데 미하일은 신사의 얼굴은 보지도 않고 그 뒤의 한구석을 바라보고 있었다. 마치 누군가를 유심히 살피는 표정이었다. 미하일은 한참 동안을 그렇게 보다가 갑자기 빙그레 웃으면서 얼굴이 환하게 밝아졌다.

"이봐, 왜 싱글거리고 있어, 바보처럼. 기한 내에 구두를 만들 수 있도록 정신 차려."

그러자 미하일이 대답했다.

"네, 기한 내에 만들어 놓겠습니다."

"그럼, 그래야지."

신사는 장화를 신고 슈바를 걸친 후 출구 쪽으로 걸어갔다. 문을 나갈 때 허리를 굽히지 않아서 문의 윗중방에 머리를 부딪혔다. 신사는 욕설을 퍼붓더니 이마를 문지르며 마차를 타고 떠났다. 신사가 나가자 세몬이 말했다.

"정말 굉장해. 저 정도면 도끼로도 죽이지 못할걸. 그렇게 세게 이마를 부딪혔는데도 별로 아프지 않은 표정이던걸."

그러자 마트료나가 말했다.

"사는 게 호사스러운데 어떻게 체격인들 나쁘겠어요. 저렇게 튼튼한 사람에게는 죽음도 피해갈 걸요."

7

세몬이 미하일에게 말했다.

"일을 맡기는 했으나 걱정이야. 나쁜 일이 생기지 말아야 할 텐데. 가죽은 비싸고 손님의 성깔이 사나워서 실수라도 하면 큰일이야. 이봐, 자네는 눈도 밝고 솜씨도 좋으니까 이 치수대로 재단을 하게. 나는 면피面皮를 꿰매겠네."

미하일은 시키는 대로 신사가 가져온 가죽을 탁자 위에 펴놓고 가위를 가지고 재단하기 시작했다.

마트료나는 미하일 곁으로 다가가 재단하는 것을 보고 깜짝 놀랐다. 마트료나도 이제는 구두 만드는 일에는 상당히 익숙해 있는데, 미하일은 신사가 주문한 모양과 다르게 가죽을 둥글게 재단하는 것이었다.

마트료나는 말할까 하다가 다시 생각했다.

'내가 그분의 장화를 어떻게 만들어야 한다는 얘기를 잘못 알아들었는지도 몰라. 미하일이 나보다 더 잘 알고 있겠지. 괜히 참견하지 말자.'

미하일은 재단을 마치고 꿰매기 시작했는데 그것은 장화를 만들 때 꿰매는 두 겹 실이 아니고, 가벼운 슬리퍼를 만들 때 사용하는 한 겹 실로 꿰매고 있는 것이었다.

마트료나는 그것을 보고 다시 한번 놀랐으나 역시 아무 말도 하지 않았고 미하일은 열심히 꿰매고 있었다. 점심시간이 되자 세몬이 일어나 미하일 쪽을 보니 그 가죽으로 슬리퍼를 만들고 있었다. 세몬은 너무 놀라서 크게 소리를 질렀다.

"아니, 이게 웬일이란 말인가? 미하일은 우리 집에서 일 년을 같이 있으면서 한 번도 실수한 적이 없었는데, 하필이면 이럴 때 엄청난 실수를 하는 거야? 손님은 굽이 있는 장화를 주문했는데 미하일은 슬리퍼를 만들어 버렸으니 가죽마저 못 쓰게 됐지 않아. 그 손님에게 어떻게 변명을 할까? 이 비싼 가죽은 구할 수도 없는데."

그래서 미하일에게 말했다.

"이보게, 이 무슨 짓인가? 나를 죽일 작정인가? 장화를 주문했는데 자네는 도대체 무엇을 만들어 놓았는가?"

세몬이 미하일에게 막 꾸중을 하려고 있는데 바깥문의 고리 소리가 나더니 누군가가 문을 두드렸다. 두 사람이 창문으로 내다보니 누가 말을 타고 와서 말을 매고 있었다. 조금 전에 그 신사와 함께 왔던 젊은 하인이었다.

"안녕하시오?"

"예, 어서 오십시오. 무슨 일로?"

"조금 전에 주문했던 장화 때문에 마님의 심부름을 왔지요."

"장화 때문에요?"

"장화가 이제는 필요 없게 되었어요. 나으리가 갑자기 돌아가셨어요."

"뭐라고요?"

"이곳을 나와 댁으로 돌아가시는 중에 마차에서 돌아가셨습니다. 마차가 집에 도착하여 내려 드리려고 보니 나으리 몸이 굳어 있지 않겠습니까? 마차에서 가까스로 끌어내렸지요. 그래서 마님은 저를 되돌려 보내면서 방금 나으리가 주문하셨던 장화는 이제 필요 없으니 그 가죽으로 죽은 사람에게 신기는 슬리퍼를 만들어 오라고 말씀하셨습니다. 그래서 이렇게 왔습니다."

미하일은 탁자 위에서 남은 가죽을 챙기고 다 된 슬리퍼를 툭툭 털어 앞치마로 잘 닦아 하인에게 건네주었다. 하인은 슬리퍼를 받고 돌아갔다.

"안녕히 계십시오."

8

다시 일 년이 지나고, 이 년이 지나자 미하일이 세몬의 집에 온 지도 6년째로 접어들고 있었다. 그래도 여전히 처음이나 다름없이 어디를 가는 일도 없고 쓸데없는 말을 하는 적도 없었다. 그 동안 그가 웃었던 적은 단 두 번 있었는데 처음은 마트료나가 저녁 식사를 대접해 주었을 때 서로 얼굴을 마주치는 순간이었고, 또 한 번은 장화를 주문하러 왔던 신사를 보았을 때였다. 세몬은 자기 직공에 만족하고 있었고 더 이상 어디서 왔느냐고 미하일에게 묻지 않았다. 단지 미하일이 떠나 버릴까봐 걱정하고 있을 뿐이었다.

하루는 온 식구가 함께 모여 앉아 있었다. 마트료나는 냄비를 화덕에 올려 놓고, 아이들은 의자 주위를 뛰어 다니며 창 밖을 내다보기도 했다. 세몬은 창가에서 열심히 구두를 꿰매고, 미하일은 다른 창가에서 구두 뒤꿈치를 만들고 있었다.

그때 사내아이가 의자를 넘어 미하일에게 다가와서 그의 어깨를 흔들며 창밖을 내다보았다.

"미하일 아저씨, 저것 좀 보세요. 어떤 아주머니가 여자아이들을 데리고 우리 집으로 오는 것 같아요. 한 아이는 절름발이야!"

사내아이가 말하자 미하일은 하던 일을 멈추고 몸을 돌려 창 밖을 내다보았다.

세몬도 미하일의 태도에 놀랐다. 여태까지 밖을 내다보는 일이 없었는데 오늘따라 창에 얼굴을 바짝 붙이고 무엇을 정신없이 바라보고 있었다.

세몬도 창 밖을 내다보았다. 말끔하게 차려 입은 한 여자가 슈바를 입고 두꺼운 목도리를 한 두 여자아이의 손을 잡고서 정말로 자기 집을 향해 오고 있었다. 두 여자아이는 얼굴이 너무나 닮아 구별할 수가 없었으나 한 아이가 다리를 조금 절룩거렸다.

부인은 층계를 올라와 문을 열고 두 여자아이를 먼저 들여보내고 자기도 따라 방으로 들어왔다.

"안녕하세요!"

"어서 오십시오. 무슨 일로 오셨죠?"

여인은 탁자 옆에 앉았다. 두 여자아이는 그녀의 무릎에 바짝 달라붙었는데 사람을 낯설어하는 듯했다.

"이 아이들에게 봄에 신길 구두를 맞추려고 합니다."

"아, 그래요. 우리는 그렇게 작은 구두를 만들어 본 적이 없지만 할 수는 있어요. 가장자리에 무늬를 넣을 수도 있고 안에 천을 댈 수도 있는데 어떤 걸로 할까요? 우리 미하일의 솜씨가 매우 훌륭하답니다."

그렇게 말하며 세몬은 미하일을 돌아보니 미하일은 일을 멈추고 두 여자아이의 얼굴에서 눈을 떼지 못하고 있었다.

세몬은 이러한 미하일의 태도에 또 한번 깜짝 놀랐다. 사실 두 아이들은 예뻤다. 눈은 새까맣고 두 뺨은 포동포동하고 불그스레했으며, 아이들이 입은 슈바와 목에 두른 목도리도 훌륭했다. 그래도 세몬은 미하일이 무슨 까닭으로 저렇게 아이들을 바라보고 있는지 도저히 이해할 수가 없었다. 마치 오래 전부터 알고 지낸 친구를 만난 것처럼 말이다.

세몬은 이상하게 생각하면서도 돌아서서 부인과 대화를 나누었다. 곧 값을 정하고 아이들의 발 치수를 재려고 하였다. 부인은 다리가 불편한 아이를 무릎에 올려놓으면서 말했다.

"이 아이의 발로 두 사람의 치수를 재세요. 불편한 발을 먼저 재서 한 짝을 만들고 다른 쪽의 발 치수로 똑같이 세 짝을 만들면 돼요. 둘은 쌍둥이기 때문에 발 치수가 같거든요."

세몬은 치수를 잰 다음 한쪽 다리가 불편한 아이를 가리키며 말했다.

"어쩌다가 이렇게 되었습니까? 아주 귀여운 아이인데. 태어날 때부터 이랬던가요?"

"아닙니다. 어머니가 잘못해서 그만."

이때 마트료나가 끼어들었다. 어디에 사는 누구인지 알고 싶었던 것이다.

"그럼 부인은 이 아이들의 친어머니가 아니신가요?"

"나는 친어머니도 누구도 아니에요. 아무런 관계도 없지만 내가 맡아서 기르고 있어요."

"그런데도 이렇게 귀여워하시네요."

"어떻게 정이 안 들겠어요! 내가 두 아이에게 젖을 먹여 키웠는데……. 내 아이도 있었지만 하나님께서 데려가셨지요. 죽은 내 아이는 별로 불쌍하지 않았는데 이 아이들은 정말 가여워요."

"그러면 이 아이들은 뉘 집 자식들입니까?"

9

이 부인은 다음과 같은 이야기를 들려 주었다.

"6년 전의 일인데, 이 두 아이는 태어난 지 일주일도 못 되어 고아가 돼 버렸습니다. 아버지는 태어나기 사흘 전에 죽고 어머니는 아이들을 낳은 후 죽었어요. 나와 남편은 이웃에서 농사를 짓고 살았는데 이 아이들의 부모와는 서로 가족처럼 지냈지요. 이 애들 아버지는 숲 속에서 혼자 일을 했는데 하루는 큰 나무가 넘어지면서 나무가 허리를 때려 쓰러지지 않았겠어요. 집으로 간신히 옮겨왔지만 곧 이 세상을 떠나버렸어요. 그런데 그의 아내는 며칠 후에 쌍둥이를 낳았지요. 이 아이들이 바로 그들의 자식이에요. 그러나 몹시 가난한 데다 돌보아 주는 친척도 없이 혼자서 아기를 낳고는 홀로 죽어 간 거예요.

다음 날 아침에 그 집을 찾아가 보니 가엾게도 벌써 몸이 식어 있었어요. 그리고 숨이 넘어가는 순간 한 아이를 덮쳐서 한쪽 다리를 못 쓰게 만들었어요. 마을 사람들이 모여서 시체를 목욕시키고 옷을 입히고 관을 만들어 장례를 치렀지요. 모두들 친절한 사람들이지요. 그래서 갓 태어난 아이들만 남게 되었는데 돌보는 것이 문제였어요. 그곳에 모인 여자들 중에 젖을 먹일 여자는 저뿐이었어요. 저는 그때 태어난 지 8주밖에 안 된 첫아들에게 젖을 주고 있었죠. 그래서 제가 일단 두 여자아이를 맡기로 하고 집으로 데리고 왔어요. 그 다음에 마을 사람들이 모여 '이 아이들을 앞으로 어떻게 하면 좋겠는가?' 하고 여러 가지로 의논했지만 별다른 좋은 방법이 없어 결국 저에게 부탁을 하더군요. '마리아 아주머니, 이 아이들을 얼마 동안만 맡아 줘요. 그러면 우리가 다른 대책을 세워 볼 테니까.'

그래서 저는 온전한 아이에게만 젖을 먹였습니다. 다리가 불편한 아이에게는 아예 젖을 줄 생각도 안 했지요. 제 생각으로는 그런 상태에서 잘 자랄 수 없을 거라고 생각했기 때문이었지요. 그러다가 갑자기 불쌍한 생각이 들어 같이 젖을 주게 되었어요. 그래서 저는 제 아이와 두 여자아이, 이렇게 세 아이를 한꺼번에 젖을 먹여 키웠어요. 제가 젊고 아직 기운이 넘치고 음식도 잘 먹었기 때문에 가능한 일이었죠. 두 아이에게 함께 젖을 물리고 한 아이가 젖을 놓으면 기다리는 아이에게 젖을 주는 식으로 번갈아 젖을 주며 키웠어요.

그런데 하나님의 돌보심으로 이 두 아이는 아주 건강하게 자라났으나, 제 아이는 2년째 되던 해에 그만 죽고 말았어요. 그 뒤로는 아이를 낳지 못했어요. 그 후 살림 형편은 차츰 나아졌고, 남편은 이곳에서 어떤 상인의 방앗간을 맡아보고 있습니다. 급료도 넉넉해서 사는데 풍족하지만 아이가 없잖아요. 만일 이 두 아이들이 없었다면 저 혼자서 얼마나 외롭고 적적했겠어요. 제가 어떻게 이 아이들을 사랑하지 않을 수 있겠어요. 제게 이 아이들은 촛불과도 같아요."

부인은 한 손으로 다리가 불편한 아이를 끌어안고 한 손으로는 흐르는 눈물을 닦았다.

마트료나는 한숨을 내쉬며 말했다.

"아이는 부모 없이는 자랄 수 있어도, 하나님 없이는 살아가지 못한다고 하더니 정말 그런가 봐요."

세 사람이 이런 이야기를 하고 난 후 여자가 가려고 일어났다. 주인 내외는 여자를 배웅하면서 미하일이 앉아 있는 쪽을 돌아보았다. 미하일은 단정히 앉아 두 손을 무릎 위에 가지런히 놓고 하늘을 바라보면서 빙긋 웃고 있었다.

10

세몬이 그에게 다가갔다. 미하일은 의자에서 일어나 일감을 탁자 위에 올려놓고 앞치마를 벗으며 주인 내외에게 공손히 인사를 하면서 말했다.

"용서하십시오. 하나님께서 저를 용서해 주셨으니 두 분께서도 용서해 주십시오."

미하일로부터 눈부신 후광이 비치고 있었다. 세몬이 일어나 미하일에게 절을 하며 말했다.

"미하일, 자네는 보통 인간이 아닌 것 같군. 자네를 붙잡을 수도 없고 이것저것 물어 볼 수도 없네. 그러나 꼭 한 가지만은 알고 싶네. 내가 자네를 처음만나 집으로 데리고 왔을 때에는 몹시 어두운 표정을 하고 있었는데, 내 아내가 저녁상을 차렸을 때 자네는 빙긋 웃으며 그 이후로 밝은 표정으로 변했었지. 또 신사가 장화를 주문했을 때도 자네는 웃었고 그 후로 표정이 더욱 밝아졌지. 그리고 이번에는 저 부인이 여자아이들을 데리고 왔을 때에도 똑같이 빙그레 웃었네. 그리고 온몸에서 밝은 빛이 비쳤네. 미하일, 어째서 자네에게서 빛이 나며, 왜 세 번을 웃었는지 그 이유를 말해 주게나."

그러자 미하일은 말했다.

"제 몸에서 빛이 나는 것은 다름이 아니오라 저는 지금까지 하나님의 벌을 받고 있었는데 오늘에야 용서를 받았기 때문입니다. 또 세 번 웃었던 것은 하나님께서 말씀하신 세 가지 진리를 알았기 때문입니다. 첫 번째 말씀은 아주머니께서 저를 가련하다고 느껴 보살펴 줄 마음이 생겼을 때 깨달았고, 두 번째 말씀은 부유한 손님이 장화를 주문했을 때에 깨달았으며, 지금 이 아이를 보았을 때 마지막 세 번째 말씀의 뜻을 알게 되어 다시 웃었던 것입니다."

세몬은 다시 물었다.

"미하일, 어째서 하나님이 자네에게 벌을 내리셨는가? 그리고 하나님의 세 가지 말씀의 진의는 대체 무엇이었는가?"

그러자 미하일은 대답했다.

"제가 하나님께 벌을 받은 것은 명령에 따르지 않았기 때문입니다. 저는 원래 천사였는데 하나님의 분부를 어겼습니다. 어느 날 하나님은 제게 한 부인의 영혼을 빼앗아 오라는 명령을 내리셨습니다. 그래서 제가 인간 세상에 내려와 그 부인을 보니 방금 쌍둥이 딸을 낳아 몸이 아주 쇠약해서 누워 있었습니다. 갓난아이는 어머니 곁에서 움직이고 있었으나, 어머니는 그 아이들을 끌어안고 젖먹일 힘도 없었습니다.

그때 제 모습을 발견하고 부인은 하나님이 자기를 데리고 갈 사자를 보내신 줄 알고 슬프게 흐느끼며 말했습니다. '천사님! 제 남편은 숲 속에서 혼자 일하다가 나무에 깔려 며칠 전에 장례를 치렀습니다. 저는 형제도 없고, 큰어머니도, 또 할머니도 없기 때문에 갓난아이를 돌볼 사람조차 없습니다. 제발 제 영혼을 불러 가지 마세요.' 저는 그 부인의 애원을 듣고 한 아이는 어머니 젖을 물려주고, 다른 아이는 어머니 팔에 안겨 준 다음에 하늘나라로 돌아갔습니다.

그리고 하나님께 말씀을 드렸습니다. '하나님! 저는 부인의 영혼을 빼앗아 올 수가 없었습니다. 남편은 숲 속에서 나무에 깔려 목숨을 잃었고, 그의 아내는 쌍둥이 아이를 낳고 제발 자기 영혼을 가져가지 말고 아이들을 제 힘으로 키우게 해달라고 애원하며 부모 없는 아이들은 살지 못한다고 합니다. 그래서 저는 부인의 영혼을 거두어 오지 못했습니다.' 그러자 하나님께서 다시 분부하셨습니다. '지금 곧 내려가 부인의 영혼을 거두어라. 그러면 세 가지 말의 뜻을 알게 될 것이다. 즉 인간의 내부에는 무엇이 있는가? 인간에게 허락되지 않는 것이 무엇인가? 사람은 무엇으로 사는가? 이 세 가지를 알게 되는 날에 너는 하늘나라로 돌아올 수 있을 것이다.' 그래서 저는 세상으로 다시 내려와 그 부인의 영혼을 데려갔습니다.

쌍둥이 아이는 어머니 품에서 떨어져 있었으나 영혼이 떠나는 순간 시신屍身이 침상에서 떨어지면서 한 아이를 덮쳐 한쪽 다리를 못 쓰게 만들었습니다. 저는 그 마을을 떠나 하늘로 올라가 그 부인의 영혼을 하나님께 바치려고 했는데, 갑자기 돌풍이 일어 저의 두 날개를 부러뜨렸습니다. 그래서 그 부인의 영혼만 하나님 곁으로 올라가고 저는 지상으로 떨어졌던 것입니다."

세몬과 마트료나는 자기들이 먹이고 입혀 주었던 사람이 누구이며, 함께 살면서 지내 온 사람이 누구인지를 알고서 두려움과 기쁨으로 눈물을 흘렸다.

천사는 다시 말을 했다.

"저는 벌거벗긴 채 홀로 버려졌습니다. 저는 그때까지 인간 생활의 괴로움도 모르고, 추위나 굶주림도 모른 채 인간이 되었습니다. 배가 몹시 고팠고 몸은 얼어 어떻게 해야 할지를 몰랐습니다. 그때 들판에 하나님을 섬기는 예배당이 있는 것을 보고 거기에 은신하려고 그곳으로 다가갔습니다. 그러나 예배당의 문이 잠겨 있어서 안으로 들어가지 못하고 바람을 피해 예배당 뒤쪽에 앉아 있었습니다. 배고픔은 더욱 심해지고 몸은 차츰 얼어붙어 저는 완전히 병이 들어 버렸습니다. 그때 문득 사람의 발소리가 들려 왔는데 한 사람이 장화를 들고 제가 있는 쪽으로 오면서 혼자 무어라고 중얼거렸습니다.

저는 인간이 되어서 처음으로 언젠가는 반드시 죽어야 할 인간의 얼굴을 보았습니다. 저는 그의 얼굴을 바로 보는 게 두려워 얼굴을 돌렸습니다. 사나이의 중얼거리는 소리를 들어 보니 이 추운 겨울을 어떻게 날 것인가? 어떻게 처자식들을 먹여 살려야 할 것인가? 걱정하고 있었습니다. 그때 저는 생각했습니다. '나는 지금 추위와 굶주림 때문에 죽어 가고 있다. 마침 사람이 오고 있으나 그는 자기와 아내의 슈바를 어떻게 마련하며 무슨 방법으로 살아가야 하나 걱정이 태산 같으니 이 사람은 나를 도와 줄 능력이 없다.'

그 사람은 저를 보았으나 이마를 찡그리고 더욱 무서운 모습으로 내 옆을 그대로 지나갔습니다. 저는 실망스러웠습니다. 그런데 갑자기 사나이가 발걸음을 멈추고 뒤돌아 서서 제게로 오는 소리가 들렸습니다. 제가 다시 그 얼굴을 쳐다보았을 때에는 방금 지나가던 사람의 얼굴이 아니었습니다. 조금 전까지만 해도 죽을상을 하고 있었는데 지금은 뜻밖에도 밝은 얼굴에 인자하신 하나님의 그림자가 어리어 있는 것입니다. 그는 제 곁으로 다가와 입고 있던 옷을 벗어 입혀 주고 자기 집으로 데리고 갔습니다.

그 사람의 집에 도착하니 한 여인이 우리에게 말을 퍼부어대는 것이었습니다. 그 여인은 사나이보다 훨씬 더 무서운 얼굴이었습니다. 그 입에서 죽음의 독기가 뿜어져 나와 저는 그 입김에 제대로 숨을 쉴 수가 없었습니다. 그녀는 저를 추운 바깥으로 쫓아내려고 했습니다. 만일 그대로 저를 쫓아낸다면 그녀가 죽을 것이라는 것을 저는 알고 있었습니다. 그러나 남편이 갑자기 하나님에 대해 이야기를 하자 여인은 금세 마음을 바꾸었습니다. 여인이 우리를 위해 저녁상을 차렸을 때 그녀는 저를 쳐다보았습니다.

그때 그녀의 얼굴에는 죽음의 그늘이 사라지고, 생기에 찬 밝은 표정이었습니다. 저는 거기서 하나님의 모습을 보았습니다. 그리고 저는 '인간 안에 무엇이 있는지를 알게 될 것이다' 라고 하신 하나님의 첫 번째 말씀의 뜻을 깨닫게 되었습니다. 저는 인간 안에 있는 것은 사랑임을 깨달았습니다. '하나님께서 저에게 약속하신 일을 이런 방법으로 계시啓示하시는구나' 하고 생각하니 더할 나위 없이 기뻤던 것입니다. 그래서 처음으로 웃었습니다. 그러나 아직 하나님의 말씀 전부를 알 수는 없었습니다. '인간에게 허락되지 않는 것이 무엇인가?', '사람은 무엇으로 사는가? 라는 말씀을 모르고 있었습니다."

천사는 다시 말을 계속했다.

"여러분과 함께 지낸 지 일 년이 되었습니다. 그러던 어느 날 한 사람이 가게에 나타나 일 년을 신어도 상하거나 일그러지지 않는 장화를 주문했습니다. 제가 문득 그 사람을 바라보았더니 뜻밖에도 그 사람의 등 뒤에 제 동료인 죽음의 천사가 서 있는 것이었습니다. 아무도 그 천사를 볼 수 없었으나 저는 그 천사를 알고 있었습니다. 그의 영혼은 해가 지기 전에 떠날 것을 알았으므로 저는 생각했습니다. '이 사나이는 일 년을 신어도 일그러지지 않는 신을 주문하지만, 자기가 오늘 안으로 죽는다는 것을 알지 못하는구나' 그래서 저는 '인간에게 허락되지 않는 것이 무엇인가?' 라는 하나님의 두 번째 말씀의 뜻을 알게 되었습니다.

'인간 안에 무엇이 있는가?' 는 이미 알았습니다. 그리고 저는 인간에게 허락되지 않는 것이 무엇인지를 깨달았습니다. 그것은 자기 육체에 무엇이 필요한가를 아는 지식입니다. 그래서 저는 두 번째로 웃었습니다. 동료 천사를 만난 일도 기뻤고 하나님께서 두 번째 말씀의 깨달음을 주신 것 또한 기뻤습니다.

그러나 아직 한 가지를 알지 못했습니다. '사람은 무엇으로 사는가?' 를 깨닫지 못한 것입니다. 그래서 저는 계속 여러분의 신세를 지면서 하나님께서 마지막 말씀의 의미를 깨닫게 해주시기를 기다리고 있었습니다. 그런데 8년째 되던 오늘 쌍둥이 여자아이를 키우는 여인이 가게를 찾아와 그 아이들을 보는 순간, 어머니가 죽은 후에도 두 쌍둥이가 무사히 살아가고 있다는 것을 비로소 알았습니다.

저는 생각했습니다. '그 어머니가 갓난아이들을 생각해서 살려 달라고 애원했을 때 나는 그 말을 믿고 아이들은 부모가 없이는 살아가지 못한다고 생각했지만 다른 여자가 엄연히 쌍둥이를 잘 키우고 있지 않는가? 그리고 그 부인이 아이들의 성장에 보람을 느껴 감동하는 눈물을 보았을 때 거기서 살아 계신 하나님을 발견했으며 '사람은 무엇으로 사는가?'라는 말씀도 깨닫게 되었습니다. 하나님께서 마지막 깨달음을 주시어 저를 용서하셨다는 기쁨에 세 번째로 웃은 것입니다."

12

그러자 천사의 모습이 드러나면서 전신이 빛으로 둘러싸여 눈을 뜨고 똑바로 볼 수가 없었다. 천사는 커다란 음성으로 말하기 시작했다. 그것은 그가 말하는 것이 아니라 하늘에서 울려오는 소리 같았다.

"모든 인간은 자신을 살피는 마음으로 살아가는 것이 아니라 사랑으로 살아간다는 것을 나는 깨달았다.

아이들을 낳고 죽어 가던 어머니에게는 자기 아이들의 생명을 위해 무엇이 필요한지를 아는 것이 허락되지 않았다. 또 부자 손님은 자기에게 무엇이 필요한지를 알지 못했다. 어떤 사람도 산 사람을 위한 장화가 필요한지 아니면 저녁에 죽을 자를 위한 슬리퍼가 필요한지에 대해 아는 것이 허락되지 않는다. 내가 인간이었을 때에 살아갈 수 있었던 것은 내 자신의 일을 여러 가지로 걱정하고 염려했기 때문이 아니라 길을 가던 한 사람과 그 아내에게 사랑이 있어 나를 불쌍히 여기고 사랑해 주었기 때문이다. 또 두 고아가 잘 자란 것도 그들의 생활을 염려해 주고 걱정했기 때문이 아니라, 타인인 한 여인에게 진실한 사랑이 있어 그 아이들을 동정하고 사랑해 주었기 때문이다. 모든 인간이 살아가고 있는 것은 각기 자신의 일을 염려하기 때문이 아니라 그들 안에 사랑이 있기 때문이다.

이전부터 하나님께서 인간에게 생명을 부여하고 그들이 잘 살아가기를 바라고 있다는 것을 알고 있었지만, 지금 나는 또 다른 것을 알게 되었다. 하나님께서는 인간이 각자 흩어져 무관하게 살아가는 것을 원치 않으신다는 것이다. 그러므로 개개의 인간에게 무엇이 필요한가를 보여 주지 아니하시고, 인간들이 하나가 되어 살아가는 것을 원하시며, 자신과 모든 인간을 위해 무엇이 필요한가를 계시한 것이다.

사람은 자신의 일을 걱정하고 애씀으로 살아간다고 생각하지만, 실은 오직 사랑에 의해서 살아간다는 것을 나는 이제야 깨달았다. 사랑 속에 사는 사람은 하나님의 세계에 살고 있으며 하나님은 바로 그 사람 안에 계신다. 왜냐하면 하나님은 사랑이시기 때문이다."

그리고 천사는 하나님을 찬양하는 노래를 부르기 시작했다. 그러자 그 웅장한 목소리로 인하여 온 집안이 울리는 것 같았다. 그리고 천장이 갈라지고 땅에서 하늘까지 한 줄기 불기둥이 솟았다. 세몬과 그의 아내, 아이들 모두는 바닥에 엎드렸다. 그러자 미하일의 등에 날개가 돋아나서 활짝 펼쳐지더니 하늘로 올라갔다.

세몬이 정신을 차렸을 때에는 집은 전과 다름 없었고, 집 안에는 가족 이외에는 아무도 없었다.

작품 해설

이야기의 시작은 세몬이 새 외투를 하나 만들려고 마을에 갔다가 돌아오면서입니다. 그가 길모퉁이의 예배당에 이르렀을 때, 헐벗고 추위에 떨고 있는 미하일을 애처롭게 본 세몬은 자신의 집으로 그를 데려옵니다. 남다른 손재주가 있는 미하일을 보고 구두 수선공 세몬은 미하일을 조수로 삼아 일을 시킵니다. 구두 수선 일을 돕는 미하일은 원래 천사였는데, 하나님의 벌을 받아 지상에 추락한 사나이입니다. 그는 하나님이 내린 세 가지 말씀의 의미를 깨닫게 되는 날에야 하늘나라로 되돌아가게 되어 있었습니다.

작품의 전개는 이러한 처지에 있는 미하일이 그 세 가지 말씀의 뜻을 파악해 가는 과정으로 되어 있습니다. 그 말씀들은 곧 우리가 깨달아야 할 인생의 지침 같은 것이라 할 수 있지요. '인간의 내부에는 무엇이 있는가' 하는 것이 첫 번째이고, 다음으로 '인간에게 허락되지 않는 것은 무엇인가' 입니다. 마지막 한 가지 말씀은 '사람은 무엇으로 사는가' 입니다. 세몬이 미하일을 처음에는 못 본 체하고 돌아오려 했으나, 죽어 가는 사람을 내버려 두는 것은 옳지 않다는 자신의 내부의 목소리에 귀를 기울이는데요, 이것은 바로 인간의 내부에 무엇이 있는가를 암시하고 있는 것이지요.

두 번째 말씀에 대해서는 죽음이 임박한 사나이가 일 년 동안 닳거나 찢어지지 않는 구두를 만들어 달라고 하는 것을 본 천사가, 인간에게는 자신에게 진정 필요한 것이 무엇인지 깨닫는 일이 허락되지 않았음을 알게 됩니다. 구두를 주문한 그 사나이는 삼두마차를 타고 온 데서 알 수 있듯이 호사스럽게 살고 있었고 체격도 장대하여 아무도 범접하지 못할 것처럼 보였지만 구두를 맞추고 돌아가는 길에 마차 안에서 숨을 거두고 마니까요. 이것이 그가 두 번째로 미소 지은 이유입니다. 여기서 우리가 생각해야 할 것은 하나님은 왜 인간 개개인에게 무엇이 필요한가를 깨닫게 하지 않았는가 하는 점입니다. 구두를 주문한 사나이에 관한 이야기는 어쩌면 한 치 앞을 보지 못하는 것이 우리들의 삶이라고 이해할 수 있습니다. 하지만 다른 측면에서 본다면 하느님께서는 인간이 하나로 뭉쳐 사는 것을 원하시기 때문에 자신을 돌보는 데 무엇이 필요한가를 계시하지 않고, 자신을 포함해서 다른 사람들을 위해서 무엇이 필요한가를 계시한 것이란 의미로 읽을 수도 있지요. 이는 바로 사랑이라고 할 수 있겠네요.

세 번째 말씀에 대하여 천사는 자신이 낳지 않은 쌍둥이 여자아이를 기르는 어떤 부인을 통해서 신의 그림자를 발견하고, 비로소 인간은 사랑으로 살아간다는 것을 확인합니다. 즉, 두 고아가 잘 자라 온 것은 한 여인에게 사랑의 마음이 있어 그들을 불쌍하게 생각하고 사랑해 주었기 때문입니다. 이렇

 더 알아두기

러시아의 사실주의는 1846년에서 1847년에 이르는 시기에 시작되었습니다. 조르주 상드에 의해 주창된 감상적인 사실주의와 고골리에 의해 주창된 풍자적 자연주의와의 혼합에 의해 탄생된 러시아 사실주의의 특징은 평범한 인간 그 자체를 묘사하기 위한 형식을 끊임없이 탐구해왔다는 것입니다. 이러한 특징은 고골리의 자연주의가 인간의 비속한 면을 제시하는 데만 적합하며, 감상적 사실주의가 인간의 삶 전체를 표현하는 데 적합하다는 것과 비교될 수 있습니다. 따라서 러시아의 사실주의는 인간에 대한 도덕적 판단이 개입되지 않은 상태에서 인간을 그 자체로 파악한다는 것이 기존의 문예사조와 다른 점이라고 하겠는데요, 바로 톨스토이의 작품들이 이러한 러시아의 사실주의를 대표하고 있습니다.

게 볼 때, 사랑은 측은지심 혹은 연민의 정에서 피어나는 꽃과 같은 것이라 할 수 있겠지요. 결국 하나님의 말씀을 종합한다면 그것은 사랑이 아닐까요.

그럼 여기에서 천사의 결론을 들어 볼까요.

"사람은 자신의 일을 걱정하고 애씀으로 살아간다고 생각하지만, 실은 오직 사랑에 의해서 살아간다는 것을 나는 이제야 깨달았다. 사랑 속에 사는 사람은 하나님의 세계에 살고 있으며 하나님은 바로 그 사람 안에 계신다. 왜냐하면 하나님은 사랑이시기 때문이다."

결국 '선' 은 악보다 정의로우며, 불행에 빠져 있는 사람을 돕는 것은 사람이 당연히 해야 할 도리이자 꼭 필요한 일이라는 것, 사람간의 관계에 있어 '사랑' 이 가장 중요한 것이라는 진리를 다시금 되새겨 주고 있습니다.

- 인간의 내부에는 무엇이 있다고 하였습니까?
- 인간에게 허락되지 않는 것은 무엇인지 살펴보고, 그 이유를 이야기해 봅시다.
- '사람은 무엇으로 사는가' 라는 물음에 담겨져 있는 의미를 자신의 경험을 바탕으로 예로 들어 이야기해 봅시다.

구성	발단	세몬이 교회 모퉁이 앞에서 벌거벗은 청년을 만남.
	전개	세몬의 아내가 친절을 베풀 때 미하일이 미소를 지음.
	위기	한 사나이의 구두 제작 주문과 두 여자애를 데리고 온 어떤 부인으로부터 구두 제작 주문을 받았을 때 미하일은 또 다시 미소를 지음.
	절정	미하일이 세몬과 그의 아내에게 자신이 천사임을 밝히며 미소의 의미를 이야기함.
	결말	하나님의 세 가지 말씀을 깨닫고, 미하일은 하늘로 올라감.
핵심정리	주제	사랑, 모든 인간은 사랑으로 살아간다.
	소재	세 가지 에피소드.
	갈래	민화
	등장인물	세몬, 마트료나, 미하일.
	시점	1인칭 주인공 시점
	배경	가난한 구두 수선공 가정.
작중 인물의 성격	세몬	구두 수선공으로, 불쌍한 사람을 그냥 지나치지 않고 도움을 주는 따뜻한 마음을 가지고 있음.
	미하일	하나님의 벌로 세상으로 내려와 지내면서, 하나님의 세 가지 말씀을 깨닫고 다시 하늘로 올라감.

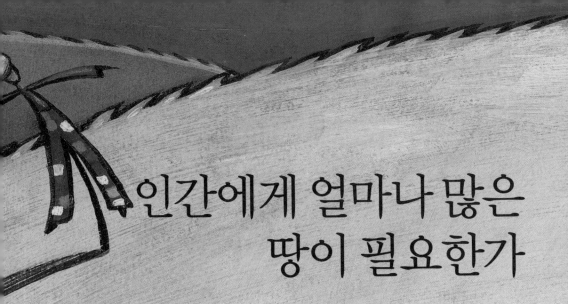

인간에게 얼마나 많은 땅이 필요한가

✽ 읽기 전에 생각하기

톨스토이 사상을 아는 데 있어 중요한 것은 그의 사상적 · 종교적 저술입니다. 그것은 대체로 다섯 가지의 가르침으로 이루어져 있는데 첫째는 노하지 말라는 것, 둘째는 간음하지 말라는 것, 셋째는 맹세하지 말라는 것, 넷째는 악에 대하여 폭력으로써 대항하지 말라는, 유명한 무저항주의고, 다섯째는 모든 사람을 사랑하라는 형제애의 가르침으로 신학의 가르침을 근저로 하고 있는 일종의 실천 도덕입니다. 이러한 톨스토이즘은 단순한 사색의 결과가 아니라 생활 속에서 고통스러운 체험에 의하여 얻어진 것이라는 데에 그 진정한 가치가 있습니다. 이같은 톨스토이의 사상적 측면을 염두에 두고 작품을 읽는 것이 작품을 이해하는 좋은 방법이겠지요.

1

도시에 살고 있는 언니가 시골 동생 집에 다니러 왔다. 언니는 도시의 상인에게 시집을 갔고, 동생은 시골 농부와 결혼을 했다.

언니와 동생은 차를 마시면서 이야기를 나누고 있었다. 그러다가 언니는 자기가 사는 도시 생활에 대해서 거드름을 피우며 자랑하기 시작했다. 자기는 도시에서 얼마나 넓고 깨끗한 집에서 살고 있으며 아이들에게는 어떤 옷을 입히고, 어떤 달콤한 음식을 먹으며, 어떻게 산책하고, 어떻게 극장 구경을 다니는지 우쭐거리며 말했다.

그러자 동생은 화가 나서 상인의 생활을 비판하며 자기네들의 농촌 생활을 자랑했다.

"아무리 그래도 난 우리 생활과 언니 생활을 바꿀 생각은 조금도 없어요. 우리는 무료하게 살기는 하지만 두려워할 것은 없어요. 도회지 생활은 깔끔해서 좋을지는 모르지만 운수가 나쁘면 빈털터리가 되는 것 아니에요. 부자는 망해도 크게 망한다는 속담도 있지요. 오늘의 부자가 내일이면 거지가 될지도 모르잖아요. 거기에 비하면 우리 농사일은 믿을 만해요. 비록 큰 부자는 못 되더라도 굶주리지는 않아요."

그러자 언니가 되받아 말했다.

"배만 고프지 않으면 뭘 해? 돼지나 송아지하고 살면서! 좋은 옷을 입을 수도 없고 다양한 교제도 없지 않니. 네 남편이 아무리 열심히 일해 봐야 평생 거름 속에서 살다가 그렇게 죽겠지. 너희 아이들도 마찬가지야."

동생이 다시 말했다.

"그게 어때서요? 우리 생활인 걸요. 그 대신 우리는 굳건하게 살잖아요. 누구 앞에서도 머리 숙일 필요 없고 두려워하지 않아도 되지요. 그러나 언니처럼 도시 사람들은 유혹 속에서 살고 있잖아요. 오늘은 아무리 좋아도 내일은 벌써 어떤 악마에게 사로잡힐지 모르죠. 형부도 언제 노름의 유혹을 받을지, 술에 빠질지, 아니면 어떤 여자의 유혹에 빠질지 어떻게 알아요. 그렇게 되면 모든 게 끝장이지요. 안 그래요?"

동생의 남편인 파홈이 페치카 위에서 두 여자의 이야기를 듣고 있다가 거들며 말했다.

"그건 맞아요. 우리 농부는 어릴 때부터 땅을 벗삼아 살기 때문에 어리석은 생각은 안 하지요. 다만 아쉬운 것이 있다면 땅이 넉넉하지 못하다는 것이에요. 땅만 충분하다면 우리들은 두려울 것이 없어요. 악마나 다른 그 누구도 무서워할 것이 없어요."

두 자매는 차를 다 마시고 옷차림에 대해 이야기하다가 차 그릇을 치우고 잠자리에 들었다. 그런데 악마가 난로 뒤에서 그들이 이야기하는 것을 다 듣고 있었다. 농부가 아내 이야기에 말려들어 땅만 있으면 악마 따위는 두려워할 것 없다고 큰소리치는 것을 듣고 악마는 참을 수가 없었다.

'좋아, 그렇다면 너와 내기를 해보자. 네가 땅을 듬뿍 주지. 그리고 그 땅으로 너를 사로잡겠다.' 악마는 생각했다.

2

그다지 많지 않은 땅을 가지고 있는 한 여자 지주地主가 농부들과 함께 살고 있었다. 그녀는 대략 120제샤치나1제샤치나=약 1.09ha의 땅을 소유하고 있었다. 여지주는 농민들과 사이좋게 지냈으며 그들을 괴롭히지도 않았다.

그런데 한 퇴역 군인이 이 여지주 밑에 관리인으로 들어오면서 이런 저런 일에 벌금을 물리며 농부들을 괴롭히기 시작했다.

파홈이 아무리 주의 깊게 행동해도 말이 귀리 밭으로 뛰어든다든지, 암소가 지주의 마당을 어슬렁어슬렁 걸어 다닌다든지, 아니면 송아지가 초원으로 도망가서 결국 벌금을 물 수밖에 없었다.

파홈은 그때마다 가축에게 욕설을 퍼붓고 때리면서 화풀이를 했고 여름 동안 파홈은 관리인 때문에 많은 고생을 했다. 그래서 가축을 우리에 들여 놓는 계절이 오자 사료는 아까웠지만 걱정거리가 없어졌기 때문에 오히려 기뻤다.

겨울이 되자 여지주가 땅을 팔려고 내놓았고 그 땅을 다른 마을에서 온 저택 관리인이 사려고 한다는 소문이 돌았다. 소작인들은 이 소식을 듣고 한숨만 내쉬고 있었다.

'저택 관리인이 땅을 산다면 여주인보다 더 많은 벌금을 물리면서 우리를 괴롭힐 거야. 그렇다고 우리가 이 땅을 떠나서 살 수도 없고. 우리는 이 땅이 없으면 살아갈 수 없지 않은가.' 소작인들이 생각했다.

그래서 소작인들은 여지주에게 찾아가 제발 땅을 저택 관리인에게 팔지 말고 자기들에게 양도해 달라고 간청을 했다. 그리고 값도 더 비싸게 쳐서 주겠다고 해서 결국 여지주는 그렇게 하겠다고 승낙했다.

농부들은 그 땅 전부를 사기로 하고 수차례 회의를 가졌으나 좀처럼 결론이 나오지 않았다. 악마가 훼방을 놓기 때문에 의견의 일치를 보지 못하는 것이었다. 그래서 농부들은 자기 능력대로 땅을 따로따로 사기로 결정했으며, 이에 여지주도 동의했다.

'다른 사람들이 땅을 모두 사 버린다면 내 손에는 아무것도 들어오지 않게 돼.' 파홈은 이렇게 생각하고 아내와 상의했다.

"다른 사람들이 땅을 사고 있으니 우리도 10제샤치나 정도는 사 들여야겠어요. 그렇지 않고야 우리는 살아갈 수가 없어. 그 관리인이 물리는 벌금 때문에 이제는 견딜 수가 없어."

두 사람은 무슨 수로 땅을 살 것인가 궁리를 계속했다. 그들에겐 저금한 100루블이 있었다. 그래서 땅을 사기 위해 망아지 한 마리와 꿀벌 절반을 팔고, 아들을 머슴살이로 보내고, 동서에게서 모자란 돈을 빌려 가까스로 땅 값의 절반을 마련했다.

파홈은 조그만 숲이 있는 15제샤치나의 땅을 보고 난 후 돈을 가지고 여지주를 찾아가서 땅 값을 흥정하고 계약금을 치렀다. 그리고 도시로 나가서 토지 소유증명서를 작성하고, 나머지는 2년 안에 주기로 했다.

이렇게 해서 파홈은 땅을 소유하게 되었다. 파홈은 씨앗을 그 땅에 뿌렸고, 그해 농사는 대풍이었다. 일 년 농사로 여지주에게도 동서에게도 나머지 빚진 돈을 모두 갚을 수 있었다.

이리하여 파홈은 지주가 되었다. 자기 땅을 경작하여 씨를 뿌리고, 자기 목장에서 풀을 베고, 자기 숲에서 땔감을 만들고, 자기 땅에서 가축을 길렀다. 파홈은 영원히 자기 소유가 된 땅을 갈러 나갈 때나 목초지를 살피러 갈 때 여간 기쁜 게 아니었다. 꽃들과 풀은 전과 다르게 피고 자라는 것 같았다. 전에도 지나다녔던 땅이었지만 지금은 매우 특별한 땅이 된 것이었다.

3

파홈은 기쁨의 나날들을 보냈다. 농부들이 그의 농작물이나 목초지를 망치지만 않는다면 모든 것이 만족스러웠다. 그는 목초지나 농작물을 짓밟지 말라고 부탁했지만 아무런 소용이 없었다. 목동들이 소를 목초지로 풀어 놓기도 하고 말들이 밭에 들어와 농작물을 짓밟아 놓기도 했다. 파홈은 그때마다 달래서 쫓아내기만 하고 고발하지는 않았으나, 결국 참다 못해 재판소에 고발하기에 이르렀다.

농부들이 그렇게 하는 것은 일부러 그러는 것이 아니고 워낙 땅이 좁기 때문이라는 것을 알고 있었지만, 다른 한편으론 이런 생각도 들었다.

'그렇다고 그냥 내버려 둘 순 없어. 우리 목초지를 완전히 망가트려 놓을 거야. 혼을 좀 내줘야 해.'

이로 인해 농부들은 하나 둘 벌금을 물었으며, 이웃 농부들은 파홈에게 원한을 품게 되었고 고의적으로 땅을 더 짓밟기 시작했다. 어떤 농부는 밤에 몰래 숲에 들어가 보리수 열 그루의 껍질을 벗겨 버리기도 했다.

파홈이 숲을 지나다 보니 허연 것이 보였다. 가까이 가 보니 껍질이 벗겨진 보리수나무 조각들이 이리저리 뒹굴고 있었고 둥치가 잘린 그루터기가 이곳저곳에 있었다. '베려면 가장자리에 있는 것이나 베든지 아니면 한 그루라도 남겨 놓든지 이렇게 모두 베어 버리다니…….' 파홈은 울화가 치밀었다.

'누가 이런 짓을 했는지 알기만 하면 그냥 두지 않겠어.'

그는 누가 이런 짓을 했을까 골똘히 생각했다.

'쇼무카 말고는 이런 짓을 할 사람이 없어.'

그는 그렇게 생각하고 쇼무카의 집에 가서 여기저기 살펴보았으나 아무것도 발견하지 못하고 말다툼만 하고 돌아왔다. 파홈은 쇼무카의 짓이라고 더욱 확신하고, 쇼무카를 상대로 고소를 제기했으며 두 사람은 법정에 출두했다. 그리고 수차례 공방이 있었지만 증거가 불충분하다는 이유로 피고인은 무죄 판정을 받았다. 파홈은 더욱 화가 나 재판관들과 마을 어른에게까지 행패를 부렸다.

"당신들은 모두 도둑놈의 편이군요. 당신들이 정직한 생활을 한다면 도둑놈을 무죄로 만들지는 않을 거예요."

파홈은 재판관들과 싸웠고, 이웃사람들과도 싸웠다. 농부들은 불을 지르겠다며 그를 협박했다. 이렇게 파홈은 땅은 많이 가지고 있었으나 외롭게 살아가게 된 것이다.

그러던 중에 농부들이 새로운 곳으로 이주한다는 소문이 돌았다. 이 소식을 들은 파홈은 생각했다.

'나는 내 땅을 버리고 떠나서 살아야 할 이유가 없다. 이 근처 사람들이 여기를 떠나가면 이곳은 그만큼 넓어지겠지. 그들이 두고 간 땅을 내가 산다면 내 살림도 불어나고 사는 것도 나아질 거야. 아무래도 이곳은 역시 좁단 말이야.'

어느 날 파홈이 집에 있는데 그곳을 지나던 한 남자가 그의 집에 들렀다. 그는 농부를 재워 주기로 하고 식사를 대접한 뒤 이런 저런 이야기를 나누다가 남자에게 어디서 왔는지 묻자 그는 볼가 강 아래 마을에서 왔으며 거기서 일을 했었다고 말했다. 그리고 사나이는 자기가 일하던 곳으로 많은 농부들이 이주해 오고 있으며 그곳에 온 농부들은 곧 조합에 가입하여 한 사람당 10제샤치나의 땅을 분배 받았다고 말했다. 또 그 땅이 어찌나 좋은지 보리를 파종하면 말이 보이지 않을 정도로 자라서 다섯 줌이 한 단이 될 정도여서 어떤 농부는 빈손으로 왔다가 지금은 말 여섯 필에다가 소 두 필을 가지고 있다고 했다.

이 말을 들은 파홈의 가슴은 마구 뛰었다. 그리고 생각했다.

'그렇게 살기 좋은 땅이 있다면 이런 좁은 땅에서 가난하게 살 필요가 없잖아. 땅과 집을 팔아 그곳에 가서 이 돈으로 집을 짓고 내 일을 하는 거야. 이 비좁은 땅에서 살다 보면 불행해지기만 할 거야. 먼저 그곳 사정을 자세히 알아봐야만 해.'

여름이 되자 그는 그곳으로 출발했다. 사마라까지는 배를 타고 볼가 강을 따라 내려가서 그곳에서부터 400베르스타 1베르스타=약 1.06km를 걸어갔다. 그는 겨우 목적지에 도착했다. 모든 것이 소문대로였다. 농부들은 각각 10제샤치나의 땅을 분배 받아서 넓고 풍족하게 생활하고 있었으며 이주해 온 사람은 누구나 기꺼이 조합에 가입시켜 주었다. 뿐만 아니라 돈만 있으면 분배 받은 땅 외에도 제일 좋은 땅을 얼마든지 원하는 만큼 3루블씩 구입할 수 있었다.

모든 것을 알아본 파홈은 가을이 되기 전에 집으로 돌아가서 모든 재산을 팔기 시작했다. 큰 이익을 남기고 토지를 팔았으며 물론 집과 가축도 다 팔았다. 그는 조합에서 탈퇴하고 봄이 오기를 기다렸다가 가족과 함께 새로운 땅으로 떠났다.

4

파홈은 가족과 함께 새로운 땅에 도착했다. 우선 큰 마을의 조합에 가입했다. 마을의 노인들에게 술을 대접하고 서류를 모두 갖추었다. 그는 얼마 후 조합원이 되었고 다섯 명의 가족에 대한 토지 50제샤치나의 땅과 목장도 분배 받았다. 파홈은 집을 짓고 가축도 길렀다.

땅의 넓이는 이전의 세 배가 되었고 땅도 매우 비옥했다. 살림도 이전보다 열 배나 나아졌다. 경작지와 목초지가 충분했고 가축도 얼마든지 기를 수 있었다.

처음에 건물을 짓고 살 때는 모든 것이 만족스러웠다. 그러나 차츰 생활이 안정되자 이곳도 역시 좁게만 생각되었다. 첫해에 밀을 파종했는데 대풍이었고 그는 더 많은 경작을 하고 싶었으나 자기가 가진 땅으로는 부족했다. 또 밀을 심기에는 적합하지 않은 땅도 있었다. 이 지방에서는 억새풀이 있는 땅이나 혹은 휴경지에 밀을 심었다. 일 년이나 이 년쯤 밀농사를 짓고 풀이 자랄 때까지 땅을 놀려야 했다. 이러한 땅을 사고 싶어하는 사람은 많았으나 땅은 충분치 않았고 이로 인해 싸움이 벌어졌다. 조금 살 만한 사람들은 스스로 파종하려고 했으나 가난한 사람들은 상인에게 세를 받고 땅을 빌려주었다.

파홈은 더 많은 파종을 하고 싶었다. 그래서 다음 해에 상인에게 가서 일 년 간 땅을 빌려서 더 많이 파종하였고 풍작이 들었다. 그러나 그곳은 마을에서 멀리 떨어져 있어서 15베르스타나 운반해야만 했다. 그 근방에는 농사도 짓고 장사도 하면서 전원생활을 하는 부유한 사람들도 있었다.

'맞아, 땅을 사서 전원에 집을 지으면 모든 게 다 있는 거지.' 파홈은 생각했다.

그래서 파홈은 어떻게 해서라도 자기 소유의 땅을 구입해야 겠다는 생각에 몰두하기 시작했다.

어느덧 3년이 흘렀다. 땅을 빌려 씨를 뿌렸으며, 해마다 풍년이었다. 웬만큼 돈도 모아서 부족함 없이 살았지만 파홈은 해마다 땅을 빌리기 위해 안달해야 하는 것이 지겨웠다. 좋은 땅만 있으면 바로 사람들이 달려들어서 서두르지 않으면 농사지을 땅도 없는 것이었다. 3년 만에 그는 상인과 동업으로 마을사람에게 목장을 빌려 쟁기질을 완전히 끝내 놓았는데 주위의 비난을 사게 되어 모든 것이 허사로 돌아가고 말았다.

'이게 만일 내 땅이라면 누구에게 머리를 숙일 필요도 없고 불쾌한 일도 없을 텐데.' 파홈은 생각했다.

파흠은 영구히 사들일 땅을 찾고 있었다. 그 결과 한 농부를 찾아 냈고 그 농부는 500제샤치나의 땅을 구입했는데 파산하여 그 땅을 아주 싸게 판다는 것이다. 파흠은 농부와 흥정을 했다. 여러 차례 흥정한 끝에 절반은 후불로 하기로 하고 1,500루블로 조정되었다. 이야기의 타협점에 거의 도달했을 때 지나가던 장사꾼 한 사람이 시장기를 채우기 위해 파흠의 집에 들렀다. 그들은 차를 마시면서 여러 가지 세상 돌아가는 이야기를 나누었다.

상인은 멀리 바슈키르 지방에서 왔다고 했다. 그 상인은 바슈키르에서 그곳의 주민에게 5,000제샤치나의 땅을 겨우 1,000루블에 샀다고 했다. 파흠은 값이 너무 쌌기 때문에 그 이유를 자세히 물었다.

"그곳 어른들의 비위를 잘 맞춰 주면 됩니다. 내가 그 땅을 사기 위해 가운, 침구 등 100루블 정도의 물건과 차 한 상자를 선물했고, 술을 마시는 사람에겐 술을 대접해서 결국 1제샤치나당 20코페이카라는 헐값으로 살 수 있었지요."

상인은 이렇게 말하면서 토지 소유증명서를 보여 주었다.

"그 땅은 하천을 끼고 있어 무성한 풀이 자라는 평원이에요."

파흠은 더 자세히 캐물었다.

"그곳의 땅은 얼마나 넓은지 일 년을 걸어도 다 돌아볼 수 없을 정도예요. 그곳은 모두 바슈키르 원주민의 땅이지요. 원주민들은 양 같이 순진하여 거의 공짜로 땅을 살 수 있어요."

'그렇다면 500제샤치나의 땅을 구입하기 위해 1,000루블을 지불하고도 빚을 진다는 것은 말도 안 되는 거지. 바슈키르에선 1,000루블로 엄청나게 넓은 땅을 살 수 있을 텐데!' 하고 파흠은 생각했다.

5

파홈은 그곳으로 가는 길을 자세히 물은 후 상인이 떠나자 자기도 떠날 차비를 했다. 뒷일은 아내에게 맡기고 일꾼 한 사람을 데리고 출발했다.

그들은 가다가 시내에 들러 상인이 말한 대로 차 한 상자와 여러 가지 선물, 포도주를 샀다. 일주일 동안 밤낮을 여행하여 바슈키르의 유목지에 도착했다. 모든 것이 상인이 말한 그대로였다.

그곳 주민들은 강가의 초원에서 펠트로 만든 천막 속에서 생활하고 있었다. 그들은 스스로 땅을 경작하거나 곡물을 먹는 일도 없었고, 넓은 초원에는 소와 말들이 떼를 지어 다니고 있었다. 망아지들이 천막의 뒤쪽에 매어져 있었고, 하루에 두 번 암말을 그곳으로 몰아 여인들이 암말의 젖을 짜서 우유술을 만들고, 그것을 휘저어 치즈를 만들었다. 바슈키르 남자들은 우유술과 차를 마시고, 양고기를 먹으며 피리를 불 뿐이었다. 그들은 모두 건장하고 쾌활했으며 한여름 내내 아무 일도 하지 않고 놀며 지냈다. 모두들 문맹자이며 러시아 말도 전혀 몰랐으나 친절했다.

파홈의 일행을 보자마자 바슈키르 사람들이 천막에서 그들을 둘러쌌다. 파홈은 러시아 말을 할 줄 아는 사람을 찾아서 그에게 토지에 관한 일로 왔다고 말했다.

바슈키르 주민들은 매우 기뻐하며 파홈을 얼싸안고 훌륭한 천막 안으로 안내하여 양탄자에 위에 깃털 방석을 깔아 앉게 한 다음 그들도 빙 둘러앉아서 차와 술을 권했으며 양을 잡아 고기를 대접했다.

파홈은 마차에서 선물을 꺼내 바슈키르 사람들에게 나누어 주었고 그들은 무척 기뻐했다. 자기들끼리 열심히 떠들더니 러시아 말을 할 줄 아는 사람을 시켜 이렇게 말하도록 시켰다.

"당신에게 전하라고 합니다. 이 사람들은 당신이 마음에 든답니다. 그래서 우리들의 관습대로 선물에 대한 답례를 어떤 것으로든 하고 싶습니다. 당신이 우리에게 여러 가지 선물을 주셨으니 우리들이 갖고 있는 것 중에서 어떤 것이 마음에 드는지 묻고 있습니다."

"아, 저는 무엇보다도 당신들의 땅입니다. 우리 땅은 좁고 오랫동안 경작하여 토질이 나빠졌는데 여기는 땅도 넓고 기름집니다. 이처럼 아름답고 좋은 땅은 본 적이 없습니다."

통역을 맡은 사람은 그 말을 전했다. 그러자 바슈키르 사람들은 다시 의논을 했다. 파홈은 그들이 무슨 말을 하는지 이해할 수는 없었지만 그들은 유쾌하게 떠들며 웃고 있었다. 그리고 조용해지더니 모두들 바홈을 쳐다보았다. 그때 통역이 이렇게 전했다.

"당신의 친절에 보답하기 위해 얼마든지 갖고 싶은 만큼 땅을 기꺼이 드리겠다고 말합니다."

그들은 또다시 의논을 하더니 언쟁을 하기 시작했다. 파홈은 무엇 때문에 다투느냐고 물었다. 그러자 통역이 대답했다.

"실은 땅에 관한 문제라면 촌장에게 물어보아야 한다는 사람도 있고, 그럴 필요가 없다고 하는 사람도 있어서 그렇습니다."

6

바슈키르 사람들이 이렇게 이야기를 하고 있는데 갑자기 여우털로 만든 모자를 쓴 한 사나이가 들어왔다. 모두들 하던 말을 멈추고 일제히 일어섰다. 통역하는 사람이 말했다.

"촌장이십니다."

파홈은 값비싼 가운과 준비해 온 5푼트1푼트=약 0.41kg의 차를 선물로 내놓았다. 촌장은 선물을 받고 상석上席에 앉았다. 그러자 바슈키르 사람들이 촌장을 향해서 무언가를 열심히 말하기 시작했다. 촌장은 그들의 말을 잠자코 듣고 있다가 고개를 끄덕여 모두의 말을 중지시키고 파홈을 향해 말했다.

"그래요, 아무 곳이나 원하는 대로 가지십시오. 땅은 얼마든지 있습니다."

'아니 이럴 수가! 갖고 싶은 대로 땅을 가질 수 있다니! 당장에 촌장이 말하는 것을 계약으로 확실히 해두어야 해. 그렇지 않으면 언제 자기들 땅이라고 다시 빼앗지 말란 보장이 없으니까.'

"친절히 말씀해 주서서 정말 감사합니다. 확실히 여기는 좋은 땅이 많군요. 그러나 저는 많은 땅을 원하지는 않습니다. 어느 땅을 제게 주실 수 있는지 말씀해 주셨으면 좋겠습니다. 여하튼 어떤 식으로든 측량을 하여 제 소유임을 확실히 해 주셨으면 합니다. 사람의 운명이란 어떻게 될지 모르는 것이어서, 당신들은 좋은 분이라 내게 땅을 주시지만 당신들의 자손에게 빼앗길 수도 있는 일이니까요."

"옳은 말이오. 소유를 확실히 해 드리겠습니다."

그래서 파홈은 다시 말했다.

"듣기로는 이곳에 상인 한 분이 있었던 모양인데 당신들은 그 사람에게 땅을 선물하고 소유 문서를 작성해 주셨다는데, 저에게도 소유 문서를 작성해 주시기 바랍니다."

촌장은 모든 것을 이해했다.

"그것은 어려운 문제가 아닙니다. 우리에게는 그런 일을 처리할 사람이 있으니 함께 시내로 가서 정식 서류를 작성합시다."

"그러면 땅 값은 어떻게 정하실 건가요?"

파홈이 말을 꺼냈다.

"우리 마을에서는 모든 땅의 가격이 같습니다. 누구를 막론하고 하루 분으로 1,000루블을 받고 있습니다."

파홈은 무슨 말인지 알 수 없었다.

"하루 분이라면 어떻게 측량한 겁니까? 그게 몇 제샤치나 정도가 됩니까?"

"우리들은 그런 계산은 서툴러서요. 그래서 하루분 얼마라고 해서 땅을 팔고 있습니다. 즉, 땅을 사고 싶은 사람이 하루 동안 걸어서 돌아온 만큼의 땅을 모두 하루 분으로 하여 그분에게 양도하는 것입니다. 이 하루 분의 값을 1,000루블로 하고 있습니다."

파홈은 놀라며 말했다.

"그렇지만 하루 종일 걸어 다닌 땅은 무척 넓은 땅인데요?"

그 말을 듣고 촌장은 웃으며 말했다.

"그러나 그 전부가 당신의 소유가 되는 것입니다. 그런데 조건이 하나 따르지요. 출발한 당일에 출발점에 돌아오지 못하면 당신이 지불한 돈은 돌려받지 못하는 겁니다."

"그런데 자기가 답사한 땅을 어떻게 증명하면 좋을까요?"

"당신이 점찍어 놓은 장소에 가서 거기에 서 있겠습니다. 당신은 거기서 출발하여 한 바퀴 돌아오십시오. 그때에 괭이 하나를 가지고 가서 필요한 곳에 표시를 해 주세요. 거기에 작은 구멍을 파고 풀을 꽂아두면 다음에 나와 함께 돌아다니며 쟁기로 구덩이와 구덩이를 연결하면 될 것입니다. 어떤 식으로 돌아다녀도 상관없습니다. 다시 말씀드리지만 해가 지기 전에는 반드시 돌아와야 합니다. 그렇게 해서 돌아온 땅은 모두 당신의 것이 됩니다."

파홈은 매우 기뻤다. 다음 날 아침 일찍 출발하기로 결정하고 여러 가지 이야기를 하면서 양고기를 먹고 술을 마셨다. 그러는 동안 날이 저물었다. 그곳 사람들은 파홈을 포근한 털이불에서 자게하고 각자 자신의 천막으로 돌아갔다. 내일은 해가 돋기 전에 모여 출발점에 나가기로 약속을 했다.

7

파홈은 폭신한 이불에 누웠지만 좀처럼 잠을 이룰 수가 없었다. 땅의 일이 머리에서 사라지지 않았다.

'가능한 한 멀리 돌아와야지. 온종일 걷는다면 50베르스타 정도는 돌 수 있겠지. 50베르스타면 꽤나 넓은 땅이니 그 중에 신통치 않은 곳은 팔든지 소작인에게 빌려 주고, 좋은 곳만 선정하여 농사를 짓자. 쟁기를 끌 암소 두 필을 마련하고 일할 머슴을 두어 명 고용하여 50제샤치나 정도는 경작을 하고 나머지는 목장을 만들어야겠다.'

파홈은 뜬눈으로 밤을 새다가 겨우 새벽녘에야 잠이 들었다. 그는 꿈을 꾸었다. 꿈속에서 그는 자기가 자고 있는 천막에 누워 밖에서 나는 웃음소리를 듣고 있었다. 누가 웃고 있는지 보고 싶어서 자리에서 일어나 밖으로 나가보니 촌장이 두 손으로 배를 움켜잡고 포복절도하는 것이었다.

파홈은 다가가서 "무엇 때문에 그렇게 웃으십니까?" 하고 물었다. 그리고 살펴보니 그는 바슈키르 촌장이 아니고 파홈에게 와서 땅에 관해 말해 주었던 그 상인이었다. 상인에게 '여기 오신지 오래 되었어요?' 하고 물으려는 순간 상인은 어디로 가고, 전에 볼가 강 너머에서 왔던 그 농부로 변해 있었다. 그런데 다시 자세히 살펴보니 그건 농부도 아니고 뿔과 발톱을 가진 악마가 앉아서 배를 끌어안고 웃고 있는데 그 앞에는 맨발의 사나이가 내의만 입고 쓰러져 있는 것이었다. 파홈은 그 사나이의 정체를 알아보려고 자세히 살펴보니 사나이는 이미 죽어 있었고, 더욱이 그것은 자기 자신이었다. 파홈은 무서움에 몸서리쳤다. 그리고 순간 꿈에서 깼다.

"젠장, 무슨 꿈이 이렇담!"

열려 있는 문틈으로 밖을 내다보니 벌써 날이 밝아오고 있었다. 파홈은 '모두들 깨워야겠다. 이제 출발할 시간이 되었어' 라고 생각하고 일어나 마차에서 자고 있는 하인을 깨워 말을 매게 하고 자기는 바슈키르 사람들을 깨우러 갔다.

"모두 일어나시오. 들에 나가 땅을 정할 시간이에요."

바슈키르 사람들도 일어나 모여들었다. 잠시 후 촌장이 왔고 바슈키르 사람들은 우유주를 마시며 그에게는 차를 대접하려고 했다. 그러나 파홈은 그렇게 한가하게 있을 수가 없었다.

"어서 떠납시다. 시간이 다 됐으니까요."

8

　바슈키르 사람들은 말이나 마차를 타고 출발했고 파홈은 괭이를 갖고 하인과 함께 자신의 마차를 타고 출발했다. 초원에 도착하자 날이 밝았다. 바슈키르 말로 쉬한이라는 언덕에 이르자, 마차와 말에서 내려 한곳에 모였다. 촌장이 파홈에게 다가와 손으로 들판을 가리켰다.
　"이 들판이 모두 우리들의 땅입니다. 그러니 마음대로 좋은 곳을 택하십시오."
　파홈의 눈은 반짝거렸다. 땅은 전부 초원이었고 손바닥처럼 평평하고 양귀비 같이 검었으며, 약간 낮은 곳에는 여러 가지 잡초가 가슴까지 자라 있었다.
　촌장은 여우털모자를 벗어 땅에 놓고 말했다.
　"이것을 출발 표지로 삼읍시다. 여기서 출발하십시오. 그리고 이곳으로 돌아오십시오. 돌아온 곳도 모두 당신의 땅입니다."
　파홈은 돈을 꺼내서 모자 위에 놓고, 카프탄을 벗어 조끼 바람이 되자 허리춤의 가죽 끈을 단단히 매고, 빵 주머니를 품고 물병도 가죽 띠에 매달았다. 그리고 장화의 목을 조이고 하인이 들고 있던 괭이를 받아든 다음 출발 준비를 했다. 어디를 보아도 좋은 땅이었으므로 그는 어느 쪽으로 갈지 잠시 생각했다. '해가 돋는 쪽으로 가야겠다' 고 생각하고 태양이 떠오르는 쪽을 바라보고 몸을 흔들어 근육을 풀면서 해가 솟아오르기를 기다렸다.

'절대로 시간을 낭비하면 안 되지. 이렇게 서늘할 때 걷는 것이 편할 것이다.' 해가 뜨자마자 파홈은 괭이를 메고 초원을 향해 출발했다. 그는 조급하게 걷지도 않고 너무 느리지도 않은 걸음으로 앞으로 나아갔다. 1베르스타쯤 가서 구덩이를 파고 눈에 잘 띄도록 잔디를 겹겹이 묻어 놓았다. 그리고 또 걸었다. 그의 걸음은 자꾸 빨라졌다. 한참을 지나 다시 구덩이를 파고 잔디를 심어 표시를 해 두었다.

파홈은 뒤를 돌아보았다. 해가 내리쬐어 언덕 꼭대기와 그곳에 서 있는 사람들이 뚜렷이 잘 보였다. 여행마차의 바퀴가 반짝거렸다. 파홈은 5베르스타쯤 걸었을 거라고 생각했다. 차츰 더워져 옷을 벗어 어깨에 걸치고 걸었다. 5베르스타를 더 지나오자 덥기 시작했다. 태양을 보니, 아마도 아침 식사 시간이 된 것 같았다.

'하루치의 4분의 1이 지났군. 하루에 네 군데 구덩이를 파게 되어 있으니 방향을 돌리기에는 너무 빠르지. 신을 벗어야겠군.'

그리고 앉아서 신을 벗어 허리춤에 차고 다시 걷기 시작했다. 걷는 것이 훨씬 수월했다.

'5베르스타만 더 걷자. 그리고 왼쪽으로 구부러져 돌아가야지. 너무 땅이 좋아서 그대로 돌아가기가 아쉬운 걸. 앞으로 나아갈수록 더욱 땅이 좋으니.' 그렇게 생각하며 그는 자꾸만 앞으로 나아가고 있었다. 뒤를 돌아보자 출발점인 언덕이 희미하게 보이고 그곳 사람들은 개미처럼 아물거렸고, 무엇인가 반짝거렸다.

'이만하면 이쪽은 충분해. 이제는 여기서 방향을 돌려야지. 목도 타는군.' 파홈은 그곳에 더욱 큰 구덩이를 만들고 잔디를 넣고는 물통을 열어 물을 마신 뒤 왼쪽으로 커다랗게 방향을 돌렸다. 그곳으로 가니 풀이 무성해지고, 무더워지기 시작했다.

파홈은 온몸의 기운이 빠지고 몹시 피곤했다. 태양은 높이 떠서 정오가 되었다.

'여기서 쉬어 가지 않으면 안 되겠다.' 파홈은 걸음을 멈추고 앉았다. 누우면 잠들까봐 눕지는 않고 물을 마시며 빵을 먹었다. 그리고는 다시 걷기 시작했다. 빵을 먹었기 때문에 힘도 솟았다. 그러나 햇살이 워낙 따갑게 내리쬐어 걷다가도 졸음이 왔다. 그래도 걸음을 멈출 수가 없었다. 한 시간 견디는 일이 평생의 이득을 가져온다고 생각했다.

파홈은 한번 왼쪽으로 꺾은 후에도 상당히 멀리 걸었다. 다시 왼쪽으로 돌리려다 앞을 바라보니 분지가 있는데 버리기에는 너무나 아까운 땅이었다. 그래서 분지를 지나 그 너머에 구덩이를 파서 표식을 하고 다시 왼쪽으로 돌았다. 파홈은 언덕 쪽을 보았으나 더운 기운 때문에 모든 것이 아른거리는 대기 속에서는 언덕 위의 사람들도 거의 보이지 않았다. 그들로부터 15베르스타쯤 온 것 같았다.

파홈은 생각했다.

'두 쪽은 길게 잡았으니 이번에는 좀 짧게 잡아야겠어.'

세 번째 방향으로 접어들자 그는 걸음을 재촉했다. 해를 보니 점심시간이 가까워지고 있었다. 그런데 세 번째 모퉁이에서는 겨우 2베르스타 정도밖에 나아가지 못했다. 출발점까지는 아직 15베르스타 정도가 남아 있었다. '안 되겠군. 모양이 꾸불꾸불한 땅이라도 이젠 할 수 없어. 곧바로 출발점으로 가야겠다. 더 이상 탐내지 말자. 땅은 충분해.' 이렇게 생각한 파홈은 서둘러 구덩이를 파서 표시하고 곧바로 출발점인 언덕으로 향했다.

9

파홈은 곧장 언덕 쪽으로 갔으나 지칠 대로 지쳐 있었다. 온몸은 땀으로 젖었고 맨발은 상처투성이며 힘이 빠져 제대로 걸을 수가 없었다. 쉬고 싶었지만 그럴 수도 없었다. 해가 지기 전에 출발점에 도착할 수 없을 것 같았기 때문이다. 태양은 기다려 주지 않고 자꾸만 기울어 갈 뿐이었다.

'야단났는데. 내가 너무 욕심을 냈나 보다. 시간을 못 지키게 된다면 어떡하지?'

그는 언덕과 해를 번갈아 쳐다보았다. 출발점까지는 아직 먼데 해는 벌써 지평선으로 기울고 있었다.

파홈은 걸음을 재촉했지만 걸어도 걸어도 갈 길은 줄지 않았다. 마침내 뛰기 시작했다. 조끼도 장화도 물통도 모자도 모두 던져버리고 괭이만을 쥐고 지팡이 삼아 뛰었다.

'아! 나는 너무 욕심을 부렸어. 내가 모든 걸 망쳐버린 거야. 해지기 전까지 출발점에 돌아갈 수 없을 거야.'

그는 두려운 생각에 숨이 막혀 왔다. 파홈은 계속 뛰었다. 내의와 바지가 땀에 젖어 몸에 달라붙었다. 입이 마르고 가슴은 대장간 풀무처럼 부풀고 심장은 마치 망치질을 하는 듯했다. 다리는 남의 다리처럼 휘청거렸다. 파홈은 이러다가 죽지는 않을까 하는 생각에 무서웠다.

죽는 것은 무섭지만 그렇다고 멈춰 설 수는 없었다. '이렇게 많이 왔는데 여기서 멈춰서면 사람들에게 바보라는 소리를 들을 거야.' 파홈은 뛰고 뛰어 언덕 가까이까지 왔을 때 바슈키르 사람들이 그를 향해 외치는 고함소리가 들려 왔다. 그 함성을 듣자 파홈의 심장은 더욱 격렬하게 뛰었다. 파홈은 있는 힘을 다해 뛰었다.

해가 지평선 가까이 저녁놀 속으로 떨어지며 하늘이 붉게 물들어가고 있었다. 해는 곧 저물 것이다. 출발점까지도 멀지 않았다. 파홈은 언덕 위에서 자기를 향해 손을 흔들며 재촉하고 있는 사람들을 보았다. 땅 위에 놓인 촌장의 여우털모자와 그 위의 돈도 보았다. 그리고 촌장이 땅바닥에 앉아 두 손으로 배를 움켜잡고 있는 것도 보였다. 그러자 꿈이 생각났다.

'땅은 원대로 많아졌지만 하나님께서 나를 이 땅에 살게 하실까? 아! 나는 모든 걸 망쳐버렸어. 더 이상 갈 수가 없어.'

파홈은 태양을 쳐다보았다. 태양은 지면 아래로 묻혀 버리고 끝자락만이 또렷이 드러났다. 파홈은 마지막 힘을 쏟아 몸을 앞으로 기울이고 넘어지지 않으려고 애를 쓰며 겨우 발걸음을 옮겼다. 그리고 겨우 언덕 밑까지 이르렀다. 그런데 갑자기 주위가 어두워졌다. 뒤를 돌아보니 태양은 벌써 가라앉았다. 파홈은 깜짝 놀랐다.

'아! 이 모든 수고가 수포로 돌아갔구나!'

그는 단념하고 멈춰 서려 했으나 바슈키르 사람들의 함성이 언덕 위에서 들려 왔다. 그러자 언덕 아래에 있는 그에게는 해가 이미 떨어진 것처럼 느껴지지만, 언덕 위에서는 아직 해가 지지 않았을지도 모른다는 생각이 들었다. 파홈은 힘을 내어 언덕 위로 뛰어 올라갔다.

언덕 위에는 아직 햇빛이 있었다. 언덕에 올라서자 모자가 보였다. 그리고 모자 앞에 촌장이 앉아서 두 손으로 배를 움켜잡고 큰 소리로 웃고 있었다. 파홈은 꿈 생각이 나서 깜짝 놀랐다. 다리의 힘이 풀려서 앞으로 쓰러지고 말았다. 하지만 쓰러지면서도 모자를 손으로 잡았다.

"아, 참으로 훌륭합니다. 많은 땅을 소유하게 되었소이다!"

촌장이 소리쳤다.

파홈의 하인이 달려가 주인을 일으키려고 했지만 그의 입에서는 피가 흐르고 있었다. 이미 죽은 것이다. 바슈키르 사람들은 혀를 차며 매우 애석해했다.

파홈의 머슴은 주인이 가진 괭이를 가지고 파홈의 무덤으로 머리에서 발끝까지의 치수 3아르신1아르신=약 71.12cm을 정확히 팠다. 그리고 그곳에 파홈의 시체를 묻었다.

이 작품은 순박한 농부 파홈에게 땅에 대한 욕심이 생기면서부터 이야기가 시작됩니다. 땅만 있으면 악마도 무섭지 않다고 큰소리친 파홈은 악마의 꾀임에 넘어가 끝없이 땅에 대한 욕심을 부리게 되고, 원하는 만큼 땅을 얻었음에도 만족을 느끼지 못하고 계속해서 땅을 얻기 위해 노력합니다. 파홈은 결국 더 넓은 땅을 갖기 위해 바슈키르의 마을을 찾습니다. 그 마을의 촌장은 해가 뜨는 순간부터 해가 저무는 순간까지 하루 동안 걸어서 돌아온 만큼의 땅은 모두 파홈의 것이 된다고 말했습니다. 꿈에 부푼 파홈은 마을 대표들이 보는 앞에서 이른 아침에 하인을 데리고 길을 떠납니다. 파홈은 달리고 또 달렸습니다. 인간의 욕심이 끝없음을 보여 주는 장면이지요. 파홈의 신발도 옷도 땀으로 범벅이 되고 숨도 차오릅니다. 그때 자신이 떠나왔던 곳을 바라보는 순간 파홈은 가슴이 두근거립니다. 엄청난 땅을 차지한다는 희망보다 너무 늦어 모든 것을 잃게 될 수도 있다는 불안감이 그를 휘감았기 때문이죠. 파홈은 지친 몸을 이끌고 해가 저무는 순간 자신이 떠났던 자리로 돌아와 엄청난 땅을 소유하게 되었지만 과욕 탓으로 그 순간 목숨을 잃고 맙니다. 파홈의 하인은 땅을 파고 그를 묻습니다. 그가 묻힌 땅은 불과 3아르신이었답니다. 결국 파홈에게 필요한 땅은 자신의 관 하나 들어갈 만한 세 평 남짓한 땅이면 충분했던 것이지요.

이 작품을 읽다 보면 저절로 고개를 끄덕이게 됩니다. 그것은 단순한 흥미 위주의 글이 아닌 삶을 살아가는 데 있어 가장 필요로 하는 지혜를 얻을 수 있는 값진 내용이 담겨져 있기 때문인데요, 이 작품은 바로 인간이라면 누구에게나 내재한 한없는 욕심을 경계하고 있답니다.

　여기에서 문제가 되는 것은 인간의 소유욕입니다. 무엇이든지 가지려고 하고, 부자가 되고 싶어하는 욕망이지요. 인간은 누구나 살아가는 데 최소한의 필요한 것만을 갖는 것에 만족하지 않고 풍족하게 가지려고 합니다. 그래서 필요 이상의 큰 집을 갖고, 고급 승용차에 비싼 가구에 비싼 옷을 입고 다니면서 자기의 부를 과시하고 싶어하지요. 이 작품은 이런 인간의 탐욕을 끝없는 욕망으로 보고, 그 결과가 얼마나 비참한가를 보여 주고 있습니다. 탐욕으로 끝없이 치닫는 인간의 모습을 통해 소유욕에 대한 경계라는 메시지를 전달해 주고 있는 것이지요.

● 파홈은 어떤 사람인지 설명해 보세요.

● 바슈키르 사람들은 땅을 어떻게 생각하고 있는지 이야기해 봅시다.

● 파홈의 꿈을 해석해 봅시다.

작품의 마지막 점검

구성	**발단**		순박한 농부 파훔이 땅에 대한 욕심이 생김.
	전개		악마의 꾀임으로 끝없이 땅에 대한 욕심을 부림.
	위기		더 넓은 땅을 가지기 위해 바슈키르의 마을을 찾아감.
	절정		해가 뜰 때부터 질 때까지 걸어 돌아와 엄청난 땅을 소유함.
	결말		과욕 탓으로 목숨을 잃고, 하인에 의해 땅에 묻힘.
핵심정리	**주제**		인간의 소유욕에 대한 경계.
	소재		땅
	갈래		민화
	등장인물		두 자매, 파훔, 하인, 촌장.
	시점		1인칭 주인공 시점
	배경		바슈키르의 쉬한 언덕.
작중 인물의 성격	**파훔**		도전적이고 소유욕이 강하나 결국 욕심으로 인해 죽음을 맞이함.

위대하고도 소박하여라, 톨스토이!

천재적 예술가이자 사상가인 세계적 대문호 톨스토이의 어렸을 때 꿈은 위대하고 행복한 부자가 되는 것이었답니다. 그리고 그의 꿈은 현실로 충분히 이루어질 수도 있었죠.

그러나 그는 스스로를 '사랑의 사도'라고 여기며 부와 명예, 그리고 그토록 원하던 행복을 평생 거부했다고 합니다. 주위의 수많은 사람들의 고통을 지켜보며 자신 혼자 행복을 누릴 수는 없었던 것이죠.

톨스토이는 젊은 시절 자신의 일기에 '신과의 대화는 생을 바칠 수 있는 위대하고 거대한 사상으로 나를 인도했다.'라고 적었습니다.

이러한 그의 종교적 사상은 단순히 기적이나 현세의 구원, 미래의 행복 등을 약속하는 종교가 아니라, 이 땅에 행복을 주고 인간성 회복과 진정한 그리스도교의 사상에 일치하는, 즉 톨스토이가 추구한 새로운 종교의 기초라고 할 수 있습니다. 톨스토이는 종교의 왜곡된 사상을 증명하여 종교의 올바른 이해를 돕고자 끊임없이 노력합니다.

톨스토이가 살아 생전 추구했던 이러한 철학적·종교적 사상은 그의 작품세계 전반에 잘 나타나 있는데요, 그로 인해 톨스토이의 많은 작품들은 검열을 받고 생전에 금지되었다가 구 소련시대에 많은 책들이 세상에 나오게 됩니다.

특히 그의 삶 속에 배어 있던 종교적 사상이 그대로 반영되었던 많은 작품들은 결국 신에 대해 반기하고 러시아 정교를 거부하여 사도들을 진리로부터 왜곡시킨다고 하여 1901년 톨스토이는 러시아 정교회로부터 파문까지 당하게 됩니다.

톨스토이는 살아 생전 그가 걸었던 삶처럼 죽음 또한 유언에 따라 소박하게 맞이하는데요, 그는 사망하기 1년 전 일기에 자신의 묘 앞에서 비문을 읽지 말 것이며 묘비명을 세우지 않은 평범한 묘에 매장해 줄 것을 마지막 소원으로 적어 놓았습니다. 그리고 사망하기 10일 전 그는 나머지 생을 혼자 조용히 보내기 위해 평생 살아온 야스나야 폴랴나를 영원히 떠납니다.

별

알퐁스 도데의 「별」은 너무 많이 알려져 있는 이야기이기 때문에 우리에게 그다지 신선한 감

흥으로 다가오지 않을 수도 있습니다. 하지만 「별」이라는 작품에서만 찾아볼 수 있는 뤼브롱

산 속의 칠월 밤하늘의 분위기라든가 목가적 분위기를 상상력을 발휘해 읽어 본다면 나와 스테파네트의

맑은 사랑의 이야기는 언제 읽어도 우리의 가슴을 두근거리게 만들겠지요. 바로 서정성이라는 명제를 이

소설을 통해서 느낄 수 있답니다.

Daudet, Alphonse

● 알퐁스 도데

프랑스를 대표하는 문호이자 세계적인 서정작가로 불리운다. 환상과 현실의 기묘한
혼합을 이룬 작품으로 사랑받는 작가. (1840~1897)

알퐁스 도데는 1840년 5월 13일 프랑스 남부 님에서 태어났습니다. 견직물 공장을 운영하던 그의 아버지는 1848년 2월 혁명의 영향으로 파산하게 됩니다. 그리하여 도데는 각지를 떠돌아다니며 생활해야 하는 불우한 어린 시절을 보내지요. 근근이 연명하는 어려운 집안 형편으로 인해 그는 교회의 성가대 학교에 들어가 라틴어를 익힙니다. 그후 다행히도 그는 부친과 친교가 있었던 대학 총장의 알선으로 정규학교인 리옹의 중등학교에 장학생으로 입학합니다. 그는 그곳에서도 각종 어문학에 두각을 나타내어 우수한 문학성을 과시하지요. 리옹에서 청소년기를 보낸 그는 어려운 상황 속에서 신앙과 독서로 위안을 찾던 어머니의 영향으로 독서에 열중하기 시작합니다. 이때 갖게 된 독서 습관은 그에게 뛰어난 상상력과 문학적 감수성을 가져다 줍니다. 도데는 13세가 되었을 때, 이미 시를 쓰기 시작했는데, 이 시절에 썼던 감성이 풍부한 시편들은 1858년에 출간된 그의 처녀시집 『사랑하는 여인들』에 몇 편 수록되어 있습니다.

1856년에 도데는 리옹에 있는 학교를 졸업하고 대학에 들어가기 위해 준비하지만, 큰형의 죽음과 아버지의 두 번째 사업 실패로, 공립 중학교에서 복습 교사로 6개월 정도 일합니다. 그러다 둘째형의 도움으로 파리에서 문학에의 열정을 맘껏 발산하게 되지요.

처녀작이자 마지막 시집인 『사랑하는 여인들』 출간 이후, 그의 작품이 언론에서 호평을 받으면서 신문과 잡지에 작품을 발표할 수 있는 기회가 주어집니다. 이러한 기회와 함께 행운의 여신은 계속해서 그에게 손길을 뻗쳐, 도데의 시집을 읽고 감명을 받은 왕후 외제니의 소개로 그는 입법회의 의장 모르니 공작의 비서로 일하게 됩니다. 이때 그는 상류 사회의 많은 사람들과 교제도 하면서 틈틈이 희곡도 쓰기 시작하지요. 1862년에 오데옹 극장에서 공연된 『최후의 우상』은 이 시기에 발표한 작품을 토대로 한 것입니다.

1866년에 모르니 공작이 사망하자 자신의 생활을 스스로 해결해야 했던 그는 열심히 소설에만 전념하는데요, 이때부터 서정적인 문체와 우수가 깃든 환상적인 소설들을 쓰기 시작해 많은 사람들에게 사랑받는 인기 작가가 됩니다.

그는 이듬해인 1867년 27세의 나이에 쥘리아와 결혼하는데, 아내 쥘리아는 남편의 작품들을 꼼꼼히 읽으며 내조를 아끼지 않은 훌륭한 동반자였지요. 헌신적인 아내의 도움을 받으면서 안정된 환경에서 그는 창작 활동에만 전념할 수 있었습니다. 그는 다양한 장르에 걸쳐 문학활동을 했는데, 그 가운데에서도 소설과 수필에서 두각을 나타냈죠.

1868년에는 자신의 불우했던 어린 시절을 회상하며 쓴 『꼬마 철학자』를 발표합니다. 도데가 문인으로서 성공을 거두게 하는 결정적인 역할을 하는 이 작품은, 불우한 어린 시절부터 경제적으로 어려움을 겪는 사춘기를 거쳐 혹독한 사랑의 시련을 겪으며 성인으로 성장하기까지를 담은 성장 소설로서 자전적 소설인 셈이죠. 우리는 이 작품에서 현실과 결탁하지 않고 문학적 순수성을 보여 주는 주인공을 통해 도데의 문학관을 엿볼 수 있답니다.

이어서 그는 1869년에 여러 곳에 발표했던 단편들을 모아 서정 소설의 대표작인 『풍차 방앗간에서 온 편지』를 간행합니다. 그리고 몇 년 후, 1872년에는 소설 『따르따렝의 놀라운 모험』과 희곡 『아를의 여인』을 발표합니다.

1870년 7월에 보불 전쟁이 일어나자 애국심이 강했던 그는 근시로 병역이 면제되었는데도 군에 입대합니다. 이 시기의 체험을 바탕으로 그는 대표작이라 할 수 있는 단편 『마지막 수업』과 몇 편의 단편을 집필합니다.

도데는 첫 장편소설인『동생 프로몽과 형 리슬레』를 발표하는데, 이 작품은
출간되자마자 유럽의 각국어로 번역되어 출간되고 많은 호응을 얻게 됩니다.
그리고 1876년에는 이 작품으로 아카데미 프랑세즈 상까지 받게됨으로써, 문
학가로서의 그의 위치를 더욱 확고히 하는 계기가 되기도 하지요. 또한 항상
자신의 고향을 잊지 못한 도데는 여러 작품들 속에 고향에 대한 풍경을 묘사
하고 있는데요, 이처럼 도데는 불우했던 과거를 서정적인 문체로 그려냄으로
써 작품을 더욱 아름답게 만들었으며, 오늘날까지도 그를 서정 작가로 불리
게 하는 배경이 되었죠.

세계적인 서정 작가 도데는 1897년에 57세의 나이로 불치의 병을 극복하지
못하고 세상을 등지고 맙니다. 세상을 마감하는 그날까지도 문학에 대한 열
정을 보여 준 도데. 병석에서의 작품 활동은 희곡『뉘마 루메스땅』, 회상록
『어떤 문인의 회상』, 수필『파리 30년』등으로 결실을 맺게 됩니다.

도데는 살아 생전에 자연주의의 과학적 냉혹성을 다루는 일련의 작가들—
플로베르, 공쿠르, 투르게네프—과 교류하면서 영향을 받기도 하였지만, 그들
과는 달리 그만의 독자적인 문학세계를 확립하는 데 성공하였죠. 즉 대상을
항상 애정 어린 눈으로 바라봄으로써 얻어지는 연민, 미소, 눈물, 유머 등의
감정을 시적 정서 속에 그대로 담아 낸 것입니다. 따라서 우리 독자들은 그의
작품을 대할 때 소설이라기보다는 한 편의 서정시를 감상하는 기분을 접하게
되죠. 그 서정성은 도데 자신이 자신의 삶을 승화시켜 얻을 수 있었던 결과물
로, 그의 작품에서는 단순한 상상력의 차원이 아닌, 누구나 공감할 수 있는 감
성을 느끼게 되는 것입니다. 이것이 바로 그를 세계적인 작가로 발돋움하게
한 요인이라 할 수 있겠죠.

프로방스 양치기의 이야기

뤼브롱 산의 방목지에서
나의 개 라브리를 데리고
양들을 지키고 있을 때, 나는 몇 주일 동안 사람이라곤 그림자도 구경하지 못
한 채 지내고 있었다. 약초를 캐러 다니다 지나가는 뤼르 산의 은자나 피에몬
테 지방 숯쟁이의 시커먼 얼굴을 보는 일이 이따금 있기는 했다. 하지만 그들
은 오랫동안 혼자 살아온 터라 말하는 습관을 잃어버린 데다 산아래 마을이
나 도시에서 도는 소문 따위에는 아예 관심조차 없는 순박한 사람들이었다.
그래서 보름마다 식량을 내게 가져다주기 위해 올라오는 우리 농가의 노새
방울 소리가 들리고, 언덕 위로 막둥이의 부수수한 머리나 노라드 아주머니
의 붉은색 머리쓰개가 보일라치면 뛸 듯이 반가웠다. 나는 누가 영세를 받았
느냐, 누가 결혼을 하게 되었느냐 하면서 아랫마을 소식을 묻고 또 물었지만
실은 주인집 딸, 이 고장에서 가장 아름다운 스테파네트 아가씨가 어떻게 지

내는지가 제일 궁금했다. 하지만 특별한 관심이 있다는 걸 들키지 않으려고 나는, 아가씨가 축제나 파티에는 자주 가는지, 멋쟁이 남자들이 여전히 찾아오는지 넌지시 물었다. 산에서 양이나 치는 목동이 그런 것들을 알아서 뭐하냐고 묻는다면 나는 스무 살의 청년이고, 스테파네트 아가씨는 내가 이제껏 본 사람들 중에서 가장 아름다운 여자였다고 대답해주리라.

그런데 어느 일요일, 기다리는 보름 치의 식량이 무슨 일인지 아주 늦어지고 있었다. 오전에는, 미사가 늦게 끝났기 때문이려니 생각했다. 그러다 정오 무렵에 강한 비바람이 몰아쳤기 때문에 길이 험해져서 나귀가 길을 떠나지 못하는 것이려니 생각했다. 이윽고 3시경 언제 그랬냐는 듯 하늘이 말끔히 개면서 물을 머금은 산이 햇빛에 반짝일 때 나뭇잎에서 뚝뚝 떨어지는 물방울 소리와 물이 분 계곡에서 콸콸 넘치는 물소리 속에 부활절에 울리는 낭랑한 종소리만큼이나 경쾌하고 활기찬 노새 방울 소리가 들렸다. 하지만 노새를 몰고 온 사람은 막둥이도 노라드 아주머니도 아니었다. 그렇다면 누구였을까…… 바로 스테파네트 아가씨였다! 몸소 노새를 몰고 온 아가씨는 버들 바구니들 사이에 꼿꼿이 앉아 산바람과 비가 그친 뒤의 서늘해진 공기를 쐬서인지 얼굴이 붉게 물들어 있었다.

막둥이는 병이 났고, 노라드 아주머니는 휴가를 받아 자식들 집에 갔다고 말하면서 노새에서 내린 아름다운 아가씨는 오다가 길을 잃는 바람에 늦게 도착하게 되었다고 덧붙였다. 하지만 꽃무늬 리본 스카프에 레이스가 달린 화려한 치마를 입은 아가씨는 어찌나 곱게 단장을 했는지 숲 속에서 길을 찾아 헤맸다기보다는 차라리 무도회에 갔다가 늦어진 것 같았다. 어찌나 어여쁜지! 아무리 보고 또 봐도 결코 싫증이 나지 않는 아가씨. 사실 나는 그렇게 가까이에서 아가씨를 본 적이 없었다. 양떼가 평원에 내려와 있는 겨울철에 저녁을 먹으러 농가에 돌아올 때면 늘 예쁘게 차려입고서 머슴들에게는 거의 말을 건네지도 않고 쌀쌀맞게 지나가는 아가씨를 이따금 보긴 했다. 그런데 지금 그런 아가씨가 내 앞에 와 있는 것이다. 오직 나만을 위해서. 그러니 내가 제정신일 수 있겠는가?

스테파네트 아가씨는 바구니에서 식량을 꺼내놓고 나서 호기심이 가득한 눈으로 주변을 두리번거리기 시작했다. 쉽게 찢어질 것처럼 하늘하늘한 레이스 치맛자락을 살짝 걷어들고 울타리 안으로 들어선 아가씨는 내가 잠자는 곳을 보고 싶어했다. 짚자리와 양가죽 이불, 벽에 걸린 큼직한 외투, 지팡이, 돌멩이 총, 하나하나가 다 신기한지 아가씨는 마냥 즐거워했다.

"여기서 살아요? 이렇게 늘 혼자 있으면 얼마나 쓸쓸할까! 뭘 하고 지내요? 무슨 생각을 하면서 지내죠?"

나는 '아가씨를 생각하면서 지내죠' 라고 대답하고 싶었다. 거짓말이 아니건만 어찌나 당황했던지 나는 대답할 말을 찾지 못하고 있었다. 그걸 눈치챈 아가씨가 내가 쩔쩔매는 것이 재미있는지 짓궂게도 나를 점점 더 놀리고 있다는 생각이 들었다.

"마음씨 착한 여자친구가 가끔 만나러 오겠죠? 아마 틀림없이 금빛 양이거나 산봉우리만 뛰어다니는 에스테렐 선녀일 거야."

그렇게 말하면서 머리를 약간 젖힌 채 머금는 귀여운 미소하며 느닷없이 나타났다가는 서둘러 떠나려고 하는 아가씨야말로 에스테렐 선녀 같았다.

"그럼 안녕."

"조심해서 가세요, 아가씨."

그러고는 빈 바구니를 가지고 아가씨는 떠났다.

아가씨가 비탈진 길로 사라졌을 때, 노새 발굽에 굴러 떨어지는 돌멩이 하나하나가 내 가슴으로 떨어지는 것만 같았다. 나는 오래오래 그 소리에 귀를 기울였고, 날이 저물 때까지 몽롱한 기분으로 행여나 꿈을 깰까 두려워서 감히 꼼짝도 하지 못하고 있었다. 해질녘 골짜기가 파랗게 물들기 시작하고 양떼가 울타리 안으로 들어가기 위해 매에 매에 울면서 모여들기 시작할 때, 내리막길에서 나를 부르는 소리가 들리더니 아가씨의 모습이 보였다. 조금 전 보았던 생글거리는 얼굴이 아니라 물에 흠뻑 젖어 부들부들 떨면서 겁에 질린 얼굴이었다. 언덕 아래에서 빗물에 불어난 소르게 강을 무리하게 건너다 하마터면 떠내려갈 뻔했던 모양이었다. 어둠이 내린 시간에 농가로 돌아간다는 건 상상도 못할 일이었다. 아가씨 혼자서는 절대로 찾지 못할 것이 뻔한데 지름길로 가게 할 수도 없고, 또 나는 양떼를 두고 떠날 수가 없으니 난처하기 짝이 없었다. 그렇다고 산에서 밤을 보내자니 집에서 걱정할 생각에 아가씨는 안절부절못하고 있었다. 나는 아가씨를 안심시키려고 진땀을 뺐다.

"7월은 밤이 짧아요, 아가씨. 그러니 힘들겠지만 조금만 참으세요."

나는 아가씨의 발을 녹여주고, 소르게 강물에 홀딱 젖은 옷을 말려주려고 서둘러서 불을 지폈다. 그러고는 아가씨 앞에 양젖과 치즈를 가져다 놓았다. 하지만 몸을 녹일 생각도 먹을 생각도 하지 않고 눈물만 글썽이고 있는 아가씨를 보고 있자니 나도 울고 싶었다.

그러고 있는 사이에 날은 어두워졌다. 해가 넘어가는 쪽에만 먼지처럼 뿌연 해, 안개 같은 햇빛만 보일 뿐 산봉우리는 깜깜했다. 나는 아가씨를 움막 안에 들어가서 쉬게 했다. 새 짚자리 위에 새 털가죽을 깔아놓고 잘 자라는 인사를 하고 나는 문밖에 나와 앉았다. 가슴속에서 타오르는 사랑의 불길에도 불구하고, 내가 나쁜 생각은 털끝만큼도 하지 않았다는 걸 하느님은 알고 계신다. 움막 한구석에서 잠자는 아가씨를 신기한 듯 쳐다보는 양떼 바로 옆에서 주인집 딸—다른 어떤 양보다도 더 하얗고 더 소중한 양 같은—이 내 보호를 받으며 잠들어 있다는 것이 가슴 뿌듯하다는 생각밖엔 없었다. 하늘이 그토록 깊어 보이고 별이 그토록 반짝여 보인 적이 없었다. 갑자기 움막의 살문이 열리면서 아름다운 스테파네트 아가씨가 나타났다. 아가씨는 잠을 이룰 수 없었던 것이다. 양들이 뒤척이면서 바스락거리는 소리를 내는가 하면 꿈을 꾸는지 매에 매에 울기도 했다. 아가씨는 불가에 있고 싶어했다. 나는 얼른 아가씨의 어깨에 내 양가죽을 걸쳐주고 화력을 세게 했다. 우리는 말없이 나란히 앉아 있었다. 한데에서 밤을 보낸 적이 있는 사람이라면 우리가 잠자는 시간, 그 적막한 고요 속에서 신비로운 세계가 깨어난다는 걸 알 것이다. 그때는 샘물이 한층 맑은 소리로 노래하며, 못에는 작은 불꽃들이 반짝인다. 산의 온갖 정령들이 자유롭게 오가고, 어디에선가 바스락거리는 소리, 들릴락 말락 희미한 소리가 들려 온다. 마치 나뭇가지가 자라는 소리, 풀이 자라는 소리가 들리는 것만 같다. 낮은 생물이 활동하는 시간이고, 밤은 무생물이 활동하는 시간이다. 경험이 없는 사람에게 밤의 세계는 무섭기만 하다. 그래서 아가씨는 부들부들 떨면서 조그만 소리만 나도 나에게 바싹 다가앉았다. 아래쪽에서 반짝이던 못에서 애절한 울음소리가 물결치듯 우리를 향해 올라왔다. 바로 그 순간 별똥별 하나가 우리 머리 위를 지나 소리가 나는 쪽으로 흘러갔다. 마치 방금 들린 울음소리에 이끌리는 듯이.

"저게 뭐죠?" 스테파네트 아가씨가 나직한 소리로 물었다.

"천국으로 들어가는 어떤 사람의 혼이랍니다, 아가씨." 그렇게 대답하면서 나는 성호를 그었다.

아가씨도 성호를 긋고 나서 명상에 잠긴 얼굴로 하늘을 쳐다보고 있다가 말했다. "목동들이 요술쟁이라는 게 정말인가요?"

"그건 아니에요, 아가씨. 하지만 별들에 더 가까이 살고 있으니 평지에 사는 사람들보다는 우리 목동들이 하늘에서 일어나는 일을 좀더 알고 있을 뿐이죠."

양가죽으로 몸을 감싸고 한 손으로 머리를 받친 채 여전히 하늘을 쳐다보고 있는 아가씨의 모습은 흡사 하늘에서 내려온 어여쁜 목동 같았다.

"어쩌면 저렇게 별이 많을까! 아! 아름다워! 저렇게 많은 별은 처음 봤어요. 저 별들의 이름을 알아요?"

"그럼요, 아가씨. 자, 보세요. 우리 머리 바로 위에 있는 저 별은 은하인데 '성 야곱의 길'이라고도 부르죠. 프랑스에서 에스파냐까지 쭉 뻗어 있는 별 무리지요. 용맹한 샤를마뉴 대제가 사라센 사람들과 싸울 때 길을 알려주기 위해 갈리시아의 성 야곱이 흔적을 남겨놓았다고 해서 붙여진 이름이지요. 저기 멀리 번쩍번쩍한 바퀴를 네 개나 단 저 별은 큰곰자리라는 별자리인데 '영혼의 수레'라고도 부른답니다. 앞에 있는 세 개의 별은 세 마리의 짐승이고, 세 번째 별 바로 옆의 작은 별은 마부예요. 그 주위에 비오듯 쏟아지는 별들이 보이죠? 저 별들은 하느님이 하늘나라에서 쫓아내려고 하는 영혼들이죠. 조금 더 아래쪽에 있는 별이 바로 오리온자리인데 '쇠스랑' 또는 '삼왕성'이라고도 부르지요. 우리 목동들에게 시계 역할을 해주는 별자리랍니다. 저 별들을 보면서 나는 지금 자정이 지났다는 걸 알 수 있어요. 조금 더 아래 남쪽에서 반짝이는 별은 시리우스, 즉 별들의 횃불 '장 드 밀랑'이라고도 부르지요. 이 별에 대해서는 목동들 사이에 이런 얘기가 전해 내려온답니다. 어느 날 밤, '장 드 밀랑'은 '삼왕성'과 칠성, 즉 '닭장'과 함께 친구별의 결혼식에 초대되었지요. 제일 먼저 출발한 '닭장'이 윗길을 차지했지요. 저 위를 보세요. '삼왕성'은 아랫길을 가로질러서 '닭장'을 따라잡았지요. 하지만 게으름뱅이 '장 드 밀랑'은 늦잠을 자는 바람에 꼴찌가 되자 그만 화가 나서 그 둘을 멈춰 세우기 위해 지팡이를 던졌지요. 그래서 '삼왕성'을 '장 드 밀랑의 지팡이'라고도 부른답니다. 하지만 모든 별들 중에서 가장 아름다운 별은 뭐니뭐니 해도 우리가 양떼를 몰고 나오는 새벽에, 그리고 돌아오는 저녁에도 길을 밝혀주는 금성, 즉 '목동의 별'이지요. 우리는 '목동의 별'을 '마겔론'이라고도 부른답니다. 아름다운 마겔론은 토성, 즉 '프로방스의 돌'을 쫓아다니다가 7년마다 한 번씩 결혼을 하거든요."

"어머, 별들도 결혼을 해요?"

"그럼요, 아가씨."

별들의 결혼에 대해 열심히 설명하고 있을 때, 나는 어깨에 뭔가가 사뿐히 기대어지는 것을 느꼈다. 그건 리본과 레이스와 구불구불한 머리칼과 함께 내게 기대어 잠든 아가씨의 머리였다. 아가씨는 하늘의 별들이 점점 빛을 잃다가 솟아오르는 해에 완전히 자취를 감추는 순간까지 꼼짝도 않고 잠들어 있었다. 가슴이 약간 설레었지만 나는 오직 아름다운 생각만 하게 만드는 맑은 밤의 성스런 보호를 받아 잠자는 아가씨를 지켜보고 있었다. 주위에서는 별들이 양떼처럼 온순하게 조용한 행진을 하고 있었다. 나는 수많은 별들 중에서 가장 곱고 가장 반짝이는 별 하나가 길을 잃고 헤매던 중 내 어깨에 내려앉아 쉬다가 그만 잠이 든 거라는 상상에 빠져들었다.

작품 해설 ▶ 이 소설은 1869년에 출판된 알퐁스 도데의 첫 단편소설집 인 『풍차 방앗간에서 온 편지Lettres demon Moulin』에 실린 작품 입니다. 프랑스 하면 떠오르는 이국적인 풍경과 '프로방스 양치기의 이야기'라는 부제에서 목가적인 분위기를 느낄 수 있답니다. 프로 방스는 작가의 고향이기도 한데요, 마치 한폭의 수채화 같은 낭만적인 서정 적 풍경을 작품 곳곳에서 확인할 수 있습니다.

밤하늘의 빛나는 별은 어린아이부터 어른에 이르기까지 순수한 마음과 동 경, 그리고 상징적인 존재로 다가옵니다. 직접 만질 수도, 따올 수도 없는 것 이기 때문에 여러 가지 이야깃거리를 만들어 낼 수 있지요. 알퐁스 도데의 「별」은 이처럼 유년의 맑은 눈을 통해 바라보는 사랑 이야기입니다. 목동인 나와 주인집 아가씨 스테파네트의 순박한 사랑 이야기가 읽는 사람으로 하여 금 신선하고 맑은 감정을 일으켜 한번쯤 상상해 봤음직한 이야기를 만들어 내고 있답니다.

도데는 이 작품에 사람과 사람 사이에서 발생할 수 있는 여러 가지 문제나 갈등에는 주목하지 않고 오로지 인간에 대한 애정의 시선만으로 인간 그 자

 더 알아두기

별과 별자리의 기원에 대해서 그리스 신화를 살펴보면 많은 이야기가 전해지고 있습니다. 그리스 신화에서 별은 새벽의 여신 에오스가 아스트라이오스라는 신과 결혼하여 낳은 자 식들입니다. 또한 별자리의 기원도 많습니다. 이처럼 신화에 나오는 별과 관련된 이야기 들을 살펴보는 것도 작품을 보다 흥미롭게 대할 수 있도록 해 주겠지요.

체의 순수한 마음을 그렸습니다. 목동이라는 인물의 설정은 전원적인 분위기와 낭만적인 서정을 만들어 내고 있습니다. 특히 스테파네트에게 이야기해 주는 별 이야기는 목동의 마음을 간접적으로 표현하는 것이면서 동시에 하늘과 땅 혹은 별과 인간을 대비시켜서 하늘의 별만이 가질 수 있는 청순하고 아름다운 세계를 잘 형상화하고 있습니다. 소설을 읽다 보면 정말 밤하늘에 반짝이는 별을 직접 바라보면서 이야기하는 듯한 착각에 빠질 듯한데, 이처럼 섬세하고 사실적인 표현을 바탕으로 '나'의 섬세한 감정의 흐름과 배경묘사를 세밀하게 하고 있습니다.

소설 속 '나'는 마을에서 멀리 떨어진 뤼브롱 산의 목장에서 홀로 양떼를 치는 양치기 소년입니다. 늘상 혼자 지내는 형편이기에 보름에 한번씩 양식을 제공해 주는 농장식구들에게 마을 소식을 전해 듣는 것이 가장 큰 즐거움이죠. 하지만 본래 마음속에는 주인집 딸인 스테파네트에 대한 소식이 가장 궁금합니다. 그런 어느 날 뜻밖에도 스테파네트가 직접 양식을 가지고 목장에 나타나게 되고, 가는 날이 장날이라고 점심 나절에 내린 소나기로 인해 강물이 불어나 마을로 돌아갈 수 없게 되지요. 그날밤 무수한 밤하늘의 별을 보

 더 알아두기

밤하늘의 별을 바라보고 있으면 시간이 경과함에 따라 별자리의 위치가 달라지는 것을 알 수 있습니다. 이것은 지구의 자전 때문입니다. 또한 계절의 변화에 따라 같은 시간에 볼 수 있는 별자리도 바뀝니다. 다시 말해서 별자리를 보는 방법은 지구의 자전에 의해서 하루 동안 크게 바뀌는 별자리의 움직임과 지구가 공전에 의해 태양 주위를 돌면서 생기는 계절의 움직임 두 가지가 있습니다.

면서 '나'는 스테파네트에게 별에 관련된 이야기를 들려 주고 스테파네트는 내 어깨에 머리를 기댄 채 잠이 듭니다. 그런 스테파네트를 바라보며 '나'는 '수많은 별들 중에서 가장 곱고 가장 반짝이는 별 하나가 길을 잃고 헤매던 중 내 어깨에 내려앉아 쉬다가 그만 잠이 든 거라는 상상에 빠져'들지요.

　이 마지막 부분에 이르면 양치기 소년인 '나'의 마음이 서정성 풍부한 별 이야기를 통해서 스테파네트에게 자연스럽게 전달이 되고, 순수한 마음이 아름답게 형상화되는 것을 느낄 수가 있답니다. 스테파네트에 대한 사랑이 단순히 사랑에 머무르는 것이 아니라 순결하고 신성한 의미로 승화되는 것이죠.

Open Book Test

● 단편소설은 대체로 인물의 심리가 중요한데, 스테파네트에게 별 이야기를 해주는 '나'의 감정은 그 이전과 어떻게 변화되고 있는지 이야기해 봅시다.

● 제목인 '별'의 의미를 생각해 봅시다.

● 가장 안타깝다고 생각하는 부분과 가장 아름답다고 생각하는 부분을 들고, 그 이유를 말해 봅시다.

구성	발단	나는 뤼브롱 산에서 양떼들을 돌보며 지냄.
	전개	보름치 양식을 전해 주던 아주머니 대신 스테파네트가 옴.
	위기	소나기로 물이 불어 마을로 내려가던 스테파네트가 다시 옴.
	절정	스테파네트와 밤을 지새며 밤하늘의 별 이야기를 해주고, 스테파네트는 나의 어깨에 기대어 잠이 듦.
	결말	나는 아름다운 마음으로 스테파네트의 잠든 얼굴을 지켜보며 밤을 지새움.
핵심정리	주제	지고지순한 사랑, 성결한 사랑.
	소재	별
	갈래	단편소설, 순수소설.
	등장인물	스테파네트, 나.
	시점	1인칭 주인공 시점
	배경	시간 − 7월의 어느 일요일. 공간 − 뤼브롱 산 목장, 프로방스의 외로운 목장.
작중 인물의 성격	스테파네트	목동의 주인집 딸로 마을 청년들에게 인기가 많은 아름다운 아가씨.
	나	뤼브롱 산에서 양을 치는 목동으로, 순결한 마음으로 주인댁 딸을 사모함.
	노라드 아주머니	목동에게 보름에 한 번씩 양식과 마을 소식을 전해줌.

마지막 수업

✱ 읽기 전에 생각하기

왠지 마지막 수업이라고 하면 홀가분한 느낌보다는 쓸쓸한 느낌이 듭니다. 이 작품은 「별」과 함께 알퐁스 도데의 작품 중 가장 잘 알려진 소설로, 아마도 이 작품을 읽고 감동을 받지 않은 사람은 없을 것입니다. 하지만 소설은 하나의 의미만을 우리에게 제공하는 것은 아닙니다. 겉으로 드러나는 작품 자체의 의미에만 매달리지 말고, 그 너머에 있는 또 다른 의미를 생각해 보는 것도 소설을 읽는 하나의 방법이 될 것입니다. '마지막 수업'은 배경인 알자스 로렌의 지리적인 특징 때문에 겪게 된 이야기입니다. 그러니까 이 소설의 역사적 배경을 살펴본다면 좀더 이 소설이 가깝게 다가오겠지요.

어느 알자스 소년의 이야기

그날 아침, 나는 학교에 몹시 늦게 가고 있었다. 더욱이, 아멜 선생님께서는 분사分詞에 대해 질문하겠노라고 말씀하셨는데, 나는 그 문법을 전혀 외우지 못했기 때문에 꾸중을 듣게 되지나 않을까 여간 겁이 나는 게 아니었다. 잠깐 동안이나마, 차라리 학교를 빠지고 들에나 돌아다닐까 하는 생각조차 들었다.

날씨는 너무나 화창하고 맑았다. 숲에서는 티티새 지저귀는 소리가 들렸고, 제재소 뒤의 리페르 벌판에서는 프러시아 군인들이 훈련을 받는 호령 소리만 들릴 뿐이었다.

그 모든 소리들은 분사의 규칙 이상으로 내 마음을 자극하여 설레이게 했다. 하지만 내게는 그것을 이겨낼 만한 힘이 있었다. 그래서 부랴부랴 학교를 향해 달려간 것이었다.

면사무소 앞을 지날 때, 조그만 게시판 앞에 걸음을 멈추고 서 있는 사람들이 눈에 띄었다. 2년 전부터 패전이니, 징발이니, 군 사령부의 명령이니 하는 온갖 나쁜 소식만 우리에게 전해 준 게시판이었다. 나는 멈춰 서지도 않고 생각했다.

'또 무슨 일이 일어났을까?'

내가 마침 광장을 가로질러 달려가려 할 때, 도제徒弟와 같이 그곳에서 게시문을 읽고 있던 대장간의 와슈테 영감님이 소리쳐 말했다.

"얘, 그렇게 서둘러 갈 것 없다. 그러지 않아도 지각하진 않을 테니!"

나는 와슈테 영감님이 나를 놀려대는 줄 알았다. 그래서 헐레벌떡 아멜 선생님의 조그만 마당으로 뛰어 들어간 것이다.

보통때 같으면, 수업이 시작될 때는 으레 길거리까지 왁자지껄한 소리가 들리게 마련이다. 책상을 여닫는 소리며, 잘 외우려고 귀를 틀어막고 큰소리로 읽어대는 소리, 거기에 "좀 조용히 해!" 하며 교탁을 두드리는 선생님의 큼지막한 자막대기 소리 등.

나는 선생님 몰래 살그머니 내 자리에 가서 앉을 생각으로 그런 모든 소란한 소리들을 기대하고 있었다. 그런데 그날따라 전체 분위기가 일요일 아침처럼 고요하기만 했다. 열려진 창 안으로는 아이들이 각기 제 자리에 앉아 있고, 아멜 선생님이 그 무서운 쇠자막대기를 안고 왔다갔다하는 모습이 보였다.

나는 이런 고요의 한복판으로 문을 열고 들어가야 했다. 얼마나 내 얼굴이 빨개졌고, 얼마나 두려움에 사로잡혔을지 여러분도 쉽사리 상상할 수 있으리라.

그런데 의외였다. 아멜 선생님은 나를 보더니 화는커녕 정말이지 너무도 부드럽게 말씀하시는 것이었다.

"어서 네 자리에 가서 앉거라, 프란츠. 너를 기다리지 않고 수업을 시작할 뻔했구나."

나는 의자를 넘어 내 책상 앞에 가서 앉았다. 그제서야 두려움이 가신 나는 우리의 선생님이 검열일이나 상품수여식졸업식이 있는 날이 아니고서는 좀처럼 입지 않는 초록빛의 아름다운 프록코트를 입으셨고, 섬세하게 주름이 잡힌 가슴 장식을 달았고, 자수가 놓인 검은 명주의 테 없는 모자를 쓴 모습이 눈에 들어왔다.

그뿐만이 아니라 교실 전체가 보통때와는 다른 왠지 장중한 분위기가 감돌고 있음이 느껴졌다. 그 중에서도 나를 가장 놀라게 한 것은 평소에는 비어 있는 교실 구석의 의자에 마을 사람들이 우리들처럼 조용히 앉아 있는 모습이었다. 세모꼴 모자를 쓴 오제 영감님이며, 전에 면장님이며, 우편 배달을 했던 사람이며, 그 밖에도 많은 사람들이 모여 있었다.

그들은 모두 슬픈 표정이었다. 특히 오제 영감님은 가장자리가 낡은 프랑스어 초보 교재를 무릎 위에 펴놓고 그 위에 커다란 안경을 올려놓고 있었다.

내가 이런 모든 일에 놀라고 있는 동안 아멜 선생님은 교단 위에 올라가서 나를 맞이해 줄 때와 똑같이 부드럽고 무거운 목소리로 말문을 열었다.

"여러분, 내가 여러분을 위해서 수업을 하는 것은 이것이 마지막입니다. 알자스와 로렌 주州에서는 이제부터 독일어 외에는 가르칠 수 없다는 명령이 베를린으로부터 시달되었습니다. 새 선생님은 내일 도착하십니다. 오늘은 여러분에게 프랑스어의 마지막 수업이 됩니다. 아무쪼록 주의해서 들어 주세요."

이 짧은 말은 내 마음을 온통 뒤집어 놓았다. 아아, 지독한 악당놈들! 면사무소 게시판에 적힌 글이 바로 이것이었구나.

프랑스어의 마지막 수업……. 그런데 나로 말하자면 겨우 그것을 쓸 수 있을 정도였다. 이제 영원히 배울 수 없으려나! 이것으로 끝이란 말인가…….

나는 지금까지 헛되이 보낸 시간을 얼마나 후회했는지 모른다. 새 둥지를 찾아 돌아다닌 일, 사르 냇가에서 얼음을 지치느라고 학교 수업을 게을리한 일 등.

좀전까지만 해도 그토록 번거롭고 들고 오는 데 무겁게만 느껴졌던 문법 교과서나 성서 등이 이제는 도저히 헤어질래야 헤어질 수 없는, 오래 사귀어 온 벗처럼 생각되었다.

아멜 선생님 또한 그랬다. 그분과 다시는 만날 수 없다는 생각은, 그동안 벌을 받은 일이며 자막대기로 얻어맞은 일 등을 고스란히 잊게 해주고도 남았다.

가엾으신 분! 그분이 정장 차림을 한 것은 이 마지막 수업을 위해서이다. 그리고 나는 지금에야 비로소 마을의 노인들이 왜 교실 구석에 와서 앉아 있는지를 알 수 있었다.

그들은 보다 더 자주 이 학교를 찾아오지 않은 것을 뉘우치고 있는 듯했다. 또 우리의 선생님이 학교에 기울인 마흔 해 동안의 탁월한 공로를 감사히 여기고, 나아가서는 사라져 가는 조국에 대하여 그들의 마지막 의무를 다하기 위해서 저렇게 와 앉아 있는 것처럼 보였다.

나는 이런저런 생각에 잠겨 있었다. 그때 내 이름이 불리는 소리가 들려 왔다. 내가 암송할 차례였다.

나는 문제의 그 분사 규칙을 정말로 크게, 그리고 똑똑하게, 한 군데도 틀리

지 않고 낱낱이 욀 수 있기를 얼마나 바랐던지……. 그런데 처음의 두세 마디
에서 그만 헷갈려 당황해 버렸으니, 마음은 한없이 서글퍼져서 머리를 좀처
럼 들지도 못한 채 의자 안에서 몸만 흔들거리며 서 있을 뿐이었다. 나는 아
멜 선생님의 말씀을 듣고 있었다.

　"프란츠, 너를 꾸짖지 않겠다. 너는 벌써 충분히 벌을 받은 거야. 결국 이렇
게 되고 말았구나. 날마다 너는 이렇게 자신에게 말했겠지. '뭐 서두를 것 없
어, 내일 배우면 되지 뭐.' 그런 결과 어떤 일이 빚어졌는지 네가 보는 대로란
다. 아아! 자녀의 교육을 내일로 미루는 것이야말로 우리 알자스의 가장 큰
불행이었지. 지금, 저 사람들은 우리에게 이런 말을 할 권리가 있는 거야.
'뭐, 너희들이 프랑스인이라고? 그런데 너희는 프랑스인이라고 우겨대면서
제 나라 말조차 할 줄 모르지 뭐야!' 그렇긴 하지만, 프란츠. 가장 죄가 많은
사람은 네가 아니란다. 우리는 누구나가 충분히 추궁을 당해야 마땅한 거야.
너희 부모님들은 너희가 교육받기를 그다지 원하지 않으셨어. 한 푼의 돈이
라도 더 많이 벌기 위해 너희들을 밭이나 실 뽑는 공장으로 보내고 싶어하셨
지. 하긴, 나 자신만 해도 과연 내 자신을 탓할 만한 일이 전혀 없을까? 수업시
간에 너희들을 내 꽃밭에 물을 뿌리게 한 일이 없었던가? 또 은어를 낚고 싶
었을 때, 너희들을 쉬게 하는 데 죄책감을 느꼈던가?'

　아멜 선생님은 계속해서 프랑스어에 관해서 우리에게 말씀하셨다. 세계에
서 가장 아름답고 또렷하고 견실한 말이라는 것, 우리들 사이에 굳건히 보유
해야지 결코 잊어서는 안 된다는 것, 한 민족이 노예 신세가 되었을 때 그 나
라 말을 능히 보유하는 것은 마치 그들이 감옥의 열쇠를 쥐고 있는 거나 마찬
가지라는 것 등…….

| 알퐁스 도데 | Daudet, Alphonse |

그런 뒤에, 선생님은 문법책을 들고 우리가 암송한 부분을 읽어주셨다. 나는 내가 이토록 잘 이해할 수 있다는 데 놀랐다. 선생님이 말씀하시고 들려주시는 모든 것이 참으로 쉽게만 여겨졌다.

나는 내 자신이 이토록 주의를 기울여 들어 본 적이 지금까지 한 번도 없었고, 선생님도 이렇게 열심히 설명하신 일은 일찍이 없었다. 떠나기 전에 그분은 선생님의 모든 지혜를 단 한 번에 우리의 머리 속에 넣어 주려는 결심을 하셨는지도 모를 일이다.

암송이 끝나고 다음에는 쓰기 공부로 들어갔다. 이 날을 위해서 아멜 선생님은 새로운 습자책을 마련해 놓으셨다. 거기에는 아름다운 론드체로 '프랑스, 알자스, 프랑스, 알자스' 라고 씌어 있었다. 마치 그것은 수많은 조그만 기를 교실의 둘레와 우리들 책상의 가로대에 꽂아 펄럭이게 하고 있는 것 같았다.

우리는 얼마나 열성을 기울였는지 모른다. 게다가 이 얼마나 고요한가! 종이 위에 그어대는 펜 소리 외에는 아무 소리도 들리지 않았다.

한참 동안 풍뎅이가 몇 마리나 날아 들어와서 윙윙거렸지만 누구 하나 거기에 정신을 파는 사람이 없었다. 그것조차 프랑스어라는 양, 아주 작은 어린이까지도 용기와 신념으로써 각자의 사선斜線을 긋는 일에 정성을 쏟고 있었다.

학교의 지붕에서는 비둘기가 작은 소리로 울고 있었다. 나는 그 소리를 들으며 생각했다.

'그들은 저 비둘기들도 독일어로 지저귀게 하려는 것은 아닐까?

가끔 책장 위에서 눈을 들어 보면, 아멜 선생님이 교단의 자기 자리에서 꼼짝도 하지 않으시는 모습이 눈에 띄었다. 그는 마치 자기의 이 작은 학교에 있는 모든 것을 눈 속에 넣어 가지고 가려는 듯이 그 둘레의 물체를 응시하고 계셨다.

생각해 보면 지난 마흔 해 동안 그는 똑같은 자리에 앉아 지냈던 것이다. 운동장은 정면에 있고, 다만 책상과 의자만이 오래 쓰이는 동안 닮히고 윤이 나고 했을 뿐이다. 운동장의 밤나무는 키가 자랐고, 그가 손수 심은 우블롱맥주 만드는 데 쓰는 홉.도 이제는 지붕에 닿을 정도로 자라서 창문을 장식하고 있었다.

이 모든 것과 이별을 고해야 한다는 사실과, 그곳의 위층 방에서 짐을 챙기느라고 그의 누이동생이 왔다갔다하는 발걸음 소리를 들어야 한다는 사실은, 이 가엾은 분으로서는 얼마나 견디기 어려운 슬픔이었겠는가. 그들은 이튿날 이곳을 떠나 영원히 고국을 멀리하지 않으면 안 되는 처지였다.

어쨌든 그는 우리의 마지막 수업을 끝까지 계속할 굳은 결심을 하고 계셨다.

쓰기 다음에는 역사 공부였다. 그리고 조그만 어린이들이 모두 함께 BA · BE · BI · BO · BU(바 · 베 · 비 · 보 · 부)를 노래했다.

교실의 저쪽 구석에서는 오제 영감님이 안경을 끼고 앉아서 교과서를 두 손으로 들고 어린애들과 함께 글자 읽기를 하고 계셨다. 영감님 또한 우리와 마찬가지로 공부에 열중하셨다.

그의 목소리는 감동으로 떨리고 있었다. 그가 읽는 목소리가 여간 우스꽝스러운 것이 아니어서, 우리는 모두 웃어야 할지 울어야 할지 모를 지경이었다. 아아! 나는 이 마지막 수업을 언제까지나 잊지 못하리라…….

| 알퐁스 도데 | Daudet, Alphonse |

별안간 학교의 괘종시계가 열두시를 치고, 이어서 알젤리스의 종 아침, 낮, 저녁
기도를 알리기 위해 치는 종. 소리가 들려 왔다. 동시에 훈련을 마치고 돌아온 프러시
아 병사의 나팔 소리가 우리 교실의 창 밑에서 울려 퍼지기 시작했다.

아멜 선생님은 얼굴이 새파랗게 되어 교단 위의 자기 자리에서 일어섰다.
그가 그렇게 크게 보인 적은 지금까지 한 번도 없었다.

"여러분……."

하고 그는 말문을 열었다.

"여러분, 나는…… 나는……."

그러나 무엇인가가 그의 숨을 막히게 한 듯 그는 그 말을 끝맺을 수가 없었
다.

그는 칠판 쪽으로 돌아서더니 분필을 집어들고는, 있는 힘을 다해 한껏 큰
글씨로 이렇게 쓰는 것이었다.

'VIVE LA FRANCE!(프랑스 만세!)'

그리고는 머리를 벽에 눌러 대고 잠시 그 자리에 꼼짝도 않고 있더니, 이윽
고 말없이 손짓으로 돌아가라는 신호를 하였다.

"이제 끝났습니다. 모두 돌아가십시오."

그다지 수업에 열심히 참여하지 않았던 '나(프란츠)'는 여느 날과 마찬가지로 학교에 갔습니다. 사실 '나'는 프랑스어 공부보다 들판에 나가 뛰어놀거나 프러시아 병정들이 훈련 받는 것을 구경하는 것을 더 좋아했지요.

그런데 오늘은 다른 날과는 달리 아이들의 떠드는 소리도 들리지 않고 조용한 것이었습니다. 선생님께 꾸중을 들을 줄 알았던 '나'는 오히려 아멜 선생님의 자상하신 목소리에 어리둥절해합니다. 또한 교실 뒤쪽 자리에 마을 사람들이 조용히 앉아 있는 것을 보고는 놀라지요. 그리고 보니 아멜 선생님은 정장 차림을 하고 교단에 서 계셨는데, 알고 보니 베를린으로부터 내려온 명령으로 내일부터는 모든 수업을 독일어로만 가르쳐야 하기 때문이었던 것이죠. 바로 오늘이 프랑스어로 하는 아멜 선생님의 마지막 수업이었던 것입니다. 이것이 바로 나라를 잃어버린 국민들의 아픔이라고 할 수 있겠지요.

수업 중에 '나'는 선생님의 질문을 받고 대답을 못했는데, 선생님은 다른 때와는 달리 꾸짖지 않았고 이렇게 이야기하셨습니다. "프란츠, 너를 꾸짖지 않겠다. 너는 벌써 충분히 벌을 받은 거야. 결국 이렇게 되고 말았구나. 날마다 너는 이렇게 자신에게 말했겠지. '뭐 서두를 것 없어, 내일 배우면 되지 뭐.' 그런 결과 어떤 일이 빚어졌는지 네가 보는 대로란다. 아아! 자녀의 교육을 내일로 미루는 것이야말로 우리 알자스의 가장 큰 불행이었지. 지금, 저 사람들은 우리에게 이런 말을 할 권리가 있는 거야. '뭐, 너희들이 프랑스인이라고? 그런데 너희는 프랑스인이라고 우겨대면서 제 나라 말조차 할 줄 모르지 뭐야!'라고 말이죠. 그러면서 선생님은 이런 이야기도 하셨습니다. "프랑스 말은 세상에서 가장 아름답고 또렷하고 견실한 말이라는 사실을 잊

더 알아두기

「마지막 수업」의 배경이 된 보불전쟁에 대해 살펴봅시다.

프로이센은 잘 들어 보지 못한 나라 이름일 것입니다. 그 당시 독일은 하나로 통일된 나라가 아니라 몇 개의 왕국으로 이루어져 있었습니다. 프로이센은 그 중에서 가장 강력한 왕국으로 독일 북부지방 대부분을 차지하고 있었습니다.

독일은 나폴레옹으로부터 자극을 받아서 활발하게 민족을 통일하고자 하였습니다. 처음에는 자유주의를 받드는 사람들이 중심이 되어 통일 운동을 추진하였으나 실패하고 맙니다. 그 후 통일이라는 과제는 철혈 재상으로 불리는 프로이센의 비스마르크의 손으로 넘어가게 되었습니다.

비스마르크는 독일의 통일을 가로막는 최대의 장애물로 오스트리아와 프랑스를 꼽고, 이를 제거하는 길은 전쟁밖에 없다는 신념을 가지고 있었습니다. 그래서 그는 군대를 개혁하여 강력한 군대로 만들었습니다.

그리하여 첫 번째로 오스트리아와의 전쟁을 하게 됩니다. 전쟁은 7주 만에 프로이센의 승리로 끝났습니다. 이 싸움이 끝난 후 프로이센은 북부 독일 연방을 조직하고 남부 독일의 여러 나라와도 동맹을 맺어 통일의 기틀을 마련하였습니다. 비스마르크의 다음 일은 통일을 방해하는 프랑스의 나폴레옹 3세를 전쟁에 끌어들이는 것이었습니다. 그래서 마침내 '보불전쟁'이 일어나게 되었는데, 에스파니아의 왕위문제가 계기가 되어 1870년 7월 19일에 프랑스와 프로이센 사이에서 전쟁이 시작되었습니다. 전쟁이 일어나자 프로이센의 볼트겔 장군의 군대는 거침없이 프랑스 영토로 쳐들어갔습니다. 독일 연방의 남부 여러 나라도 프로이센과 함께 싸웠기 때문에 군사도 프랑스보다 많고 훈련도 잘 되어 있어 프랑스는 이들을 감당할 수 없게 되었습니다. 프랑스는 계속 후퇴를 하게 되었고 프로이센의 군대에 의해 포위되고 맙니다. 이 위기상황에서 프랑스 군대를 구원하기 위해 나폴레옹 3세가 직접 전쟁에 나서지만 결국에는 프로이센에게 항복을 하였습니다. 나폴레옹 황제가 붙잡혀 프랑스는 임시 국방 정부를 만들고 나라를 지키려 하지만 파리는 독일군에게 포위되었고, 식량 부족과 닥쳐오는 추위로 오래 버틸 수 없어서 프랑스는 프로이센에게 휴전을 요구합니다.

1871년 1월에 파리가 함락되었고, 두 나라는 휴전 조약을 맺습니다. 이때 프랑스는 알자스와 로렌 지방을 독일에 넘겨주고, 50억 프랑의 배상금을 지불하기로 하면서 전쟁은 끝났습니다.

어서는 안 되는 것입니다. 비록 국민이 노예가 된다 하더라도 그 나라 말만 유지하고 있다면 자기 감옥의 열쇠를 쥐고 있는 것이나 마찬가지입니다." 그러면서 선생님은 말을 더 잊지 못하시고는 칠판 한쪽에 "프랑스 만세!"라고 쓰셨습니다.

한 나라의 말(언어)이라는 것은 그 나라의 민족정신을 의미합니다. 또한 민족문화의 토대로서 독특한 정신적 기질과 사고방식, 감성적 반응을 담고 있습니다. 따라서 선생님의 이 같은 말씀을 통해 나라를 사랑하는 마음, 곧 애국심을 엿볼 수가 있습니다.

- 프랑츠가 학교에 결석할 것인지, 말 것인지 고민하는 마음을 알게 하는 장면을 찾아봅시다.
- 사뭇 달라진 교실 분위기 중에서 프랑츠를 가장 놀라게 한 것은 무엇인가요?
- 아멜 선생님이 마지막 수업에서 이야기한 것이 의미하는 바를 생각해 봅시다.

구성	발단	나(프란츠)의 등교.
	전개	아멜 선생님께서 오늘이 마지막 수업이라고 하심.
	위기	아멜 선생님은 오늘의 공부를 내일로 연기하는 것은 나쁜 것이라고 하시며, 이것은 남녀노소를 불문하고 나쁜 것이라고 함.
	절정	아멜 선생님은 자기 나라의 언어를 지키는 것이 가장 중요한 것이라고 가르침.
	결말	수업을 마치며, 아멜 선생님은 프랑스 만세를 외침.
핵심정리	주제	언어를 통한 민족애 고취.
	소재	학교 수업.
	갈래	단편소설, 순수소설.
	등장인물	나(프란츠), 아멜 선생님.
	시점	1인칭 주인공 시점
	배경	알자스 로렌의 한 학교 교실.
작중 인물의 성격	나(프란츠)	평상시에 프랑스어 수업을 잘 듣지 않았다가 프랑스어로 마지막 수업을 하는 날 후회하는 학생.
	아멜 선생님	학생들에게 프랑스어를 가르치는 선생님. 마지막 수업에서 프랑스어의 아름다움과 민족에 대해 학생들에게 이야기해줌.

작품의 마지막 점검

아~ 놀라워라 한글!

「마지막 수업」은 아주 간단한 스토리이지만 우리에게 그 나라의 말과 글이 얼마나 소중한 것인지를 깨닫게 해주는 이야기입니다. 나라를 빼앗긴 민족은 그들의 민족정신인 언어마저 빼앗기는 슬픔을 맞게 됩니다. 그리고 뒤늦게 깨닫게 되는 것이죠. 자신들의 말과 글이 얼마나 소중한 것인지를. 우리나라도 한때 이웃나라에 의해 점령당했던 뼈아픈 과거가 있죠. 그 때 우리나라의 사정도 아마 「마지막 수업」과 같았을 거예요. 자, 소중한 우리의 말과 글, 아끼고 사랑해야 함은 당연한 일이겠죠?

그렇다면 우리의 한글에 대해서 한 번 알아 볼까요. 한글은 이미 전 세계 언어학자들이 인정한 편리하면서도 과학적인 글자랍니다. 발음기관의 모양을 본뜬 자음 14자와 하늘, 땅, 사람의 의미를 담고 있는 모음 10자의 조화로 문자 자체에 과학성과 철학을 내포한 세계 유일의 문자입니다. 그래서 유네스코에서는 1989년에 '세종대왕상'을 만들어 해마다 인류의 문맹률을 낮추는 데 기여한 단체나 개인을 뽑아 상을 주고 있기도 하구요. 『대지』를 쓴 미국의 유명한 여류작가 '펄벅'은 한글이 전 세계에서 가장 단순한 글자이자 가장 훌륭한 글자라고 말했다고 하는군요. 이처럼 전 세계적으로 그 우수성을 인정받은 우리의 한글을 쓰는 여러분, 뿌듯하고 자랑스럽지 않나요!

알리샤의 일기

「알리샤의 일기」는 제목에도 나타나듯이 알리샤라는 인물이 쓴 일기로 되어 있습니다. 이러한 형식의 문학을 흔히 고백문학이라고 하지요. 고백문학의 특징은 자신이 체험한 것 또는 마음 속에 숨겨둔 이야기를 숨김없이 털어놓는 것입니다. 그만큼 화자의 내면 지향적 성격이 강하겠지요. 일기 이외에도 편지글의 형식을 빌린 소설도 고백문학에 속합니다. 일기나 편지는 그것을 접할 수 있는 대상이 특별히 정해져 있습니다. 일반적으로 일기는 자기 자신이 독자가 되고 편지글에서는 그 편지의 수신자가 독자가 되지요. 그런데 이러한 글이 소설의 형식으로써 기능할 때는 그 대상이 불특정 다수로 변합니다. 호소력 있는 문체로, 이야기를 설득력 있게 전달하려는 전략을 가지고 있기 때문에 독자는 고백문학의 형식을 접하면, 화자의 비밀스런 이야기를 듣고 있거나 화자와 공모자가 된 듯한 착각을 하게 됩니다.

Hardy, Thomas

● **토마스 하디**
영국의 소설가이자 시인. 능란하고 매력적인 필법으로 독자적인 우울미를 작품에
녹여 낸 작가이다. (1840~1928)

토마스 하디는 1840년 6월 2일 잉글랜드 도체스터 부근의 하이어 보캐튼 마을에서 석공石工의 맏아들로 태어났습니다. 어린 시절의 하디는 병약했으나 독서를 좋아하는 소년이었는데요, 1856년에는 아버지의 직업을 이어받기 위해, 도체스터의 교회 건축기사였던 힉스의 제자가 되었습니다. 이 무렵 하디는 책벌레라 불릴 정도로 독서에 열중했는데 특히 로마의 시인들을 좋아했습니다.

하디는 20세가 되었을 때 고딕 건축 복원이라는 직업을 가지게 되었습니다. 그러나 한편으로는 그리스·라틴어 공부도 열심히 해서 그리스 비극을 읽기 시작했고 이 무렵부터 시도 쓰기 시작했습니다. 1862년에는 단신으로 런던의 건축사무소에 들어간 하디는 건축가 블룸필드의 제도製圖 조수가 되어 일하는 틈틈이 프랑스어도 공부해 디킨스, 대커리, 트롤로프 등을 읽었습니다. 그리고 다음 해 봄에 〈근대 건축에 있어서의 색연와 및 테라코타의 적용에 관해서〉라는 논문이 영국 건축 협회의 현상 모집에 당선되기도 합니다. 이 무렵 그는 건축과 문학을 종합하여 예술 비평가가 되려고 마음을 먹었습니다.

25세에는 〈자신이 집을 지은 이야기〉를 《체임버즈 저널》지에 발표하지만 잡지에 투고했던 시는 모두 낙선했습니다. 1867년에는 지나치게 독서에 열중하여 여름에 고향으로 돌아가 요양해야 할 정도였습니다. 하디는 이때 시만 써서는 먹고 살 수 없다는 생각을 하고 소설을 쓰기로 작정하고, 28세에 자신의 소설을 출판사에 보내지만 출판사의 권고로 출판을 단념했습니다.

그 이후 1871년에 처녀장편 『최후의 수단』을 간행하였습니다. 그 후 『녹음 아래에서 Under the Greenwood Tree』, 『푸른 눈동자 A Pair of Blue Eyes』, 『광란의 무리를 떠나서 Far from the Madding Crowd』 등으로 호평받으면서 작가로서의 지위를 확립하였습니다. 1874년에는 에머와 결혼하고, 손수 지은 도체스터의 저택으로 옮겨 가 살았습니다.

하디는 많은 장·단편소설을 남겼는데 그 중 그의 대표작으로는 『귀향 The Return of the Native』, 『캐스터브리지의 시장 The Mayor of Casterbridge』, 『테스 Tess of the d'Urbervilles』, 『미천한 사람 주드 Jude the Obscure』 등을 꼽을 수 있습니다. 이 작품들의 특징은 하디가 태어났고 또 소설가로 대성한 후에도 계속 살았던 영국의 웨섹스 지방을 무대로 하고 있다는 점입니다. 그의 소설은 한정된 지역을 무대로 삼고 있으면서도 특별히 지방색을 내세우거나 하지는 않았습니다. 오히려 인간의 의지와 그것을 비극적으로 짓밟아 뭉개는 운명과의 싸움을 주제로 한 비극이 많았습니다.

더 나아가 하디의 소설은 19세기 말 영국 사회의 인습, 편협한 종교인의 태도를 용감히 공격하고, 남녀간의 사랑을 성적性的인 면에서 대담하게 폭로하였기 때문에 당시의 도덕가들로부터 맹렬한 비난을 받기도 했죠. 그리고 마침내는 『미천한 사람 주드』를 끝으로 장편소설 집필을 단념합니다. 그러나 그 이후에도 나폴레옹 시대를 무대로 그의 사상을 몽땅 기울인 장편 대서사 시극 『패왕覇王 The Dynasts』 3부작을 발표하는 등, 그의 창작활동은 그칠 줄 몰랐습니다.

1910년에 메리크훈장을 받으면서 도체스터의 명예시민에 추대되었던 그는, 1912년 아내 에머를 잃자 그녀를 기리는 많은 시를 썼습니다. 그러나 2년 후에는 비서였던 에밀리와 재혼하지요. 만년에 하디는 영국 문단의 원로로서 자타가 공인하는 존재로 지냈고, 1928년 88세의 나이로 세상을 떠나자

웨스트민스터 사원에서 국장을 치렀고 '시인의 묘지' 에 묻혔습니다. 그러나
그의 심장만은 고인의 유지에 따라 고향에 있는 아내 에머의 무덤 옆에 묻혔
답니다.

1. 동생에 대한 그리움

7월 7일

밀려드는 슬픈 마음을 이루 형언할 길이 없다. 슬픔에 빠진 나는 내내 집안을 서성거렸다.

사랑하는 내 동생 캐롤라인, 그리고 엄마. 아마도 앞으로 몇 주일 동안은 이곳에서 그들을 만나지 못할 것이다. 오늘, 엄마와 캐롤라인이 함께 집을 떠났기 때문이다.

엄마와 캐롤라인은 우리 집안과 친분이 있었던 말레츠 씨의 초대를 받고 베르사유로 떠났다. 말레츠 씨 가족은 생활비가 적게 든다는 이유로 베르사유에서 살고 있었고, 그들의 초청을 받아들인 엄마는 아마도 캐롤라인에게 프랑스와 파리를 구경시켜 주려는 생각이 있었던 것 같다.

하지만 나는 정말이지 캐롤라인을 떠나 보내고 싶지 않았다. 캐롤라인은 어린아이처럼 천진난만하면서도 얌전한 성품을 지닌 아이다. 그런 캐롤라인의 순수한 성품이 혹시 다치지나 않을까 하는 걱정 때문에 그 애를 보내는 것이 너무나도 불안했다.

이 곳의 고립된 생활이 어쩌면 캐롤라인의 성품을 그렇게 만든 게 아닌가 싶은 생각이 든다. 그것은 캐롤라인이 이 곳을 떠날 때 보여 준 모습만 봐도 알 수 있었다. 집을 나서기 전에 캐롤라인은 자기가 몹시 아끼던 망아지를 부여잡고 헤어지는 것을 못내 아쉬워했다. 그 때의 그 표정이라니! 결국 날마다 별일 없도록 내가 직접 망아지를 보살펴 주겠노라고 약속을 하고 나서야 간신히 그 애를 진정시킬 수 있었다.

캐롤라인은 그렇게 떠났다. 그리고 이 집에는 이제 나만 혼자 남게 된 것이다. 내가 집에 남게 된 것이 잘 된 일인지, 잘못된 일인지 아직은 잘 모르겠지만, 어쨌든 이번 일만은 보통 때와 사정이 조금 다른 것 같다. 아무래도 엄마와 캐롤라인에게 내가 필요하지 않을까?

아직 철이 없는 캐롤라인, 그 끈질긴 호기심으로 얼마나 엄마를 괴롭게 할까? 그 애는 틀림없이 엄마에게 파리에 가자고 수없이 조를 것이고, 역사가들이 침이 마르도록 칭송해 온 명승고적들, 즉 궁전과 감옥, 왕과 왕비의 무덤, 그리고 공동 묘지며 미술 진열관들, 왕실 소유의 사냥터인 숲 속 등을 이리저리 쏘다니고 싶어할 것이다. 하지만 엄마는 이전에 이미 그런 것들을 모두 구경했을 테니 캐롤라인처럼 흥미를 느끼지 못할 게 뻔한 일이지 않은가. 아마도 엄마는 금세 지쳐 버리고 말 것이다.

나도 함께 갈 수 있었다면 얼마나 좋았을까? 나라면 캐롤라인이 가자는 곳은 어디든 따라다닐 수 있으련만……. 그 애를 위해서라면 나는 다리가 아프게 걸어 다닌다고 해도 상관하지 않을 텐데 말이다. 그러나 나는 이렇게 집에 남게 되었으니 이런 생각은 모두 부질없는 것이다. 아버지를 뵈러 오는 신도들을 접대하거나 아버지의 차 시중을 들려면 아무래도 누군가의 일손이 필요하니 내가 남을 수밖에.

7월 15일

오늘 캐롤라인에게서 편지를 받았다. 그런데 안타깝게도 그 애는 내가 듣고 싶었던 이야기는 한 마디도 적지 않았다. 그 애가 적은 이야기들은 모두 시시한 것들뿐……. 참으로 이상한 일이다. 아마도 캐롤라인은 갑자기 화려한 파리에 나서고 보니 어리둥절했던 모양이다.

파리 같은 도시를 한 번도 구경해 본 적이 없는 캐롤라인에게 그 곳은 너무나 화려하게만 보였을 것이다. 만약 처음부터 파리에서 살았더라면 그 곳에도 어두운 면이 있다는 것을 깨달았을 텐데……. 그리고 또 하나, 새롭게 알게 된 사실이 있다. 캐롤라인의 편지를 읽기 전까지 사실 나는 말레츠 씨가 그처럼 사교적인 사람이라고는 생각지 못했다.

엄마 말씀대로 그들이 생활비를 줄이기 위해 베르사유로 갔다면 어째서 그렇게 많은 사람들을 초대하는 것일까? 그 곳에 살면서도 계속해서 이웃들을 접대한다면 생활비를 조금도 절약할 수 없다는 것은 뻔한 일이 아닌가? 더구나 영국 사람들만 초대하는 것도 아닌 모양인 것 같던데……. 그리고 캐롤라인의 말에 의하면 특히 요즘 들어 엄마가 큰 관심을 보이는 분이 있다는데, 드라 페스트라는 그분은 도대체 어떤 사람일까?

7월 18일

캐롤라인이 또 편지를 보내 왔다.

이번 편지로 알 수 있었던 사실은 드 라 페스트 씨가 말레츠 씨의 많은 친지들 가운데 한 사람이라는 것이었다. 그는 원래 프랑스 태생이지만 오랫동안 영국에서 살다가 지금은 잠시 베르사유에서 머물고 있다고 했다. 드 라 페스트 씨는 또 유명한 풍경화가인 동시에 해양화가라고 했다. 그는 파리의 미술 전람회에 그의 작품을 출품한 모양이었다. 뿐만 아니라 런던에서도 작품을 전시한 일이 있는 듯했다.

그는 파리에서 매우 이색적이라는 평가를 받은 화가로 대륙적인 화풍의 그림보다는 영국적인 분위기의 그림을 주로 그리는 듯싶었다. 사실 편지만으로는 그 남자에 대해 알 수 있는 것이 아무 것도 없었다. 나이가 몇인지, 신분은 어떤지, 독신자인지 아니면 기혼자인지……, 전혀 알 수 없었다.

캐롤라인의 글을 보면, 가정을 이룬 중년 남자인 것 같기도 하고, 아직 결혼조차 하지 않은 젊은 남자인 것 같기도 했다. 그러나 그의 방랑하는 삶을 보면 결혼을 하지 않았을 가능성이 더 큰 것 같다. 어쨌든 캐롤라인은 그가 여행을 많이 하여 견문이 넓을 뿐만 아니라 문학에도 매우 조예가 깊다고 말하고 있었다.

7월 21일

캐롤라인의 편지가 도착했다. 그런데 어찌된 일인지 캐롤라인은 이름을 밝히지 않고 '우리들과 말레츠 씨의 친구'라고 지적한 어떤 사람에 대해 이야기를 늘어놓고 있었다. 캐롤라인이 그렇게 신비스럽게 말한 그 사람은 혹시

드 라 페스트 씨가 아닐까? 아마도 직업으로 미루어 보아 그가 분명한 것 같다. 만일 그렇다면, 왜 캐롤라인은 갑자기 그에 대한 표현을 다르게 한 것일까? 귀여운 캐롤라인이 혹시 그 남자와 사랑에 빠진 것은 아닐까? 이런 생각 때문에 나는 거의 15분 동안이나 골똘히 생각에 잠겨 있었다.

이제는 그 사람이 몇 살인지 따져 보지 않아도 알 만했다. 그나저나 어린 캐롤라인에게 얼마나 안타깝고 위태로운 일인지 모르겠다. 나는 엄마가 이런 일에 제발 관심을 좀 가져 주었으면 하는 마음이 간절했다. 불행히도 엄마는 상황을 잘 모르시는 것 같다. 엄마는 무슨 일에나 좀 대범한 편이기 때문에 이만저만 걱정스러운 게 아니다. 사실 엄마는 캐롤라인을 세심하게 보살펴 주지는 못하는 편이다. 만약 내가 지금 캐롤라인 곁에 있다면 끈질기게 그 남자를 감시하여 그의 속셈을 반드시 알아 낼 수 있을 텐데……

사실 나는 캐롤라인에 비해 성격이 좀 더 강한 편이다. 지금까지 그 애의 사소한 고민거리부터 때로는 커다란 비애까지 얼마나 많이 보살펴 주고 위로해 주었는지 모른다. 캐롤라인은 아마도 생전처음 느끼는 신비로운 감정에 정신없이 사로잡혀 흥분하고 있을 게 분명하다. 아니, 어쩌면 분명한 증거도 없이 캐롤라인이 그 남자와 사랑을 속삭이고 있다고 나 혼자 터무니없는 추측을 하고 있는 것은 아닐까? 그 남자는 캐롤라인의 일시적인 친구일 뿐 더 이상 그에 관한 이야기를 한 마디도 듣지 않게 될 수도 있는데 말이다.

7월 24일
과연 내 추측은 틀리지 않았다. 그는 독신자였다. '만일 드 라 페스트 씨가 결혼할 의향이 있었다면……' 하는 사연이 동생의 편지 속에 담겨 있었다.

아마도 그들은 점점 더 가까워지고 있는 모양이다. 천진난만한 캐롤라인은 이런 말까지 써 보냈다.

'그가 말이지, 만일 내가 머리를 부드럽게 만드는 방법을 알고 있다면 자기 수염도 매끈하게 해 줄 수 있지 않겠느냐고 말했어.'

캐롤라인은 이 말이 두 사람 사이가 얼마나 친밀해 보이는지 그대로 드러내고 있다는 사실을 깨닫지 못하는 모양이었다. 도대체 엄마는 뭘 하고 계시는 걸까? 엄마는 캐롤라인과 그의 관계를 알고나 계신 건지, 만약 알고 있다면 아버지께 보낸 편지 속에 그와 캐롤라인에 대하여 왜 한 마디도 내비치지 않았는지…….

캐롤라인은 자기 망아지를 하루도 빠짐없이 보살펴 달라고 내게 그렇게나 신신당부하지 않았던가? 그래서 나는 그의 부탁을 저버리지 않기 위해 날이면 날마다 그 애의 망아지를 정성껏 보살펴 주고 있었다. 그런데 캐롤라인은 떠나기 전에는 그토록 망아지를 걱정하더니만 요즘 보내 오는 편지 속에는 망아지에 대한 이야기를 한 마디도 물어 보지 않다니! 아마 그토록 귀여워했던 자신의 애완 동물에 대한 생각조차 이제는 그 애의 머릿속에서 점점 사라지고 있는 모양이다.

8월 3일

캐롤라인이 망아지에게 영 관심을 갖지 않으니, 나 역시 당연히 신경을 쓰지 않게 되었다. 그러고 보니 캐롤라인의 편지를 받은 것도 10여 일 전의 일이 되고 말았다. 엄마가 짧은 글이나마 보내 주지 않았다면 그 애가 죽었는지 살았는지조차 모를 일이다.

2. 흥미로운 이야기, 그리고 슬픈 소식

8월 5일

편지가 한꺼번에 여러 통이 도착했다. 캐롤라인과 엄마가 나에게 보낸 편지가 한 통씩 왔고, 아버지께도 각각 한 통씩의 편지가 왔다. 최근 캐롤라인이 보내 온 편지를 보면, 은근히 내비치던 일이 분명한 사실로 드러난다는 것을 알 수 있다.

사랑하는 내 동생 캐롤라인과 드 라 페스트 씨는 드디어 약혼자와 다름없는 사이가 된 모양이다. 그래서 캐롤라인은 더할 나위 없이 행복한 시간을 보내고 있고, 엄마와 말레츠 씨 가족들도 매우 만족하는 눈치다.

말레츠 씨 가족과 엄마는 이 젊은 남자에 대한 모든 것을 잘 알고 계신 것 같다. 그에 비하면 내가 아는 것은 아주 보잘것없는 것일 테지. 그렇지만 내가 캐롤라인의 언니라는 것을 생각한다면 좀 더 자세한 소식을 전해 줄 수도 있을 텐데……

아버지도 몹시 놀라셨다. 그리고 일이 그렇게 진전될 때까지 아버지와 한마디도 상의하지 않은 것을 무척 섭섭하게 생각하는 눈치였다. 나는 아버지의 마음을 충분히 이해할 수 있었다. 그렇지만 아버지는 너무도 선량한 분이라 그러한 불평을 터놓고 이야기하시지는 않았다.

이번 일이 더할 나위 없이 좋은 일이라면 군이 아버지와 내 의견을 들어 방해를 받을 이유는 없었을 것이다. 그러나 어쨌든 이번 일은 너무도 뜻밖이었다. 틀림없이 엄마는 얼마 전부터 이런 결과가 일어나리라는 것을 짐작하고 있었을 텐데, 그리고 캐롤라인도 드 라 페스트 씨를 군이 말레츠 씨의 친구라

고 부르면서 애매하게 말할 것이 아니라 떳떳하게 자신의 애인이라고 밝힐
수 있었을 텐데…….

아버지는 드 라 페스트 씨가 프랑스 사람이라는 이유로 반대하지는 않았지
만, "사윗감으로는 아무래도 영국 사람이거나 좀 더 안정적인 국적을 가진 사
람이 좋을 텐데……." 하고 말씀하셨다. 나는 아버지께 종족이나 나라, 종교
등의 차별 의식이 점점 사라지고 지나친 애국심은 오히려 죄악시되는 세상이
니, 가장 중요한 것은 역시 그 사람의 됨됨이라고 말씀드렸다. 결혼한 후 그
사람이 지금처럼 계속 베르사유에서 살 것인지, 아니면 영국으로 와서 살 것
인지, 그것이 무척 궁금하다.

8칠 7일

캐롤라인에게 편지가 왔다. 캐롤라인은 내가 갖고 있던 몇 가지 궁금증을
미리 짐작하고 있었는지 어느 정도 대답이 될 만한 이야기들을 이번 편지의
추신에 적어 놓았다.

캐롤라인은 드 라 페스트 씨를 이제 '샤를'이라 부르기 시작했다. 그 애의
말에 의하면, 지금은 샤를이 베르사유에 머물고 있지만 직업상 그는 그 곳에
계속 얽매여 있을 필요는 없다고 했다. 하지만 사상과 예술과 문화의 중심지
에서 그다지 멀지만 않다면, 그는 캐롤라인이 원하는 어느 곳에 살아도 상관
없다고 말했다는 것이다.

해마다 풍경화와 운하의 경치 같은 것을 그려서 출품한다는 것으로 보아
그는 꽤 인기 있는 작가인 모양이었다. 당연히 수입도 넉넉할 것이다. 그렇다
면 아마도 안정된 살림을 할 수 있을 것이다. 만일 그렇지 못하다면 아버지가

내게 주려고 따로 마련해 두었던 몫에서 일부를 떼어 그들에게 더 준다고 해도 나는 상관이 없다. 실은 내가 먼저 그 돈이 필요하게 될 줄 알았지만…….

캐롤라인은 드 라 페스트 씨에 대해 '그는 누구나 호감을 가질 만한 태도를 지녔으며 매력적인 용모에 덕망을 갖춘 인격자'라고 설명해 주었다.

이 얼마나 막연한 표현인가? 차라리 그의 음성이나 행동, 사상과 같은 좀 더 구체적인 것들을 자세히 설명해 주었다면 좋았을 텐데……. 하긴 캐롤라인은 지금 그 사람의 구체적인 특징이란 것이 눈에 들어오지 않을 것 같다. 그에 관해 있는 그대로를 바라볼 수 있는 마음의 여유가 없을 테니까. 캐롤라인의 눈에는 오직 사랑의 광채로 가득 찬 신비로운 한 남자만이 보일 것이다. 외국인이건 영국인이건 식민지인이건 간에 그 동안 한 번도 만나 보지 못했고 앞으로도 영영 만나지 못할, 찬란한 빛을 발하는 한 남자를 바라보고 있는 것이다.

캐롤라인이 나보다 먼저 약혼을 하다니! 나와 나이 차이는 두 살밖에 나지 않지만, 생각이나 행동하는 것을 보면 나보다 다섯 살은 더 어려 보여서 아직도 어린애 같은 캐롤라인이지 않은가! 그러나 이런 일은 어떤 집안에서든 항상 일어날 수 있으며, 우리가 생각하는 것보다 많이 일어나고 있는 것 같다.

8월 16일

오늘 아주 의외의 소식을 들었다. 캐롤라인의 말에 의하면 샤를은 결혼식을 올해 하든 내년에 하든 별로 차이가 없다고 여긴다는 것이다. 그는 엄마도 그렇게 생각하도록 설득한 것 같다. 내 생각에는 이들이 결혼을 미룰 이유가 전혀 없어 보이는데 참으로 이해할 수 없는 일이다. 물론 드 라 페스트 씨의 사람 됨됨이나 그들의 결혼 시기, 또는 그밖의 문제에 대해서 아버지와 제대로 의견을 나눌 기회가 없었다는 문제가 있긴 하지만……. 그러나 어쨌든 아버지마저 누구나 자기 의지대로 되지 않는 어쩔 수 없는 일이 있는 거라고 하시면서 모든 일을 잠자코 받아들이셨다.

머잖아 엄마와 캐롤라인은 이 문제를 상의하기 위해 집으로 돌아올 모양이다. 캐롤라인은 나를 만날 때까지는 이 문제에 대해서 확실한 결정을 하지는 않을 생각인 것 같다. 다만 그 애는 아버지와 내가 찬성한다면 결혼 날짜를 석 달 후인 11월경으로 정하고 싶다고 했다. 그리고 결혼식은 이 곳 마르에서 올리고 싶다면서 나에게 자기의 들러리가 되어 달라고 부탁했다. 캐롤라인은 그 밖에도 여러 가지 세세한 일들을 적어 보냈다. 그 애는 순진하게도 고색창연한 우리 교회의 성단에서 자신이 주인공이 되고, 그 외국 신사는 신선처럼 하늘에서 내려와 자기의 팔짱을 끼고 의기양양하게 사라지는 낭만적인 연극의 한 토막을 상상하고 있는 것 같았다. 그러면서 자신의 이런 모습이 마을 사람들에게 어떻게 비쳐질까 생각하며 온갖 환상에 젖어 있는 것이다.

캐롤라인은 지금 자기의 유일한 슬픔은 나와 헤어져 살아야 한다는 것이라고 말하면서 그렇지만 내가 자기를 찾아가 몇 달씩 머무르며 함께 지내 준다면 참아 낼 수 있을 것이라고 했다.

사랑하는 내 동생 캐롤라인! 그 애의 순박한 이야기는 나를 정말 즐겁게 하지만, 막상 그 애가 이 곳을 떠난다고 생각하니 너무나 서글프다. 지금까지 나는 동생에게 삶의 길잡이이자 충고자이며 둘도 없는 친구였지만 앞으로는 영영 그럴 수 없을 것이 분명하다.

분명히 드 라 페스트라는 사람은 연약하고 섬세한 캐롤라인을 보호해 줄 다시없는 배필일 것이다. 그러한 사실은 나를 얼마나 기쁘게 하는지 모른다. 그러나 사실 아직 나는 그 사람을 보지 못했고, 오직 캐롤라인의 이야기를 통해서만 그에 대해 알고 있을 뿐이다. 그렇기 때문에 캐롤라인을 위해서라도 하루빨리 그를 만나 보았으면 좋겠다. 그래서 귀여운 내 동생을 데려 갈 그 젊은 남자의 됨됨이를 속속들이 살펴보고 싶다.

아무리 생각해도 이번 약혼은 너무 서두른 감이 있는 것 같다. 나뿐만 아니라 아버지 역시 같은 생각을 하고 계신다. 그렇지만 서둘러 치른 결혼이라고 해도 행복한 경우가 얼마든지 있지 않은가. 게다가 엄마도 사윗감을 몹시 마음에 들어 하시는 모양이니 다른 의견이 무슨 필요가 있겠는가!

8월 20일

오늘 아침, 뜻밖의 무서운 소식을 접한 아버지와 나는 근심 걱정에 휩싸이고 말았다. 지금은 밤 11시 30분. 하루 종일 아무 일도 손에 잡히지 않았고, 어떤 것도 집중해서 생각해 낼 수 없었다. 그래서 일기라도 써 보려고 펜을 든 것이다. 그저 가만히 있기에는 너무도 마음이 불안하며 조바심이 났고, 지금으로서는 다만 기다리는 것밖에 별 도리가 없기 때문이다.

베르사유에 계신 엄마가 갑자기 매우 위독해지셨다고 한다. 엄마는 캐롤라인과 함께 하루 이틀 안으로 돌아올 예정이셨다. 그런데 갑자기 병환을 얻어 기동조차 못하신다는 것이다. 엄마처럼 튼튼한 분이 뇌출혈이라니……! 듣기만 해도 오싹 소름이 돋는다. 그렇지만 캐롤라인이나 말레즈 씨 가족이 이처럼 중요한 소식을 과장해서 전했을 리는 없다.

아버지는 편지를 받자마자 엄마에게 갈 준비를 하셨고, 아버지의 출발 준비를 돕느라 나는 하루 종일 정신이 없었다. 아버지는 적어도 일주일 정도는 이 곳에 계실 수 없을 테니, 떠나기 전에 준비해야 할 것이 많았다. 그 중에서도 가장 중요한 일은 돌아오는 다음 일요일에 아버지 대신 설교할 사람을 정하는 것이었다. 그런데 날짜가 너무도 촉박하여 대신할 사람을 찾는 일이 쉽지 않았다. 결국 연로하신 덕 데일 씨께서 그 일을 맡아 주기로 하셨고, 성경 봉독자인 하이먼 씨가 덕데일 씨를 도와 성경을 낭독해 주기로 했다.

홀로 남아 엄마를 기다리려니 너무도 초조하고 안타깝다. 아버지를 따라나설 수 있다면 좋으련만……. 하지만 누구든 한 사람은 집에 남아 있어야 할 형편이니, 어쨌거나 나는 이 곳에 있을 수밖에 없다.

아버지가 막차를 타실 수 있도록 조지가 아버지를 정거장까지 모셔다 드렸다. 그 차를 타면 아버지는 밤중에 연락선을 타게 될 것이고, 내일 새벽녘엔 아브르 항에 내리게 될 것이다. 아버지는 바다를 싫어하신다. 더구나 밤에 항해하는 것은 더더욱 싫어하신다. 그러니 밤에 배를 타야 한다는 것이 얼마나 곤혹스럽겠는가? 제발 별 탈 없이 엄마가 계신 곳에 도착하셔야 할 텐데…….

아버지는 늘 집에만 계셨던 분이고, 어려움에 맞부딪쳐 싸워 나갈 만한 분이 아니시니 몹시 걱정이 된다. 더구나 엄마가 위독하시다는 전갈을 받고 떠나셨으니 아버지의 이번 여행은 몹시 우울할 것이었다. 차라리 내가 가는 게 더 좋았을 것이라는 생각이 든다.

8월 21일

어젯밤, 무거운 마음에 일기를 적다가 간신히 잠이 들었다. 지금쯤이면 아버지께서 파리에 도착하셨을 것 같은데……. 지금 막 편지 한 장이 도착했다.

잠시 후 다시 적는다.

편지는 아버지가 오시기를 몹시 기다리고 있다는 사연을 담고 있었다. 그 곳 사람들 모두 걱정이 이만저만이 아닌 것 같았다. 불쌍한 엄마, 점점 중태에 빠져 가고 있다니 이를 어쩌면 좋은가. 아, 엄마를 뵐 수 있다면……, 나도 아버지와 함께 떠날 것을! 그리고 캐롤라인은 앞으로 대체 어떻게 될까?

또다시 잠시 시간이 흘렀다.

도저히 마음을 잡을 수가 없다. 창가를 맴돌다가 다시 돌아와 펜을 잡았다. 만일 엄마가 돌아가신다면, 만일 그렇게 된다면……, 가엾은 캐롤라인의 결혼은 어떻게 될 것인지, 그리고 나는……. 아! 상상조차 할 수 없다. 제발 엄마가 돌아가시기 전에 아버지께서 도착하실 수 있기를 마음 속으로 기도할 뿐이다. 그래서 엄마가 드 라 페스트 씨와 캐롤라인에게 남기려는 부탁의 말이라도 아버지가 곁에서 들으실 수 있다면 좋으련만. 이러한 위기의 순간에 내가 함께 있다면 반드시 도움이 될 텐데, 이렇게 홀로 집에 남아 불안에 휩싸여 초조하게 기다려야만 한다는 것이 너무나 안타깝다.

8월 23일

아버지로부터 온 편지……. 결국 엄마가 돌아가셨다는 슬픈 내용이었다. 가엾은 캐롤라인, 얼마나 비통해하고 있을까? 그 애는 언제나 엄마의 사랑을 독차지해 왔는데! 다행히 아버지께서 일찍 도착하신 덕에 서둘러 캐롤라인의 결혼식을 올려 달라는 엄마의 간절한 유언을 들을 수 있으셨다고 한다. 그것만 해도 너무나 다행스러운 일이다. 아마도 드 라 페스트 씨가 엄마 마음에 꼭 들었던 모양이다. 이제 아무런 반대 없이 그를 사위로 받아들이는 것만이 아버지께 주어진 신성한 의무가 되고 말았다.

3. 서서히 걷히는 어둠

9월 10일

보름 동안이나 일기장에 손을 대지 않았다. 너무도 슬픈 일을 겪고 보니 종이 위에 그 많은 사연들을 기록할 기운조차 없었던 것이다. 하지만 이제는 글을 쓰는 것이 슬픔을 이겨 내는 한 방법이라는 것을 알게 되었다.

집으로 모셔진 엄마의 유해는 우리 교구 안에 안치되었다. 이렇게 한 것은 사실 엄마의 요청이라기보다는 아버지의 뜻에 따른 것이었다. 오래 전부터 엄마는 원치 않아 하셨는데, 아버지는 기어이 가족의 지하 납골소에 첫 번째 부인과 함께 엄마를 나란히 모시려고 했다.

납골당의 문이 닫히기 직전, 한 남자의 사랑을 받았던 두 여인이 나란히 누워 있는 광경을 보았다. 그 순간, 캐롤라인이 곁에 있는 것도 잊은 채 나는 잠시 묘한 환상에 빠졌다. 두 여인이 나란히 누워 있는 광경을 보면서, 나와 캐롤라인도 한 남자의 사랑을 받다가 저분들처럼 함께 묻히게 되는 해괴한 망상에 사로잡혔던 것이다. 아마도 나는 잠시 나도 모르게 꿈을 꾸고 있었던 것 같다. 우리는 자매이므로 그런 일은 결코 일어나지 않을 것이다. 내가 이러한 환상에서 깨어났을 때, 캐롤라인은 내 손을 잡으며 집으로 가자고 넌지시 말했다.

9월 14일

캐롤라인의 결혼은 기약도 없이 연기되었다. 그 애는 마치 몽유병을 앓다 깨어난 사람 같았다. 자기가 어디에 어떻게 서 있는지조차 의식하지 못하는 것처럼 말없이 느릿느릿 걸어 다녔고, 좀처럼 자신의 마음을 드러내지 않았다.

캐롤라인은 드 라 페스트 씨에게 편지를 보내 처음 계획처럼 올 가을에 결혼을 할 수는 없겠다고 일방적으로 전해 버렸다. 어차피 그와 결혼할 것이라면 너무 오랫동안 연기하는 것은 아무래도 문제가 있다고 나는 생각했다. 그러나 나로서도 어찌해야 할지 묘안이 떠오르지 않으니, 어쩔 수 없는 노릇 아닌가.

10월 20일

그 동안 캐롤라인을 위로하느라 일기를 쓸 여유도 없었다. 확실히 동생은 나보다 엄마와 더 가까웠던 모양이다.

한 번도 집을 떠나 홀로 지내 본 경험이 없었던 캐롤라인은 스스로 자기 한 몸을 간수할 만한 독립심이 없었다. 그런 캐롤라인이 처음으로 이토록 큰 불행을 만나 여러 가지 어려운 일들을 겪었으니 마치 폭풍에 시달린 백합꽃처럼 풀이 죽어 버린 것도 당연했다. 하지만 캐롤라인은 깊은 상처를 받았을 때 의외로 곧 아무는 성격이 있었다. 아마도 이제는 슬픔이 가져다 준 커다란 고통을 마음 속에서 날려 보내고 있을 것이다.

아버지께서는 결혼을 너무 연기할 필요는 없다고 말씀하셨다. 베르사유에 갔을 때 비록 경황 없이 사윗감을 만나긴 했지만, 드 라 페스트 씨의 성격이나 행동을 보고 깊은 인상을 받으셨던 것 같다. 아버지께서는 지금 드 라 페스트 씨가 당신의 둘째 딸에게 청혼한 것을 만족스럽게 생각하고 계신다.

캐롤라인의 약혼자는 가깝게 지내는 사람이라면 누구에게나 호감을 주는 모양이니 참으로 이상한 일이다. 그 동안 캐롤라인이 보내 준 그의 사진으로 보아 그는 우선 용모로 인해 호감을 얻는 것 같다. 그렇지만 호감을 주는 분위기가 단순히 용모에서만 풍겨 나오는 것은 아닐 것이다. 뭐라고 말해야 좋을까? 그에게는 분명히 설명하기 힘든 어떤 매력이 숨어 있는 것 같다. 캐롤라인이 그 사람에 대해 구체적인 설명을 하지 못한 이유도 아마 거기에 있었던 게 아닌가 싶다.

사진으로 본 드 라 페스트 씨는 얼굴과 머리의 모양이 눈에 띄게 잘생긴 모습이었다. 입의 윤곽은 수염에 가려져 잘 알 수 없었지만, 반달 같은 눈썹은 자연을 좋아하고 그림을 잘 그리는 그의 낭만적인 기질을 잘 나타내 주었다. 그러한 용모를 갖춘 사람이라면 무척 다정다감하고 인정이 많을 것이며 진실한 마음을 지니고 있을 것이라는 생각이 든다.

10월 30일

시간이 지날수록 캐롤라인의 마음 속에서도 엄마를 잃은 슬픔이 점점 사라져 가는 것 같다. 드 라 페스트 씨에 대한 사랑이 다시금 캐롤라인의 마음을 강하게 사로잡기 시작하는 것을 보면……. 요즘 캐롤라인은 드 라 페스트 씨를 그리워하면서 마치 논문이라도 쓰듯 긴 편지를 쓰고 있다. 이 곳을 방문하려던 그의 계획이 바뀌었다는 소식을 전해 들었을 때, 캐롤라인의 실망하는 모습은 정말 가여워서 볼 수가 없을 지경이었다. 나 또한 실망스럽기는 마찬가지였다. 그가 어떤 사람인지 몹시 궁금해서 나 역시 하루빨리 만나 보고 싶었기 때문이다. 그는 가을철이 아니면 볼 수 없는 네덜란드의 아름다운 하늘

빛을 화폭에 담기 위해 곧 여행을 떠난다고 했다. 그래서 아마도 내년 초에나 찾아올 수 있을 것이라는 이야기였다.

최근 캐롤라인이 겪은 뜻밖의 불행과 그렇게 바라던 결혼식의 연기, 그리고 드 라 페스트 씨에 대한 절대적인 사랑……. 이러한 여러 가지 상황을 생각한다면 그는 모든 일을 제쳐 놓고 내 동생에게 달려와 주어야 마땅하다고 나는 생각했다. 하지만 누가 알겠는가? 그의 마음을……. 하기는 그의 직업적인 성공 역시 중요한 것이겠지. 다행스럽게도 캐롤라인은 쾌활하고 낙관적인 성격이니 기다리는 시간도 금세 지나갈 것이다.

4. 그와의 만남

2월 16일

우리의 생활은 너무나 단조로워서 겨울을 지내는 동안 일기장에 적을 만한 일이 거의 없었다. 그러다 보니 자연스럽게 일기장을 멀리하게 되었다. 그러다가 오늘 문득 사랑하는 캐롤라인의 앞날에 대한 구상을 적어 보아야겠다는 생각이 들어 일기장을 다시 펼쳐 들었다.

엄마가 돌아가시자 너무도 큰 충격을 받았던 캐롤라인은 결혼을 언제까지 연기할 것이냐는 드 라 페스트 씨의 물음에 당시로서는 정확한 대답을 할 수 없었던 것 같다. 하지만 만약 예정대로 지난 가을에 그가 왔다면 결혼에 대해 함께 다시 의논했을 것이다. 그런데 그는 아직까지도 오지 않고 있다. 자연히 이 문제는 매듭을 짓지 못한 채 계속 미뤄져 가고만 있다.

드 라 페스트 씨를 강하게 믿고 있는 캐롤라인은 아무 때나 그가 올 수 있을 때 함께 상의하여 결혼식 날짜를 잡자고 편지를 써 보냈다. 그러면서 여자인 자신이 먼저 결혼 이야기를 꺼내는 것이 너무 당돌한 것은 아닌지 무척 걱정했다. 그렇지만 어쩌면 드 라 페스트 씨 입장에서는 결혼에 대한 캐롤라인의 대답을 기다리고 있었을지도 모를 일이다. 그러므로 캐롤라인은 나름대로 약속을 지킨 것이라고 볼 수 있을 것이다.

사실 캐롤라인이 이러한 편지를 보내게 된 가장 큰 이유는 드 라 페스트 씨가 그들의 결혼에 대하여 요즘 전혀 채근을 하지 않았기 때문이었다. 어찌 보면 캐롤라인을 독점하고 싶어 초조해했던 처음의 정열이 조금은 사라진 듯 보인다는 것이 솔직한 이야기다. 그래서 캐롤라인은 못내 섭섭한 마음이 들었던 모양이다. 그렇지만 나는 그가 변함없이 캐롤라인을 사랑하고 있으리라고 굳게 믿고 있다. 캐롤라인은 정말로 사랑스럽고 귀여운 여자니까 말이다.

확실히 남자들은 사랑하는 사람이 눈앞에 없으면 소홀해지나 보다. 하지만 캐롤라인은 끈기 있게 기다리며 참아야 할 것이다. 드 라 페스트 씨처럼 비상한 천재는 사랑 이외의 다른 중요한 일에도 시간을 빼앗길 수 있다는 것을 이해해야겠지. 다행히 캐롤라인은 이러한 처지를 잘 깨닫고 있는 것 같고, 비슷한 경우에 있는 다른 어느 아가씨들보다도 잘 참아 내고 있다.

드 라 페스트 씨는 늦어도 4월 초순이면 이 곳에 올 것이다. 그 때가 되면 우리는 서로를 만나 보게 될 것이다.

4월 5일
캐롤라인은 드 라 페스트 씨의 편지를 받고 크게 상심한 것 같다. 그러나 그 편지의 사연은 그다지 속상해할 만한 것은 아니었다. 나름대로 충분한 이유가 있는 것이었으니까.

드 라 페스트 씨는 5월에 꼭 런던에 와야 할 일이 있는 모양이었다. 그러니 요즘처럼 날씨가 궂은 때에 애써 이 곳에 잠시 들렀다가 5월에 또다시 오는 수고를 하고 싶겠는가! 어차피 5월이면 그는 런던으로 올 것이고, 볼일을 보는 틈틈이 우리를 방문할 것이다. 캐롤라인도 결혼을 하고 나면 좀 더 현실적이 될는지 모르겠지만, 어쨌든 지금 그 애는 너무도 철이 없어서 아무리 설명하고 타일러도 좀처럼 이해하지를 못했다.

그렇지만 결혼 예복을 마련하는 것부터 시작해 우리가 해야 할 일거리가 산더미처럼 쌓여 있으니 시간은 빨리 지나갈 것이다. 모든 것을 여유 있게 치르려면 지금부터 서서히 준비하기 시작해야 한다.

아무리 상을 당했다고는 하지만 나는 캐롤라인이 상복을 입고 결혼식을 올리게 하고 싶지는 않다. 만약 그렇게 한다면 엄마도 기뻐하지 않으실 것이다. 그런데 평소에는 그처럼 온순하던 캐롤라인이 이 문제에 대해서는 너무도 완강하게 고집을 부려 대고 있으니, 도무지 그 까닭을 알 수가 없다.

4월 30일

4월은 마치 제비가 먹이를 채 가듯 쏜살같이 지나간 것 같다. 우리는 지금 말할 수 없는 흥분에 사로잡혀 있다. 드 라 페스트 씨가 틀림없이 열흘 안으로 오겠다는 소식을 보내 왔기 때문이다. 그런데 왜 나까지 이렇게 덩달아 들뜨게 되는 걸까?

5월 9일

오후 4시다. 아무래도 내가 너무 들떠 있는 것 같다. 글도 잘 써지지 않는다. 그러나 내 방을 나서기 전에 무엇이든 반드시 적어야 할 것 같다.

내가 이처럼 흥분한 이유는 기대하지 않았던 뜻밖의 일이 생겼기 때문이다. 그리고 보면 나 역시 캐롤라인과 마찬가지로 어린아이 같은 면이 조금은 있는 것 같다.

우리는 드 라 페스트 씨가 내일이나 오려니 생각했다. 그런데 뜻밖에도 그가 지금 막 우리 집에 도착했다. 아버지 역시 우리와 마찬가지로 그가 오늘 안으로는 오지 못할 것이라고 생각하셨기 때문에 집안일을 모두 내게 맡긴 채 이 곳에서 꽤 떨어진 곳에서 거행되는 봉헌식을 위해 집을 떠나시고 안 계셨다. 아버지는 드 라 페스트 씨가 보낸 편지가 도착하기 전에 집에서 나셨던 것이다.

드 라 페스트 씨가 보내 온 편지를 읽고 난 후 우리는 뒤늦게 그가 지금 이 곳으로 오고 있다는 것을 알게 되었다. 그는 작품 처분이 뜻밖에 잘 이루어진 덕분에 바로 이 곳으로 올 수 있게 되었으며, 편지를 뒤따라 한두 시간 뒤 도착할 것이라는 소식을 전해 왔다. 그래서 우리는 예정된 시간에 맞춰 마차를 보냈고, 팽팽하게 당겨진 하프 줄처럼 잔뜩 긴장한 채 언제쯤 마차 바퀴 소리가 들릴까 기대하며 귀를 쫑긋 세우고 있었다.

마침내 자갈길 위를 구르는 마차 바퀴 소리가 들려 왔고, 우리는 누가 그를 맞이할 것인지 잠시 고민해야 했다. 사실 그것은 마땅히 내가 해야 할 일이었다. 그러나 부끄러운 마음이 든 나는 나도 모르게 움츠러들어 캐롤라인에게 당연히 네가 나가야 한다며 고집을 부렸다.

그러나 캐롤라인은 문 밖으로 나가지는 않고 가슴을 설레며 응접실에 앉아 있었다. 만일 드 라 페스트 씨가 이처럼 조용한 홀이며 휑하니 텅 빈 집을 본다면 이 집안 사람들이 호기심에 가득 찬 가슴을 울렁거리며 자기를 기다리고 있다고는 도저히 상상할 수 없을 것이다.

　　나는 아래층에서는 눈에 띄지 않는 위층 층계 중간쯤에 서서 귀를 기울였다. 그러자 잠시 후 홀을 지나 응접실로 들어가는, 아버지와는 다른 경쾌한 발걸음 소리가 들려 왔다. 그리고 뒤이어 하인이 문을 닫고 사라져 가는 발소리도 들려 왔다.

　　이제야 단둘이 만난 그들! 얼마나 아름다운 상봉이었을까? 검은 상복을 입고 살며시 쳐다보는 캐롤라인의 모습은 틀림없이 그의 마음을 움직이고도 남았을 것이다. 동생이 눈물을 흘리는 모양인지 우는 소리가 새어 나왔다. 그 애의 눈은 빨갛게 붉어졌겠지.

　　가엾은 캐롤라인……. 그러나 지금, 그 애는 틀림없이 행복에 잠겨 있을 것이다. 이 글을 쓰고 있는 동안에도 나는 캐롤라인이 그와 무슨 이야기를 주고받을지 알 수 있을 것만 같다.

　　이러저러한 일들이 생기는 바람에 결국 올 수 없게 되었고, 그래서 몹시 걱정하고 있었다는 이야기며, 어떻게 이제야 오느냐는 정다운 책망을 늘어놓으며 소곤거리고 있을 테지. 지금 막 그의 여행 가방 두 개가 층계를 지나 방으로 옮겨지고 있다. 이젠 나도 내려가 봐야겠다.

　　잠시 후에 다시 쓰는 글이다.

　　드디어 그를 보았다. 그와의 만남은 너무나 어색하고도 싱거웠다. 그것은 애당초 내가 그를 만나려고 했던 방식이 전혀 아니었다.

그의 짐이 2층으로 옮겨지자 나는 방에서 나와 계단을 내려가려는 참이었다. 그런데 첫 계단을 내디디려 하던 그 순간, 아래층 홀에 무엇인가 놓여 있는 것이 눈에 띄었다. 발걸음을 멈추고 자세히 살펴보니, 그것은 스케치용 천막과 그림 받침 그리고 막대기와 캔버스 꾸러미였다.

바로 그 때 응접실 문이 열리더니 두 약혼자가 나타났다. 정원으로 막 나가려는 듯 동생은 모자를 쓰고 있었고, 그는 잠시 동생을 기다리고 있던 참이었다. 나는 그들이 나를 보지 말고 지나쳐 주기를 바랐다. 내가 그들 틈에 낀다면 그들에게 별로 달갑지 않을 듯했기 때문이다. 그렇지만 이미 계단 쪽으로 상당히 나와 있었던 나는 어딘가로 숨어 버릴 수도 없었다. 그는 마치 꿈을 꾸는 사람처럼 멍하니 나를 쳐다보았다. 그 때 내가 앞으로 나갔어야 했는데, 왠지 나 역시 넋 나간 사람처럼 꼼짝하지 못한 채 부자연스러운 자세로 서 있었다.

내가 마음을 채 가다듬기도 전에 캐롤라인은 서둘러 그를 데리고 정원으로 나가 버렸다. 나도 뒤따라 나갈까 생각했지만 곧 마음을 돌리고 내 방으로 들어와서 일기장을 펼쳤다. 이렇게 하는 것이 나로서는 격에 맞는 태도인 것 같았다.

그는 내가 생각한 것보다 훨씬 더 미남이었다. 그리고 외모 이상의 뭔가 독특한 매력을 가진 사람일 것이라고 생각했던 내 추측은 정확히 들어맞았다. 비록 짧은 순간이었지만 그것은 숨겨지지 않았다. 캐롤라인은 얼마나 행복할까!

아, 이제 내려가야겠다. 그들이 돌아오기 전에 응접실에 차를 준비해 놓아야 하니까.

　밤 11시가 되었다.

　드 라 페스트 씨와 드디어 인사를 나누었고 조금은 친한 사이가 되었다. 그런데 그와 이야기를 나누는 동안 나는 마치 내가 다른 여인이 된 듯한 느낌이 들었다. 왜 그런지 그 까닭은 알 수 없었지만, 어쨌든 그와 이야기를 나누고 있노라면 시야가 넓어지고 마음이 탁 트이는 것 같았다. 마치 높은 곳에 올라선 것처럼 갑자기 넓은 세상이 보이는 듯한 느낌이었다. 매끈하면서도 지성적인 이마, 나무랄 데 없는 눈썹, 검은 머리와 검은 눈, 활기찬 몸동작 그리고 부드러운 목소리……. 그의 목소리는 남자의 목소리라고 하기엔 너무도 부드러웠다.

　우리는 줄곧 그의 예술 세계에 대해 이야기를 나누었다. 하나의 예술 작품이 탄생하기까지 그토록 많은 희생과 신중한 노력이 뒤따라야 한다는 것을 나는 이제야 알게 되었다. 그는 예술가에게는 두 갈래 길이 놓여 있는데, 하나는 돈벌이를 위한 저속한 길이며 또 하나는 고귀한 목적을 향한 길이라고 했다. 그리고 후자의 길을 택한 사람들은 오랫동안 대중들에게 외면당할 수밖에 없다고 했다. 모든 예술가들은 이 두 갈래 갈림길에서 고뇌하며 결국 한 가지를 택할 수밖에 없다는 것 역시 그가 이야기하기 전까지는 나는 알지 못했다. 그를 조금이라도 이해하는 사람이라면 그가 틀림없이 후자를 택했다는 것을 단번에 알아챌 것이다. 내 동생이 그런 남편을 맞게 되었으니, 얼마나 축복 받은 일인가!

　결혼을 미뤄온 것도 그로서는 어쩔 수 없는 일이었는지 모른다. 그러므로 캐롤라인은 결혼이 늦어지는 것을 너무 슬퍼해서는 안 될 것이다.

드 라 페스트 씨가 캐롤라인을 보면서 자신과 어울릴 만한 깊은 지성과 풍부한 감정을 지니고 있음을 발견했는지, 아니면 그러지 못했는지는 잘 모르겠다. 그러나 어쨌든 그는 종종 캐롤라인의 단순한 견해에 실망하는 것 같은 인상을 주었다.

그는 캐롤라인에게 진실한 애정을 느낀다고 정말로 확신할까? 그리고 앞으로 평생토록 그와 같은 애정에 변함이 없으리라는 것을 진심으로 믿고 있을까?

잠시 동안 단둘이 이야기를 나누기도 했는데, 그가 내게 한 말은 나를 조금 어리둥절하게 만들었다. 여태껏 캐롤라인은 이야기를 나눌 때든 편지글에서든 나에 대한 말은 거의 하지 않았고, 그래서 나란 사람이 이 집안에 있는 것조차 알지 못했다는 것이다. 그의 말을 듣자, 나는 너무나 어색한 기분이 들었다. 물론 캐롤라인이 자기 이야기만 했다는 것은 그 애로서는 당연한 일이기는 했지만…….

그런 이유 때문에 내가 뜻밖에 그의 눈에 띄었는지는 모르겠지만, 아무튼 그는 두세 번이나 나를 물끄러미 바라보았다. 그 때마다 나는 괜스레 가슴이 설레었다. 아마도 요즘 들어 내가 사람들과 별로 마주치는 일이 없어서 더욱 그랬던 것 같다.

나와 시선이 마주쳤을 때 그는 마치 꿈에서 깨어난 사람처럼 몹시 당황하는 빛이 역력했다. 그 스스로 너무나 당황한 나머지 내가 당황해하는 빛을 살피지 못했다는 것은 얼마나 다행스러운 일인지! 그렇게 보면 그도 별로 사교적인 사람은 아닌 것 같다.

5월 10일

저녁 식사를 마치고 나서 우리는 드 라 페스트 씨, 즉 샤를과 함께 응접실에 모여 미술에 대한 흥미로운 이야기를 나누었다. 아버지는 이미 주무시고 계셔서 우리 셋만 조용히 이야기를 나누었다.

나는 그들 사이에 너무 나서고 싶지 않아서 책장에서 『근대 화가』라는 책을 뽑아 읽으려고 했다. 되도록 애인끼리만 이야기를 나누도록 내버려 두고 싶었던 것이다. 그러나 샤를은 자꾸만 함께 이야기를 나누자고 하면서 자기들 대화 속에 나를 끌어들이려고 했다. 그가 좀처럼 나를 놔 주지 않는 바람에 나는 하는 수 없이 책을 옆으로 밀어 놓지 않을 수 없었다.

하지만 나는 될 수 있으면 캐롤라인이 이야기하게끔 하려고 말을 아꼈다. 비록 그 애의 미술에 대한 견해는 귀엽게 봐 줘야 할 정도로 미숙하고 유치했지만 말이다.

그 자리에서 우리 셋은 내일 날씨가 좋으면 웨리본 숲에 가기로 약속했다. 샤를은 거기서 오늘 밤에 그가 이야기해 준 색채 원리에 대해서 실제로 그림을 그려 가며 설명을 해 주겠다고 했다.

오늘처럼 드 라 페스트의 관심이 캐롤라인보다 내게로 쏠려서는 안 될 텐데……. 내일은 수풀이 우거진 곳에 이르면 두 사람 뒤에 떨어져 있다가 살짝 빠져 나와야겠다. 그러면 두 사람이 오붓한 시간을 즐기다가 돌아오겠지?

그가 나에게 관심을 보이는 것은 캐롤라인과 가장 친한 사람이 바로 나이기 때문이겠지? 나에게 호감을 얻는 것이 캐롤라인의 마음을 더욱 기쁘게 하는 것일 테니까.

5월 11일

밤이 깊었지만 도저히 잠을 이룰 수가 없다. 아무래도 잠이 오지 않아 촛불을 켜고 펜을 들었다. 내 마음이 이토록 불안한 것은 아마도 오늘 낮에 일어난 일 때문일 것이다. 이 일에 대해서는 일기장에조차 털어 놓지 않으려고 했는데……. 그 누구에게도 알리고 싶지 않은 일이니까 말이다.

캐롤라인과 샤를 그리고 나는 예정대로 웨리본 숲에 갔다. 샤를을 가운데에 세우고 우리는 나란히 숲 길 사이로 발걸음을 내디뎠다. 그런데 한참을 가다 보니 어느 새 샤를과 나만이 이야기를 나누고 있고, 캐롤라인은 다람쥐와 새를 보며 천진난만하게 즐거워하고 있다는 것을 깨달았다.

나는 살며시 뒤로 처져서 걷다가 나무 사이를 돌아 집으로 향한 다른 길로 접어들었다. 그러고는 생각에 잠긴 채 홀로 걸음을 옮기고 있었다. 그 때였다. 숲 길 한 모퉁이에 이르렀을 때, 의미심장한 미소를 지으며 묵묵히 서 있는 한 남자와 마주치고 말았다. 다름 아닌 드 라 페스트 씨였다.

"캐롤라인은 어디에 있죠?"

나는 조심스럽게 입을 열었다.

"곧 올 겁니다. 우리 뒤에 당신이 안 계신 것을 보자, 혹시 길을 잃은 게 아닌가 했어요. 그래서 당신을 찾으러 캐롤라인은 저 쪽으로 가고, 나는 이리로 오는 길입니다."

그는 미소를 지으며 이렇게 말했다.

그와 나는 캐롤라인을 찾기 위해 되돌아갔지만 그 애를 도무지 찾을 수 없었다. 우리 둘은 한 시간이 넘도록 숲 속을 헤매다가 결국 집으로 돌아왔다. 캐롤라인은 잠깐 동안 우리를 찾아다니다가 곧 지쳐서 단념하고는 먼저 집으로 돌아와 있었다.

캐롤라인이 안 보였을 때, 그가 동생을 애써 찾으려는 기색이 조금도 없다는 것을 깨닫지만 않았더라도 내 마음이 이처럼 불안하지는 않을 것이다.

"캐롤라인은 대체 어디를 헤매고 있을까요?"

내가 몇 번이나 이렇게 물어도 그는 아무렇지도 않게 대꾸했을 뿐이다.

"걱정하지 마세요. 이 숲 속 길은 훤히 알고 있어서 아무 데서라도 집으로 돌아갈 수 있다고 말했으니까요. 우리끼리 이야기나 나누며 걷지요. 그리워하던 분과 이렇게 함께 거닐게 된 이 기회가 나에게 얼마나 소중한지 당신은 미처 상상도 못할 겁니다."

그는 이와 비슷한 이야기를 여러 번 했고, 그 때마다 나는 몹시 당황했다. 그것은 얼마나 어리석은 짓이었던가. 좀 더 침착한 태도를 보일 수도 있었을 텐데, 어째서 마음을 가라앉히지 못했는지 알 수가 없다. 그는 아마도 내가 냉정을 되찾지 못하고 있다는 것을 분명히 알아차렸을 것이다.

단순하고 착한 캐롤라인, 이러한 일이 있었으리라고는 전혀 생각지 못할 텐데……. 내 마음은 지금 이루 말할 수 없이 불안하다.

5. 받아들일 수 없는 고백

5월 15일

아무리 생각해도 내 의혹이 사실임을 확신하게 된다. 나에게 기울이는 그의 관심은 정도를 지나쳤다고 할 만큼 강한 것이었다. 좀 더 솔직하게 말하면……, 그는 나를 사랑하고 있다. 사랑이라는 표현은 너무 속된 것일까? 어쨌든 그는 내게 뜨거운 정열을 가지고 있는 것 같다.

캐롤라인에 대한 그의 애정은 오누이 간의 사랑과 같은 것이었다. 그러니 캐롤라인을 사랑하는 언니로서 내가 겪는 괴로움은 말로 표현하기 어려울 지경이다. 어떻게 일이 이렇게 되었는지……. 좀처럼 마음을 가눌 수가 없다.

이러한 사실을 명백하게 해 주는 일들이 헤아릴 수 없이 많이 일어나고 있다. 생각하면 할수록 마음은 더욱더 혼란스러워질 뿐이다. 이러한 곤경에서 유일하게 나를 지켜 주는 분은 하느님뿐이다. 맹세코 나는 단 한 번도 그가 캐롤라인을 배반하도록 충동질한 적이 없다. 오히려 나는 그와 마주치지 않으려고 피하기까지 했는데, 그리고 그들이 만날 때 그 틈에 끼지 않으려고 얼마나 노력했는데……. 그러나 이런 내 수고는 모두 물거품이 되고 말았다.

그가 우리 집에 온 것이 이런 불행을 몰고 올 줄 그 누가 예상했겠는가? 이것은 어쩌면 피할 수 없는 운명의 장난일지도 모른다. 만일 이러한 불행이 일어날 것을 조금이라도 짐작했다면 나는 기꺼이 친구의 집에라도 찾아 들어가 내 존재를 숨겼을 것이다. 그러나 나는 아무것도 모른 채 그를 반갑게 맞이하고 말았다. 그리고 어리석게도 캐롤라인을 위해 그의 비위를 맞추려고 무던히 애를 썼던 것이다.

내 짐작이 틀릴 가능성은 전혀 없는 것 같다. 오늘 보여 준 그의 태도는 그 모든 것이 확실한 사실임을 여실히 드러내었다. 이처럼 도저히 부정할 수 없을 정도로 분명한 단계에 이르고서도 나는 감히 그것을 사실로 인정하기가 두렵다.

내 사진 몇 장이 오늘 우편으로 도착했다. 우리는 아침 식탁에서 그 사진을 서로 돌려가며 보면서 제각각 한 마디씩 의견을 나누었다. 그리고 사진을 옆 테이블에 그냥 올려놓고는 잠시 잊고 있었다. 한 시간 정도가 지난 후, 나는 내 방으로 돌아와서야 문득 사진을 테이블 위에 놓고 온 것이 떠올랐다. 그래서 사진을 가지러 아래층으로 내려갔는데……, 그 곳에서 그만 봐서는 안 되는 장면을 보고야 말았다. 내가 내려갔을 때 드 라 페스트 씨는 문을 등지고 테이블 옆에 서서 가만히 사진을 들여다보고 있었다. 그러더니 그 중의 한 장을 집어 들고 입을 맞추는 게 아닌가!

그 순간, 나는 얼마나 당황했는지 모른다. 나는 그의 눈에 띄지 않도록 최대한 살며시 그 곳을 빠져 나오고 말았다. 그의 모습은 지금까지 그가 보여 준 여러 가지 행동들 가운데에서도 가장 극단적인 것이었다. 이로써 모든 것이 아주 분명해져 버렸다.

나는 앞으로 어떻게 해야 한단 말인가! 가장 먼저 머리에 떠오르는 것은 내가 이 집을 떠나야 한다는 것이었다. 그러나 아버지와 캐롤라인에게 무슨 핑계를 대야 할지 좋은 생각이 떠오르지 않았다. 더구나 그에게 절망을 안겨 주게 된다면 무슨 끔찍한 일이 벌어지게 될지 그것도 알 수 없는 일이었다.

결국 좀 더 기다리는 수밖에 없다는 생각이 들었다. 이제 나는 그와 마주치는 것이 너무나 고통스러워졌고, 그래서 그를 만날 용기조차 없어져 버렸다. 이 괴롭고 복잡한 사태를 어떻게 수습해야 한단 말인가!

5월 19일
마침내 일이 벌어지고야 말았다! 그를 피한 것이 도리어 그를 자극하게 만든 모양이다.

　상추를 뜯기 위해 정원의 채소밭에 들어섰을 때였다. 갑자기 거친 발소리가 들리며 문을 여닫는 소리가 들려 왔다. 뒤를 돌아 보았을 때, 이미 그는 밭에 들어와 있었다. 정원은 사방이 담으로 둘러싸여 있을 뿐 아니라 정원지기마저 없어 그야말로 비밀스러운 장소였다.

　그는 아스파라거스 화단을 지나 내게로 다가왔다.

　"내가 왜 이 곳에 들어왔는지 그 이유를 아시죠, 알리샤?"

　그는 떨리는 목소리로 입을 열었다.

　그의 목소리는 그가 무엇을 말하려는지 짐작하게 했다. 나는 아무 말 없이 고개를 숙였다.

　"그래요. 알리샤, 내가 정말로 사랑하는 사람은 당신입니다. 캐롤라인에 대한 감정 역시 애정이라고 할 수 있지만, 그것은 그저 그녀가 귀여워서 아끼고 보살펴 주고 싶은 그런 마음일 뿐이에요. 맞습니다! 나는 캐롤라인에 대한 내 감정을 잘못 알고 있었던 거예요. 당신이 무슨 말을 한다고 해도 어쩔 수 없어요. 내 경솔함은 책망 받아 마땅합니다. 여러 날을 두고 나 자신과 싸워 왔지만……, 더 이상, 이제 더 이상 내 감정을 숨길 수가 없군요. 약혼 전에 당신을 만나지 못한 이상 끝내 만나지 말았으면 좋았을 것을……. 이 집에 오던 날, 당신을 처음 본 그 순간 나는 깨달았습니다. 바로 내가 찾고 기다리던 여인은 당신이라는 것을! 그 날부터 당신을 향한 내 마음을 걷잡을 수가 없었어요. 대답해 주세요, 알리샤. 제발 단 한 마디라도 좋으니……."

　"오! 드 라 페스트 씨!"

　나는 간절하게 외쳤다. 그리고…… 그 다음에는 무슨 말을 했는지 전혀 기억나지 않는다. 다만 분명한 것은 나의 난처한 처지를 온 힘을 다해 그에게 말했다는 것이다.

그는 내게 이렇게 말했다.

"캐롤라인에게 진실을 알리겠습니다. 그 동안 캐롤라인의 사랑을 받아들인 것은 아무래도 잘못한 일이었어요. 어쨌든 모든 것은 알리샤 당신 뜻에 달려 있습니다."

"저는 제가 느끼는 감정을 당신께 감히 뭐라 말할 수 없어요. 단지, 이러한 일은 무서운 배신 행위라는 것밖에……. 지금 이 곳에서 당신과 함께 있는 이 순간 순간이 일을 더욱 나쁘게 만들고 있어요. 잠시나마 당신과 함께 있으면서 일어났던 모든 일들은 있어서는 안 될 일이었고요. 드 라 페스트 씨, 제발 캐롤라인과 신의를 지켜 주세요. 동생의 여리디여린 마음에 상처를 주지 마세요. 당신을 사랑하는 캐롤라인의 마음은 조금도 의심할 여지가 없는 진실이라는 것을 기억하셔야 해요. 만일 캐롤라인이 이 일을 안다면 그 애는 어쩜 살아갈 희망을 잃을지도 몰라요!"

내가 이렇게 말하자, 그에게서는 긴 한숨이 뿜어져 나왔다.

"동생은 절대로 내 아내가 되어서는 안 됩니다. 만약 내가 그녀와 결혼을 한다면 내 자신의 불행은 말할 것도 없고, 그녀에게도 그것은 비참한 일이 될 거예요."

나는 도저히 그의 말을 더 이상 들을 수가 없었다. 제발 내 앞에서 물러가 달라고 말하며 그에게 눈물을 흘리면서 애원했다. 그는 결국 어쩔 수 없이 정원 밖으로 나가 버렸다. 멀리서 문을 닫는 소리가 쓸쓸하게 들려 왔다.

그의 고백은 과연 어떤 결과를 가져올까? 그리고 이제 캐롤라인의 운명은 어떻게 될까?

5월 20일

어제 그렇게 많은 일기를 썼는데도 아직 못 다한 말이 있는 것 같다.

나는 지금 절대 바라서는 안 될 것을 바라고 있다. 그것은 내 희망과 믿음, 그리고 이성적인 판단과는 반대되는 것이다. 감히 고백해서는 안 되는 감정인 줄 알고 있지만……, 그래도 글로나마 내 마음을 적으면 괴로움이 조금 줄어들 듯하기에 이 글을 쓰는 것이다.

그렇다, 나는 그를 사랑하고 있다. 아! 이 얼마나 두려운 일인가!

이 분명한 사실을 이제 나는 더 이상 얼버무리거나 회피하거나 부정할 수가 없다. 물론 나 이외의 어느 누구에게도 고백할 수 없는 일이다. 나는 여동생의 약혼자를 사랑하고, 그 역시 나를 사랑하고 있다. 이러한 감정은 우리가 어제 나눈 대화 때문에 싹튼 것은 아니다. 사실 나 역시 그를 처음 본 순간 사랑하게 되었고, 그것은 내 의지와는 상관없이 일어난 일이었다. 어제 그에게 했던 말들은 모두 그런 내 감정을 애써 억누른 것이었다. 그러나 슬프게도 내 감정은 내가 하는 말처럼 차갑게 가라앉지를 못했다.

아, 그에게로 향하는 이 마음을 어떻게 잠재울 수 있을까?

주여! 부디 이런 끔찍한 배반을 저지른 우리 두 사람을 용서하소서!

5월 25일

모든 것이 막연하고, 우리의 앞날도 종잡을 수가 없다. 그는 태연한 체하면서 숲 속 천막 안에서 열심히 그림을 그리며 몹시 바쁜 듯이 왔다 갔다 하고 있다. 그와 캐롤라인이 혹시 남몰래 만나고 있는지 나로서는 알 수 없지만 아마도 그렇지 않은 것 같다.

캐롤라인은 애처롭게 그를 기다리고 있었지만 그는 좀처럼 동생 앞에 나타나지 않았다. 내가 간절하게 거절한 것이 조금이라도 도움이 되어야 할 텐데……. 그에게서 동생과 신의를 지키려고 노력하는 기미는 별로 보이지 않는 것 같다. 아, 나에게도 신과 같은 자제 능력과 순교자의 희생 정신이 있다면 얼마나 좋을까?

5월 31일

모든 것이 허무하게 끝나 버렸다. 마치 비극의 한 막이 끝났다고나 할까?

그는 결국 우리에게서 떠나 버렸다. 캐롤라인과 언제쯤 결혼할 것인지에 대해서 아무 말도 하지 않은 채로……. 아버지는 이런 문제를 강요하거나 간섭하지 않는 분이기에 그에게 이에 대해 한 마디도 물어 보지 않으셨다. 사실 이런 문제에 부딪혔을 때 우리 여자들은 너무도 무력하다. 남자들은 마음 내키는 대로 오고 싶을 때면 오고, 가고 싶을 때면 떠나 버릴 뿐이니 말이다.

안타깝게도 아버지는 너무나 점잖으셔서 드 라 페스트 씨에게 예의만 지킬 뿐 어떤 질문이나 충고도 하지 못하셨다. 게다가 드 라 페스트 씨는 돌아가신 엄마가 인정한 사람이기 때문에 아버지는 그에게 충고나 질문을 하는 것은 엄마의 영혼을 모독하는 일처럼 생각하고 계신 것 같았다.

하지만 드 라 페스트 씨에게 결혼 문제를 이야기해야 한다는 것이 내게는 피할 수 없는 의무인 것처럼 느껴졌다. 그래서 나는 드 라 페스트 씨가 떠나는 순간, 떨리는 목소리로 결혼에 대한 그의 생각을 묻지 않을 수 없었다.

"당신 어머니께서 세상을 떠나신 후로 모든 것이 애매해져 버렸습니다. 모든 것이 다……."

그는 우울한 표정으로 이렇게 말했다. 이것이 그가 남긴 마지막 말이었다. 어쩌면 이 곳에서 다시는 그를 만날 수 없을지도 모르겠다.

6월 7일

드 라 페스트 씨가 두 통의 편지를 보내 왔다. 한 통은 캐롤라인에게, 다른 한 통은 나에게. 캐롤라인은 편지를 읽고 나서 몹시 언짢은 표정을 지었다. 아마도 편지의 사연이 그다지 다정한 내용은 아니었던 모양이다.

내게 온 것은 보통 편지지에 쓴 우정의 편지였기에 다 읽고 나서 캐롤라인에게 넘겨 주었다. 그런데 자세히 보니 봉투 밑에 또 한 장의 쪽지가 들어 있었다. 이 쪽지가 그의 진짜 편지였던 것이다. 그것은 어느 누구에게도 보여 줄 수 없었다. 그의 간절한 마음이 담긴 서신이었기 때문이다.

내 방으로 돌아온 나는 떨리는 마음을 진정시키며 조심스럽게 그의 글을 읽었다. 글을 읽는 동안 나의 얼굴은 한껏 달아올랐다가, 다시 오싹해지기를 되풀이했다. 그는 자신이 지금 말로 표현할 수 없이 비참하다고 하면서 그 동안 일어난 일들을 한탄하고 있지만 이제는 어쩔 도리가 없다고 했다.

결국 내가 그를 신의 없는 사람으로 만들어 버린 것 같다. 아! 도대체 나는 왜 그를 만나게 되었단 말인가?

6철 12일

나의 사랑스러운 캐롤라인은 모든 의욕을 잃고 말았다. 건강도 예전 같지 않고 입맛도 잃어버린 지 오래다. 희망을 잃게 되면 몸도 마음도 상하게 마련인가 보다. 그가 캐롤라인에게 보내 오는 편지는 점점 냉담해지고 있었다. 그

나마 한두 번밖에 오지 않았고……. 내게는 아예 편지를 하지 않겠다고 마음 먹은 듯했다. 아마 편지를 보내 봐야 소용없다는 것을 깨달은 것 같다. 그와 나 그리고 캐롤라인. 우리는 모두 침통한 상황 속에 빠지고 말았다. 어찌하여 사람의 마음은 이토록 다스리기가 힘든 것일까?

6. 캐롤라인을 위한 묘안

9월 19일

　불안과 근심 속에 석 달이라는 세월이 흘러갔다. 나는 드디어 마지막 수단 이라 생각하고 그에게 편지를 썼다.

　가엾은 캐롤라인은 요즘 들어 병세가 무척 악화되었다. 그것은 우리 가족 의 가장 큰 괴로움이었다. 그 애는 다시는 회복할 수 없을 것 같다는 생각이 들 정도로 나날이 쇠약해져 갔다. 오늘은 병세가 그 어느 때보다 심각했다. 의사는 캐롤라인이 지금 마음의 상처로 인해 죽어 가고 있으며, 이제 그 원인 을 없애 버린다고 하더라도 이미 때를 놓치고 말았다고 솔직하게 말해 주었 다. 좀더 일찍 샤를에게 소식을 전했어야 했는데……. 그러기에는 너무나 늦 었다는 것을 깨닫고 몹시 후회했다. 그렇지만 캐롤라인이 말리는 바람에 나 로서도 어쩔 수가 없었다. 캐롤라인이 그에게 소식을 전하지 못하게 한 것은 단지 그 애의 섣부른 자존심 때문이었는데 그 애의 말을 그대로 받아들여 결 국 상황을 이렇게 만들다니, 이 얼마나 어리석은 일인가!

9월 26일

마침내 샤를이 돌아왔다. 캐롤라인을 만난 샤를은 몹시 충격을 받은 모양이었다. 그는 양심의 가책을 느끼며 후회하고 있었다. 나는 그가 캐롤라인 곁에 있어 주면서 그 애를 기쁘게 하는 것만이 지금 할 수 있는 가장 최선의 방법이라고 말해 주었다.

캐롤라인의 병이 나으면 결혼 이야기를 다시 꺼낼지도 모르지만, 지금 그는 그 문제에 대해서는 동생에게 전혀 말을 하지 않고 있다. 사실 그로서는 감히 그럴 용기가 나지 않을 것 같다. 그가 어떤 말이든 꺼내기만 하면 캐롤라인은 위험할 정도로 지나치게 흥분했기 때문이다.

9월 28일

다시는 이런 시련을 겪지 않도록 해 달라고 하느님께 빌 정도로 나의 고뇌는 나날이 깊어만 갔다. 의무감과 이기심 사이에서 고민하던 끝에 나는 결국 샤를에게 동생과 결혼해 달라고 부탁하기에 이르렀다. 제발 캐롤라인을 가엾게 여겨 지금 그 애가 누워 있는 이 자리에서 동생을 아내로 맞아 달라고 애원한 것이다. 나는 캐롤라인은 절대로 그를 불행하게 하지 않을 것이며, 결혼만이 그 애에게 마지막 위안이 될 것이라고 말했다.

그러자 그는 기꺼이 자신도 그렇게 하고 싶고 이미 그런 생각도 해 보았지만, 그래도 캐롤라인과 결혼을 할 수는 없다고 말했다. 우리 나라 법에 따르면 아내가 죽게 되더라도 아내의 자매와는 절대 결혼할 수 없게 되어 있기 때문이라는 것이었다. 그의 말을 듣자 나는 가슴이 서늘해졌다. 그리고 그는 또 이렇게 말했다.

"결혼을 하는 것만이 캐롤라인의 생명을 구할 수 있는 유일한 길이라면 그렇게 하겠습니다. 세월이 흐르면, 그리고 당신과 오랫동안 떨어져 지낸다면, 캐롤라인처럼 마음씨 고운 여인에게 그저 만족하고 살게 될지도 모르지요. 그렇지만 결혼이나 그 밖의 어떠한 것으로도 캐롤라인의 생명을 구할 수 없다면 나는 결국 캐롤라인과 당신 모두를 잃는 셈입니다."

나는 그의 말에 아무런 답변도 할 수가 없었다.

9월 29일

샤를은 오늘 아침까지도 결혼을 완강히 거절했다. 그러자 내 머릿속에 한 가지 묘책이 떠올라 즉시 그에게 이야기했다. 캐롤라인에 대한 애정을 생각해서 형식적인 결혼만이라도 승낙해 주면 어떻겠느냐고 제안한 것이다. 반드시 법적인 결혼을 해 달라고 하는 게 아니므로 캐롤라인의 병들고 허약한 영혼을 위로하기 위해 승낙해 달라고 애원했다.

형식적으로 결혼을 하는 사례는 전에도 있었고, 이렇게 한다면 캐롤라인에게 그의 아내가 되었다는 만족감을 줄 수 있을 것 같았기 때문이다. 혹시라도 캐롤라인이 세상을 떠나게 되면 그는 언제든 법적으로 나를 그의 아내로서 맞이할 수 있는 권리를 갖게 될 것이며, 만일 캐롤라인의 건강이 회복된다면 그 때는 그들의 결혼이 정식이 아니었다는 것을 밝히고 다시 식을 올릴 수 있을 게 아닌가! 그들이 정식 결혼을 하게 된다면 나는 나 때문에 일어나는 모든 복잡한 일들을 막기 위해 두 사람 곁을 떠날 생각이다. 머리가 백발이 되고 얼굴이 주름투성이가 되어 나에 대한 그의 정열이 한낱 지난날의 추억으로 묻혀질 때까지 말이다.

나는 이러한 생각을 그에게 모두 털어놓았다. 그러나 그는 여전히 망설이고 있었다.

9월 30일

그에게 계속 결혼을 해 달라고 졸라 댔다. 그러나 그는 여전히 생각해 보겠다고만 대답할 뿐이었다. 더 이상 기다리고만 있을 수는 없었던 나는 그에게 미래에 대한 분명한 확신을 갖게 해야겠다고 생각했다. 그래서 만일 캐롤라인이 죽으면 1년 후에는 반드시 그와 결혼한다는 약속을 하겠다고 말했다.

조금 늦은 저녁 시간.

그도 나도 이야기를 나누는 내내 몹시 긴장되어 있었다. 마침내 그는 나의 제안을 받아들였다. 그는 다음과 같은 세 가지 가능성에 대한 대책을 요구 조건으로 내세우면서 내가 그것을 따라 준다고 약속한다면 캐롤라인과 결혼식을 올리겠다고 했다.

첫째, 안타깝게도 캐롤라인이 죽을 경우, 1년 후에 그와 결혼을 한다.

둘째, 만일 캐롤라인이 건강을 회복할 경우, 나의 제안에 따라 캐롤라인을 위하여 법적 허락을 받지 않고 결혼한 것임을, 그리고 교회에서 다시 정식 결혼을 해야 한다는 사실을 내가 캐롤라인에게 책임지고 설명해 준다.

셋째, 그럴 리는 없겠지만 뜻밖에도 캐롤라인이 다시 정식 결혼식을 올리는 것을 완강히 거절할 경우, 그와 나는 영국을 떠나 외국으로 가서 결혼을 한다. 그리고 캐롤라인이 다른 사람과 결혼을 하거나 샤를에 대한 애정을 옛 추억으로 그리게 될 때까지 다시는 영국에서 살지 않는다.

나는 이러한 여러 가지 조건을 곰곰이 생각해 본 후 그의 제안에 동의했다.

밤 11시다.

그와 세운 계획이 아무래도 마음에 걸린다. 저녁 인사를 드리고 아버지 곁을 물러나기 전에 이 일을 모두 아버지께 말씀드렸다. 그랬더니 아버지는 그런 거짓 결혼은 절대 찬성할 수 없다고 하시면서 우리들의 의도가 아무리 선량한 것이고, 설령 불쌍한 캐롤라인이 죽어 간다 하더라도 이러한 방법은 결코 용납될 수 없다고 하셨다.

나는 커다란 슬픔을 안고 잠자리에 들었다.

10월 1일

아버지의 생각은 분명 잘못된 것이라고 나는 확신한다. 샤를과 협의한 방법대로 하는 것만이 상처받은 캐롤라인의 마음을 위로할 수 있는 유일한 길이라고 생각한다. 샤를이 정식 결혼을 단호히 거절하고 있는 상황에서 달리 도리가 없지 않은가?

아버지는 캐롤라인의 절망적인 병세의 원인이 그에 대한 애착에 있다는 것을 이해하지 못하거나 아니면 그것을 믿으려 하지 않는 것이다. 그러나 이것은 분명한 사실이고, 나는 결혼식과 관련된 몇 마디 기도 소리만으로도 그 애에게 크나큰 행복감을 가져다 줄 것이라는 점을 잘 알고 있다. 시험삼아 캐롤라인에게 넌지시 결혼에 대해 귀띔을 해 주었더니 그 효과가 이만저만 큰 것이 아니었다.

이제부터 캐롤라인에 대한 일은 아버지께 털어놓지 말아야겠다. 아버지는 캐롤라인을 전혀 이해하지 못하시니까.

낮 12시다.

아버지가 계시지 않는 틈을 타서 내가 세운 비밀 계획을 아버지를 뵈러 온 이웃 동네의 전도사 데오필러스 해이엄 씨에게 이야기했다. 그는 매우 신중한 사람으로 머지않아 목사가 될 사람이었다.

동생의 딱한 사정과 내가 세운 대책을 이야기하자 그는 적극적으로 나를 도와 주겠노라고 약속했다. 사실 그는 오래 전부터 나를 특별하게 생각하고 아껴 주던 사람이다. 이번에도 그는 나를 위해서라면 어떤 일도 사양하지 않겠다고 말했다. 그는 자비심에서 우러나서 하는 일이므로 우리의 계획에는 잘못이 없다고 말했다. 그러면서 오늘 오후 아버지가 돌아오시기 전에 이 계획을 실천하겠다고 약속했다.

샤를에게 이 사실을 전하자 그도 곧 준비를 하겠다고 말했다. 이제 캐롤라인에게 이 소식을 전해 주어야겠다.

밤 11시가 되었다.

지금까지도 몹시 흥분되어 일의 결과를 제대로 적기가 힘들다. 일은 계획한 대로 무사히 끝이 났다. 마음 한구석에는 어쩐지 죄를 지은 것 같은 느낌이 들었지만, 한편으로는 몹시 기뻤다. 물론 아버지께는 알리지 않았고, 나중에 말씀드리기로 했다. 식을 올리고 나자 창백하던 캐롤라인은 금세 생기가 돌아 천사 같은 표정을 짓고 있다.

이번 일로 인해 캐롤라인의 병세가 회복되어 지금 당장 다시 정식 결혼을 올리게 된다고 해도 놀라지 않을 것 같다. 그렇게 된다면 아버지께 자초지종을 말씀드리는 데 어려움이 없을 것이다. 그처럼 놀라운 성과를 거두게 되었다는 것을 아시게 된다면 아버지께서도 아마 우리를 크게 나무라지는 못하실 것이다.

한편 가엾은 샤를이 동생 대신 변변치 못한 나를 택하는 일이 생길 가능성도 없지는 않다. 그러나 냉정하게 판단해 볼 때 나로서는 그런 일이 생긴다는 것은 생각할 수도 없는 것이고, 그래서 그런 일에 관해서는 아무 것도 쓰지 않을 생각이다.

샤를은 식이 끝나자마자 곧바로 남유럽으로 떠났다.

그는 처음에는 몹시 긴장하고 심란해했지만 내가 위로를 해 주자 마음을 곧 가라앉혔다. 그 바람에 나는 그에게 생각지도 못한 작별의 키스를 받게 되었다. 나중에야 그것이 무엇을 뜻하는가를 알고 몹시 후회했지만 사실 그것은 너무도 뜻밖의 일이었다. 그는 갑작스럽게 나를 끌어안았다가 순식간에 사라져 버렸던 것이다.

10월 6일

캐롤라인의 병세가 날로 호전되어 간다. 샤를이 갑자기 떠나게 되었다는 것을 알았을 때에도 그 애는 그 사실을 아주 명랑하게 받아들였다. 의사는 겉으로는 병이 낫는 것처럼 보이지만 확신할 수는 없다고 말했다. 어쨌든 샤를과 내가 아버지는 물론 어느 누구에게도 알리지 않고 벌인 일이 캐롤라인에게 살고자 하는 큰 의욕을 가져다 준 것만은 틀림없는 것 같다.

10월 8일

캐롤라인의 건강이 점점 회복되고 있다. 내가 벌인 일로 인한 것인지는 확신할 수 없지만 어쨌든 단 하나밖에 없는 동생을 살리게 되어서 얼마나 기쁜지 모른다. 비록 나는 영원히 샤를의 아내가 될 수 없다고 하더라도……

7. 놀라운 사건

2월 5일

오랫동안 일기를 전혀 쓸 수 없다가 이제야 간신히 한두 줄 쓸 수 있는 여유가 생겼다. 지난 넉 달 동안 캐롤라인을 간호하는 데에 온통 매달려 있었다. 캐롤라인은 처음에는 회복이 더디더니 나중에는 눈에 띄게 건강이 좋아졌다. 그러나 동생이 회복되어 가는 동안 두려운 일들이 얼마나 복잡하게 엉켜 있었던가!

오! 우리가 짜놓은 풀 길 없이 헝클어진 거미줄이여
처음 속임수를 꾸밀 때 벌써 뒤엉킴이 시작되었구나!

샤를은 그가 머물고 있는 베니스에서 나를 원망하는 편지를 보내 왔다. 그는 아직도 나를 사랑하고 있는데 어떻게 이 거짓 결혼을 진실로 받아들일 수 있겠느냐며 어떻게 하면 캐롤라인과 정식 결혼을 하지 않을 수 있는지를 물어 왔다. 하지만 어찌 그들이 정식 결혼을 하지 않을 수 있겠는가?

지금까지 캐롤라인에게 나는 어떠한 이야기도 하지 못했다. 그 애는 지금 이 순간까지도 죽음이 그들을 갈라 놓을 때까지 샤를이 자기를 아내로 여길 것을 굳게 믿고 있다. 나뿐만 아니라 우리들 세 사람은 모두 난처한 입장에 놓여 있다. 하지만 사랑하는 이에게 무서운 죽음의 그림자가 다가오고 있다면, 모든 분별력을 잃고 오직 그 한 사람만을 위해 어떠한 수단이라도 쓰는 것이 당연한 것 아니겠는가. 그 때로서는 그렇게 할 수밖에 없었던 것이다. 만일 샤를이 캐롤라인과 정식 결혼을 했다면 지금쯤 모든 일이 안정되었을 것이다.

하지만 그는 지나치게 생각이 많았다. 그러나 어쨌든 당시 캐롤라인은 죽을지도 모른다는 생각이 들 정도로 상태가 심각했기 때문에 그로서는 그럴 만도 했던 것 같다.

만일 두 사람이 정식 결혼한 뒤에 캐롤라인이 죽었다면, 만일 일이 그렇게 되었다면 나는 말할 수 없는 고통과 슬픔을 안고 사는 가련한 여인이 되어 있겠지. 그렇다 해도 이렇게 복잡한 풍파에 시달리지는 않았을 것이다.

나를 가장 괴롭히는 것은 그가 나를 아내로 맞아들이고 싶어한다는 사실에 내 마음이 끊임없이 동요를 일으킨다는 점이다. 모든 것이 실 한 오라기에 매달린 듯 위태롭다.

만일 캐롤라인이 그들의 결혼이 정식으로 이뤄진 것이 아니라는 말을 듣고 자신을 속인 샤를과 나에 대해 분개한다면 어떻게 될까? 반대로 캐롤라인이 화를 내지 않고 모든 일을 다 용서한다면 어떻게 될까? 그렇게 된다면 샤를은 캐롤라인과 정식 결혼을 하지 않을 수 없을 것이다. 비록 그가 그것을 강력히 반대한다고 하더라도 나는 나의 명예를 위해서라도 그렇게 되도록 그를 잘 설득해야 할 것이다.

어쨌든 나는 캐롤라인이 모든 사실을 받아들일 수 있도록 잘 알리는 방법을 생각해 내어 일이 원만히 매듭지어지도록 해야 할 것이다.

사실은 지난 달부터 캐롤라인에게 사실을 말하려고 했다. 그 때는 이미 내가 이런 이야기를 들려 주어도 건강에 별로 지장이 없을 만큼 그 애의 몸이 회복되어 있었다. 그러나 나에게는 말할 기력과 용기가 없었다.

아무래도 샤를에게 편지를 써서 도움을 요청해야겠다.

3월 14일

캐롤라인은 샤를이 왜 돌아오지 않는지 의아해하고 있다. 아무리 어쩔 수 없는 사정 때문에 떠나 있다고 해도 벌써 다섯 달이나 지났으니 왜 안 그러겠는가? 게다가 편지도 자주 보내지 않고, 그 동안 받은 몇 통의 편지마저 매우 냉담했던 모양이다. 캐롤라인은 샤를이 죽음에 임박해 보이는 자신의 모습을 보고 불쌍히 여긴 나머지 억지로 결혼을 하고서 그것을 후회하고 있는 것이 아닐까 생각하며 몹시 두려워하고 있다.

이 정도로 진실에 가까운 생각을 하고 있으면서도, 아직까지 그 실상을 깨닫지 못하고 있는 동생의 모습을 보니 피가 마르는 듯하다.

게다가 또 한 가지 작은 걱정거리가 내 마음을 괴롭히고 있다. 우리 일을 도와 주었던 전도사 역시 그가 맡았던 역할 때문에 양심의 가책을 느끼고 있다는 것이다. 그 당시에는 물론 올바른 판단이라 믿고 벌인 일이었지만, 결국 나의 지나친 꾀로 인해 여러 사람이 고통 속에 빠지게 되었으니 이 죄를 어찌하면 좋단 말인가! 아, 틀림없이 나는 벌을 받을 것이다.

4월 2일

캐롤라인은 이제 상당히 건강해졌다. 물론 예전 상태로 완전히 돌아가지는 않았지만 그래도 얼굴에서 불그스레한 핏기가 돈다. 캐롤라인은 자기가 혹시 사랑하는 남편의 마음을 상하게 하지는 않았을까 걱정하며 전전긍긍하고 있다. 그래서 나는 진실을 약간 내비치면서 이렇게 말했다.

"샤를은 네가 병을 앓고 있었기 때문에 자기의 여러 가지 어려운 사정도 고려하지 않고 결혼을 한 거야. 그래서 어쩌면 자신의 경솔한 행동을 지금쯤 후회하고 있을지도 모르지. 하지만 집을 마련하는 대로 곧 돌아올 거야."

한편 나는 그에게 어서 빨리 돌아와 궁지에 몰린 나를 구해 달라고 강하게 부탁하는 편지를 써 보냈다. 편지 글 속에 애정 어린 말투란 전혀 사용하지 않은 채 말이다.

4월 10일

이상한 일이다. 캐롤라인이 그에게 보낸 마지막 편지는 물론, 그가 머물고 있다는 베니스로 보낸 최근의 내 편지에 대해서도 아무런 답장이 오지 않고 있다. 캐롤라인은 그가 어딘가 아픈 모양이라고 걱정하지만 내 생각에는 그런 것 같지 않다. 어쨌든 어서 소식이 왔으면 좋겠다. 어쩌면 지난번에 내가 보낸 매정한 편지를 보고 그의 감정이 몹시 상했을지도 모르겠다. 그런 생각을 하니 너무나 서글퍼진다. 내가 그의 마음을 아프게 하다니!

하지만 이렇게 상심하고 있을 때가 아니다. 이제는 캐롤라인에게 사실을 알려 주어야 한다. 그렇게 하지 않으면 그 애가 자신도 모르는 사이에 어떤 파괴적인 일을 저지를지 알 수 없다. 조금 전에 캐롤라인은 만일 샤를이 자신은 항상 그의 생각으로 가득 차 있으며 깨어 있는 시간마다 그를 생각하고 있다는 것을 알게 된다면, 그의 아내가 되고 싶었던 자기의 안타까운 심정을 그가 이해할 것이라고 애처롭게 말했다. 얼마나 천진한 마음인가! 나는 가슴이 뭉클해지고 눈시울이 뜨거워졌다.

4월 15일

집안이 엉망진창이다. 아버지는 화를 버럭 내시더니 이윽고 비탄에 잠기셨고, 나 역시 무엇을 어떻게 해야 할지 알 수가 없다. 캐롤라인이 없어진 것이다!

캐롤라인은 몰래 집을 나갔다. 그러나 그 애가 간 곳이 어딘지 대충 짐작할 수는 있을 듯하다. 나는 얼마나 죄가 큰 여자인가! 그에 비해 캐롤라인은 얼마나 결백한가! 아, 진작 그 애에게 모든 것을 이야기해 주었더라면 좋았을 것을!

오후 1시다.

아직 캐롤라인이 간 곳을 알 수 없다. 집안일을 배우던 하인 여자아이까지 자취를 감춘 것을 보면 캐롤라인은 혼자 여행하기가 불안하니까 그 아이를 함께 데리고 간 것이 틀림없다.

캐롤라인은 샤를 만나고 싶은 간절한 마음에 그를 찾아 나섰을 테니 분명히 베니스로 갔을 것이다. 남편을 만나기 위해서가 아니라면 왜 집을 나가겠는가! 이제 생각해 보니 지난 며칠 동안 동생에게서 집을 떠나려는 눈치가 보였던 것도 같다. 그러나 캐롤라인이 나에게 의논 한 마디 없이, 누구의 도움도 받지 않고 이렇게 극단적인 행동을 하리라고는 전혀 생각지 못했다.

나는 지금 이것 저것 곰곰이 생각해 볼 겨를도 없다. 그저 생각나는 대로 사실을 적어 나가고 있을 뿐이다.

도움이 되기는커녕 짐밖에 되지 않을 하인 여자애 하나만 덜렁 데리고 유럽 여행을 떠나다니……. 만일 도둑이라도 만나게 되면 그들은 가장 먼저 눈에 띨 텐데, 이를 어쩌면 좋단 말인가!

벌써 8시다.

그렇다. 내 추측이 그대로 맞았다. 캐롤라인은 샤를을 만나기 위해 집을 나선 것이었다. 그 애가 버드마우스 레지스에서 새벽녘에 부친 짧은 편지가 오늘 오후에 도착했다. 다행히 마침 하인 한 명이 마을에 나갔을 때 집에 오는 편지가 없었는지 물어 본 덕분에 편지를 바로 받아 볼 수 있었다. 그렇지 않았다면 우리는 내일까지 그 편지를 받지 못했을 것이다.

캐롤라인은 그저 자신은 샤를에게 갈 결심이며, 주위의 방해를 받지 않고 그를 찾기 위해 아무에게도 알리지 않고 집을 나섰다고만 할 뿐 지금의 행방에 대해서는 한 마디도 하지 않았다.

그처럼 얌전한 아이가 이런 대담한 짓을 하다니, 이 얼마나 놀라운 일인가!

아, 그러나 안타깝게도 샤를은 벌써 베니스를 떠났는지도 모른다. 그렇다면 캐롤라인은 몇 주일을 헤매어도 그를 만나지 못할 것이다. 어쩜…… 영영 그를 못 찾을 수도 있다.

이러한 사실을 모두 알게 된 아버지는 당장 오늘 밤 9시까지 떠날 준비를 갖춰 놓으라고 말씀하셨다. 그래야만 밤 연락선이 떠나는 시간에 맞춰 도착하는 기차를 탈 수 있기 때문이었다.

나는 서둘러 모든 준비를 갖춰 놓은 뒤, 출발하기까지 한 시간쯤 남은 여유를 틈타 펜을 들었다. 기다리는 동안의 안타까운 마음을 조금이라도 덜어 보려고…….

아버지는 어떻게 해서든 캐롤라인을 쫓아가야 한다고 말씀하시면서 샤를을 심하게 비난하셨다. 아버지는 캐롤라인을 사랑에 눈이 먼 철부지라고만 생각하셨다. 그렇지만 지금과 같은 불행한 입장에 있는 내가, 캐롤라인은 아버지가 생각하는 것처럼 어린애가 아니며, 어떤 면에서는 아주 훌륭한 여인이라고 어떻게 말해 줄 수 있단 말인가. 단지 그 애는 사랑에 불타오른 나머지 자기가 얼마나 위험천만한 행동을 하고 있는지도 모르고 있을 뿐인 것 아닌가?

우리는 우선 파리로 갈 예정이다. 그 곳에서 캐롤라인을 따라잡을 수 있을 것 같다. 현관 쪽에서 아버지가 불안하게 왔다 갔다 하시는 발걸음 소리가 들려 온다. 아, 이제 더 이상 쓸 수가 없다.

8. 동생을 찾아 나선 여행

4월 16일 파리 호텔에서

저녁 무렵이 다 되어 이 곳에 도착했다. 여기에서 캐롤라인을 찾을 수는 없었지만, 내가 짐작했던 대로 그 애가 여기에 머물렀던 것은 분명한 것 같다. 캐롤라인은 파리에서 이 호텔밖에 모르니까. 어쨌든 내일 아침, 우리는 여행을 계속할 것이다.

4월 18일 베니스에서

아침부터 일어난 여러 가지 복잡한 일과 흥분된 감정으로 인해 몹시 지쳐 있다. 한 시간 전부터 소파에 누워 잠을 청해 보았지만 도저히 잠이 오지 않는다. 차라리 지금까지 일어난 모든 일들을 일기에 얼른 써 버리는 게 좋을 것 같다. 이렇게 하지 않으면 머릿속을 복잡하게 하는 이런 저런 생각들을 영 떨쳐 버릴 수 없을 테니까.

아버지와 나는 오늘 아침 날이 환하게 밝았을 때 이 곳 베니스에 도착했다. 베니스는 잔잔하고 푸른 바다에 뗏목처럼 떠 있는 코르크 도시처럼 보였다. 그러나 나는 이 아름다운 풍경을 열차의 창문 너머로 잠깐 바라보았을 뿐, 곧 강을 건너 정거장 안으로 들어갔다.

역 정면의 층계에 첫발을 내디뎠을 때, 검은 곤돌라의 행렬이 이어지면서 사공들의 외침 소리가 요란하게 들려 왔다. 아버지는 몹시 어리둥절해하셨고, 그 바람에 노가 두 개 달린 곤돌라를 한 척 빌린다는 것이 그만 잘못 전달되어 곤돌라 두 척을 부르게 되었다. 그 때문에 두 척의 곤돌라가 와서 아버지와 나는 각각 다른 곤돌라를 타게 되었다.

잠시 후에 우리는 이것을 바로잡아 아버지가 미리 주문했던 배로 바꿔 탔고, 곧바로 스키아보니 강 언덕 위에 있는 호텔을 향하여 노를 저어 가도록 했다. 그 호텔은 우리가 드 라 페스트 씨로부터 마지막 편지를 받았을 무렵, 그가 묵고 있던 곳이었다.

호텔로 향하는 수로는 얼마간 대운하를 따라 내려가다가 리알토 다리 밑으로 흘러 들어갔다. 그리고 좁은 운하 몇 개를 거쳐 마침내 '한숨의 다리'에 도착했다. '한숨의 다리'라! 지금 우리 기분에 꼭 맞는 이름 아닌가? 이 곳을 지나자 탁 트인 수면이 나오면서 아름다운 경관이 펼쳐졌다. 이런 상황에서 이 토록 아름다운 풍경을 보게 되다니! 정말 비참한 기분이 들었다.

우리가 찾아온 호텔은 고풍스런 옛 모습을 그대로 유지하고 있었다. 이 곳은 하루 이틀의 숙박뿐만 아니라 여러 날 동안 하숙도 할 수 있는 호텔이었다. 호텔에 들어서자마자 나는 숙박부가 걸려 있는 현관으로 달려 갔다. 그리고 곧 투숙객 명단에서 샤를의 이름을 찾아 낼 수 있었다. 그러나 우리가 찾는 사람은 샤를보다는 우선 캐롤라인이 아니었던가.

나는 얼른 현관의 안내인을 찾아갔다. 캐롤라인이 반드시 '드 라 페스트 부인'이라는 이름으로 여행하고 있을 것이라고 생각했기 때문에 그를 붙잡고 아버지가 듣지 못하도록 조용히 그런 이름의 손님이 없었는지를 물어 보았다. 그 때 아버지는 가엾게도 문 밖에서 행인을 붙잡고 혹시 이 곳을 찾아온 영국 부인을 보지 못했느냐고 묻고 계셨다. 이 곳에 영국 부인이 얼마나 많을 텐데 그런 질문을 하시다니!

"그 분, 조금 전에 도착하셨는데요." 하고 안내인이 말했다. 그리고 이어서 이렇게 말했다.

"부인께서는 오늘 아침 새벽 열차로 이 곳에 오셨습니다. 그 때 바깥어른은 주무시고 계셨는데, 그를 깨우지 말라고 당부하시더니 지금까지 방에 혼자 계십니다."

바로 그 때, 창문으로 나를 보았는지, 그렇지 않으면 내 목소리를 들었는지 계단을 내려오는 발소리가 들리더니 캐롤라인이 눈앞에 나타났다.

"캐롤라인!" 하며 나는 소리쳤다. 그리고는 "도대체 어떻게 된 일이니?" 하며 그녀에게 와락 달려들었다.

하지만 캐롤라인은 아무 말도 하지 않은 채 고개를 숙이고 있었다. 그리고 잠시 마음을 진정시킨 다음 아무렇지도 않다는 듯 덤덤한 목소리로 대답했다.

"언니, 난 남편을 찾아온 것뿐이야. 하지만 아직 그이를 만나지는 못했어. 나도 조금 전에야 이 곳에 왔거든."

캐롤라인은 자기 행동에 대한 이런저런 설명을 늘어놓기가 싫었던지 그대로 지나쳐 버리려고 했다. 나는 캐롤라인에게 단둘이 할 이야기가 있으니 방으로 들어가자고 말했지만 그 애는 그것을 완강히 거절했다.

그 때 마침 바로 옆의 식당이 비어 있었고, 어쩔 수 없다 싶었던 나는 그 애를 끌고 그 곳으로 들어가서는 문을 닫아 버렸다. 내가 그 때 무슨 이야기를 어떻게 했는지는 잘 기억이 나지 않는다. 그저 동생의 결혼이 진짜가 아니었다고 떠듬떠듬 설명한 것 같다.

"뭐? 정식 결혼이 아니었다고?"

캐롤라인은 어처구니없다는 듯이 멍한 표정으로 말했다.

"그래. 진짜 결혼이 아니었어. 모든 것이 내가 이야기한 대로야."

그러나 캐롤라인은 내 말을 듣고도 그 뜻을 이해하지 못하는 것 같았다.

"그럼, 내가 그이의 아내가 아니란 말이야? 어떻게 그럴 수가 있어? 그럴 리가 없어! 그렇다면 난 뭐야?"

캐롤라인은 큰 소리로 외쳤다.

나는 당시의 상황을 좀 더 자세히 그 애에게 이야기해 주었다. 그러면서 내가 그런 일을 벌일 수밖에 없었던 이유를 정성을 다해 설명했다. 내가 한 행동의 정당함을 캐롤라인이 조금이라도 알아 주었으면 하는 마음이 간절했지만, 그것은 너무나 어려운 일이었다.

드디어 모든 사실을 이해하게 된 캐롤라인은 엄청난 비탄에 잠겨 버렸다. 슬픔이 어느 정도 가라앉자 그 애는 샤를과 나를 비난하기 시작했다.

"왜, 왜 나를 속였어?"

그렇게 온순하던 아이가 상상도 못할 만큼 오만한 태도로 불손하게 대들었다.

"어떻게 그 따위 위선적인 행동을 할 수 있느냐고! 나를 그렇게 치사하게 속인 게 어떤 이유를 댄다고 정당해지겠어? 세상에! 언니가 나를 이런 더러운 함정에 빠뜨리다니!"

"그러지 않고는 너를 살릴 수 없을 것 같았어⋯⋯."

나는 중얼거리듯 말했다. 그러나 캐롤라인은 내 말을 더 이상 들으려고 하지 않았고, 의자에 털썩 주저앉아 두 손으로 얼굴을 가려 버렸다. 바로 그 때, 아버지께서 들어오셨다.

"아, 여기들 있었구나! 어디로 갔는지 한참 찾았다, 알리샤. 캐롤라인도 같이 있구나!"

아버지를 본 캐롤라인은 다짜고짜 따지기 시작했다.

"아버지, 아버지도 이 말도 안 되는 괴상한 연극을 꾸민 한 패죠, 그렇죠?"

"뭐라고? 캐롤라인, 대체 무슨 소리냐?"

마침내 모든 것이 드러나고 말았다. 아버지도 그제야 내가 당신에게 말씀드렸던 일을 실천으로 옮겼다는 것을 아시게 되었다. 아버지는 전적으로 캐롤라인의 편을 들어 주셨다. 내가 아무리 선한 동기에서 그런 행동을 했노라고 말해도 아무 소용이 없었다.

잠시 후 캐롤라인은 벌떡 일어나 거친 걸음으로 나가 버렸고, 아버지도 동생의 뒤를 따라 나가셨다. 혼자 남은 나는 어찌해야 좋을지 갈피를 잡지 못하고 깊은 시름에 잠겼다.

어서 빨리 샤를을 만나고 싶었다. 호텔 종업원으로부터 드 라 페스트 씨가 방금 밖에서 담배를 피우고 계셨다는 말을 전해 들은 나는 그 종업원을 따라 얼른 그곳을 향해 나섰다. 그러나 몇 발짝 내딛기도 전에 이미 그가 내 뒤를 따라오고 있었다.

나는 그가 몹시 놀랄 줄 알았는데, 의외로 그는 태연하기만 했다. 실망스러운 마음이 들 정도로 차분한 그를 보니 오히려 내가 어떻게 해야 할지 몰라 당황스러웠다.

나는 간신히 감정을 누르며 말했다.

"캐롤라인이 와 있어요."

"알고 있습니다."

그는 나지막한 목소리로 짧게 대답했다.

"알고 계시는군요, 샤를."

"방금 알았어요."

"오, 샤를! 당신이 정식 결혼을 미루는 바람에 이렇게 난처해졌어요! 이제 어떡하면 좋아요? 왜 캐롤라인과 제 편지에 답장을 보내지 않으셨나요?"

"당신을 만나 직접 대답하려고 했어요. 그리고 당신과 캐롤라인에게 내 상황을 어떻게 설명해야 좋을지 정말 알 수가 없더군요. 그런데 캐롤라인은 어떻게 됐습니까?"

"아버지와 함께 가 버렸어요. 당신에게 분개하고, 나에게는 경멸을 던지고 말이에요."

그는 말없이 우두커니 서 있었다. 나는 아버지와 동생이 타고 갔을 곤돌라의 방향을 가리키며 함께 뒤쫓아 가자고 그에게 말했다. 우리는 사공이 둘인 곤돌라를 탄 덕분에 금세 그들의 모습을 찾을 수 있었다. 그러나 그들은 쉽사리 우리 두 사람을 볼 수 없을 것 같았다. 그들이 탄 곤돌라는 지붕이 없는 것이었지만 우리가 탄 것은 지붕이 있었기 때문이다.

우리가 탄 배가 좁다란 운하를 거쳐 미끄러운 벽 사이를 돌아 갈 때, 그들은 거리 변두리의 계단이 있는 곳에서 곤돌라를 내리고 있었다. 우리가 서둘러 그 곳에 도착하자 그들은 서로 이야기를 주고받으며 거리를 왔다 갔다 하고 있었다.

배에서 내린 샤를은 낮은 쪽 계단 뒤에 서서 그들을 물끄러미 바라보았다. 그의 얼굴을 살짝 살펴보니, 마치 명상에 잠긴 것 같은 모습이었다.

"가서 캐롤라인과 이야기를 좀 해 보지 않겠어요?"

내가 조심스럽게 입을 열었다.

그는 내 말을 받아들였는지 앞으로 조금 걸어 나갔다. 그러나 그들에게 서둘러 다가가지 않고 불쑥 튀어나온 창문 앞에서 자신의 몸을 숨긴 채 동생과 아버지가 심각하게 주고받는 이야기를 엿듣고 있었다. 그리고 한참 만에 나를 돌아보며 가도 좋겠다는 손짓을 하기에 나는 얼른 그들 곁으로 갔다.

캐롤라인은 우리를 보고 갑자기 얼굴이 빨개지더니 샤를에게 거만하게 인사를 하고는 획 돌아서 버렸다. 그러고는 아버지의 팔을 사납게 마구 잡아당기며 끌고 가 버리는 것이었다. 그들은 대운하 주변에 늘어선 건물 뒤쪽의 좁은 골목 안으로 사라져 버렸다.

드 라 페스트 씨가 천천히 내 곁으로 다가왔다. 그가 내 곁으로 다가오는 것이 느껴지자 지금의 내 입장이 새삼스레 떠오르면서 심장이 마구 두근거렸다. 우리가 전혀 상상도 못했던 제3의 조건이 만들어진 것이다. 캐롤라인이 그를 거부했으니 이제 그는 마음껏 내게 결혼을 요구할 수 있게 된 것 아닌가!

우리는 함께 배로 돌아왔다. 그는 배가 대운하로 가는 모퉁이로 접어들 때까지 깊은 생각에 잠긴 듯 잠자코 침묵을 지켰다. 배가 모퉁이를 돌아 설 때 비로소 그가 입을 열었다.

"캐롤라인은 당신에게 몹시 잔인하게 말하더군요. 지금까지 자기를 그토록 정성껏 보살펴 준 언니에게 그렇게 대하는 것은 옳지 못한 일입니다."

"하지만 캐롤라인으로서는 그럴 만도 하지 않겠어요? 여태껏 아무 것도 모르고 있다가 이제야 자초지종을 들었으니 말이에요."

"그래도 캐롤라인은 너무나 도도하더군요. 아주 인상적이었습니다."

그는 중얼거리며 계속해서 말했다.

"하지만 당신이 더욱 인상적이었어요."

"아니, 당신이 어떻게 우리가 주고받은 이야기를 다 아시죠?"

내가 놀라서 묻자 그는 호텔에서 우리들이 하는 이야기를 모두 들었다고 했다. 그 호텔의 식당은 접는 문이 가운데 있어서 방이 둘로 나뉘는데, 캐롤라인과 내가 들어갔을 때 그는 안쪽에 있었다고 했다. 그래서 우리들이 하는 말을 똑똑히 들을 수 있었다는 것이다.

"사랑하는 알리샤, 나는 그녀에게 용서를 비는 당신의 태도와 마음씨에 크게 감명 받았습니다. 이제 당신을 내 약혼녀로 생각할 수 있는 상황이 되었다는 걸 잘 아시지요?"

그가 이렇게 말하리라는 것을 이미 예측하고 있었지만 나는 아직 아무런 마음의 준비를 하지 못하고 있었다. 나는 더듬거리며 말했다.

"샤를, 그 문제는 나중에 이야기하기로 해요."

"왜 그래요, 알리샤? 당신과 나는 지금 당장 이 자리에서 결혼할 수도 있어요. 캐롤라인은 당신과 나를 냉담하게 외면해 버리지 않았습니까!"

"아니에요. 그럴 수 없어요." 나는 완강하게 말했다.

"당신은 캐롤라인에게 정식으로 아내가 되어 달라거나 법적으로 정당한 결혼식을 올리자는 말을 하지 않았잖아요. 당신이 캐롤라인에게 그 말을 하기 전까지는 당신을 내 남편으로 맞을 수 없어요. 그렇게 한다면 그건 큰 죄가 될 거예요."

우리가 탄 배가 어디로 흘러가고 있는지……. 나는 그것을 눈여겨 볼 수조차 없었다. 그는 사공에게 넌지시 방향을 알려 주었던 모양이다. 내가 자포자기한 상태로 곤돌라에 몸을 맡긴 채 몽롱하게 앉아 있을 때, 배는 운하를 거슬러 올라가 그리마니 궁전 근처에서 옆길로 접어들었다. 배는 잠시 후 커다란 교회 끝의 구석 층계 앞에 멈추었다.

"여기가 어디죠?"

"프라리 교회 앞입니다. 지금 당장 우리는 저기서 결혼식을 올릴 수도 있는 겁니다. 어쨌든 들어가서 마음을 가라앉힌 다음 앞으로의 일을 함께 차분히 생각해 봅시다."

그를 따라 교회 안으로 들어서니, 매우 침울한 느낌이 들었다. 결혼을 하게 되든 안 하게 되든, 어쨌든 그 곳은 맥이 빠질 만큼 음침한 곳이었다.

이 웅장한 건축물은 지반이 건물의 무게를 지탱해 낼 만큼 단단하지 못해 땅 속으로 가라앉고 있는 것처럼 보였다. 여기저기 벌어진 벽 틈 사이를 거미줄이 어지럽게 메우고 있었고, 유리창에도 거미줄이 가득 뒤엉켜 있었다. 게다가 몹시 역한 냄새가 중앙 통로를 가득 메우고 있었다. 샤를과 나는 잠시 동안 거북스러운 침묵에 잠긴 채 교회 안을 거닐었다.

이따금 기념비나 그 밖의 물건을 설명하는 그의 목소리만이 침묵을 깨뜨렸다. 나는 그가 혹시 결혼 신청을 하나 어쩌나 하고 은근히 걱정하면서 성물 안치소로 통하는 남쪽 복도 밖으로 걸음을 옮겼다. 그리고 맞은편 끝에 있는 작은 제단을 힐끗 바라다보았다. 그 곳에는 한 여인이 앉아 있을 뿐 텅 비어 있었다.

그녀는 벨리니가 그린 아름다운 성상 앞에 꿇어앉아 있었는데, 아름다운 성상은 전혀 바라보지도 않는 듯했다. 그녀는 가슴이 미어지는 듯 울면서 기도를 하고 있었다. 그런데……, 자세히 바라보니 울고 있는 여인는 바로 캐롤라인이었다.

내가 샤를에게 손짓을 하자 그는 내 곁으로 와서 창문 너머로 캐롤라인을 바라보았다.

"어서 가 보세요. 동생은 반드시 당신을 용서할 거예요."

나는 살며시 문을 열고 그를 안으로 들여보낸 뒤……, 천천히 뒤돌아서서 그 곳을 빠져 나왔다. 마침 아버지께서 그 곳에 계시기에 몇 마디 말을 붙여 보았다. 아버지는 여전히 엄한 목소리로 차갑게 대답하셨다.

아버지는 대운하 근처의 안락한 여관에 숙소를 마련한 후 스키아보니 강변의 호텔로 돌아와 나를 찾았지만 내가 보이지 않더라고 하시면서 우울한 표정을 지으셨다. 아버지는 캐롤라인을 여관으로 데려가기 위해 기다리고 계시던 참이었다. 캐롤라인은 마음이 어느 정도 안정될 때까지 가능하면 숙소에서 혼자 남아 있게 해 달라고 아버지께 부탁했다고 한다.

나는 지난 일에 대해 다시 이야기해 봐야 소용이 없는 일이며, 모든 잘못은 나에게 있다고 말씀드렸다. 그리고 이제 드 라 페스트 씨와 동생이 정식으로 결혼하는 길만이 모든 문제를 풀 수 있는 방법이라고 말했다. 아버지도 내 의견에 동감하시는 것 같았다. 그리고 드 라 페스트 씨가 지금 캐롤라인과 함께 있으니 그들을 남겨 놓고 우리가 먼저 숙소로 돌아가 그들을 기다리는 게 좋겠다고 말하자 선뜻 고개를 끄덕이셨다.

여관에 도착해 보니 내가 묵을 방도 준비되어 있었다. 나는 내 방으로 올라와 샤를과 캐롤라인을 태운 곤돌라가 보일 때까지 창가에 기대 앉아 있었다.

그들은 조금 뒤에 숙소로 돌아왔다. 곤돌라가 방향을 오른쪽으로 돌릴 때 동생의 양산이 보이기에 그들임을 알아챘다. 샤를과 캐롤라인은 어쩔 수 없이 나란히 앉아 있었지만 별로 이야기를 나누지는 않았다. 동생의 얼굴은 붉게 상기되어 있었고, 샤를은 창백해 보였다.

배가 여관 앞 층계에 이르자 샤를은 캐롤라인에게 손을 내밀었다. 순간 나는 동생이 그의 손을 뿌리칠 것이라고 생각했지만 그 애는 그렇게 하지 않았다. 그리고 잠시 후……, 캐롤라인이 내 방문 앞을 지나가는 발소리가 들렸다.

나는 그들의 만남이 어떤 결과를 가져 왔을지 몹시 궁금했다. 가만히 지켜봐도 샤를을 태운 곤돌라가 떠날 기미를 보이지 않기에 나는 아래층으로 내려갔다. 그는 문간에 서 있었는데, 이제 막 돌아가려는 참인 것 같았다.

"캐롤라인이 당신을 용서했나요?"

그를 따라 나서며 내가 먼저 말을 꺼냈다. 그러자 그는 이렇게 대답했다.

"나는 용서를 구하지 않았습니다."

"그렇지만 당신은 그렇게 해야만 하잖아요."

잠시 말이 없던 그는 걸음을 멈추고 입을 열었다.

"알리샤, 우리 서로 분명하게 합시다. 만일 동생이 내 아내가 되겠다고 한다면 당신은 동생을 위해 나를 양보하겠단 말인가요? 그리고 이전에 내가 한 제안은 아예 더 생각할 필요도 없다고 딱 잘라 말할 겁니까?"

"아마……, 그래야 하겠지요."

나는 바짝 마른 입술로 대답했다.

"당신은 동생의 연인인데……. 내가, 내가 달리 어떻게 할 수 있겠어요?"

"잘 알겠습니다. 당신에게는 오직 체면만이 중요하다는 말 아닌가요? 체면을 위해 사랑을 버리겠단 말이지요? 좋습니다. 사랑이 아닌 명예를 선택하지요. 꼭 캐롤라인에게 물어 보겠습니다. 그리고 만일 캐롤라인이 결혼을 허락한다면 그녀와 결혼하겠습니다. 하지만 이 곳에서는 하지 않겠어요. 영국, 당신 집 영국으로 돌아가서 식을 올리겠어요."

"언제요……?"

"캐롤라인이 갈 때 함께 가겠습니다. 돌아가서 일 주일 안으로 하죠. 지체할 필요가 없으니까요. 그렇지만 그로 인해 어떤 일이 일어나든 그 결과에 대해서는 책임지지 않겠습니다!"

"네? 그 말씀은 무슨 뜻이죠?"

그는 내 질문에 대답하지 않고 거리로 사라져 버렸다. 나는 하는 수 없이 내 방으로 올라왔다.

9. 사랑의 종말

4월 20일 밀라노에서

밤 11시 30분이다.

집에서 멀리 떠나 온 우리는 귀국 도중 이곳에 들렀다. 사람들에게 방해가 될까 싶어 그 동안 나는 되도록 동떨어져 지내 왔다. 하지만 오늘, 호텔에서 식사를 마치고 나자 방 안에만 머물러 있는 것이 너무 답답해서 예의범절도 잊고 혼자 밖으로 나왔다.

알레산드로 만초니 거리를 천천히 거닐다 보니 비토리오 에마뉴엘관의 웅장한 모습이 눈에 띄었다. 나는 높은 아치형 유리 지붕 밑으로 들어가서는 중앙의 팔각정까지 다가가 그 곳에 놓인 많은 의자 가운데 한 곳에 걸터앉았다. 물결처럼 밀려가는 사람들을 물끄러미 바라보고 있던 나는 곧 맞은편 의자에 앉아 있는 캐롤라인과 샤를을 발견했다.

지난번에 그와 이야기를 나눈 뒤로 그들이 단둘이 있는 것을 본 것은 이번이 처음이었다. 캐롤라인도 곧바로 나를 보았지만 이내 외면해 버렸다. 그러더니 갑자기 어떤 충동에 이끌린 듯 느닷없이 자리에서 벌떡 일어나 내게로 다가왔다. 캐롤라인과 나는 베니스를 떠난 이후 한 번도 이야기를 나눈 적이 없었다.

"언니, 샤를이 언니를 용서하래. 그래서 언니를 용서하려고 해."

캐롤라인이 내 곁에 앉으며 이렇게 말하는 순간, 나는 눈물을 흘리며 동생의 손을 잡았다.

"그러면 너, 그 사람도 용서한 거니?"

"응."

동생은 수줍은 듯이 말했다.

"그래서 어떻게 하기로 했니?"

"집에 도착하는 대로 결혼하기로 했어."

이것이 캐롤라인과 내가 나눈 대화의 전부였다. 호텔로 돌아오는 길에 캐롤라인과 나는 나란히 걸었고, 샤를은 약간 뒤떨어져 따라왔다. 캐롤라인은 그가 우리 뒤를 따라오는 것을 확인이라도 하려는 듯이 수없이 뒤를 돌아다보았다.

'체면을 위해 사랑을 버리겠단 말이죠?'

샤를의 이 말이 귀에 쟁쟁하게 울리는 것만 같았다. 하지만 어쨌든 좋은 결과가 이루어졌으니 캐롤라인은 다시 행복해지겠지?

4월 25일

드디어 샤를과 우리는 함께 집으로 돌아왔다. 이제 모든 일이 급속도로 진행되어 갔다. 그렇지만 세찬 물결이 흘러가듯 이상할 정도로 일이 빨리 진행되자 오히려 내 마음은 왠지 모르게 불안하기만 했다.

샤를은 이웃 마을에 머물면서 결혼 허가가 나오기를 기다렸다. 허가장만 손에 들어오면 그는 여기서 조용히 결혼식을 올린 다음 캐롤라인을 데리고 떠날 것이다.

그러나 그의 얼굴에는 만족스러움이 아닌 체념의 그림자가 가득 덮여 있었다. 그렇지만 그는 불길처럼 타오르던 나에 대한 감정에 대해 그 후로는 한마디도 내비치지 않았고, 자신이 결정한 일에서 털끝만큼도 벗어나지 않으려고 했다. 그는 이미 정한 계획대로 모든 것을 밀어붙일 생각인 것 같았다.

아무튼 그들은 앞으로 행복해지겠지. 나는 그들이 행복하기를 간절히 빌었다. 그렇지만 왠지 모르게 자꾸 불안한 마음이 드는 것을 떨칠 수가 없다.

5월 6일

결혼식 전날 밤이다. 캐롤라인은 비록 쾌활하지는 않지만 그런 대로 흐뭇해하면서 행복에 잠긴 듯이 보였다. 동생은 그다지 걱정할 게 없어 보인다. 샤를에 대해서도 아무 걱정을 하지 않아도 된다면 얼마나 좋을까?

아무 표정 없이 왔다 갔다 하고 있는 그의 모습은 마치 유령과도 같다. 그렇지만 그의 이런 태도에 대해서 이상한 점을 알아차리는 사람은 아무도 없었다. 내가 여기서 어른거리지만 않아도 그의 마음이 그처럼 어지럽지는 않을 텐데……. 캐롤라인의 결혼식 준비를 돕기 위해 어쩔 수 없이 나는 이 곳에 있어야만 하니……. 아니, 어쩌면 나 혼자서 쓸데없는 추측을 하고 있는 것인지도 모른다.

아버지 말씀대로 샤를과 캐롤라인은 다른 사람들처럼 행복해질 수 있을 것이다. 어쨌든 내일이면 모든 것이 해결되겠지.

5월 7일

드디어 그들은 결혼을 했다. 우리들 모두 방금 교회에서 돌아왔다.

오늘 아침 아버지는 샤를에게 어디가 아픈 게 아니냐고 물어 보셨다. 그가 너무나 창백한 얼굴로 서 있었기 때문이었다.

"아닙니다. 단지 머리가 좀 아픈 것뿐이에요."

그는 대수롭지 않다는 듯 대답했고, 우리는 모두 교회로 가서 별 일 없이 순조롭게 식을 끝마쳤다.

오후 4시가 되었다.

지금쯤 두 사람은 신혼 여행을 떠났어야 하는데, 왜 저렇게 꾸물거리고 있는지 모르겠다. 샤를은 30분 전에 나가 아직 돌아오지 않았고, 캐롤라인은 현관에서 그를 기다리는 중이다. 그들이 열차를 놓치는 건 아닌가 싶어서 나까지 마음이 조마조마하다. 어쩌면 별로 걱정할 필요가 없는 사소한 일일지도 모르지만, 웬일인지 불안한 마음이 잠재워지지 않는다.

9월 14일

어느덧 넉 달이 지났다. 아니, 겨우 넉 달밖에 지나지 않았다. 마치 몇 년을 보낸 듯한데…… 일기장에 동생의 결혼 이야기를 적은 것이 겨우 17주 전의 일이라니! 그 때에 비하면 그새 무척 늙은 것 같은 기분이 든다.

그 날. 내 평생 잊지 못할 그 날……

우리는 기다리고 또 기다렸지만 샤를은 끝내 돌아오지 않았다. 저녁 6시가 다 되어 가자 가엾은 캐롤라인은 이루 말로 다 표현할 수 없는 불안에 떨면서 자기 방으로 들어갔다.

바로 그 때, 목초지에서 일하는 사람이 우리 집으로 와서는 아버지를 찾았다. 그리고 잠시 후, 아버지께서 부르시는 소리를 듣고 나는 아래층으로 내려갔다. 그리고 아버지로부터 들은 소식은……, 너무나도 끔찍한 것이었다. 샤를이 이제 이세상 사람이 아니라는……

| 토마스 하디 | Hardy, Thomas |

저수지 관리인이 댐의 수문을 닫을 때 보니, 아래 웅덩이의 가장자리에서 모자 하나가 이리저리 떠다니고 있었다고 한다. 웅덩이를 들여다본 그는 밑바닥에 무언가 이상한 것이 있는 것을 발견했고, 의아한 생각이 들어 수문을 내리고 물을 뽑았다고 한다. 그리고 그 곳에서 그는 사람의 시체를 똑똑히 볼 수 있었다는 것이다.

이에 관한 이야기는 당시 신문에 자세히 실렸고, 그에 관해 다시 적는다는 것은 쓸데없는 일일 것이다. 어쨌든 샤를은 곧 집으로 옮겨 왔지만 이미 숨을 거둔 뒤였다.

우리는 모두 캐롤라인을 걱정했다. 그 애는 말할 수 없는 비탄에 잠겼다. 그러나 이상하게도 캐롤라인의 슬픔은 실컷 울고 난 후 깨끗이 가셔 버렸다.

샤를은 전부터 가끔 목초지를 가로질러 맞은편 언덕에 사는 눈 먼 노인을 찾아가 몇 푼씩 보태 주었다는 사실이 밝혀졌다. 그 노인은 실명하기 전까지 보잘것없는 풍경 화가였다고 한다. 그 날도 샤를은 노인에게 돈을 쥐어 주고 작별 인사를 할 겸 그 곳에 갔던 것이라고 사람들은 말했다.

이런 이야기를 들은 배심원들은 그의 죽음이 우연한 실수로 일어난 것이라 결정지었다. 그리고 지금 이 순간까지도 사람들은 모두 샤를이 노인을 만나러 가는 길에 수문을 건너다 물에 빠져 죽은 것으로 믿고 있다.

그러나 오직 단 한 사람, 나만은 그것이 결코 우연한 사고가 아니라는 것을 알고 있다. 처음 그의 소식을 들었을 때, 나는 정신을 잃을 것 같은 큰 충격에 휩싸였다. 그러나 시간이 흐르면서 곰곰이 그 일에 대해 생각해 보니, 그가 굳이 그처럼 시간 여유가 없을 때에 노인에게 돈을 주려고 집을 나섰다는 것은 아무리 봐도 이해가 안 되었다. 그런 일쯤이야 아무에게나 부탁할 수도 있지 않은가. 그런 생각 끝에 어느 순간 나는 그의 죽음이 어쩌면 교회에서 거행한 결혼식과 마찬가지로 그 날 계획된 그의 일과 중 하나가 아니었을까 하는 생각이 불현듯 떠올랐다. 그리고 시간이 지날수록 그것이 점차 의심할 수 없는 사실로 받아들여졌다.

'체면을 위해 사랑을 버리겠단 말이죠? 좋습니다. 사랑이 아닌 명예를 따르지요. 캐롤라인이 결혼하자고 한다면, 그렇게 하겠습니다. 그러나 어떤 일이 일어나든 그 결과에 대해서는 책임질 수 없습니다.'

대운하 위에서 영원히 잊지 못할 그 말을 했을 때, 샤를은 이미 마음 속에 그 끔찍한 일을 결심했을지도 모른다.

도무지 뭐가 뭔지 알 수가 없다. 하필이면 왜 이 시각에 이런 글을 쓰고 있는지조차 잘 모르겠다. 문득 샤를과 캐롤라인의 사랑 이야기에 관한 나의 종잡을 수 없는 일기를 어느 정도 매듭지어야겠다는 생각이 떠올라 펜을 들게 되었다.

캐롤라인은 슬픔에 빠져 있긴 하지만 그럭저럭 잘 지내고 있다. 아마도 머지않아 모든 것을 잊고 살게 되겠지.

그렇지만 나는……나는……. 나야 아무래도 상관없다.

10. 뒷 이야기

5년이라는 세월이 흘렀다.

우연히 옛 일기를 발견하여 대충 읽어 보니 무척 흥미롭다. 일기 속엔 인생이 지금보다 훨씬 더 따사롭게 보이던 날들의 이야기가 담겨 있었다. 지난날의 이 기록을 매듭짓기 위해 한 마디 덧붙이지 않을 수 없어 마지막으로 펜을 들었다.

1년 전쯤 캐롤라인은 데오필러스 해이엄 씨의 간절한 청혼을 받아들여 그와 결혼했다. 지난날 거짓 결혼식을 거들어 준 바로 그 수줍고 젊은 전도사로, 지금은 이웃 교구에서 정식 부목사로서 성직을 맡고 있다. 자신이 행한 역할에 대해 참회를 하던 그는 사랑의 열매를 맺음으로써 속죄한 셈이 되었다. 우리 모두가 이제야 캐롤라인에게 지은 죄를 조금은 보상하게 된 게 아닐까 하는 생각이 든다.

캐롤라인!

앞으로는 어느 누구도 너를 속이는 일이 없기를…….

1887년.

작품 해설 ───▶ 토마스 하디는 총 47편의 단편소설을 썼는데요, 그 중 1887년에 발표한 「알리샤의 일기」는 영국 포츠머스 항 부근의 목사관을 그 배경으로 하고 있습니다. 이 소설의 중심사건은 재주가 출중한 언니 알리샤와 순진한 동생 캐롤라인 그리고 순정적인 프랑스 청년 화가 샤를을 중심으로 애정의 삼각관계가 펼쳐진다는 것입니다.

알리샤는 동생을 지극히 사랑하면서도 자신이 동생보다 잘났다는 우월감을 가지고 있습니다. 그녀는 어머니가 동생을 데리고 프랑스로 여행을 떠나자 마치 자신 몫의 행운을 동생이 빼앗은 것처럼 느낍니다. 그러면서도 동생 때문에 어머니가 피곤해질 것을 염려하기도 하고 자신이 동행했더라면 어머니 대신 동생을 챙겨줄 수 있었을 것이란 상상도 하지요. 이로써 알리샤가 장녀로서의 그리고 언니로서의 책임감을 강하게 느끼고 있는 인물임을 알 수 있답니다.

프랑스 여행 중인 캐롤라인은 편지를 통해 언니 알리샤에게 샤를 드 라 페스트라는 새로운 인물에 대한 이야기를 전합니다. 언니인 알리샤는 직감적으로 동생이 사랑에 빠졌을 것이라는 추측을 합니다. 그리고 동생이 사랑에 빠진 대상에 대한 궁금증이 생겼지요. 이후 몇 번의 편지를 통해 동생과 샤를 간의 약혼이 성사될 것이 암시됩니다. 그러자 알리샤는 자기보다 두 살이나 어리고 정신 연령은 다섯 살쯤 어린 캐롤라인이 '남에게 호감을 주는 태도, 매력적인 용모, 그리고 덕망을 갖춘 인격자'와 약혼하게 된 것에 대해 질투심과 불안함을 동시에 느낍니다. 그러던 중 프랑스에 가 있던 알리샤의 어머니가 뇌출혈로 쓰러지고 결국은 운명을 달리하게 됩니다.

어머니의 장례식이 끝나자 아버지는 캐롤라인의 결혼식을 서두릅니다. 캐롤라인은 자나 깨나 샤를 생각뿐인데, 샤를은 영국을 방문하는 시기를 오히려 늦춤으로써 알리샤의 가족에게 실망을 줍니다. 알리샤 또한 동생이 보여준 사진 속의 샤를에게 호감을 느끼고 은근히 그를 기다립니다. 봄이 되고 샤를이 영국에 찾아오면서 사건은 좀 더 구체화됩니다. 알리샤는 샤를을 만나고 나서 그가 상상 이상의 미남이며 매력적인 사람임을 알게 됩니다.

그녀는 캐롤라인의 그림에 대한 식견이 유치해서, 샤를이 자신에게만 대화를 청하는 것에 대해 한편으로는 기쁨을 느끼면서 다른 한편으로는 걱정스러운 마음을 갖습니다. 알리샤는 결국 샤를이 지나치게 자신에게 관심을 갖고 있으며, 자신을 사랑하고 있다고 확신합니다. 그리고는 드디어 샤를에게 고백을 듣지요. 하지만 알리샤 자신도 샤를을 사랑하고 있기 때문에, 동생을 배신했다는 점에서 샤를과 공범입니다. 결국 샤를은 자매에 대한 마음을 정하지 못한 채 영국을 떠나 버리고 캐롤라인은 병이 들고 맙니다.

샤를은 알리샤의 편지를 받고 캐롤라인에 대해 양심의 가책을 느껴 영국으로 돌아와 캐롤라인을 위로합니다. 하지만 알리샤를 사랑하는 그의 마음은 변치 않아, 사건이 해결될 기미는 보이지 않습니다. 이에 알리샤는 하나의 계책을 생각해 냅니다. 그것은 캐롤라인의 회복을 위해 일단 동생과 거짓 결혼을 한 후에, 캐롤라인이 회복하고 나면 진실을 밝히자는 것이었습니다. 하지만 캐롤라인은 병을 회복하자 곧 베니스로 샤를을 찾아 떠납니다. 캐롤라인을 뒤쫓아 알리샤와 아버지도 베니스로 갑니다.

베니스에서 모든 진실이 밝혀지고, 알리샤는 샤를이 동생에게 정식으로 청혼하고 동생이 허락하면 결혼해야 한다는 조건을 제시합니다. 캐롤라인은 샤를과 결혼하겠다고 하지요. 그렇게 해서 이들은 모두 영국의 집으로 돌아오고, 보름이 지난 후 샤를과 캐롤라인은 결혼하게 됩니다. 하지만 신혼여행을 떠나야 할 순간 사라졌던 샤를이 물에 빠져 죽은 채로 발견됩니다. 사람들은 샤를의 죽음을 두고 그가 실수로 수문을 건너다 물에 빠졌다고 결론내리지만 알리샤만은 그가 자살했다고 믿습니다.

알리샤는 현재, 5년이 지난 후에 자신의 일기를 꺼내 보면서 과거를 회상하고 있습니다. 지난 일을 회상하면서 알리샤는 1년 전 캐롤라인이 교회의 전도사와 다시 결혼을 했다는 소식을 덧붙이며, 동생의 행복한 결혼 생활만이 자신을 포함한 과거의 모든 사람이 동생에게 저질렀던 일들을 속죄할 수 있는 길이라고 이야기합니다.

이 작품은 하디의 다른 장편소설에서 드러나는 것과 같이 숙명론적인 부분이 다분히 나타납니다. 예를 들면 캐롤라인이 죽는 한이 있어도 샤를을 남편으로 맞으려 하는 것, 그리고 알리샤의 아버지는 샤를과 알리샤가 서로 사랑

 더 알아두기

토마스 하디는 빅토리아 왕조의 상류 및 중류 계급 사람들에 대한 도덕적 비판 의식이 강한 작가였습니다. 그렇다면 빅토리아 왕조의 특징은 무엇이었을까요. 빅토리아 여왕이 즉위한 이후 영국은 산업혁명이 성공하여 강대한 공업국으로 변모하며 대제국이 되었습니다. 중산계급이 부를 축적하고 물질문명이 발달하면서 사람들은 공리주의적인 윤리를 으뜸으로 받아들였습니다. 그러나 일반사회에는 낙관주의적인 풍조가 팽배하였으며 물질적인 번영을 누리면서도 사람들은 정신적으로 공허해하고, 위선이 횡행했다고 합니다. 하디는 그 중에서도 특히 『테스』, 『미천한 사람 주드』 등과 같은 작품을 통해 여성의 성적 억압에 대해 비판을 가했습니다.

하는 사이인 것을 알면서도 샤를은 캐롤라인과 결혼해야 한다고 생각하는 것 등이 그러한 부분입니다. 이러한 숙명론적 전제 때문에 소설은 전반적으로 비극을 향해 치달을 수밖에 없습니다.

샤를의 죽음을 두고 일어나는 소요는 어떻게든 해석의 여지가 있겠으나 우리는 화자인 알리샤의 입장으로밖에 파악할 수 없습니다. 우리는 「알리샤의 일기」에서 알리샤라는 인물을 통해 사건을 접하기 때문에, 객관적 거리를 유지하지 못하고, 알리샤가 이끄는 대로 짐작하며 따라갈 뿐입니다. 이 점과 관련하여 하나 지적하자면, 이 작품은 소설적 장치를 통해 개연성 있게 사건을 이끌어 가기보다 독자에게 억지스러운 이해를 강요하고 있다는 생각이 들게 합니다. 이는 어머니나 샤를의 급작스러운 죽음 또는 캐롤라인의 재혼과 같은 사건 등이 소설 내의 유기적인 관계에 의해 나타나는 것이 아니라 단지 우연에 근거하고 있다는 점을 통해 알 수 있습니다.

Open Book Test

- 알리샤가 캐롤라인에게 갖는 두 가지 감정을 설명해 보세요.
- 알리샤가 샤를을 묘사하는 부분을 찾고, 그때의 알리샤의 마음을 설명해 보세요.
- 샤를은 어떤 점 때문에 알리샤를 사랑하게 되나요?
- 샤를의 죽음에 대한 알리샤의 생각을 정리해 보세요.

작품의 마지막 점검

구성	발단	어머니와 동생 캐롤라인이 프랑스로 여행을 떠남.
	전개	캐롤라인이 샤를과 연애에 빠짐.
	위기	어머니의 죽음.
	절정	샤를과의 만남과 사랑.
	결말	캐롤라인의 결혼과 나의 회상.
핵심정리	갈래	단편소설
	주제	자기희생적인 여인의 잔꾀가 만들어낸 비극.
	배경	영국의 작은 시골 마을.
	시점	1인칭 주인공 시점
	문체	고백체
작중 인물의 성격	알리샤	지적이고 예술적 감성이 풍부하며 독립적임.
	캐롤라인	미성숙하여 누군가에게 의지하려는 성격이 강함.
	샤를	우유부단한 태도로 자매의 사랑을 받다가 자살함.
	아버지	매사에 큰 동요를 보이지 않고 침착함.

논술 대비 글쓰기

나사니엘 호손 「큰 바위 얼굴」

1. 우리 역사 속에서 '큰 바위 얼굴'의 주인공처럼 '참다운 삶'을 산 이상적인 인물을 찾아봅시다.

   길라잡이_작품 속에 등장하는 재산가, 군인, 정치가, 시인의 전형적인 특성을 살펴보고 그들과 어니스트의 다른 점을 비교해 보세요.

2. 이 작품을 바탕으로 맹자의 '성선설_性善說'을 비판하여 이야기해 봅시다.

   길라잡이_맹자가 주창하는 성선설은, 인간은 본래부터 착한 성질을 타고났다는 이론으로 인간의 본성은 태어나면서부터 결정된다고 보는 입장입니다.

에드거 앨런 포우 「검은 고양이」

1. 이 소설의 주인공은 고양이의 눈을 파내고 아내를 죽이는 등 점점 포악해지는데요, 그가 악행을 저지르게 되는 과정의 근본적인 원인은 무엇인지 한번 이야기해 봅시다.

   길라잡이_평범한 인성을 지녔던 주인공이 살인을 저질러 경찰에 연행되기까지의 과정을 추이해 보고, 그 과정에서 작용한 여러 요소들을 찾아보세요.

2. 이 작품에서 확인할 수 있는 인간의 흉포함이나 피폐함에서 발생하는 정신적인 문제를 현대사회에서 빈번히 발생하는 잔혹한 사회 범죄와 관련하여 서술해 봅시다.

   길라잡이_포우는 인간 본성에 내재해 있는 잔혹성에 대해 끊임없이 질문을 던진 작가입니다. 그의 입장이 되어 현대사회의 범죄에 대해 비판해 보세요.

도스토예프스키「백야」

1. 이 소설의 부제인 '감상적 소설' 이 의미하는 바는 무엇일까요.

   길라잡이_도스토예프스키의 다른 소설 『죄와 벌』 『카라마조프가의 형제들』 등의 작품을 보면 매우 건조하고 강건한 문체로 구성되어 있는 반면, 「백야」는 낭만적이고 섬세한 감성으로 씌어진 것을 느낄 수 있습니다. 또한 이 작품의 주요 소재인 '몽상' 과 연관지어 생각해보면 그 의미를 짐작할 수 있겠죠.

2. 이 소설의 주인공은 몽상가입니다. 그가 현실의 인물인 나스쩬까를 만남으로 해서 어떤 인생의 변화를 겪게 되는지 말해 봅시다.

   길라잡이_몽상가인 주인공은 나스쩬까를 통해 몽상의 세계가 아닌 현실의 세계를 받아들이려 합니다. 그녀를 사랑하게 되었기 때문이죠. 하지만 나스쩬까는 옛 연인에게 돌아가고 주인공에게는 달콤한 꿈 같은 추억만 남게 되었습니다.

톨스토이「사람은 무엇으로 사는가」

1. 이 작품을 통해 느낀 톨스토이의 인생관과 종교관에 대해 설명해 봅시다.

   길라잡이_톨스토이는 사랑을 기조로 한 예술에서 출발하여 종교에 몰입한 작가입니다. 그렇기 때문에 그는 대문호인 동시에 위대한 사상가이며 종교가로 추앙받고 있으며 그의 작품 또한 세계 문학사상 불굴의 영광을 누리고 있다고 해도 과언이 아닙니다. 그는 항시 인생에 대하여 절박한 고민을 체험하고 그 사상을 실현하느라고 애쓴 작가임을 다시 한번 상기해 봅시다.

2. 톨스토이가 독자들에게 묻고자 한 '사람은 무엇으로 사는가' 의 해답은 바로 '사랑' 입니다. 이 작품이 주는 교훈을 각박하고 개인주의적인 현대사회의 실상과 비교하여 말해 봅시다.

   길라잡이_미하일이 깨달은 하나님의 세 가지 말씀, 인간의 내부에는 무엇이 있는가, 인간에게 허락되지 않는 것은 무엇인가, 사람은 무엇으로 사는가의 의미를 되새겨 봅시다.

톨스토이 「인간에게 얼마나 많은 땅이 필요한가」

1. 톨스토이는 이 작품을 통해 인간의 끊임없는 탐욕에 대해 경계하고 있습니다. 이 작품의 교훈을 우리의 현실에 팽배해 있는 한탕주의, 물질만능주의 등의 사회문제에 투영해 서술해 봅시다.

   길라잡이_소설의 주인공인 파홈은 과욕으로 인해 결국 목숨을 잃게 됩니다. 그가 죽은 뒤에 그에게 필요한 것은 고작 자신의 관 하나 들어갈 3평 남짓한 땅뿐이었습니다.

2. 이 소설을 읽은 후 독자들은 재미와 흥미를 느끼기보다는 삶을 살아가는 지혜와 인생의 올바른 가치를 깨닫게 되는데요, 무엇이 이러한 작용을 할까요.

   길라잡이_이 소설은 주인공 파홈을 통해, 인간이라면 누구에게나 존재하는 소유욕에 대하여 이야기하고 있으며, 그 끝없는 탐욕의 비참한 결말을 보여주고 있습니다.

알퐁스 도데 「별」

1. 이 작품은 어딘가 황순원의 「소나기」와 닮아 있습니다. 주인공 묘사와 배경을 중심으로 두 작품을 비교하여 살펴봅시다.

   길라잡이_「별」에서는 '양치기 목동'과 '스테파네트' 아가씨의 순수한 사랑을 그리고 있습니다. 그렇다면 「소나기」에는 어떤 사랑이 담겨져 있을까요?

2. 단편소설은 짧은 분량으로 읽는 이에게 많은 감동을 줍니다. 「별」을 통해 '단편소설'이 가지고 있는 특성에 대해 이야기해 봅시다.

알퐁스 도데 「마지막 수업」

1. 「마지막 수업」은 한 나라의 언어가 가지고 있는 민족정신에 대해 상징적으로 표현하고 있습니다. 이와 관련하여 과거 우리 역사 중 일제 강점기에 펼쳐졌던 '애국계몽운동'이 갖는 의미에 대해 살펴봅시다.

길라잡이_이 작품에는 나라를 빼앗긴 민족이 겪어야 했던 슬픔이 고스란히 나타나고 있습니다. 과거 일제 지배하에 우리나라에서 행해졌던 운동들도 이 작품과 무관하지 않다고 보여집니다. 이를 통해 한 나라의 언어가 얼마나 큰 가치를 지니는 것인지를 다시 한 번 생각해 봅시다.

2. 이 작품을 통해 시대적 상황이 개인에게 미치는 영향을 루소의 '사회계약론'과 관련하여 말해 봅시다.

   길라잡이_주인공 프란츠는 아멜 선생님이 프랑스어로 진행하는 마지막 수업을 받게 됩니다. 자신의 의지와는 관계없이, 나라를 잃은 역사적 상황 때문에 그렇게 된 것이죠.

토마스 하디 「알리샤의 일기」

1. 토마스 하디의 다른 작품에서도 보여주듯이 이 작품 또한 '숙명론적 운명관'이 작품 전체를 지배하고 있습니다. 이러한 '숙명론적 운명관'의 폐해에 대해 구체적으로 지적해 봅시다.

   길라잡이_작품 속에서, 캐롤라인이 죽는 한이 있어도 샤를을 남편으로 맞으려 하는 것과 알리샤의 아버지가 샤를과 알리샤가 사랑하는 사이인 것을 알면서도 샤를이 캐롤라인과 결혼해야 한다고 생각하는 부분에서 숙명론적 전제를 찾아볼 수 있습니다.

2. 이 작품의 주인공 '알리샤'를 통해 드러나는 문학에서의 여성의 위치를 지적하고, 더 나아가 '페미니즘Feminism'에 대해 논해 봅시다.

   길라잡이_페미니즘이란 여성 억압의 원인과 상태를 기술하고 여성 해방을 궁극적 목표로 하는 운동 또는 그 이론을 말합니다.